不滅の子どもたち

クロエ・ベンジャミン
鈴木潤 訳

CHLOE BENJAMIN
THE
IMMORTALISTS

集英社

不滅の子どもたち

Contents

わたしの祖母、リー・クルッグへ

プロローグ

ヘスター通りの女

1969年

ヴァーヤ

ヴァーヤは十三歳。

背丈は八センチ近く伸び、股間にはやわらかな毛におおわれた黒っぽい一画ができた。乳房は手のひらの大きさくらいにふくらみ、乳首はピンク色のコインのよう。腰まで伸ばした髪は、濃くも薄くもない茶色——ダニエルの黒髪とも、サイモンのレモン色の巻き毛とも、クララのきらきらしたブロンズ色の髪とも違う。毎朝、ヴァーヤは長い髪を編み込みにして二本のおさげにする。それが馬のしっぽみたいに腰をかすめる感触が気に入っている。小さな鼻は家族の誰にも似ていない。少なくとも、ヴァーヤはそう思っている。二十歳になるころには、いずれ堂々たる鉤鼻(かぎばな)に——母親そっくりの鼻になることがはっきりしてくるのだが、それはまだ先の話。

きょうだいは住み慣れた界隈を抜けていく。ヴァーヤが四人のうちでいちばんの年長で、ダニエルは十一歳、クララは九歳、サイモンは七歳だ。ダニエルが先頭に立ち、四人はクリントン通りを抜けてデランシー通りを進み、左に曲がってフォーサイス通りに入る。サラ・D・ルーズベルト公園の外周に沿って、木陰から出ないように歩いていく。公園は夜になると物騒な場所になるけれど、その火曜日の朝には何組かの若者の姿が見えるだけだった。彼らは週末の抗議運動の熱を冷ますように、芝生に頬を押しつけて眠っている。

ヘスター通りに入ると、きょうだいは静かになる。父親が経営するゴールド紳士婦人服仕立店の前を通りすぎなければいけないのだ。けれど、父が四人に気づくことはまずないだろう――サウルはいつも全神経を傾けて仕事をしている。まるで紳士物のズボンの裾ではなく、宇宙の生地でも縫っているみたいに――それでもやっぱり父は脅威だった。七月の蒸し暑い日の魔法が、あぶなっかしくてそらおそろしい企てが、台なしになりかねない。そのためにきょうだいそろってヘスター通りまでやってきたのに。

　サイモンはいちばん小さいけれど、すばしこい。ジーンズの半ズボンはダニエルのお下がりで、おなじ年頃のダニエルにはぴったりだったのに、サイモンの華奢（きゃしゃ）な腰からはずりさがっている。片方の手には中国風の布地で作られた巾着袋をさげている。そのなかでお札がカサカサこすれあい、硬貨がカチャカチャと音楽を奏でながら踊っている。

「どこなの？」サイモンが訊く。

「ここで合ってると思うけどな」とダニエルが言う。

　きょうだいは古い建物を見上げる――ジグザクに走る非常階段と、五階にある暗い長方形の窓を見つめる。彼らが会いにきた人物は、そこに住んでいるという噂だ。

「どうやってなかに入るの？」ヴァーヤが訊く。

　建物はきょうだいが住んでいるアパートとよく似ている。違うのは、外壁が茶色ではなくてクリーム色で、七階建てじゃなくて五階建てなところだけ。

「ブザーを押せばいいんじゃないかな」とダニエルが言う。「五階のブザーを」

「うん」とクララ。「でも五階の何号室よ？」

ダニエルはお尻のポケットからくちゃくちゃになったレシートを取り出す。頭を上げると、顔がうっすら赤くなっている。「さあ」

「ダニエルったら！」ヴァーヤは建物の壁にもたれかかり、片手をひらひらさせて顔を扇ぐ。三十二度近い暑さのなか、髪の生え際は汗でむずがゆいし、スカートは太腿に張りついてくる。

「待って」とダニエル。「ちょっと考えさせてよ」

サイモンがアスファルトの上にしゃがみこむと、脚のあいだで巾着袋がクラゲみたいに身をすくめる。クララはポケットからタフィを取り出す。包み紙を剝がそうとしたそのとき、建物の入口のドアが開き、若い男が出てきた。薄い紫色のレンズの眼鏡をかけ、ペイズリー柄のシャツを着て、胸もとをはだけさせている。

男はゴールドきょうだいに向かって軽く顎をしゃくる。「入りたいのか？」

「はい」とダニエルが言う。「そうです」さっと立ち上がると、ほかの三人も急いで腰を上げる。ダニエルは建物のなかに進みながら紫の眼鏡の男に礼を言い、やがてドアが閉まる――大胆不敵で、ちょっと頼りないリーダー、ダニエル。ここに来ようと言い出したのは、ダニエルだった。

先週、ダニエルはコーシャ（ユダヤ教の戒律に従って作られた食べ物）のチャイニーズフードを売っている〈シュマルカ・バーンステイン〉で焼きたてのエッグ・タルトを買おうと客の列に並んでいた。暑い日でも食べたくなるくらいの大好物だ。順番を待つあいだ、二人の少年が話をしているのが聞こえてきた。列は長く、扇風機が最高速度で回っていたので、ダニエルは身を乗り出して耳をそばだて、少年たちがヘスター通りのアパートの最上階に滞在している女の噂をしているのを聞いた。

クリントン通り七十二番地まで歩いて戻るあいだ、ダニエルの心臓はどきどきと高鳴った。寝室に入るとクララとサイモンが床に坐りこんですごろくをしていて、ヴァーヤは二段ベッドの上の段で本を読んでいた。ラジエーターの上にできた四角い日向のなかに、白黒猫のゾーヤが丸まっている。

ダニエルはみんなに噂のことを話し、計画を打ち明けた。

「わかんないな」ヴァーヤは汚れた片足を上げ、天井に押しつけた。「その女の人、いったいどんなことをするわけ？」

「だからさ」と、すっかり興奮したダニエルがもどかしそうに言った。「その女は特別な力をもってるんだって」

「どんな力？」クララが駒を動かしながら言った。クララは夏の前半に輪ゴムを使ったフーディーニのカード・トリックを猛練習し、そこそこ上達していた。

「聞いた話じゃ」とダニエル。「人の運勢がわかるらしいんだ。将来どんなことが起こるか――いい人生になるか、悪い人生になるか。それだけじゃない」両腕を広げてドア枠をつかみ、前かがみになる。「人の死ぬ日がわかるんだってさ」

クララが顔を上げた。

「ばかみたい」とヴァーヤ。「そんなこと誰にもわかるわけない」

「わかるとしたら？」とダニエル。

「だとしても、あたしは知りたくない」

「どうしてさ？」

「だって」ヴァーヤは本を置いて体を起こすと、ベッドの端に坐って足をぶらぶらさせた。「悪い報せだったらどうする？　もしその女の人に大人になる前に死んじゃうって言われたら？」

「だったらなおさら知ってたほうがいいよ」ダニエルが言った。「死ぬ前にいろんなことを済ませられるだろ」

一瞬、部屋がしんとなった。やがてサイモンが笑い声をあげ、小鳥のような体をふるわせた。ダニエルの顔に血がのぼっていった。

「本気だよ」ダニエルが言った。「ぼくは行く。もうあと一日だってこのアパートにいたくない。そんなのごめんだね。で、誰か一緒に行きたい人は？」

もしそれが灼けるような夏の盛りでなければ、うだるような暑さのなかで退屈な一カ月半を過ごしてきて、あともう一カ月半もそれに耐えなければいけないというときでなければ、何も起こらなかったかもしれない。アパートにはエアコンがなく、その年――一九六九年の夏――世界は変化に満ちていたのに、四人だけが取り残されていた。人びとはウッドストックで燃えつきていた。〈ピンボールの魔術師〉を歌い、《真夜中のカーボーイ》を観ていた。ゴールド家の子どもたちはその映画を観ることを禁じられていた。〈ストーンウォール・イン〉の外で反乱を起こす人びとがいた。道路から引っこ抜いたパーキングメーターをドアに叩きつけ、窓ガラスやジュークボックスを破壊した。想像しうるかぎりもっとも残酷なやり方で殺されていく人びとがいた。化学爆弾や五五〇発の連射が可能な機関銃が彼らを襲い、ゴールド家のキッチンのテレビには、背筋が寒くなるほどの臨場感とともに、彼らの顔が映し出された。「なんたって〝月〟を歩いてるやつだっていやがるんだぜ」とダニエルが言う。近ごろそういう口のきき方をしはじめたのだが、それは確実に母親の目が届かないところにいるときだけだった。キング牧師を暗殺したジェイムズ・アール・レイに、そしてロバート・ケネディを暗殺したサーハン・ベシャラ・サーハンに刑が宣告された。そのあいだじゅうずっと、ゴールド家の四人きょうだいはジャックスやダーツで遊んだり、オーヴン裏の排気管からゾーヤを救い出したりしていた。どうやら彼女はそこが自分にふさわしい住みかだと信じこんでいるようだった。

だが、彼らをこの巡礼の旅へと駆り立てたのは、それだけではなかった。きょうだい四人で過ごす夏、ある意味それは、四人にとって最後の機会だった。来年になれば、ヴァーヤは友だちのアヴィヴァと一緒にキャッツキル山地のサマーキャンプに行くだろう。ダニエルは近所の男の子たちとの内輪の儀式に夢中になって、クララとサイモンにはかまいもしなくなるだろう。でも一九六九年には、彼らはまだきょうだいという一つの単位だった。まるでそれ以外の存在の仕方などありえないかのように、四人は固く結ばれていた。

「あたし、行く」とクララが言った。

「ぼくも」サイモンが続いた。

「それで、どうやったらその女の人と約束を取りつけられるわけ？」ヴァーヤが訊いた。十三歳になったヴァーヤは、無料で手に入るものなど何もないということを心得ていた。「何を支払わなきゃいけないの？」

ダニエルは眉間に皺（しわ）を寄せた。「調べてみる」

そうして計画が始まった――それは秘密であり、冒険であり、母親という強大な存在から身をかわすための非常出口でもあった。母は彼らが子ども部屋でごろごろしているのを見つけるたび、洗濯物を干しなさいだの、あの困った猫をオーヴンの排気管から追い出しなさいだのと命令するのだ。ゴールド家の子どもたちは聞き取り調査を始めた。クララが訪れたチャイナタウンにあるマジック・ショップの店主は、ヘスター通りの女の噂を聞いたことがあると言った。なんでもその女は放浪の民で、国じゅうあちこちを渡り歩いて仕事をしているらしい。クララが店を出ようとすると、店主は指を一本上げてみせ、カウンターの奥に消えていった。やがて大きな分厚い本を携えて戻ってきた。『占い術の書』と題されたその本の表紙には、見開かれた十二の目と、それをとりかこむさまざまなシンボルが描かれていた。クララは六十五セントを支払うと、その本をしっかりと抱きしめて家に戻った。

クリントン通り七十二番地のアパートの住民のなかにも、その女のことを知っている人がいた。ミセス・ブルーメンステインは、五〇年代にとある豪華なパーティーでその女に会ったことがある、とサイモンに教えてくれた。サイモンがアパートの入口の階段に腰かけていると、ブルーメンステインさんがペットのシュナウザー犬をドアの外に連れ出した。犬は階段に出るが早いかまるっこい糞(ふん)をしたが、ブルーメンステインさんはそれをほったらかしにした。

「その女に手相を見てもらってね。とっても長生きするって言われたの」ブルーメンステインさんはサイモンのほうに身を乗り出して言った。サイモンは息を止めた。ブルーメンステインさんの息はカビ臭くて、まるで赤ん坊のときに吸いこんだ九十年前の空気を吐き出しているみたいだった。

「それがご覧のとおり、ねえ、その女の言うとおりだったってわけ」

六階に住んでいるヒンドゥー教徒の一家は、その女のことを「リシカ」、つまり「予言者」と呼んでいた。ヴァーヤは母ガーティお手製のクーゲル(スフレやプディングに似たユダヤ料理)をホイルに包み、それを持って第四十二公立校でおなじクラスのルビー・シンを訪ね、ルビーからお返しにスパイスの効いたバターチキンをもらった。二人は非常階段に出ると、夕暮れのなかで鉄格子の下から裸足の脚をぶらぶらさせながらおたがいの手土産を食べた。

　ルビーはその女についてよく知っていた。「二年前にね」とルビーが言った。「あたしが十一歳のとき、おばあちゃんが病気になったの。最初にかかったお医者さんには心臓が悪いんだって言われた。三カ月以内に死んじゃうだろうって。でもべつのお医者さんに診てもらったら、おばあちゃんは丈夫だから病気は治るって言われたの。あと二年は生きるでしょう、って」

　二人の真下で、タクシーがキーッと音をたてながらリヴィングトン通りを突っ切っていった。ルビーは目を細め、イーストリヴァーのほうを見た。泥と下水で緑褐色に濁った水面が広がっている。

「ヒンドゥー教徒は家で死ぬことになってるの」ルビーは続けた。「家族に囲まれて。だから、インドにいるパパの親戚まで来るつもりでいたんだ。でも、なんて連絡すればいいわけ？　二年待っててって？　そんなときパパがリシカの噂を耳にした。彼女に会いにいって、正確な日付を教えてもらってきたの――おばあちゃんの死ぬ日をね。あたしたちはベッドを居間に移して、おばあちゃんの頭が東を向くように寝かせてあげた。ランプを灯して夜も寝ないで見守った。祈ったり詠ったりしながら。パパの兄弟がチャンディガルから飛行機でやってきて、あたしはいとこたちと一緒に床に坐ってた。親戚が二十人くらい、たぶんもっと集まった。おばあちゃんが五月十六日、リシカが言ったとおりの日に亡くなると、みんなほっとして泣いたんだ」

「腹が立たなかった？」

「どうして腹が立つの？」

「その女はおばあちゃんを救わなかったから」とヴァーヤが言った。「おばあちゃんの具合をよくしてあげたわけじゃないでしょう」

「リシカはあたしたちにお別れを言う時間をくれたんだよ。どんなにお礼をしてもしたりないよ」

ルビーはクーゲルの最後のひとくちを食べおわると、ホイルを半分に折りたたんだ。「どっちみち、その人にはおばあちゃんの病気を治すことはできなかった。その人は未来がわかるの、予言者（リシカ）には。でも、それを変えることはできない。だって神様じゃないんだから」

「その人、いまどこにいるの?」ヴァーヤが訊いた。「ヘスター通りのアパートにいるって噂をダニエルが聞いてきたんだけど、どの建物かわからなくて」

「あたしにもわかんないよ。その人は訪れるたびに違う場所に住むの。身を守るために」

シン一家の部屋のなかから、何かが壊れるような音と、誰かがヒンディー語で叫ぶ声が聞こえてきた。

ルビーは立ち上がってスカートからクーゲルのくずを払い落とした。

「身を守るって、どういう意味?」ヴァーヤも腰を上げながら訊ねた。

「そういう人には追っ手がつきものだから」ルビーが答えた。「ふつうの人にはわからないようなことまでお見通しなんだもの」

「ルビーナ!」ルビーの母親の声が響いてくる。

「もう行かないと」ルビーはひょいと窓をくぐり抜けると、なかから窓を押し閉めた。ヴァーヤは非常階段で四階まで降りた。

ヴァーヤはその女の噂がそこまで広まっていることに驚いた。けれど、みんながみんな知っているわけではなかった。〈カッツ・デリカテッセン〉のカウンターで働いている、腕に数字の刺青がある男たちの前で予言者の話を持ち出すと、彼らは恐怖の色を浮かべた目でヴァーヤをじっと見つめた。

「おい」と一人の男が言った。「なんでそんなもんに関わりたがるんだ?」

棘のある声だった。まるでヴァーヤがその男のことを侮辱でもしたような。ヴァーヤはおろおろしながらサンドウィッチを持って店を出た。そして二度とその話題を口にしなかった。

結局、ダニエル本人が例の少年たちからその女の住所を教えてもらった。彼が噂を盗み聞きした相手だ。週末にウィリアムズバーグ・ブリッジを歩いているとき、ダニエルはその少年たちが欄干にもたれながら煙草を吸っているのを見かけた。自分より年上だったが——十四歳くらいだろうか——ダニエルは思いきって彼らの話を立ち聞きしたことを打ち明け、ほかにも何か知っていたら教えてほしいと頼んだ。

少年たちは迷惑そうなそぶりは見せなかった。すぐに女がとどまっているらしい建物の番地を教えてくれた。だが、どうやって会う約束を取りつければいいのかは、彼らにもわからなかった。聞いた話によれば、何か捧げものを持っていかなければいけないらしい、と少年たちはダニエルに教えてくれた。現金が必要だという人もいれば、女はもう十分な金を持っているから工夫を凝らさなければいけないという人もいるのだそうだ。なんでも、道路脇で見つけたリスの死骸をトングで拾い、ビニール袋に入れてしっかり口を縛って持っていった男の子もいたらしい。だがヴァーヤは、いくら占い師でもそんなもの欲しいはずがないと言い張った。結局、四人はそれぞれのお小遣いを集めて巾着袋に入れ、それで事足りてくれることを祈った。

クララが留守にしているとき、ヴァーヤはクララのベッドの下から『占い術の書』を取り出して、自分のベッドに上がった。腹ばいになって本を開き、書かれている言葉を口にしてみた――「腸卜（ちょうぼく）」（生贄（いけにえ）の動物の腑（はらわた）を見ておこなう）、「蠟（ろう）占い」（溶けた蠟の模様を見ておこなう）、「棒占い」（杖を使っておこなう）。涼しい日には窓から風が入り、ヴァーヤがベッドの脇にテープで留めた家系図や古い写真をそよがせた。ヴァーヤはそういう書類を眺めながら、遺伝的性質の謎めいた地下取引のような道筋をたどった――遺伝子は現れたかと思うと消え、そしてまたひょっこり現れる。祖父レヴのひょろ長い脚は、父サウルを飛ばして、ダニエルに受け継がれた。

レヴは布商人の父親とともに蒸気船に乗ってニューヨークに渡ってきた。一九〇五年、帝政ロシア下のユダヤ人大虐殺で母親が殺されたあとだった。父子はエリス島で検疫と英語での尋問を受けながら、いま自分たちが渡ってきたばかりの海にそびえ、無表情で前を見つめている鋼鉄の女神の拳を見ていた。レヴの父親はミシンの修理工として働いた。レヴは安息日（シャバット）を守ることを許してくれるドイツ系ユダヤ人が経営する衣料品工場で働いた。やがて副工場長になり、工場長になった。一九三〇年に、みずから商売を始めた――ゴールド紳士婦人服仕立店を、ヘスター通りのアパートの地階に創業したのだ。

ヴァーヤというのは父方の祖母の名前だった。祖母は夫婦で引退するまで、レヴの店の帳簿係を務めた。母方の祖父母についてはよく知らなかった――わかっているのは祖母の名前がヴァーヤの妹とおなじ「クララ」で、彼女は一九一三年にハンガリーからやってきたということくらいだった。だが祖母はヴァーヤの母ガーティがまだほんの六歳のときに亡くなってしまい、ガーティが祖母の話をすることはほとんどなかった。いちど、クララとヴァーヤは両親の寝室に忍びこんで、祖父母にまつわる手がかりを探したことがあった。二人は犬のように鼻をひくひくさせて、祖父母をとりまく謎、秘めごとや不名誉のにおいを嗅ぎつけようとし、ガーティが下着類をしまっている箪笥をあさった。そしていちばん上の引き出しのなかに、漆塗りで金色の留め具のついた木製の小さな箱を見つけた。中身は黄ばんだ写真の束だった。どれもいたずらっぽい小柄な女、黒髪をショートカットにした、重たげな瞼の女性が写っていた。一枚目の写真で、その女はスカート付きのレオタードに身を包み、片方の腰を少し脇に突き出して、頭上に杖を掲げていた。べつの写真では、馬に乗ったまま体をうしろにのけぞらせ、お腹をあらわにしていた。ヴァーヤとクララがいちばん気に入ったのは、その女が空中に浮いている写真だった。ロープの先端を口でくわえてぶら下がっているのだ。

　この女が自分たちの祖母だということが、二つの証拠からわかった。まずは、くちゃくちゃになった手垢まみれの古い写真。その写真には、例の女が背の高い男と小さな子どもと一緒に写っていた。ずいぶんと縮小されたサイズながら、その幼い子が自分たちの母親であることはすぐわかった。その子はぷくぷくしたちっちゃな手で両親の手をしっかりとつかんでいて、とまどったように顔をしかめていた。母さんがよく見せる表情だ。

　クララはその箱を中身ごともらうと言い張った。

「これはあたしのもの」とクララが言った。「名前をもらってるんだから。どうせ母さんは見てやしないよ」

　だが、まもなくそれは間違いだとわかった。クララが漆塗りの木箱をそっと持ち出して自分のべッドの下に隠した翌朝、両親の寝室から甲高いわめき声が響いてきて、そのあと、父がもごもごと否定する声が聞こえた。まもなく、母が子ども部屋に飛びこんできた。

「誰がとったの？」母は言った。「誰のしわざ？」

母の小鼻はふくらみ、がっしりした腰が廊下から射しこむはずの電灯の明かりをさえぎった。クララは恐怖で体が熱くなってきて、もう少しで泣き出すところだった。父が仕事に出かけ、母がキッチンに戻ると、クララは両親の寝室に忍びこんで、箱をもとの場所に戻した。だけど、ヴァーヤは知っていた。アパートに誰もいないとき、クララはあの箱を開けて古い写真を、そこに写るあの女を眺めていることを。彼女が放つ激しさと妖しい魅力に見入っては、自分が譲り受けたその名前に恥じない生き方をしてみせると誓っていることを。

「そんなふうにきょろきょろするなって」ダニエルがひそひそ声で言う。「ここの住人のふりをするんだ」

ゴールドきょうだいは急いで階段を昇る。壁に塗られたベージュ色のペンキは干からびて剝げかけ、通路は暗い。五階にたどり着くと、ダニエルが立ち止まる。

「これからどうすればいいわけ？」ヴァーヤは小声で言う。ダニエルが途方にくれるのを見るのはいい気分だ。

「待つんだよ」とダニエル。「誰かが出てくるまで」

でも、ヴァーヤは待ってなんていたくない。思いがけず恐怖がこみあげてきて、いてもたってもいられなくなる。ヴァーヤは一人で廊下を進みはじめる。

きっと魔法というものからは何かそれらしい雰囲気が嗅ぎ取れるはずだと思っていたが、五階の部屋のドアはどれもまったくおなじように見える。かき傷だらけの真鍮のノブに、部屋番号。54号室の4が、斜めに傾いている。ヴァーヤがその部屋のドアのほうに歩いていくと、テレビかラジオの音がもれ聞こえてくる——野球の実況だ。リシカが野球なんかに興味をもつわけない。ヴァーヤはドアから離れる。

きょうだいはばらばらになる。ダニエルはポケットに手を入れて階段のそばに突っ立ったまま、並んだドアを眺めている。サイモンは54号室の前にいるヴァーヤのそばに来ると、爪先立ちになって、人差し指で斜めにかしいだ4をまっすぐに直す。廊下の反対側をうろついていたクララが、二人のそばにやってくる。クララがそばに来たとたん、〈ブレック・ゴールド・フォーミュラ〉の匂いが鼻をかすめる。クララが数週間分のお小遣いを貯めて買ったシャンプーだ。家族の共有のシャンプーは〈プレル〉。歯磨き粉みたいにプラスチックのチューブに入っていて、藻みたいな真緑のどろどろがいきおいよく出てくる。ヴァーヤは表向きは小馬鹿にしていたけれど——あたしだったらシャンプーなんかにお金をかけたりしない——ローズマリーとオレンジみたいな匂いをさせているクララのことがうらやましい。そのクララが、ドアに手を伸ばしてノックする。

「何してんだよ？」ダニエルが小声で言う。「誰んちかもわかんないのに。もしかしたら——」

「どなた？」

ドアの向こうから、低いしわがれ声が聞こえる。

「ある女に会いにきたんですけど」クララが一か八かで言ってみる。

沈黙。ヴァーヤは息を止める。ドアには鉛筆の先の消しゴムくらいの小さな覗き穴が開いている。

ドアの向こうから、咳払いが聞こえる。

「一人ずつお入り」と声が言う。

ヴァーヤはダニエルと目を合わせる。はなればなれになるなんて予想していなかった。だが相手にかけあう間もなく、かんぬきが外され、そしてクララが――あの子ったら、どういうつもり？――室内に入っていく。


クララが部屋のなかに入ってからどれくらいたったのだろう。もう何時間も待っているような気がする。ヴァーヤは膝を胸にくっつけて、壁に寄りかかるようにして坐っている。頭のなかでいろんなおとぎ話を思い出す――子どもたちをさらっていく魔女の物語。子どもたちを食べてしまう魔女の物語。お腹のなかにパニックの芽が吹き、みるみる大きくなっていく。と、ドアが少しだけ開く。

ヴァーヤはあわてて立ち上がるが、ダニエルに先を越される。アパートの室内は見えない。でも音楽と――マリアッチの楽団？――コンロの上で鍋がガチャガチャいう音が聞こえる。

ダニエルはなかに入る前に、ヴァーヤとサイモンのほうを振り向いて言う。「心配するな」

でも、ヴァーヤもサイモンも心配する。

「クララはどこ？」ダニエルの姿が見えなくなると、サイモンが言う。「どうして出てこないの？」

「まだなかにいるの」とヴァーヤは答える。だけど、ほんとうはヴァーヤも不思議に思っている。

「きっとなかに入ったらいるんだよ、クララもダニエルも。二人はたぶん……あたしたちを待ってるんじゃないかな」

「来るんじゃなかった」とサイモンが言う。金色の巻き毛が、汗に濡れてくすんでいる。ヴァーヤはきょうだいのいちばん上でサイモンは末っ子なのだから、母親のように面倒を見てやるべきだと思ってはいたけれど、ヴァーヤにとってサイモンは謎だった。クララだけがサイモンを理解しているようだった。サイモンはきょうだいの誰よりも口数が少ない。夕食の席ではいつも眉をひそめ、うつろな目をしている。だけどウサギみたいにすばしこくて、動作が軽い。サイモンを連れてシナゴーグに向かって歩いていると、ときどきヴァーヤはいつのまにかひとりぼっちになっていることに気づく。駆け出して先に行ってしまっているか、うしろでぐずぐずしているだけなのだとわかっていても、いつだってサイモンが忽然と消えてしまったような気分になる。

ドアがふたたび、やっぱりほんの数センチだけ開くと、ヴァーヤはサイモンの肩に手を置いて言う。「大丈夫よ。先に行きなさい。あたしが見張ってるから。ね？」

いったい何を、誰を見張るっていうんだろう？　廊下にはあいかわらず人の気配がない。ほんとうのところ、ヴァーヤは怖気づいていた。年はいちばん上でも、順番は後回しにしたかった。けれど、サイモンはほっとしたようだ。目にかかった巻き毛を払いのけると、ヴァーヤのもとを去っていった。

一人きりになると、ヴァーヤのパニックはますます大きくなる。きょうだいから切り離され、まるで三人を乗せた船が流れていくのに、自分だけ岸に取り残されてしまったような気分だ。やっぱりあの子たちをこんなところに来させるべきじゃなかった。またドアが開いたときには、上唇の真上とスカートのウェストバンドの内側に、たっぷりと汗が溜まっていた。けれど、今さら引き返せない。それに三人が待っている。ヴァーヤはドアを押し開ける。

気がつくとこぢんまりしたワンルームのアパートのなかにいた。いたるところに物があふれていて、しばらく人影が見分けられない。床には積み上げられた本の山がいくつもある。まるで摩天楼の模型のようだ。キッチンの棚には食料品のかわりに新聞紙が詰めこまれている。保存食の類がカウンターに並んでいる――クラッカー、シリアル、缶入りスープ、いろんな種類のお茶。タロット・カードにトランプ、占星術用の天宮図に、三種類の暦――漢字で書いてあるもの、ローマ数字で書いてあるもの、それから月相が描かれているもの。黄ばんだ易経のポスターもある。そこに書かれたいくつもの卦は、クララの『占い術の書』で見たことがある。砂がいっぱい入った壺。銅鑼に銅製の椀。月桂樹のリース。たくさんの横線が彫られた、細い棒きれの束。ボウルに集められた石のいくつかには、長い紐がくくりつけてある。

ドアの横の一角だけが空いている。そこには折りたたみ式のテーブルがあり、折りたたみ式の二脚の椅子が両端に置いてある。隣に小机が添えられていて、その上に布製のバラと、開いたままの聖書が載っている。二頭の漆喰製のゾウが聖書の両脇に置かれ、そのほかにもお祈り用のキャンドル、木製の十字架、さらには三つの彫像が並んでいる――仏陀に、聖処女マリア、それからネフェルティティ。そうだとわかったのは、小さな手書き文字でＮＥＦＥＲＴＩＴＩと書いてあったからだ。

ヴァーヤはふと、悪いことをしているような気分になる。礼拝後のヘブライ学校で、偶像崇拝は禁令だと聞いたことがある。ラビ・ハイムがタルムード（旧約聖書に次ぐユダヤ教の経典）からアヴォダー・ザラー篇を読み上げながら教えてくれたのだ。きっと父さんも母さんもヴァーヤがこんなところにいるのを知ったらいい顔をしない。だけど、予言者だって神様がお創りになったものではないのだろうか。ちょうど、ヴァーヤの両親を創ったように。ヴァーヤはシナゴーグに行くたびに心から祈りを捧げてきたけれど、神様は応えてくれそうになかった。その点リシカは、少なくとも言葉を返してくれる。

女はシンクの前に立って、金属製の小さなボール型の茶こしに茶葉をふりいれる。ゆったりした綿のドレスを着て、革のサンダルを履き、頭に濃紺のヘッドスカーフを巻いている。長い茶色の髪を三つ編みにして、二本の細いおさげを垂らしている。体格はいいが、動きは優雅で無駄がない。

「妹や弟たちはどこ?」声がかすれる。切羽詰まったような自分の声を聞いて、ヴァーヤは恥ずかしくなる。

ブラインドがおろされる。女は棚のいちばん上の段からマグカップを取り出し、茶こしをなかに入れる。

「教えてよ」ヴァーヤはもっと大きな声で言う。「あたしのきょうだいがどこにいるのか」

やかんがコンロの上でヒューヒューいいはじめる。女は火を消して、やかんをマグカップの真上に持っていく。お湯が透明な太い紐のように流れ出ると、部屋に草の匂いがたちこめる。

「外だよ」と女が言う。

「違う、外になんていない。廊下でずっと待ってたけど、出てこなかったもの」

女がヴァーヤのほうに歩いてくる。たるんだ頬、丸くふくらんだ鼻、すぼんだ口。輝くような褐色の肌。ちょうどルビー・シンとおなじような。

「あたしを信用できないなら、なんにもしてあげられないよ」と女は言う。「靴を脱ぎなさい。そうしたら坐って」

ヴァーヤは言われたとおりにサドルシューズを脱いで、ドアの脇に置く。たぶん、この人の言うとおりなんだ。相手を信用しようとしなければ、せっかくここまで来たのが無駄になる。父さんの目を盗んだり、母さんの機嫌をそこねたり、四人分のお小遣いを貯金したり、そういう犠牲がぜんぶふいになってしまう。ヴァーヤは折りたたみ式のテーブルの前に腰を下ろす。女がヴァーヤの前にお茶の入ったマグカップを置く。ヴァーヤは思わず薬や毒のことを考えてしまう。森に誘(いざな)われ、二十年のあいだ眠りについてしまったリップ・ヴァン・ウィンクルの物語を思い出す。それからルビーの言葉を思い出す——**その人は未来がわかるの、予言者(リシカ)には——どんなにお礼をしてもしたりないよ。**ヴァーヤはマグカップを持ち上げ、お茶をすする。

リシカは真向かいの折りたたみ椅子に腰かけている。ヴァーヤのこわばった肩に、湿った手のひらに、そして顔に視線を注ぐ。

「ずっと不安でしかたない、そうだね?」

ヴァーヤは驚いて息をのむ。そして頭を上下に揺らす。

「ずっと、安心できるのを待ってる?」

ヴァーヤは動かない。でも、脈は速くなっていく。

「あんたは心配してる」女はそう言いながらうなずく。「悩みを抱えてる。笑みも浮かべるし声を出して笑うこともあるけど、でも心んなかじゃ、ちっとも幸せじゃない——あんたはひとりぼっちだから。そのとおりだね?」

ヴァーヤのくちびるが震え、声もなくそれを認める。胸がいっぱいで、張り裂けてしまいそうだ。

「残念だね」と女が言う。「取りかかろうか」指を鳴らすと、ヴァーヤの左手を指す。「手のひらを出して」

　ヴァーヤは椅子に浅く腰かけ直し、リシカのほうに手を伸ばす。女の手は機敏で、ひんやりしている。ヴァーヤの呼吸が浅くなる。知らない人に触れられるのはいつ以来だろうか――ヴァーヤは自分と人のあいだに、レインコートくらいの薄い膜が張っていればいいのにと思っている。学校の机は手垢でベタベタだし、校庭は幼児学年の子たちのせいで汚れているから、家に帰るとすぐに必死で手を洗う。皮が剝けそうになるまで。

「ほんとにわかるの？」ヴァーヤは訊ねる。「あたしがいつ死ぬか、あなたにはわかるの？」

　運というもののきまぐれなことに、ヴァーヤはいつも驚かされていた。なんの変哲もなさそうな錠剤が、幻覚を見せたり精神を混乱させたりする。あてずっぽうに選ばれた男たちが船でカムラン湾やドン・アプ・ビアの山へと送られる。そして鬱蒼と茂る竹林や三メートル以上もあるエレファント・グラスの茂みのなかで、何千人もの男が亡骸となって発見される。小学校のクラスメイトだったユージーン・ボゴポルスキには三人の兄がいて、ヴァーヤたちがまだ九歳のときに、そろってヴェトナムへ送られた。三人全員が無事に帰ってきたとき、ボゴポルスキ家はブルーム通りのアパートでパーティーを開いた。翌年、末っ子のユージーンが、水泳用のプールに飛びこんだ拍子にコンクリートに頭をぶつけて死んでしまった。自分の死ぬ日がわかるのなら、それはヴァーヤにとって特別なものに――確実にわかっていることのなかで何よりも重要なものになるだろう。

　女は正面からヴァーヤを見つめる。瞳はきらきらしていて、黒いビー玉のようだ。

「力になってあげよう」女は言う。「あんたのためになることをしてあげよう」

　女はヴァーヤの手のひらを裏返して全体の形を観察し、それから角ばった短い指を眺める。親指をそっとひっぱり、手の甲のほうにそらせていく。限界までは曲げない。薬指と小指のあいだのスペースをじっくり見る。小指の先をきゅっとつねる。

「何を調べてるの？」ヴァーヤは訊ねる。

「性格だよ。ヘラクレイトスを知ってる？」ヴァーヤは首を横に振る。「古代ギリシャの哲学者だよ。『性格は運命なり』――そう言ったの。その二つは切っても切れないんだって。兄弟や姉妹のように。未来を知りたい？」女は空いているほうの手でヴァーヤを指さした。「だったら鏡を見るといい」

「もしあたしが変わった場合はどうなるの？」未来がすでに自分のなかに宿っているということが、まるで舞台の袖で何十年も出番を待っている女優のように控えているなんてことが、ヴァーヤにはありえないことに思えた。

「なら、よっぽど奇特な人だよ。たいていの人は変われない」

リシカはヴァーヤの手のひらをひっくり返し、テーブルの上にのせる。

「一月二十一日――二〇四四年」淡々とした声だ。まるで気温か、野球の勝利チームでも告げるような。「時間はたっぷりある」

それを聞いたとたん、ヴァーヤの心は枷（かせ）が外れたようにふっと軽くなる。二〇四四年ということは、八十八歳。死ぬには申し分ない年齢だ。が、ヴァーヤはすぐに思いとどまる。

「どうしてわかるの？」

「あたしを信用するかしないか、その話はさっきもしただろう？」予言者はふさふさした眉をつりあげ、眉間に皺を寄せる。「さあ、おうちに帰ってあたしが言ったことをよく考えてごらん。そうすれば、きっと不安はなくなる。でも誰にも言うんじゃないよ、いいね？　あんたの手に現れていること、あたしがあんたに告げたこと——それは、あたしとあんたの胸におさめとかなきゃいけない」

女はヴァーヤを見つめる。ヴァーヤが女を見つめかえす。そうやっていざヴァーヤが相手を品定めする側になってみると、奇妙なことが起こる。女の目に宿っていた光は消え、優雅に見えた物腰もぎこちなく映る。ヴァーヤが告げられたのは、このうえなく幸せな運勢だ。そんなできすぎたお告げが、予言者が詐欺を働いている証拠のように思えてくる——きっと、この人は誰にでもおなじことを言ってるんだ。ヴァーヤは『オズの魔法使い』を思い出す。その正体がただの男だったみたいに、きっとこの女も魔法使いでもなければ予言者でもないんだ。インチキをしてるんだ。ペテン師なんだ。ヴァーヤは席を立つ。

「支払いは弟が済ませたはずだから」そう言って靴を履く。

女も立ち上がる。クローゼットとおぼしき扉のほうに歩いていく。扉の取っ手にブラジャーがぶら下がっていて、そのメッシュのカップはヴァーヤが夏にオオカバマダラ捕りに使う虫取り網くらいの長さがある——ところが、それはクローゼットの扉ではなく、出口だった。女がほんの少し開いた扉の向こうに、赤レンガの壁と非常階段の格子が見える。下から響いてくる弟や妹の声を聞くと、ヴァーヤは胸がいっぱいになる。

けれど、予言者が行く手をさえぎるように目の前に立ちはだかる。女はヴァーヤの腕をきつくつかむ。「いいこと、あんたの人生は何もかもうまくいくから」どことなく脅しつけるような声だ。まるでヴァーヤが聞き逃してはいけないことを、ヴァーヤが信じなくてはいけないことを伝えているように。「何もかも、大丈夫だから」

女につかまれている腕の皮膚が白くなる。

「放してよ」とヴァーヤが言う。

自分でもびっくりするくらい冷淡な声だった。相手の表情が、まるでぴしゃっとカーテンを引いたみたいに、急によそよそしくなる。女はヴァーヤの腕を放し、脇にどく。


ヴァーヤは非常階段を駆け下り、サドルシューズが鉄製のステップに当たってカンカンと音をたてる。かすかな風が腕を撫で、脚に生えはじめたやわらかな茶色の毛をそよがせる。路地裏に降り立つと、クララの頬が塩からい涙に濡れ、鼻がピンクに染まっている。

「何があったの？」

クララはくるっと背を向ける。「なんだと思う？」

「そんな、でも、あんなもの信じるなんて……」ヴァーヤは助けを求めるようにダニエルのほうを見るが、ダニエルは無表情のままだ。「あの女があんたに何を言ったにしても——そんなのなんの意味もないの。あいつはただでっち上げてるだけなんだから。そうでしょ、ダニエル？」

「そうさ」ダニエルはそっぽを向いて、通りのほうに歩き出す。「行こうぜ」

クララは片手でサイモンをひっぱって立ち上がらせる。サイモンはまだ例の巾着袋を握りしめていて、中身はぜんぜん減っていない。

「お金を払うはずだったでしょ」ヴァーヤがサイモンに言う。

「忘れちゃったの」とサイモン。

「あの女にぼくらの金を払ってやる値打ちなんてあるもんか」ダニエルが両手を腰にあてて歩道に立ち、声をあげる。「さっさと行くぞ！」

四人は黙って家まで歩く。ヴァーヤはこれまでにないくらい三人を遠く感じる。夕食の席でヴァーヤはブリスケットを少しずつ口に運ぶが、サイモンはひとくちも食べようとしない。

「どうしたの、坊や？」母が訊ねる。

「お腹すいてない」

「どうして？」

サイモンは肩をすくめる。天井の照明の下で、ブロンドの巻き毛がほとんど白く見える。

「母さんがせっかく作ってくれた食事を食べなさい」と父が言う。

だがサイモンは言うことを聞こうとしない。両手を太腿の下に入れたまま動かない。

「どういうことなの？　んもう」母は不満そうな声をもらし、片方の眉をつり上げる。「口に合わなかった？」

「ほっといてあげなよ」クララは腕を伸ばしてサイモンの髪の毛をくしゃっと撫でるが、サイモンは身をよじらせてその手をふりほどき、急に椅子をうしろに押しやって耳障りな音をたてる。

「嫌いだ！」立ち上がると、サイモンは叫ぶ。「ぼくは！　嫌いだ！　みんな嫌いなんだ！」

「サイモン」父も席から立ち上がる。まだ仕事に行くときのスーツを着ている。髪はまばらになりはじめ、母のめずらしいブロンズ色がかった金髪よりも色が薄くなってきている。「家族に向かってそんな口をきくんじゃない」

ぎこちない戒め方だった。子どもたちを叱りつけるのは、いつも母の役目だから。だがその母は、ただぽかんと口を開けている。

「だって、そうなんだもん」とサイモンが言い、その顔にとまどいの表情が浮かぶ。

第1部

踊れ！

1978年―1982年

サイモン

1

父サウルが死んだとき、サイモンは物理の授業の最中で、電子殻を表す同心円を描いていた。だがその何重もの円は、サイモンには何の意味もなさなかった。夢想癖と読字障害（ディスレクシア）のせいで、サイモンはいい成績とは縁がなかった。電子殻――原子核のまわりを運動する電子の軌道――が何を意味するのかなんて、どうやっても頭に入ってこなかった。ちょうどそのとき、父は昼食をとりに店から自宅に戻ろうと、ブルーム通りの横断歩道を渡っている途中で倒れた。タクシーがクラクションを鳴らして止まった。サウルは膝をついてくずおれ、心臓から血液が失われていった。サイモンは父親の死も、電子が原子からほかの原子へと移動することも、うまくのみこめなかった――さっきまで存在したものが、つぎの瞬間にはなくなっているなんて。

ヴァーヤはヴァッサー大学から、ダニエルはニューヨーク州立大学ビンガムトン校から駆けつけた。みんな理解できなかった。たしかに、父はストレスを抱えていたかもしれない。でも街は最悪の時期を――財政危機や大停電を――ついに乗り越えた。さまざまな組合がニューヨークを経済破綻の危機から救い、景気は上向きになっていたのだ。病院で、ヴァーヤが父の最期について訊ねた。苦しみましたか？　ほんの一瞬だけです、と看護師は答えた。何か言っていましたか？　はい、と答えてくれる者はなかった。サウルの長い沈黙に慣れていた妻と子どもたちは、意外には思わなかった――それでもサイモンは、裏切られたような気分になった。父の最後の記憶を奪われたような気がした。生きているあいだとおなじように、口を閉ざしたまま死んでいった父さん。

　翌日は安息日だったので、葬儀は日曜に執りおこなわれることになった。父が所属し支援していた保守派ユダヤ教のシナゴーグ〈コングリゲーション・ティフェレス・イスラエル〉に参列者が集った。入口では、ラビ・ハイムがケリア（ユダヤ教の葬儀の習わし。悲しみの表現のため縁者の衣服を裂く）に使う鋏をゴールド家のひとりひとりに手渡した。

「いやですよ。あたしはやりません」と母ガーティは言った。母は訪れるつもりなどなかった国で通関手続きを踏まされるみたいに、しぶしぶ葬儀の段取りに従っていた。母が着ていたのは、一九六二年にサウルがあつらえてくれた、黒い丈夫な綿布製の細身のドレスだ。ぴったりとしたウェストラインに、前開きのボタン、取り外しできるベルトがついている。「そんなことさせようったって無駄ですからね」母はそう言い、ラビ・ハイムと、すでに言われたとおり衣服の心臓の上の部分に切り目を入れた子どもたちを交互に睨みつけた。自分が命じているのではない、これは神がなされていることなのだとラビが説得しても、頑として聞かなかった。結局ラビは、黒いリボンを与えてドレスのかわりにそれを切らせた。母は傷つきながらも勝利を手にし、やっと席についた。

　サイモンはむかしから会堂に来るのが好きではなかった。子どものころはシナゴーグに来るたび、こんなごつごつした黒い石造りの陰気な内装の場所にはきっと幽霊が取り憑いているに違いないと思ったものだ。儀式はもっと嫌いだった――永遠にも思える黙拝に、エルサレムの回復を願う熱狂的な祈禱。そして今、サイモンは閉ざされた棺の前に立ち、シャツの切り目から空気が入りこんでくるのを感じながら、もう二度と父の顔を見ることはないのだと気づいた。遠くを見ているような父の目、慎み深い、女性的ともいえる父の笑顔を思い浮かべた。ラビ・ハイムはサウルのことを、寛大であり、人格者であり、不屈の精神の持ち主だと言った。でもサイモンに言わせれば、父は澄まし屋で、争いや厄介ごとを避けたがる臆病な男だった――情熱に突き動かされることなどめったにない男。だから、父が母のような女性を妻にしたのはとても不可解なことだった。野心家で感情の起伏が激しいガーティは、誰が見ても父にとって実際的な選択肢とは言えなかったはずだ。

葬儀が終わると、棺を担ぐ葬送者を先導に、一家はサウルの両親が埋葬されているマウント・ヘブロン墓地に向かった。姉妹は泣いていた――ヴァーヤは声をたてずに、クララは母親に負けず劣らず大きな声をあげて――ダニエルは気丈にふるまっているように見えたが、実際はあっけにとられて言われるがまま義務を果たしているにすぎなかった。でもサイモンはどうしても泣けなかった。棺が土のなかにおろされていく段になっても涙は出なかった。彼はただ喪失感を噛（か）みしめていた。自分の知っている父親ではなく、どこかに存在していたかもしれないサウルという人間とは、もう永遠に会えないのだという事実に打ちのめされていた。夕食のとき、父とサイモンはちょうどテーブルの両端の席で、それぞれの思いに耽（ふけ）っていた。どちらかがふと顔を上げ、二人の視線が合うと、どきっとした――偶然だけれど、それは二つの異なる世界をつなぐ蝶番（ちょうつがい）のような瞬間だった。やがてどちらかがふたたび目をそらすまでの、ほんの一瞬の絆。

もうその瞬間が訪れることはない。よそよそしくはあったけれど、父がいたからこそゴールド家のみんながそれぞれの役割を担うことができた――サウルは稼ぎ手。ガーティは司令官。ヴァーヤは聞き分けのいい長子で、サイモンは気楽な末っ子。もし父の肉体が――母よりもコレステロール値が低く、正常そのものの心臓が――止まってしまったのだとしたら、ほかにどんな間違いが起こるのだろう？　今度はどんな法則が歪んでしまうのだろう？　ヴァーヤは寝室に逃げこんでいた。ダニエルは二十歳で、大人の男と言えるか言えないかという年だったが、弔問客に挨拶をし、食べ物を並べ、ヘブライ語の祈禱を先導した。クララは、寝室の陣地は誰よりも散らかし放題のくせに、二の腕が痛くなるまでキッチンを磨いた。そしてサイモンは、母の面倒を見た。

サイモンが母の世話を焼くなんて、ふだんなら考えられなかった。母ガーティはいつだってきょうだいの誰よりもサイモンを甘やかしていたから。ガーティはかつて学問の道を志して、ワシントン・スクエア・パークの噴水の脇に寝そべって、カフカやニーチェやプルーストを読んでいるような娘だった。だが十九歳のとき、高校を出てすぐ父親の店で働きはじめたサウルに出会った。そして二十歳になるころには妊娠していた。そのうちガーティは奨学生として通っていたニューヨーク大学を中退し、ゴールド紳士婦人服仕立店から数ブロックのアパートに引っ越した。のちにサウルが店を継ぎ、彼の両親は引退してキュー・ガーデン・ヒルズに居を移すことになる。

ヴァーヤが生まれてまもなく——あまりに早急すぎるように思え、サウルは面くらった——ガーティは法律事務所の受付の仕事についた。夜には、あいかわらず家族の恐るべき司令官だった。だが朝になると、よそゆきに身を包んで、小さな丸い箱にしまった口紅をつけ、子どもたちをミセス・アルメンディンガーにあずけた。そうして、見たこともないほど軽やかな足取りでアパートの建物を出た。だがサイモンを産んだあと、ガーティは五カ月ではなく九カ月の育休を取り、さらにそれが十八カ月になった。どこに行くにもサイモンを連れていった。サイモンが泣けば、苛立ちながら荒々しく相手をするのではなく、優しく鼻先をこすりつけて歌ってやった。まるで、ずっと腹立たしく思ってきたことも、もうこれが最後なのだと知って、しみじみと味わおうとするみたいに。

サイモンが生まれたあとすぐ、ガーティは夫が仕事に行っているあいだに診療所を訪ね、小さなガラス瓶入りの薬をもらってきて――「エノビッド（経口避妊薬）」、ラベルにはそう書いてあった――下着類を入れる箪笥の裏にしまっておいた。

「サーイモーン！」霧笛のように長く朗々とした声で母が呼ぶ。「あれを取ってちょうだい」ベッドに横になったまま、足のほんの先にある枕を指して言う。あるいは不機嫌な口調でぶつぶつこぼす。「腫れ物ができちゃったよ。ずっとここに横になってるもんだから」サイモンは内心ぞっとしながら、深いひび割れが走る母の踵を見てやる。「腫れ物じゃないよ、母さん」とサイモンは言う。「ただのまめだ」だが、すでに母の関心はよそに移り、カディッシュ（ユダヤ教で親族の喪に服す者が毎日唱える祈禱）に付き添っておくれとか、ラビ・ハイムがシヴァ（葬儀後七日間の喪）のために届けてくれたプレートから魚とチョコレートを持ってきておくれなどと頼むのだ。

　母さんはぼくを小間使いみたいにするのを楽しんでいるんだ――夜中に母がすすり泣いていることを知らなかったら、サイモンはそう思ったかもしれない。母は子どもたちに聞こえないよう、鼻をすすって泣き声を押し殺すのだが、サイモンには聞こえていた。サウルとこの二十年間ともにしてきたベッドの上で、胎児のように体を丸めているのを見たこともあった。ちょうど、サウルと出会ったころの、十代の娘に戻ったみたいに。母はシヴァではじつに敬虔（けいけん）にふるまった。サイモンは母がこんなふうにふるまえるなんて意外だった。ガーティはいつだって、どんな神様よりも迷信を信じていた。葬列とすれ違ったら三回唾を吐いたし、塩入れが倒れたら中身をぜんぶ捨てた。妊娠中はけっして墓地をよこぎろうとしなかった。そのために、一家は一九五六年から一九六二年のあいだ、ずっと遠まわりをしなければいけなかった。金曜から始まる安息日には忍耐力をかきあつめるようにして過ごしていた。まるでほんとうは早く帰ってほしくてたまらない客の相手をしているみたいに。ところがその週、ガーティはユダヤ教の服喪のしきたりどおりに化粧もしなかった。宝石もつけなかったし、革の靴も履かなかった。ケリアをきちんとおこなわなかった穴埋めのつもりか、朝から晩まであの細身の黒いドレスを着て過ごし、太腿にブリスケットのかけらが落ちようがおかまいなしだった。ゴールド家には木製の椅子がなかったので、床に坐ってカディッシュを朗誦(ろうしょう)し、顔をおおうように聖書(タナフ)をもちあげ、目をすがめ、ヨブ記を読もうとさえした。聖書を下ろすと、ガーティは殺気だった目つきで親の姿を捜す迷子のようにうろたえ、そして呼び声をあげた――「サーイモーン!」――何かはっきりと感じとれるものを……新鮮な果物を、パウンドケーキを。窓を開けて空気を入れてちょうだい、すきま風が入らないように窓を閉めてちょうだい。毛布を、タオルを、キャンドルを。

　正式礼拝に必要な人数が集まると、母はサイモンの手を借りて新しい服に着替え、室内履きをはき、その場に加わった。集まっているのはサウルの店の長年の従業員たちだ。帳簿係、お針子、パタンナー、営業担当者、そして、サウルのジュニア・パートナーのアーサー・ミラヴェッツ。ひょろっとして鉤鼻ぎみの、三十二歳の男だ。

　幼いころ、サイモンは父の店に行くのが好きだった。帳簿係たちはペーパー・クリップで遊ばせてくれたり、はぎれを分けてくれたりした。サイモンはサウルの息子であることが誇らしかった――従業員たちのうやうやしい態度からも、大きな窓のある父のオフィスからも、自分の父親が重要な人物だということがはっきりとわかった。父はサイモンを片膝の上にのせて、パターンを裁断して仮縫いするところを実演してくれた。それからサイモンを連れて生地問屋に行き、つぎのシーズンに流行りそうなシルクやツイードを選んだ。〈サックス・フィフス・アヴェニュー〉に足を運び、自分の仕立店で似たようなものを作るために、最新スタイルの服を買った。営業時間が終わると、店の男たちが集ってハーツをやったり、サウルのオフィスで葉巻を吸ったりしながら、教師のストライキや清掃作業員のストライキ、スエズ運河やヨム・キプール戦争について議論したものだが、サイモンはそういう場にもいさせてもらえた。

そんなふうにしているうちに、何かがだんだんと大きくなり、ぐんぐん迫ってきた。やがてサイモンは威圧的なまでに堂々と待ちかまえているそれを直視せざるをえなくなった——自分の未来だ。長男のダニエルはむかしから医者を志していた。つまり、残る後継ぎはサイモンだけということだ。ダブルのスーツはもとより、自分の肌をまとっていることさえじれったく、居心地の悪い思いをしているサイモン。中学生になるころには、婦人服なんかにこれっぽっちも興味がもてず、ウール地なんて見るだけで肌がむずがゆくなった。サイモンは父の関心が薄いことに腹を立てた。そんなことができるのかはわからないけれど、もしサイモンが家業を継がないとなったら、父はきっと自分には目もくれなくなるだろうと勘づいていた。アーサーにも苛立った。いつだって父にべったりで、サイモンのことをおつかいのできる子犬みたいに扱う。何よりもサイモンがよくわからなかったのは、父のほんとうの意味の家は店で、従業員たちのほうが実の子どもたちよりもずっとよく父を理解しているということだった。

正式礼拝を訪れたアーサーは、デリの盛り合わせプレート三枚と、魚の燻製のトレイを携えていた。白鳥みたいな長い首を曲げ、ガーティの頬に口づけをした。

「これからどうすればいいの、アーサー?」ガーティが彼のコートに口を押しつけて言う。

「痛ましいことです」とアーサーが言う。「ほんとうにひどいことです」

アーサーの肩と鼈甲縁の眼鏡は春雨の滴に濡れたままだが、レンズの奥の目つきは鋭かった。

「あなたがいてくれてよかった。それにサイモンも」ガーティが言う。


服喪の七日間の最後の夜、母が眠っているあいだ、きょうだいはアパートの屋根裏に集まった。みんな疲れきって憔悴し、目は腫れてしょぼしょぼしていたし、胃袋は固く縮こまっているようだった。ショックはまだ薄れていなかったし、サイモンには薄れる日がくるなんて想像できなかった。ダニエルとヴァーヤは、肘掛けから詰め物がはみだしているオレンジ色のベルベットのカウチに腰かけていた。クララは今は亡きミセス・ブルーメンステインのものだったパッチワークの足置きに陣取って、縁の欠けた四つのティーカップにバーボンを注いだ。サイモンは床にあぐらをかいて坐り、琥珀色の液体に指先を入れてまわした。

「で、どうするの?」サイモンがダニエルとヴァーヤをちらっと見ながら訊く。「明日になったら行っちゃうつもり?」

ダニエルがうなずいた。彼とヴァーヤは早朝の電車で学校に戻るのだ。二人とももう母に挨拶を済ませ、試験が終わり次第、一カ月もしたら帰ってくると約束していた。

「落第を免れたきゃ、もうこれ以上は休んでられないからな」とダニエルが言う。「世の中には」クララを足でつついて続ける。「その手の心配ごとがある人間もいるんだよ」

クララはあと二週間で高校を卒業する。だが早くも卒業式に出るつもりはないと宣言していた。(「みんなでペンギンみたいな恰好してよちよち行進するの? あたしはごめんだわ」)ヴァーヤは生物学を専攻し、ダニエルは軍医を目指していたが、クララは大学に進学するつもりはなかった。クララはマジックをやりたがっていた。

かれこれ九年間、クララはイリヤ・ハルヴァチェクにマジックを教わってきた。イリヤはそのむかしヴォードヴィル芸人だった年老いた手品師で、〈イリヤズ・マジック商会〉でのクララのボスでもあった。彼女が九歳のときに初めて見つけ、イリヤ本人から『占い術の書』を買った店だ。今やクララにとってイリヤは第二の父親のような存在だった。イリヤは二つの大戦のあいだにチェコから渡ってきた移民だ。七十九歳の今では腰の曲がった関節炎持ちで、妖精トロールみたいに、頭のてっぺんに残った白髪が逆立っている。現役でステージに立っていたころの信じられないような話をいくつも聞かせてくれた。中西部のとんでもなく汚らしいダイム・ミュージアム（十九世紀末に流行った労働者階級向けの見世物小屋風の施設）を巡業していたとき、カードテーブルの目と鼻の先に人間の頭のホルマリン漬けの瓶が並んでいたこと。ペンシルヴェニアのサーカスのテントのなかで、アントニオという名前の茶色毛の小型のロバをみごとに消してみせ、千人の見物人から拍手喝采を浴びたこと。

だが、ダヴェンポート兄弟が金持ちのサロンで霊を呼び寄せ、ジョン・ネヴィル・マスケリンがロンドンのエジプシャン・ホールで女性の体を空中浮遊させてみせたのも、もう一世紀以上前のことだ。今のアメリカでもっとも成功しているのは、ステージに特殊効果を駆使したり、ラスヴェガスで凝ったショウを演出したりしているマジシャン。そのほとんどが男性だ。クララがこの国でもっとも長い歴史をもつマジック・ショップ〈マリンカズ〉を訪れたときには、レジにいた若い男はちらっと顔を上げ、鼻であしらうように彼女に「魔女学」の書棚を指さしてみせた。（「このクソ野郎」クララは小声で罵ったが、その男がそわそわするのが見たいがために、わざわざ『悪霊学――

血の召喚魔術』を買った。)

それに、クララはステージ・マジシャンにはあまり心惹かれなかった——けばけばしい照明に礼装の観客、ワイヤー仕掛けの空中浮遊——クララが好きなのはもっとこぢんまりとした会場だった。マジックが人の手から人の手へと、くちゃくちゃになった一ドル紙幣みたいに手渡されていくような場所。日曜になるとセントラルパークのウォルター・スコットの銅像の前に足を運び、そこを定位置にしているストリート・マジシャンのジェフ・シェリダンを観にいった。だけど、こんなやり方でほんとうに生活していけるだろうか? ニューヨークは変わりつつある。クララの住んでいる界隈では、ヒッピーたちに代わってハードコアの若者がたむろしはじめているし、ドラッグだってもっとハードなものが流行っている。十二番街とアヴェニューAではプエルトリコ系ギャングが幅をきかせている。クララはいちど、そこで男たちに押さえつけられたことがあった。ちょうどそのときダニエルが偶然通りかからなければ、たぶんもっとひどいことになっていただろう。

ヴァーヤは空いているティーカップのなかに煙草の灰を振り落とした。「まだ家を出るつもりでいるだなんて信じられない。母さんがあんなことになってるのに」

「ずっと前から計画してたことなの、ヴァーヤ。ずっと家を出るって決めてた」

「でもね、計画は変更になることだってあるでしょ。そうしなきゃいけないときもある」

クララは眉を上げる。「じゃ、なんで自分の計画は変更しないわけ?」

「できないもの。試験があるから」

ヴァーヤの両手はぴくりとも動かず、背筋はまっすぐに伸びている。彼女はいつだって頑なで、聖人ぶっている。ただの二本の線のあいだを歩くにも、まるで平均台にでも乗っているみたいにそろそろと慎重に進むタイプだ。十四歳の誕生日、ヴァーヤはバースデーケーキのロウソクに息を吹きかけたが、三本だけ火が消えなかった。すると、まだ八歳だったサイモンが爪先立ちになって残りのロウソクを吹き消した。ヴァーヤは小さい弟を怒鳴りつけ、大泣きしはじめた。手がつけられないくらいの泣きぶりに、父も母もとまどっていた。ヴァーヤはクララのように美人ではないし、着るものにも化粧にもまるで関心がない。ただ一つ、自分に許しているのが髪を伸ばすことだ。腰まである長い髪は、染めたこともマニキュアをしたこともない。地毛の色――夏の土みたいな、くすんだ茶色――が目を引くからではない。たんに、ヴァーヤは慣れ親しんだものを変えるのをあまり好まないからだ。クララは髪を安っぽくてどぎつい赤に染めている。彼女が根もとを染め直すたびに、何日かシンクが血まみれになっているみたいに見えた。

「試験ねえ」クララが手をひらひらさせながら言う。まるでヴァーヤのなかなかやめられない趣味でもあげつらうように。

「で、どこに行く計画なんだ?」ダニエルが訊く。

「まだ決めてない」クララはクールに答えるが、顔つきがこわばる。

「嘘でしょ」ヴァーヤが頭をがっくりとうしろにのけぞらせる。「計画すら立ててないの?」

「待ってるんだよ」とクララ。「行くべきところがあきらかになるときが来るのを」

サイモンはクララを見た。彼はクララが未来を恐れているのを知っていた。クララがそれを上手に隠していることも知っていた。

「それがあきらかになって」とダニエルが言う。「さてそこが目的地だとわかったとして、いったいどうやってそこに行くつもりだ? その方法もあきらかになるのを待つってのか? 車を買う金もない。飛行機のチケットを買う金もないじゃないか」

「いまどきはヒッチハイクって手があんのよ、ダニー」クララは唯一、ダニエルを子ども時代のニックネームで呼ぶ。それがダニエルのおねしょ癖や出っ歯、何より、ニュージャージー州ラヴァレットへの家族旅行の悲惨な思い出を連想させるとわかっていながら。休暇初日のドライヴの最中、ダニエルはレンタルしたシボレーの後部座席で、コーデュロイのズボンのなかにうんちを漏らしてしまったのだ。「イケてる子はみんなやってるよ」

「クララ、お願いだから」ヴァーヤが急に頭を起こして言う。「ヒッチハイクなんてしないって約束して。それで国を横断するって？　殺されちゃう」

「あたしは殺されたりしない」クララは煙草を吸いこむと、ヴァーヤにかからないように顔を左に向けて煙を吐く。「でもそんなに気になるんなら、グレイハウンドで行くことにするよ」

「長距離バスだなんて、何日もかかるぞ」とダニエル。

「列車より安いもん。それにさ。みんな母さんがあたしを必要としてるって、本気でそう思ってるわけ？　きっとあたしがそばにいないほうが幸せだよ」クララが大学に進学するつもりがないとわかって以来、彼女と母は連日のように大声でわめきあい、やがてそれは気づまりな沈黙に変わった。

「どっちみち、母さんは一人になるわけじゃない。サイがいるし」

クララはサイモンのほうに手を伸ばし、弟の膝をつかんでゆすった。

「おまえはそれでかまわないのか、サイモン？」ダニエルが訊く。

かまわないわけない。みんながいなくなったあとどうなるか、サイモンには目に見えるようだ。母と二人きりで、永遠に続くシヴァに囚われて生きるのだ——「サーイモーン！」——父はもう存在せず、同時にあらゆるところに存在しつづける。家ではないどこかに行きたくて、夜中にこっそり抜け出して走りにいくのだろう。それに家業——もはや当然のようにサイモンのものになった家業がある。だいたいクララが、自分の味方のクララがいなくなるのだって平気なわけがない。だがクララのためを思って、サイモンは肩をすくめた。

「べつに。クララは自分がしたいようにすればいい。人生は一度きり、だろ？」

「たぶんね」クララが煙草の火を消しながら言う。「みんな、それについて考えてみたことない？」

ダニエルが眉を上げる。「来世についてか？」

「じゃなくて」とクララ。「自分の人生がいつまで続くかってこと」

ついに禁断の箱が開けられ、屋根裏が静まりかえった。

「いつかのいかさま女みたいなこと言うなよ」

クララはまるで自分が侮辱されたみたいに、ぴくっと顔をひきつらせた。四人は何年もヘスター通りの女の話をしていなかった。だがその夜、クララは酔っていた。目がとろんとして、少しろれつがまわらなくなっているので、サイモンにはわかった。

「みんな弱虫だね」とクララが言う。「認めることもできないなんてさ」

「何を認めるっていうんだよ？」とダニエル。

「あの女に告げられたこと」クララは兄に人差し指を突き出してみせる。爪の赤いマニキュアが剝げかけている。「ほらあ、ダニエル。言ってみて」

「やだね」

「弱虫」クララは歪んだ笑みを浮かべ、目を閉じる。

「言いたくても言えないさ」ダニエルが言う。「もうずっと何年も前のこと――十年も前のことなんだぞ。そんなむかしのこと覚えてるって本気で思うのか？」

「わたしは覚えてる」ヴァーヤが言う。「二〇四四年、一月二十一日。さあどうぞ」

バーボンをひとくち飲み、もういちどカップを傾けて飲み干すと、空になったカップを床に置いた。クララはびっくりしたような顔で姉を見た。バーボンのボトルの首を片手でつかんでヴァーヤのカップに注ぎ、自分のカップにも注ぎ足した。

「なんだよそれ」サイモンが口を開く。「八十八歳まで生きるってこと？」

ヴァーヤがうなずいた。

「それはめでたいわ」クララは目をつむる。「あたしは三十一歳で死ぬって言われた」

ダニエルが咳払いをする。「まあ、あんなの嘘っぱちだから」

クララがカップを掲げてみせる。「希望に乾杯」

「わかったよ」ダニエルが酒を飲み干す。「十一月二十四日、二〇〇六年だ。ヴィ、きみの勝ちだ」

「四十八歳か」クララが言う。「不安なの？」

「なわけないだろ。あのばばあは思いつきで適当なことを言っただけなんだよ。よっぽどのばかじゃないかぎりそんなこと信じるわけないだろ」ダニエルが下ろしたカップが、床板の上でカタカタと音をたてる。「サイ、おまえは？」

サイモンは七本目の煙草を吸っていた。じっと壁を見つめたままひと息吸いこみ、煙を吐き出した。「若死にするってさ」

「若いって、どれくらい？」クララが訊く。

「関係ないだろ」

「もう、いいかげんにして」ヴァーヤが言う。「ばかばかしい。こっちがその気になったりしないかぎり、あの女に支配されることなんてないの――それに、どう考えたってあんなのいかさまでしょ。八十八歳？　よしてよ。そんな予言されたって、四十歳でトラックにはねられて死ぬかもしれないじゃない」

「じゃ、どうしてぼくら三人はこんな不吉な予言をされたんだ？」サイモンが訊く。

「さあね。変化をつけてみたんじゃない？　みんなにおなじこと言うわけにはいかないもの」ヴァーヤの顔がかっと赤くなる。「あんなやつに会いにいったりしなきゃよかった。妙な考えを植え付けられただけだった」

「ダニエルのせいよ」クララが言う。「ダニエルがあたしたちを連れてったんだもん」

「ああわかってるさ」ダニエルがひそひそ声で言い返す。「それに、おまえがまっさきに賛成したこともな」

サイモンの胸に怒りがこみあげてきた。一瞬、みんなが憎らしくなった――ヴァーヤは冷静でよそよそしく、生きる時間がたっぷりとある。ダニエルはさっさと医学の道に進むことを決めてしまって、サイモンにゴールド家の後継を押しつけた。クララはクララで、彼をおいてけぼりにしようとしている。三人とも逃げ出そうとしていることに、腹が立ってしかたなかった。

「なあ！」サイモンは声をあげる。「やめろよ！　とにかく黙ってくれ。父さんが死んだんだぞ。へらへらしないで黙ってろよ！」

偉そうな声に、われながら驚いた。ダニエルでさえひるんでいるようだ。

「サイモン様の命令だ」ダニエルが言った。

ヴァーヤとダニエルは階下に戻って自分たちのベッドに入ったが、クララとサイモンは屋上に登った。枕と毛布を持っていって、スモッグ越しに照らす月明かりのもと、コンクリートの上で眠った。夜明け前、誰かが二人の体を揺すった。母かと思ったが、ぼんやりした視界にヴァーヤのやつれた顔がはっきりと見えてきた。

「もう行くよ」ヴァーヤがささやく。「タクシーが下に来てるから」

彼女のうしろからダニエルの顔が現れた。眼鏡の向こうの目はうつろで、肌は魚みたいに青白く光っている。一週間の疲れのせいか、口の両脇に深い皺が刻まれている——あるいは、前からそうだったのだろうか？

クララが片腕で顔をおおう。「やだ」

ヴァーヤはその腕を持ちあげて、妹の髪を撫でる。「ちゃんとさよならを言って」

優しい声に、クララは起き上がった。ヴァーヤの首に両腕を巻きつけて、自分の肘をつかめるくらいきつく抱きしめた。

「さよなら」とささやく。

ヴァーヤとダニエルが発ったあと、朝焼けに空が赤く染まり、やがて飴色になった。サイモンはクララの髪に顔を押しつけた。煙草のにおいがする。

「行かないで」サイモンが言う。

「だめなの、サイ」

「そこに何があるっていうんだよ？」

「そんなの誰にもわかんない」疲労で潤んだ目のなかで、クララの瞳孔が輝いているように見える。

「だからこそ行くの」

二人は起き上がって一緒に毛布を畳んだ。

「あんたも来ればいいのに」クララが言い、サイモンのほうを見る。

サイモンは笑い声をあげる。「ああそうだな。高校を二年すっとばして？　母さんに殺される」

「うんと遠くに行けば大丈夫」

「無理だよ」

クララは屋上の端まで歩いていって柵に寄りかかった。きのうから着ている毛羽立ったブルーのセーターに、切りっぱなしのデニムのショートパンツ姿。こちらを見てはいないのに、サイモンはクララが全神経を彼に向けて、体をびりびり震わせているのがわかった。なんでもないふりをしていなければ、つぎの言葉を口にできないことがわかっているみたいだ。

「二人でサンフランシスコに行ってもいいんだよ」

サイモンが息をのむ。「そういう言い方するなって」

彼は身をかがめて枕を拾い上げ、両脇に一つずつ抱えた。身長は、サウルとおなじ一七三センチ。軽やかで筋肉のついた脚、引き締まった胸板。ふっくらして赤みを帯びたくちびるると、ブロンドの巻き毛は――遠い祖先のアーリア人の遺伝子が、ひょっこり顔を出したのだろう――一年生のクラスの女の子たちをうっとりさせている。でも、サイモンが欲しいのは彼女たちの賞賛ではない。

サイモンはヴァギナに興味をもったことはいちどもない。あのキャベツのような襞（ひだ）の重なり、秘密めいた長い回廊には。彼が心から欲望を覚えるのは、力づよくそそり立つペニス、そのがむしゃらな自己主張、そして自分とおなじような肉体が立ち向かってくることだった。クララだけがそのことを知っていた。両親が寝静まったあと、クララの合皮のハンドバッグに防犯用の催涙スプレーをしのばせ、クララとサイモンは窓をよじのぼって外に出ると、非常階段を伝って通りに出た。〈ル・ジャルダン〉にボビー〝DJ〟グッタダーロのプレイを聴きにいったり、地下鉄に乗ってウエスト十二丁目まで行って、生花倉庫を改造したディスコをのぞいたりした。サイモンはそこでゴーゴーダンサーと知り合い、サンフランシスコのことを知ったのだった。屋上の庭園で、そのダンサーは話してくれた。サンフランシスコにはゲイの市会議員がいる。ゲイの新聞がある。ゲイがふつうに仕事に就けるし、いつでもどこでもセックスできる。なぜなら、同性愛を禁じる法律がないから。「想像できないだろ」とダンサーは言い、サイモンはそれから想像すること以外は何もできなくなった。

「どうして?」クララが言う。今度はサイモンのほうを向いて。「そりゃ母さんは怒るでしょうね。でも、ここにとどまったらあんたの人生がどうなるか予想はつくし、あたしはそんなのいやなんだよ、サイ。あんただって望んでないはず。たしかに母さんはあたしを大学に行かせたがってるけど、ダニーとヴィでそれは叶えたじゃない。母さんとあたしとは違う人間なんだって、ちゃんと受け入れてもらわなきゃ。そしてあんたも父さんとは違う。ったく——あんたは仕立屋になるために生まれたわけじゃない。仕立屋だってさ!」クララはそこで口を閉ざす。言葉が染みこんでいくのを待つみたいに。「そんなの間違ってる。それにフェアじゃない。だから、理由があるなら言ってみて。あんたが自分の人生をスタートさせちゃいけないちゃんとした理由が一つでもあるなら言ってみてよ」

　思い描いてみたとたん、サイモンは圧倒されそうになった。マンハッタンだってオアシスには違いない――ゲイ・クラブがある、バスハウス（ゲイ専用のサウナ）だってある――でも生まれてこのかた住んできた街で新しい自分になるのは怖かった。「ホモども（フェイゲルズ）め」――父はある日、三人のスレンダーな男が、シン一家が家賃を払えなくなって引き払っていったアパートの部屋に、さまざまな道具を運び入れる姿を睨みながら言った。母もそのイディッシュ語の侮辱語を口にすることがあった。サイモンは聞かなかったふりをしていたが、いつだって自分が蔑まれているような気持ちになった。

　ニューヨークにいるかぎりは、父母のために生きることになる。でもサンフランシスコに行けば、自分のために生きることができる。それに、あのことを思い出すのはいやだったし、現に異様なまでにその話題を避けつづけてきたけれど、サイモンはあえて考えてみた――ヘスター通りの女の予言が正しかったら？　そう思ってみただけで、人生はまったく違ったものに見えた。切実で、まばゆいほどに輝く、貴重なものに。

「まいったな、クララ」サイモンはクララの隣に歩いていって柵にもたれる。「でもあそこに行ってきみにはなんの得があるんだ？」

　血のように真っ赤な太陽が昇ってきて、クララは目を細めた。

「あんたが行ける場所は一つだけど」クララが言う。「あたしはどこにでも行ける」

　ほんのわずかに子どもっぽいふくよかさが残っている丸顔。笑うとのぞくいくぶん不揃（ふぞろ）いな歯は、ちょっと粗野なふうにも、かわいらしくも見える。ぼくの姉さん（シスター）。

「きみくらい愛せる人に出会うことなんてあるのかな」サイモンが言う。

「よしてよ」クララが笑う。「もっとずっとずっと愛せる人が見つかるって」

屋上からクリントン通りを見下ろすと、若い男が走っているのが見えた。薄手の白いTシャツに、青いナイロンのショートパンツ姿。サイモンはTシャツの下で波打つ男の胸の筋肉を見つめ、がっちりした太腿が彼を運んでいくのを見つめる。クララはサイモンの視線の先を追い、そして言った。

「一緒にここを出ていこう」

2

おぼろげな陽射しと色彩に包まれて五月がやってきた。ルーズベルト公園の草地には、クロッカスが親指のような芽を吹かせている。クララは高校の最後の授業が終わると、空っぽの額縁を手に教室を飛び出した。卒業証書はカリグラフィが仕上がったら送られてくる予定だが、そのころにはもう出発しているだろう。クララが出ていくことは母も承知だから、スーツケースは堂々と廊下に出されている。母が知らないのは、サイモンが——彼のスーツケースはベッドの下に押しこまれている——クララと一緒に行ってしまうということだ。

サイモンは持ち物はほとんど置いていくつもりで、最低限の必需品と大切なものだけを荷造りした。ベロア地のストライプの衿つき半袖シャツ。赤い巾着袋。茶色のコーデュロイのベルボトム。これを穿いて電車に乗っていたとき、若いプエルトリコ人と目が合ってウィンクをされた。いまのところそれが、彼にとって最高にロマンティックな経験だった。父サウルが贈ってくれた、革製のバンドの金の腕時計。そして、ニューバランス320s——ブルーのスウェード製の、これまで履いてきたなかでいちばん軽いランニングシューズ。

クララの荷物はもっと大きかった。マジック・ショップの最後の出勤日に、イリヤ・ハルヴァチェクがくれたものが入っている。家を出る前の晩、サイモンはその話を聞かせてもらった。

「あすこからあの箱を持ってきておくれ」イリヤは指をさしながらクララに言った。

黒塗りの木製の箱は、見世物小屋時代からサーカス時代まで、イリヤが片時も離さなかったものだ。一九三一年にポリオに罹るまでずっと――「いいタイミングだったのさ」とイリヤはよく冗談めかして言った。「どのみちそのころには、映画のおかげでヴォードヴィルなんざ廃れていたからな」イリヤはいつも「あの箱」と呼んだが、クララはそれが彼にとってどんなに大切なものかを知っていた。彼女は言われたとおりに箱を持ってくると、イリヤが椅子から立ち上がらなくても済むように、カウンターの上に置いた。

「これからは、おまえさんにこいつを持っててほしいんだ」とイリヤは言った。「いいか？　今度はおまえさんの番だ。こいつを使って、こいつを楽しんでほしい。こいつは巡業用に作られたもんだ。足の悪い老いぼれと一緒に部屋に閉じこもってちゃいけないんだよ。どうやって組み立てるかわかるか？　どれ、やってみせよう」クララはイリヤが杖にすがりながら立ち上がり、慣れた手つきで箱をテーブルに変えるのを見守った。「ここにカードを置くんだ。そして、こっちに立つ」

クララはやってみた。「いいぞ」イリヤは言い、皺くちゃの顔に小妖精のような笑みを浮かべた。

「おまえさんが使うと見違えるな」

「イリヤ……」クララはいつのまにか泣いていたことに気づいてとまどった。「どうやってお礼したらいいんだろ」

「使ってくれれば、それでいいんだ」イリヤは手をひらひら振って、杖をついて奥の部屋に入っていった――在庫の整理でもしにいくようなそぶりだったが、ほんとうは悲しんでいるところを見られたくなかったのかもしれない。クララはその箱を腕に抱えて家に持って帰り、自分の道具をなかにしまった――三枚セットのシルクのスカーフ、純銀製のリング一揃い、二十五セント硬貨がぎっしり詰まった小銭入れ、銅製のカップ三個と、苺ほどの大きさの真っ赤なボール三個。そして、使いすぎて紙が布みたいにやわらかくなっているトランプ一組(デック)。

サイモンはクララに才能があることはわかっていた。けれど、彼女がマジックにのめりこんでいることに不安も感じていた。子どものころは、それがクララのチャーミングなところだった。でもこの歳にもなると奇妙なだけだ。サンフランシスコに行ってしまえば、興味も薄れるかもしれない。サイモンはそう願った。あの黒い箱にしまわれたどんなものよりも、ずっとずっと胸が躍るような現実がある街なんだから。

その晩、サイモンは何時間も寝つけなかった。サウルが亡くなったいま、長らく布(し)かれていた禁止令が解除された。仕立屋はアーサーが経営していけばいい。サイモンの真実が父に知られることは永遠にない。でも、母にはどう説明する？　サイモンは自分なりの弁明を考えた。子どもはいつか親もとを離れ、成長していく。それが世界のしくみなんだ――むしろ、人間が遅すぎるんだ。オタマジャクシは父ガエルの口のなかで何カ月か過ごすけれど、尾っぽがとれるとすぐに世界に飛び出していくじゃないか。（少なくとも、サイモンはそう思っていた。生物の授業は、いつも心ここにあらずで聞いていただけだったから。）太平洋サケは淡水で生まれて、海へと旅立っていく。産卵と寿命が近づくと、何百マイルも旅をして自分が生まれた水へと戻っていく。ぼくだって、いつだって戻ってこられる。

やっと眠りにつくと、サケになる夢を見た。サイモンは精液のなかに浮かぶきらきらした薄ピンクの卵で、やがて川底の産卵床におさまる。しばらくすると殻を突き破り、暗いよどみに身を隠し、やってくるものを餌にする。鱗が黒ずみはじめると、何マイルも泳いでいく。最初は仲間たちと群れをなし、鱗がこすれあうほど身を寄せ合って泳ぐ。だけど泳げば泳ぐほど、群れは小さくなっていく。仲間たちが帰路につきはじめていることに気づいたときには、もう自分が生まれた故郷の水への道が思い出せなくなっている。サイモンは引き返せないほど遠くまで泳いできてしまったのだ。

朝早く、二人は目を覚ました。クララは母ガーティを揺すり起こしてさよならを言うと、ふたたび眠るようなだめつけた。クララが二人分のスーツケースを抱え、足音をたてないように階段を降りているあいだ、サイモンはスニーカーの紐を結んでいた。廊下に出て、いつもギシギシいう床板を踏まないように注意深く玄関に歩いていった。

「どこかに出かけるの？」

サイモンはびくっとして振り返った。母が寝室のドアのところに立っていた。ヴァーヤを産んだときから着ている大きなピンクのバスローブにくるまって、いつもこの時間には髪にカーラーが巻かれているのに、その日はほどかれている。

「ちょっとその……」サイモンは重心を片方の足からべつの足に移す。「サンドウィッチを買いに」

「朝の六時だよ。こんな時間にサンドウィッチを買いにいくとはね」

ガーティの頬はうっすら赤く染まり、目は見開かれていた。瞳に光が走る。恐怖が凝縮し、黒真珠のように輝く。

サイモンの目が潤みはじめた。ガーティの両足——厚切りのポークチョップみたいな、ピンク色の平たい足——は肩幅に広げられ、踏みしめられている。胴体はボクサーのように張りつめている。

まだサイモンがよちよち歩きで、きょうだいたちは学校に行っているとき、彼と母は二人で「ダンシング・バルーン」と名付けたゲームをして遊んだ。母はラジオをモータウンのチャンネルに合わせ（サウルがいるときは絶対にかけないチャンネルだ）、赤い風船を半分までふくらませた。二人は音楽に合わせて踊りながら、バスルームからキッチンまで、アパートじゅうを駆けまわり、風船を空中に投げ上げつづけた。目標はただ一つ、風船をけっして床に落とさないようにすること。サイモンはすばしこく、ガーティはどたばたと動きまわり、番組が終わるまで、風船を宙に浮かせつづけた。サイモンは思い出す。あのとき、母がダイニングに突進していくと、蠟燭(ろうそく)立てが床に落ちて盛大に音をたてた――「何も壊れてない！」母は大声を張り上げた――それから、笑いを噛み殺すように、しゃっくりみたいな音をもらした。もし押さえつけなければ、あの笑いはきっとむせび泣きに変わっていたのだろう。

「母さん」とサイモンは言う。「ぼくにはぼくの人生があるんだってば」

自分の口調を聞いていやになった。まるで泣きすがってるみたいだ。ふいに、母に抱きしめてもらいたくなった。だが、ガーティは玄関の外のクリントン通りに目を向けた。母の視線がこちらに戻ってきたとき、そこにはあきらめの表情が浮かんでいた。そんな顔を見るのは初めてだ。

「わかったよ。サンドウィッチを買っといで」母は大きく息を吸ってから続ける。「でも学校が終わったら店に行くんだからね。アーサーがいろいろと手ほどきしてくれるから。これからは毎日店に寄らなきゃだめ。だって父さんが――」

だが母は最後まで言うことができなかった。

「わかったよ、母さん」とサイモンが言う。喉がかっと熱くなる。

ガーティはほっとしたようにうなずいた。サイモンは足がすくんでしまわないうちに、階段を駆け下りた。

長距離バスの旅はロマンティックなものと思っていたが、サイモンは最初の区間をほとんど眠って過ごした。母とのやりとりについて考えつづけるのに耐えられなくなると、隣のクララの肩に頭をのせた。クララはずっとカードを繰ったり一組の小さな鉄の輪っかをいじったりしていて、サイモンは金属がかちあう音や紙がパタパタいう音でときどき目を覚ました。翌朝の六時十分、二人はミズーリの乗り継ぎ場に到着した。そこでアリゾナ行きのバスが来るのを待ち、アリゾナに着くと、ロサンジェルス行きのバスに乗りこんだ。最後の区間は九時間かかった。サンフランシスコに着いたころには、サイモンはまるで地球上でいちばん汚らわしい生き物のような気分になっていた。ブロンドの髪は脂じみて茶色になっているし、丸三日間、いちども着替えていない。でも、どこまでも広がっていくような青い空と、革ずくめの恰好でフォルサム通りにたむろしている男たちの姿を見ると、サイモンのなかの何かが、水遊びに向かう犬みたいに飛び跳ねた。彼は思わず笑い声をあげた。たった一声、よろこびに吠えるように。

それから三日間、二人はテディ・ウィンクルマンの住まいに身を寄せた。おなじ高校の知り合いで、卒業後にサンフランシスコに引っ越していった男の子だ。テディはシーク教徒たちとつるみ、バクシーシ・カルサと名乗るようになっていた。アパートには二人のルームメイトがいた――一人はスージーという、キャンドルスティック・パークの場外で花売りをしている女の子。もう一人はラジという、褐色の肌に黒髪を肩まで伸ばし、週末は居間のカウチでガルシア・マルケスを読んで過ごすような青年だ。アパートはサイモンが想像していたような古めかしいヴィクトリア朝ふうの建物ではなく、狭い部屋が連なったじめじめした建物で、クリントン通り七十二番地の実家とたいして変わらなかった。だが、インテリアは大違いだった。絞り染めの大きな布が、獲物の皮よろしく壁にピンで留めてある。ドアというドアの枠に、トウガラシ型の豆電球の電飾が巻きつけられている。床にはレコードやビールの空き缶が散らばり、部屋じゅうに香の匂いがたちこめていて、サイモンは室内に入るたびに咳きこんだ。

土曜日、クララが賃貸物件リストの一つを赤ペンで丸く囲った。〈２ベッドルーム／１バスルーム〉と、そこには書かれていた。〈月３８９ドル／日当たり良好／広々／堅木張り床／歴史的建築!! **騒音ＯＫの方に限る**〉二人はＪラインに乗って十七丁目とマーケット通りの交差点を目指し、するとたどり着いた――カストロ通りに。サイモンがずっと夢見てきた、二ブロックの楽園。彼はカストロ・シアターを見つめ、有名なゲイ・クラブ〈トード・ホール・バー〉の茶色のひさしを見つめ、そして非常階段に坐ったり、建物前の階段で煙草をふかしたりしている男たちに見入った。タイトなジーンズにフランネルのシャツを着ている、あるいはそもそもシャツなんか着てもいない男たち。ずっとずっと欲しつづけていたもの――それがとうとう、こんなにもあっけなく手に入った。だからサイモンは、まるで自分の未来をほんの一瞬だけ見ているような気分になった。これは現在なんだ――彼はくらくらしながら自分に言い聞かせた――今なんだ。サイモンはクララのあとについてコリングウッド通りに向かった。丸く茂った街路樹と、キャンディ・カラーのエドワード朝様式の家が建ち並ぶ、静かな界隈だ。幅の広い長方形の建物の前に着くと、二人は足を止めた。一階はクラブで、まだ開店していなかった。天井まで延びる長い窓が並んでいて、ガラス越しに、紫（パープル）のカウチと、ミラーボールと、胸像の台座みたいな高いお立ち台が見えた。ガラスに店の名前がペンキで書かれている――〈PURP（パープ）〉。

アパートはそのクラブの真上にあった。広々ともしていないし、ベッドルームが二つというのもでたらめだった。一つ目のベッドルームはリビングで、もう一つはウォークイン・クローゼットだ。でも日当たりは良いし、つやつやしたフローリングに、出窓もある。それに二人の持ち合わせでかろうじてひと月分の家賃は払える。クララは両腕を広げた。フリルのついたオレンジ色のホルタートップがずりあがり、淡いピンク色のお腹があらわになった。クララはくるりと一回転し、続けてくるくる二回まわってみせた――サイモンの姉は遊園地のティーカップみたいに、一心不乱に踊った。二人の新しいアパートのリビングで。

チャーチ通りのリサイクルショップでちぐはぐな台所用品をみつくろい、ダイアモンド通りのガレージ・セールで家具を手に入れた。クララがダグラス通りでビニール包装がかかったままのツインサイズのマットレスが二つ売られているのを見つけると、二人は苦労してそれを二階まで担ぎ入れた。

引っ越し祝いに、みんなで踊りにいくことになった。出かける前に、バクシーシ・カルサがマリファナとLSDをくれた。ラジはスージーを膝にのせてウクレレをかき鳴らした。クララは壁にもたれかかって坐りこみ、運勢を占うミラクル・フィッシュを見つめていた。イリヤの店のノヴェルティの棚で見つけた、薄いセロファン製の魚だ。バクシーシ・カルサはサイモンのほうに身を乗り出して彼をアンワル・サダトの話題に引き込もうとしていたが、サイモンには部屋じゅうの窓がこっちに向かってゆらゆら手を振っているように見えていて、議論なんかじゃなくてキスがしたいと思った。悠長にしている時間はない——一同はクラブに移り、フラッシュ・ライトで赤や青に染められた人ごみのなかで踊った。バクシーシ・カルサが頭に巻いたターバンをひっぱって外すと、長髪がロープのようにいきおいよく虚空を切った。一人の男が目に入った。背が高くて体格がよくて、きらきらと美しい緑色に輝く粒子をまとった男が、流星のように光の尾を引いている。サイモンは人ごみをかきわけていき、その男のほうに手を伸ばすと、二人の顔がはっとするほどの昂(たかぶ)りとともにぶつかりあった——サイモンが体験した、初めてのキスだった。

　まもなく二人は一緒にタクシーに乗りこみ、夜の街を飛びながら、後部座席で体をからみあわせた。料金は男が払った。月は夜空に頼りなげに貼りついていた。まるで、ドアから外れかけた部屋番号みたいに。歩道がカーペットのように、二人が踏み出すたびに延びていった。二人は高い銀色のアパートに入り、エレベーターに乗って高層階に向かった。

「ここ、どこなの？」サイモンが訊く。男のあとに続いて、廊下のいちばん端の部屋に入る。

　男はつかつかとキッチンに歩いていったが、照明はつけないままだった。窓から射しこむ街灯の明かりだけがアパートを照らしていた。暗さに目が慣れてくると、サイモンは清潔でモダンなリビングルームにいることがわかってきた。白い革張りのカウチに、クローム仕上げの脚がついたガラスのテーブル。ネオンカラーを撒きちらしたような絵が、向こう側の壁に吊り下げられている。

「金融街だ。シスコに来たばかりなのか？」

　サイモンはうなずいた。リビングの窓まで歩いていって、ぴかぴかのオフィス・ビルの群れを眺めた。ずっと下のほうに、ほとんどひと気のない通りが見える。いるのは二人の娼婦、そしておなじ数のタクシーだけ。

「何か飲むか？」男が声をあげる。冷蔵庫のドアに手をかけている。ＬＳＤの作用はどんどん薄れていったが、男の魅力が色あせていくことはなかった。筋肉質だが細身の体。カタログ・モデルみたいな端整な顔立ち。

「名前は？」サイモンが訊く。

男は白ワインのボトルを持ってくる。「これでいいか？」

「ああ」サイモンは少し間をおいてから言う。「ぼくに名前を教えたくない？」

男はグラスを二つ持って、カウチの隣に坐った。「なるべく言わないようにしてる。この手の状況では。でも、イアンって呼んでくれればいい」

「わかった」サイモンはなんとか笑みを浮かべてみせるが、ちょっと気分が悪くなる——この手の状況にいたほかのやつら（いったい何人だ？）とひとくくりにされたことに、そして相手の男の抜け目のなさに、嫌気を覚える。ゲイの男がサンフランシスコにやってくるのは、オープンに生きるためじゃないのか？　でもきっと、焦っちゃいけないんだ。サイモンはイアンとのデートを想像した。ゴールデンゲート・パークでブランケットを敷いて二人で寝そべったり、オーシャン・ビーチでサンドウィッチを食べたり。二人の頭上のオレンジ色の空に、カモメたちがグレーの縞を描いていく。

イアンがほほえんだ。たぶん十歳は年上だろう。もしかしたら十五歳くらい上かもしれない。

「すげえ硬くなってるんだよ」イアンが言う。

サイモンははっとした。やがて欲望の波がむらむらとこみあげてきた。イアンはとっくにズボンを脱ぎ捨て、今度は下着を脱ぐと、そこに現れた。悪びれることなく赤々とし、誇らしげに頭をもたげた――王者のようなペニスが。サイモンも硬くなってきて、ジーンズの布地がつっぱった。立ち上がってジーンズを下ろし、片方の足首に絡みついた脚の部分をひっぱった。イアンがまっすぐこちらを向いて、床に膝をついた。カウチとガラスのテーブルのあいだの狭いスペースに膝立ちになり、サイモンの尻をつかんで体を引き寄せたかと思うと突然――なんてことだ――サイモンのペニスを口に含んだ。

サイモンは思わず声をあげ、上体をいきおいよく前に倒した。イアンは片手でサイモンの胸板を押しとどめ、吸いつづけた。サイモンはあぜんとし、ずっと夢見てきた無上の快感に息をあえがせた。想像していたよりずっとよかった――責めを受けているような、恍惚としてしまうような悦び。彼のペニスにあたる口は、まるで太陽のように濃密で、熱烈だった。彼はますます勃起した。あと少しで達しそうになったとき、イアンが口を離し、にやっと笑って、てかてかした歯を見せた。

「このすてきな床が精液だらけになるのを見たいか？　高いフローリング一面に射精してやりたいか？」

サイモンは息を切らしながらとまどった。そんなことしたいだなんて、思ったこともない。「きみはそうしたいの？」

「ああ」イアンが答える。「そうさ、そうしたい」膝をついたまま這うように体をずらすと、彼のペニスが――赤を通りこしてほとんど紫色になっている――まるで王の権杖のようにサイモンのほうに突き出された。堂々たる笏の竿には、曲がりくねった血管が浮き出ている。

「ねえ」とサイモンが言う。「もう少しゆっくりいこうよ？　ほんのちょっとだけ」

「いいさ。じゃあそうしよう」イアンはサイモンの体を回転させ、顔を窓のほうに向けさせると、片手でサイモンのペニスを握り、上下に動かしはじめた。サイモンはうめき声をもらしたが、やがて両膝に鈍い痛みを感じると、部屋のほうに、イアンに意識を戻した。イアンのペニスはしきりにサイモンの尻のあいだにもぐりこもうとしていた。

「なあ、ちょっと……」サイモンは息を切らしながら言う。言葉を発するのもやっとなほど、絶頂に近づいている。「いいかな、ねえ……」

イアンは体を離してしゃがみこんだ。「なんだよ？　ローションが要るのか？」

「ローション」サイモンはつぶやく。「ああ、うん」

サイモンが欲しかったのはローションではなかった。でも、少なくとも時間稼ぎはできる。イアンはすばやく立ち上がると、廊下の先に消えていった。サイモンは息を整えた。しっかりしろ――自分に言い聞かせた――いよいよだ。足音がひたひたと近づいてきて、骨が床にあたる音がしたかと思うと、イアンが位置につき、かたわらにあざやかなオレンジ色のボトルを置いた。ローションがどろっと吹き出す音が、そしてイアンがそれを両手のあいだでこすりあわせる音がした。

「じゃあいいか？」イアンが言う。

サイモンは心を決め、両方の手のひらを床に押しあてた。

「いいよ」

ブラインドから陽が射しこんでくる。シャワーが流れる音が聞こえ、慣れないシーツから知らない人の体臭が漂ってくる。サイモンはキングサイズのベッドの上に、厚手の白いカヴァーをかぶって裸で横たわっていた。体を起こすと脚に痛みが走り、病気にでも罹ったようなひどい気分だった。目を細めて部屋を見まわした。横手に見えるドアはきっとバスルームの入口だろう。都市建築を写したよくある写真が何枚か、黒いすべすべした額に入れて飾ってある。小ぶりのウォークイン・クローゼットには、スーツの上着とシャツが色ごとに整理してかけられている。

サイモンはベッドから出て、床を見まわして自分の服を探したが、やがてリビングで服を脱いだのかもしれないと気づいた——記憶が曖昧だ。昨夜のことが現実だとは思えなくて、むしろこれまで見たこともないような濃密な夢のように感じられる。くちゃくちゃに丸まったジーンズとポロシャツがコーヒーテーブルの下で見つかった。愛用のニューバランスはドアのそばに転がっていた。サイモンは急いで服を着ると、窓の外を見た。ブリーフケースとコーヒーを手にした人の群れが、歩道を早足で歩いている。どこかもう一つの現実世界は、月曜の朝を迎えたところらしい。

シャワーの水音がやんだ。サイモンが寝室に戻ると、ちょうどバスルームから腰にタオルを巻いたイアンが出てきた。

「やあ」イアンはサイモンに向かってほほえむと、腰のタオルをほどき、それで髪をごしごし拭く。「何か持ってこようか？　コーヒー？」

「えっと」サイモンが答える。「いや、いい」サイモンがじっと見ている前で、イアンがクローゼットに向かい、黒い下着と、黒い薄手の靴下を取り出す。「どこで働いてるの？」

「〈マーテル・アンド・マクレー〉だ」イアンは高そうな白いシャツのボタンをはめ、ネクタイに手を伸ばす。

「それって？」

「投資顧問会社だよ」イアンは鏡をのぞいたまま眉をひそめる。「ほんとになんにも知らないんだな」

「だって、街に来たばかりだって言ったじゃないか」

「落ち着けって」イアンは疑いたくなるほどすてきな笑みを浮かべる。まるでやり手の人身傷害弁護士みたいだ。

「職場の人たちは」とサイモンが言う。「きみが男が好きだってこと、知ってるの?」

「知るわけない」イアンがふっと笑う。「それに、知らせるつもりもない」

イアンがクローゼットから早足で出てくると、サイモンはドアの脇によけて道を開けた。

「な、急いでるんだ。でもきみはゆっくりしてってくれ。いいな? ただ、帰るときはドアがちゃんと閉まったか確認してくれ。ロックは自動でかかるから」イアンは玄関脇のクローゼットのなかのジャケットをひっつかみ、ドアの前で一瞬立ち止まって言う。「楽しかったよ」

一人残されたサイモンは、身動きもせず立ちつくしていた。クララに居場所を知らせていない。でも、それをいうなら母さんだ。きっと今ごろ半狂乱になっているだろう。こっちが朝の八時ということは、ニューヨークは十一時近く——家出してからかれこれ一週間。母親にそんな思いをさせるなんて、ぼくはなんてひどい息子なんだ。サイモンはキッチンのカウンターの上に電話を見つけた。呼び出し音を聞きながら、実家のクリーム色の押しボタン式の電話機を思い出していた。母さんがその電話のほうに歩いてくる——ぼくの母さん、愛しい母さん。ちゃんと話をしてわかってもらわなくちゃ——母さんががっしりした右手で受話器を取り上げる。

「もしもし?」

サイモンはびくっとした。ダニエルの声だ。

「もしもし？」ダニエルがくりかえす。「聞こえます？」

サイモンは咳払いをしてから答える。「やあ」

「サイモン――」ダニエルがひゅうっとかすれた息を吐き出す。「たまげたな。ずいぶんと驚かせてくれるじゃないか。サイモン、おまえ今どこにいるんだ？」

「サンフランシスコにいる」

「クララも一緒か？」

「うん、クララもこっちにいる」

「なるほど」ダニエルはきまぐれなよちよち歩きの子どもに話しかけるように、ゆっくりと抑制のきいた声で話す。「おまえたちは、何をしているんだ？　サンフランシスコで？」

「ちょっと待って」サイモンが額をこすりながら言う。「大学にいるはずじゃなかったの？」

「そうさ」ダニエルはあいかわらず、妙に冷静な声で答える。「そうだよ、サイモン。ぼくは大学にいるはずだったさ。どうして大学にいないのか、その理由を知りたいか？　ぼくが大学にいないのはな、母さんが金曜の晩におまえが家に帰ってこないって、どえらい剣幕で電話をよこしたからなんだよ。ものわかりのいい唯一の息子であるぼくが、この家でたった一人の理性的な人間であるこのぼくが、大学を離れて母さんの面倒を見に駆けつけたってわけさ。おかげさまで今学期の成績は一時保留になるってことだよ」

サイモンの頭のなかがぐるぐる回転しはじめる。いちどにすべて対応するのは無理そうだったので、とにかくこう言った。「ヴァーヤだって理性的だよ」

ダニエルは彼の答を無視して続ける。「もういちど訊く。おまえたち、いったいサンフランシスコで何をしているんだ?」

「家を出るって決めたんだ」

「そうか、そこまではわかった。そりゃあさぞかしグ、ル、ー、ヴ、ィ、ー、だったろうな。そんで、二人でお楽しみになったというわけで、今度はつぎに何をするつもりなのか、その話をしようじゃないか」

つぎに何をするか? 窓の外に目をやると、雲ひとつない真っ青な空がどこまでも広がっていた。

「今、明日のグレイハウンドの時刻表を調べてる」受話器の向こうでダニエルが言う。「午後一時にフォルサム発のバスがあるからまずそれに乗るんだ。ソルトレイク・シティ、それからオマハで乗り換えがある。百二十ドルかかるけど、まさかそんくらいの金も持たないで大陸を横断するわけないよな。そんなばかじゃないとは思うけど、もしぼくがおまえらを買いかぶってたっていうんなら、クララの銀行口座に金を振り込むから。その場合は木曜まで待って、それから出発するんだ。いいか? サイモン? 聞いてるか?」

「帰らないよ」サイモンは泣きながら答え、自分の口から出た言葉が真実だと悟る。自分と、自分が後にしてきた家のあいだには、すでにガラスの板が張られている。透明なガラスの向こうを眺めることはできるけれど、もうあちら側に戻ることはできないのだ。

ダニエルの声が優しくなる。「よう、しっかりしろよ。いろいろきつかったよな、それはよくわかるよ。みんなそうなんだ。父さんが死んじまってさ――おまえが衝動的になるのもよくわかる。だけどやっぱり、やるべきことはやんないとな。母さんはおまえを必要としてる。おまえはゴールド家になくてはならない存在なんだ。もちろんクララのことだって必要としてるけど、あいつはその……頼りにならないから。言ってる意味、わかるだろ？　いいか、そりゃいかにもクララらしいと思うよ。あいつは断られるのが気に食わないたちだからな。きっとおまえのことを説き伏せたんだろう。だけど、あいつのくだらんお遊びにおまえを付き合わせる権利なんてないんだ。というかさ、まったく呆れるよな――おまえはまだ高校一年生なんだぞ。ほんのガキじゃないか」

サイモンは口を閉ざしたままだ。受話器の向こう側、ダニエルの背後にガーティの声が聞こえる。

（ダニエル？　誰と話してるの？）

「ちょっと待ってて、母さん！」ダニエルが叫ぶ。

「ぼくはここに残る、ダン。残るよ」

「サイモン」ダニエルの語気が荒くなる。「おまえ、こっちがどんな状況になってるかわかってるのか？　母さんが取り乱して手がつけられなくなってるんだぞ。警察に相談するなんてことまで言い出したんだ。ぼくが必死こいて母さんに言い聞かせたんだ。おまえはきっと冷静になって我に返るはずだって。だけどもうこれ以上母さんを引きとめておくことはできない。おまえはたったの十六歳――まだ未成年なんだ。厳密にいえば、家出人ってことになるんだぞ」

サイモンは泣きつづけ、体を支えるようにカウンターにもたれかかった。

「サイ？」

サイモンは手のひらで頬を拭った。そして静かに、受話器を置いた。

3

五月が終わるまでにクララは何十回も求人募集に履歴書を送ったが、一度も面接にこぎつけられなかった。サンフランシスコは変わりつつあり、クララは最良の時期を逃してしまっていた――ヒッピーたち、〈ディガーズ〉（反資本主義をモットーに六〇年代末にサンフランシスコで活動したアクティヴィスト／アーティスト集団）、ゴールデンゲート・パークでのサイケデリックな集会。クララはそこでタンバリンを鳴らすことも、公園に付属するポロ競技場で開かれた平和集会で、ビート詩人のゲイリー・スナイダーの声を聞くこともできなかった。そのゴールデンゲート・パークもいまや男娼やドラッグの売人たちの溜まり場と化し、ヒッピーたちはただのホームレスになった。組織化されてしまったこの街にクララの居場所はなかったが、クララはそこに組みこまれたいわけではなかった。ミッション地区にあるフェミニズム専門書店に狙いを定めたが、店員たちは彼女の薄っぺらいワンピースをちらっと見て、軽蔑するような表情を浮かべた。レズビアンたちが経営するコーヒー・ショップにも足を運んだが、フロアのコンクリート加工を自力でやりおおせた彼女らに、今さら誰かの助けなど必要なはずもなかった。クララはしぶしぶ人材派遣会社に応募した。

「とりあえず乗り切るための方法を探さなきゃ」とクララが言う。「楽に手っ取り早く稼げる仕事。やりがいがあるとか、そういうんじゃなくていいから」

サイモンは階下のクラブのことを考えた。夜に通りかかると、若い男とくらくらするような紫色のライトがみちあふれている。翌日の午後、サイモンが店の外で煙草をふかしながら待っていると、やがて中年の男が——背丈が一五〇センチあるかないかの小柄な男で、目の覚めるようなオレンジ色の髪をしている——鍵の束を手にドアの前にやってきた。

「どうも！」サイモンは煙草を地面に落とし、踵で踏みつぶす。「ぼくはサイモン。二階に住んでるんだ」

片手を差し出した。相手は目を細めてこちらを見ながら、手を握った。

「ベニーだ。何の用だ？」

サンフランシスコに来る前のベニーは、どんな人間だったんだろう。サイモンは思った。なんだか映画マニアっぽい。黒いスニーカーを履いて、黒いジーンズのウェストに黒いTシャツの裾をたくしこんでるなんて。

「仕事を探してるんだ」サイモンが答える。

ベニーはガラス張りのドアを肩で押して開けると、片足でおさえてサイモンが入れるようにしてくれた。

「仕事だって？　何歳だ？」

ベニーは細く開けたドアからなかに入った。店内の照明をつけてまわり、スモークマシンをチェックする。

「二十二歳。バーのしきり(テンド)もできるぜ」

サイモンはそう言ったほうが「バーテンダー」と言うより大人っぽく聞こえると思ったのだが、

どうやら間違いだったようだ。ベニーはうすら笑いを浮かべながらバーのほうに歩いていくと、積み重ねられたスツールを一つずつ下ろしはじめた。

「まず第一に」ベニーが言う。「おれに嘘はつくな。きみは――どうせ十七か十八かそこらだろ？ 第二に、どっから来たんだか知らないが、カリフォルニア州では二十一歳にならないとバーをテンドできないんだよ。ませた新人を入れたばっかりに飲み屋のライセンスを取り上げられるなんてごめんだからな。第三に――」

「頼むよ」サイモンは必死になる。仕事にありつけなければ、母さんに追われたまま、いつか家に帰るしか選択肢がなくなってしまう。「こっちに来たばかりなんだ。どうしても金が必要なんだよ。なんでもやる――床掃除でも、身分証チェックでも。きっと――」

ベニーが手のひらをこちらに向ける。「第三に、万が一、きみを雇うとしよう、でもそしたらバーに置くつもりはない」

「じゃあ、どこに？」

ベニーは動きを止めて片足をスツールの横木につっかけ、そしてフロアに等間隔に据えられている紫色の高いお立ち台を指さす。「あそこだ」

「はあ？」サイモンはお立ち台を見つめる。高さは少なくとも一メートル以上あって、幅は八十センチくらいだ。「あそこに上がって何をすればいいの？」

「踊るんだよ、坊や。やれそうか？」

サイモンは顔をほころばせる。「もちろんさ、踊れるよ。それだけでいいの？」

「それだけでいい。ツイてたな、マイキーがちょうど先週辞めちまったとこだ。でなきゃ、きみにやれる仕事なんてなかったろう。でも、きみはハンサムだし、メイクをすれば……」ベニーは首をかしげる。「そう――メイクをすればもっと年上に見える」

「メイクって？」

「なんだと思う？　パープルに塗るんだよ。頭のてっぺんから爪先まで」ベニーは店の隅の小部屋からほうきを取り出してきて、前の晩の残骸を集めはじめる。曲がったストロー、レシート、紫色のコンドームの包装。「今夜七時までに来い。連中がどうやるか教えてくれるさ」


ダンサーは五人いて、それぞれ受け持つお立ち台が決まっていた。通りに面したウィンドウのすぐそばにあるナンバー1お立ち台はリッチーのものだ。筋肉もりもりの体に、軍人らしい短髪の、四十五歳の帰還兵だ。その向かいにあるナンバー2に立つのは、ウィスコンシンから移ってきたランス。愛想のいい笑顔や、口を丸くして発音するカナダ訛りのo(オー)を、いつもふざけて真似されている。ナンバー3はレディ。二メートル近くある大男で、女装している。ナンバー4を受け持つコリンは、詩人みたいに痩せていて悲しげな目をしているので、レディに「ジーザス・ボーイ」と呼ばれている。ナンバー5は、妖しげなほど美しいエイドリアン。黄金色の肌はすべらかで、体毛の一本すら生えていない。

「ナンバー6」サイモンが楽屋に入ると、レディが呼びかける。「初めまして」

レディは黒人で、頬骨が高く、長い睫毛(まつげ)に囲まれた目は優しげだ。みんなが身につけているのは紫色のぺらぺらのTバックだけだが、ベニーはレディにだけタイトな合皮のミニドレスを身につけることを許し――もちろん紫色だ――厚底のハイヒールを履かせている。

レディは紫の塗料の缶を振ってみせる。「あっち向いて、ハニー。あたしがやったげる」エイドリアンが奇声をあげて囃したてた。サイモンは笑いながら言われたとおりにうしろを振り向いた。すでに酔っ払っていたのだ。前屈して手を床につけ、お尻を突き上げ、レディのほうに向けて揺らしてみせると、レディはきゃあっとうれしそうな叫び声をあげた。ランスがラジオをつけると、シックの〈ル・フリーク〉が聞こえてきた——エイドリアンは自分の化粧道具入れから紫色のファンデーションのチューブを取り出すと、サイモンの顔に塗りはじめ、紫のクリームを小鼻、生え際、耳たぶまで伸ばしていった。仕上がったのは九時になる数分前。ダンサーが一列に並んでクラブのフロアにパレードしていく時間だ。

まだ早い時間なのに、〈パープ〉はもう客で賑わっている。一瞬、サイモンの視界が真っ暗になった。サンフランシスコについてありとあらゆる妄想をしてきたけれど、まさかこんなことをするとは思わなかった。クララのスミノフのボトルがなかったら、きっとすぐさま回れ右して、クラブから駆け出してアパートに逃げこんでいただろう。SFもののゲイ・ポルノで逃げまわるエキストラみたいに。でもみんなが列を離れそれぞれの持ち場に向かうと、サイモンはナンバー6のお立ち台のうしろにたった。いちばん背の高いレディが、男たちを一人ずつ抱き上げて、お立ち台にのせてやる。リッチーは体操選手のようにエネルギッシュだ。拳を突き上げてジャンプしてみせたり、頭上で目に見えないロープを振るってみせたりしている。ランスはとろんとしてなまめかしい。台座の下には早くもかなりの客が集まっていて、ランスが「バス・ストップ」や「ファンキー・チキン」をやってみせると大歓声がわきおこる。催眠剤でハイになっているコリンは、無気力にただ体を揺らしている。ときどき腕を伸ばし、パントマイムみたいに手のひらを空中に這わせてみせる。

エイドリアンは股間に手をあてて腰をくねくね動かしている。サイモンはそれを見て、自分のものが硬くなってしまわないようこらえた。

レディがうしろにやってきて、小声で言う。「持ち上げるよ？」

「わかった」サイモンが答えた瞬間、体が宙に浮き上がっていた。レディはサイモンの腰をつかんで彼を台座の上に下ろした。レディが手を離すと、サイモンは立ちすくんだ。観客の男たちがじろじろと見つめる。

「新入りに拍手を！」リッチーが部屋の向こうから呼びかけた。

まばらな拍手が起こり、一度だけヒューッと口笛が聞こえた。音楽が盛り上がってきた。ABBAの〈ダンシング・クイーン〉だ。サイモンは大きく息を吸った。腰を左に、右に、また左に動かしてみるけれど、エイドリアンのようになめらかにはいかない。なんだかおどおどしているみたいで、まるで学校のダンスの時間の優等生の女の子のような気分だ。今度はリッチーのように跳びはねてみた。こっちのほうがしっくりきたけれど、これじゃただリッチーの猿真似をしているように見えるだろう。サイモンは片手を観客のほうに差し出し、もう一方の腕を肩から背中のほうにまわした。

「おい！」白いタンクトップにジーンズの半ズボンを着た黒人が叫んだ。「もっとうまくできるだろ」

サイモンは口のなかがからからになった。「リラックスして」とレディが背後から言った。まだ自分の持ち場にいっていなかったのだ。「肩の力を抜くの」そう言われて初めて、両肩ががちがちになっていることに気づいた。肩を下げると首も楽になって、脚もずっと動かしやすくなった。サイモンはゆっくりと腰を揺らし、頭をそらした。仲間たちの真似をするのではなく、音楽に耳を傾けた。ランニングしているときみたいに、体がリズムに溶けこんでいく。鼓動は激しいが、安定している。電流が頭のてっぺんから爪先まで駆けめぐり、サイモンを駆り立てた。

つぎの日、出勤の報告をしにいくと、ベニーがバーカウンターを拭いていた。

「どうだった?」

ベニーは眉を上げてみせたが、こちらを見ようとしなかった。「まあな」

「どういう意味?」

サイモンはまだ高揚していた。美しくたくましい男たちと一緒に踊ったことを思い出し、熱っぽい視線で見つめられているときの気持ちを思い出していた。つかのまでも、楽屋にいるときには仲間がいた。家のことを忘れ、母のことを忘れ、父がここに集まっている連中のことをどう思うだろうかということも忘れていられた。

ベニーはバーの裏からスポンジを取り出し、かさかさになったシロップのかすをこすりはじめた。

「ダンスの経験は?」

「あるよ、踊ってたさ。もちろんだよ」

「どこでだ?」

「クラブとかで」

「クラブか。それじゃ誰もきみのことは見てないよな? 人ごみのなかの一人にすぎない、だろ? あのな、ここじゃきみは見られてるんだ。ほかのダンサーはどうだ? あいつらはダンスを知ってる。いいダンサーだ。きみは——」ベニーはスポンジをサイモンのほうに向けた。「足をひっぱらないようにしないと」

サイモンのプライドが疼（うず）いた。たしかにちょっと固くなってたかもしれないけれど、夜が終わるころにはみんなとおなじようにノレてた——そうじゃないか？

「じゃあ、コリンはどうなんだ？」サイモンはそう言って、大胆にもコリンの真似をして、ゆらゆら揺れながらパントマイムのようなことをしてみせた。「あいつは足をひっぱってないわけ？」

「コリンは」とベニー。「持ち芸がある。アート系の連中はあいつに夢中だ。きみも自分の持ち芸をもつことだ。昨日のあれはいったいなんだ？　パンツんなかに虫でも入りこんでもじもじ動きまわってるみたいだったぞ？　ありゃダンスじゃない」

「なあ、ぼくはそんなへなちょこじゃない。ランナーなんだから」

「それがなんだ？　誰だって走れるさ。バリシニコフもヌレエフも——彼らを見てみろ。走ってなんかいない。飛んでるんだ。だからこそ芸術家なんだ。きみは見た目がいい、それは間違いない。だがここに来るやつらが求めるレベルってものがある。だから肩を並べたかったら、ルックス以上のものがいるんだ」

「たとえば？」

ベニーはふうっと息をついた。「たとえば存在感。カリスマだよ」

サイモンはベニーがレジを開け昨夜の稼ぎを数えるのを眺めた。「それじゃあ、ぼくをくびにするってこと？」

「いいや、くびにはしない。だがレッスンを受けてきてもらいたい。動き方ってものを身につけるんだ。チャーチ通りとマーケット通りの角にダンス・スクールがある——バレエのな。男もおおぜいいるから、娘どもにまじってる必要もない」

「バレエ?」サイモンは笑う。「冗談だろ。そんなのぼくの柄じゃない」

「じゃあここはどうなんだ?」ベニーは分厚い札束を二つ取り出し、輪ゴムでくくった。「きみは居心地のいい場所を抜け出してきた——それは事実だ。あと一歩踏み出してみたらどうだ?」

4

表から見るかぎり、サンフランシスコ・バレエ・アカデミーは白く細いドアでしかなかった。長い階段を昇って踊り場で右に曲がると、こぢんまりとした受付エリアにたどり着いた。木製の床は軋み、シャンデリアは埃におおわれている。サイモンはバレエ・ダンサーというものがこんなにうるさいものだとは思わなかった。数人の女性が壁に向かってストレッチをしながらおしゃべりを続けているし、黒タイツ姿の男たちは大腿四頭筋を揉みながら声を張り上げ合っている。受付係は十二時半から始まるレベル混合レッスンに――「トライアル・クラスは無料ですから」――サイモンを登録し、忘れもの入れに入っていた黒いキャンバス地のバレエ・シューズを差し出した。サイモンはバレエ・シューズを履こうと腰を下ろした。そのとき背後でガラスがはまった両開きのドアが開き、十代の女の子たちがぞろぞろと出てきた。濃紺のレオタードを着て、髪をうしろにひっつめ、そのせいで眉がつり上がっている。彼女たちのうしろに見えるスタジオは、学校のカフェテリアほどの広さがある。サイモンは壁に体を押しつけて女の子たちを通した。必死で階段を駆け下りていきたい衝動を抑えなければいけなかった。

ダンサーたちがバッグや水筒を集めて、スタジオにぶらぶらと入っていく。古く風格のある部屋で、天井は高く、床は擦り減り、一段高くなったところにピアノが置かれている。生徒たちが重たそうな金属製の練習用のバーをスタジオの端から中央に運んでくると、年配の男がスタジオに入ってきた。のちにサイモンはその男がアカデミーの監督のガリだと知る。イスラエルからの移民で、背中に怪我をしてキャリアを絶たれるまでサンフランシスコ・バレエ団で踊っていたそうだ。年は四十代後半だろうか、足取りは力づよく、体操選手のようながっちりした体つきだ。スキンヘッドで、脚の毛も剃ってある。裾をショートパンツの長さにカットした海老茶色のユニタードが、筋肉が走るなめらかな太腿をあらわにしている。

ガリがバーに手を置くと、スタジオが静まりかえる。

「1番ポジション」ガリはそう言うと、両足の爪先を外側に向けて踵を合わせる。「両手を上げて――ワン、プリエ（背をまっすぐにしたまま膝を外向きに折る）。ツー、もとに戻す。スリー、腕を上げて。フォー、グラン・プリエ。ファイヴ――ここでアンバー――セヴン、腕を上げる。エイト、タンデュから2番ポジションに」

まるでオランダ語でも聞いているみたいだ。何度目かのプリエを終えないうちに、サイモンの膝は燃えるように熱くなり、爪先が痙攣（けいれん）しはじめた。レッスンが進むにつれエクササイズは不可解なものになっていく。「デガジェ」、「ロン・ドゥ・ジャンブ」――爪先で床に大きく半円を描いてからうしろに上げる。「ピルエット」、「フラッペ」そして「デヴェロッペ」――片脚を斜めうしろに大きく広げ、それから体に引き寄せる――「グラン・バットマン」で股関節と膝の筋肉を引き締めいきおいよく脚を跳ね上げる。四十五分間のきついウォーミングアップのあと、サイモンはさらに四十五分もこれを続けるなんて想像もできなくなっていた。ダンサーたちはバーを片付け、ガリがセンターと言った場所に移動し、群れをなしてフロアをよこぎった。ガリは意味のない言葉をリズ

ミカルに叫びながらフロアを歩きまわっている――「バ・ディ・ダ・ダン、ダン！　ダ・ピ・パ・

パン、パン！」――が、ピルエットの最中にサイモンの脇に近づいてきた。

「やれやれ」ガリの目は落ちくぼんでいるが、瞳は踊っているようにいきいきとしている。「今日

は洗濯の日なのか？」

　サイモンはサンフランシスコにやってくるときにバスのなかで着ていたのとおなじ、ストライプの襟つきシャツにランニング用のショートパンツを着ていた。クラスが終わると男性用トイレに駆けこんで黒いバレエ・シューズを脱ぎ捨て――足の裏がすでに腫れている――便器のなかに吐いた。トイレットペーパーで口もとを拭うと壁にもたれかかって息をあえがせた。個室のドアを閉める暇もなかった。あとからトイレに入ってきたダンサーの一人が、ふと足を止めた。その男はサイモンがこれまで実際に見たなかで誰よりも美しかった。縞瑪瑙から彫り出されたような体、深い漆黒の肌。顔は丸く、横に張った頬骨は翼のような曲線を描いている。片方の耳たぶから小さな銀の輪っかがぶら下がっている。

「おい」男の額から汗の滴がしたたり落ちる。「大丈夫か？」

　サイモンはうなずき、まごまごしながら男の前を通りすぎた。長い階段を下ると、頭がぼうっとしたままマーケット通りをさまよった。気温は十八度で風が強い日だった。衝動的にシャツを脱ぎ、両腕を頭の上まであげた。胸に風があたるのを感じると、思いがけない陶酔感がわきおこってきた。美しいマゾヒズム、たったいま経験したのはそれだった。十五歳のときに優勝したハーフマラソンよりもずっと過酷だった――いくつもの丘、足音の轟きのさなか、ハドソン川の岸を息を切らして駆けていったあのレースよりもずっと。ポケットにつっこんでいたバレエ・シューズに手を触れ

る。それはまるでサイモンを嘲っているように思える。あそこにいた男性ダンサーたちのようにならなければ。玄人らしく、堂々と、何ものにもひるまないほど力づよく。

六月になるとカストロ通りが花開いた。〈プロップ6〉（カリフォルニア州住民投票事項6の通称。同州公立学校での同性愛者の雇用の禁止に関する住民投票）のパンフレットが木の葉のように通りを舞った。花々は鉢の側面を越え、邪魔になるほどに咲きみだれていた。六月二十五日、サイモンは〈パープ〉のダンサーたちと一緒にゲイ・フリーダム・デー・パレードに参加した。この街にかぎらず、国じゅうにこんなにもたくさんのゲイがいるなんて、その日まで知らなかった。二十四万人の同性愛者があふれ、〈ダイクス・オン・バイクス〉（レズビアンのバイク集団）が先陣を切るのを見守り、レインボーフラッグが空中に掲げられると歓声をあげた。通りすぎるボルボのサンルーフからハーヴェイ・ミルクの上体が現れた。

「ジミー・カーター！」ミルクは赤い拡声器を高く掲げ、どよめく男たちに向かって声を張り上げた。「これは人権問題だ！　この国には千五百万から二千万人の同性愛者がいる。いつになったらこれらの人びとの権利について口を開くつもりだ？」

サイモンはランスにキスをし、それからリッチーにキスをすると、彼の太い筋肉質の腰に両脚を巻きつけた。人生で初めて、恋愛をするようになっていた――サイモンはそう呼んだが、実際はただのセックスの相手だった。〈アイ・ビーム〉のゴーゴーダンサー、〈カフェ・フローラ〉のバリスタ、物腰の穏やかな台湾人。この台湾人には激しく尻を叩かれ、皮膚が赤く腫れて何時間もひかなかった。メキシコから逃げてきたセバスチャンという少年にのぼせあがり、ドロレス・パークで夢のような日々をともにしたこともあった。四日目の朝に目覚めてみると、サイモンはセバスチャンのグリーンとピンクの薄っぺらい帽子と一緒に置き去りにされていて、二度と彼に会うことはなかった。しかし相手はほかにもおおぜいいた――ジョージア州アラパハから出てきた回復中の依存症患者、アンフェタミンを常用している四十がらみの《サンフランシスコ・クロニクル》の記者、見たこともないほど大きなペニスをもったオーストラリア人のフライト・アテンダント。

平日、クララは七時前に起き、〈グッドウィル〉で買った二着のベージュのスカート・スーツのどちらかを着こんだ。派遣社員として最初は保険会社で、つぎに歯科医院で働いていたが、帰ってくるといつもひどく不機嫌だったので、サイモンはクララが最初の一杯を飲みはじめるまでは話しかけないようにしていた。あの歯医者が嫌いなの、クララはそう言ったが、それだけでは説明がつかなかった。サイモンが〈パープ〉の出勤前に鏡の前で着飾っているとき、シフトを終えて帰ってきたとき――眠気と興奮に包まれ、両脚には紫の塗料が幾筋も流れている――クララは憤慨したような目つきでこちらを見るのだった。もしかしたら、留守電のメッセージのせいだろうか。それは毎日のように吹きこまれた。母からの感情的なメッセージ、ダニエルの法律家のような説得、そして学部の最終試験を終えて実家に引っ越していたヴァーヤの、日ごとに悲痛になっていく訴え。「ねえサイモン、あなたが戻ってきてくれないと、大学院入学を先延ばしにしなければいけなくなるの」ヴァーヤの声は震えていた。「誰かが母さんのそばにいてあげなきゃ。どうしていつもわたしの役目になるのよ」

ときどきクララが電話のコードを手首に巻きつけながら、受話器の向こうにいる三人のうちの誰かをなだめつけていた。

「家族なんだから」クララは電話を終えるとサイモンに言う。「いずれはちゃんと話さないと」

今はだめだ、サイモンは思う。まだだめだ。もし話してしまえば、彼らの声はぼくが漂っている温かく快びにみちた海のなかまで届いてしまうだろう。そしてぼくを——息を切らせ、ずぶ濡れのぼくを——乾いた陸地に引き上げてしまうだろう。

七月のある月曜日の午後、サイモンがアカデミーから帰宅すると、クララが自分のマットレスに坐ってシルクのスカーフをいじっていた。うしろの窓枠にテープで留めてあるのは、母ガーティの母親の写真だ。一風変わった女性で、その小柄な体と断固とした目つきを見るたびに、サイモンは落ち着かない気分になった。まるでおとぎばなしに出てくる魔女のようだ。不吉な感じがするからではなく、子どもとも大人とも、女性とも男性とも区別がつかないから——何かその中間にあるような存在に見えた。

「ここで何してるんだ？」サイモンが訊く。「職場にいるはずじゃないの？」

「辞めたの」

「辞めたって」サイモンはゆっくりと言う。「どうして？」

「嫌いだから」クララはスカーフの一枚を左手の拳のなかにたくしこむ。反対側から引き出してみると、黒いスカーフは黄色に変身している。「決まってるじゃん」

「じゃあ、新しい仕事を探さなくちゃ。ぼく一人じゃ家賃を払いきれない」

「わかってるよ。探すって。だからこうして練習してるんじゃない」クララはサイモンに向かってスカーフをひらひら振ってみせる。

「ばか言うなって」

「うるさいな」クララは二枚のスカーフを集めて黒い箱にしまいこむ。「あんただけがやりたいことをやる権利があるって思ってるわけ？　街じゅうの男とファックして、ストリップやってバレエ、なんか踊っちゃっても、あたしはなんにも言わないよ。誰かにあたしの気持ちをくじく権利があるとしても、サイモン、それはあんたじゃない」

「ぼくは金を稼いでるだろ？　自分の分の責任は果たしてるじゃないか」

「カストロのゲイ連中っていつもそう」クララはサイモンに指を突きつける。「自分たちのことしか考えてないんだ」

「なんだって？」サイモンはむっとして聞き返す。クララがこんな言い方をするのは初めてだ。

「考えてみなよ、サイモン――カストロ通りがどんなに性差別的か！　だって、女はどこにいるわけ？　レズビアンはどこにいるっていうの？」

「それがきみにどう関係あるんだよ？　レズビアンになったっていうのか？」

「違う」クララは首を横に振りながら、寂しげな顔をする。「あたしはレズビアンじゃない。でもゲイの男でもない。ストレートの男でもない。そしたらどこに居場所があるわけ？」

二人の目が合うと、サイモンは顔をそむける。「ぼくにわかるわけないだろ？」

「あたしにだってわかるわけないでしょ？　少なくとも自分のショウを始めれば、力を尽くしたって言える」

「自分のショウ？」

「そ」クララがぶっきらぼうに言う。「あたしのショウ。あんたにわかってもらえるとは思ってないから、サイモン。あんたが自分以外の人のことを気にかけるなんて思ってない」

「だいたいさ、この街に来ようって説得したのはきみだろ！　家族のみんなが黙って行かせてくれるって本気で思ってたのか？　ここで暮らすことをすんなり許してくれるって思ってたのか？」

クララの顎がこわばった。「そんなこと思ってなかった」

「じゃあいったいどう考えてたんだよ？」

クララの頬が日光を浴びた珊瑚(さんご)のように染まった。そんなふうにさせるのはいつだってダニエルだった。でもクララはまるでサイモンを甘やかすみたいに何も言わない。言葉をのみこむなんてクララらしくない。目を合わせようとしないなんてクララらしくない。なのにいま彼女は目を伏せて、必要以上に注意深く黒い箱に鍵をかけている。サイモンは屋上でクララと交わした会話を思い出していた。**二人でサンフランシスコに行ってもいいんだよ**、クララはそう言った。ほんの思いつきのような口ぶり、そこで何をするかなんて考えてもいないような口ぶりで。

「それが問題なんだよ」サイモンが言う。「きみはけっして考えない。どうやったら事を起こせるかも、どうやったらぼくを巻きこむことができるかもちゃんとわかっているけど、結果がどうなるかはまったく考えない――あるいは、考えたとしても気にしないのかもしれない、手遅れになるまで。それなのにぼくを責めるのか？　そんなに気に食わないんなら、なんで帰らないんだよ？」

クララは立ち上がってキッチンに向かった。シンクは汚れた皿でいっぱいだったので、二人は使い終わった皿を向かいのカウンターに積み上げるようになっていた。クララは蛇口をひねって水を出し、スポンジをつかむと、洗い物を始めた。

「なんでかわかってる」サイモンがクララを追う。「ダニエルが正しいってことになるからだろ。きみは計画なんて立てちゃいなかったってことになるから――家から離れて自立なんかできやしない。きみは挫折したことになるからなんだ」

サイモンはクララを挑発しようとしていた——彼女が感情を爆発させないで自分を抑えているのが癪に障ってしかたなかった——だがクララは口を閉ざしたまま、スポンジをぎゅっと握りしめていた。

たしかに自分勝手なことをしている。サイモンは自分でもわかっていた。だが家族のことは日々暮らしながらもずっと頭から離れなかった。ある意味では、アカデミーに通いつづけているのも家族のためだった。自分の人生には浮ついたことばかりではなく、規律や向上心というものも含まれているのだと証明するためだった。サイモンはみずからの罪を受け止め、それを跳躍に、上昇に、そして完璧な回転に変えていった。

皮肉だけれど、サウルはサイモンがバレエを踊っていることを知ったらもちろん愕然としただろう。でもサイモンは、もし父が生きていて観にきてくれたなら、それが実際はどんなにハードなことかをわかってくれたはずだと信じていた。爪先で立つ方法を習得するのに六週間かかり、回転の概念を把握するのにはさらに何週間もかかった。けれど夏が終わるころには体がひどく痛むこともなくなり、ガリもだいぶ注意を払ってくれるようになった。サイモンはスタジオのリズムが好きだった、行くところがあることがうれしかった。ときおりそこが拠りどころのような気分に、家のように思えることがあった。それは多くのダンサーにとってもおなじだった。息をのむほど美しい十七歳のトミーはもともとロンドンのロイヤル・バレエ団の生徒だ。ミズーリ出身のボーはピルエットを八回連続で回れる。双子のエドゥアルドとフォージはヴェネズエラから大豆を載せたトラックをヒッチハイクしてやってきた。

この四人はみんなアカデミーのカンパニー、〈軍団（コー）〉に属している。たいていのバレエ団の男性ダンサーは、あたりさわりのないおとぎばなしの王子役か、建具のようなサポート役をさせられる。だがガリの振り付けはモダンでアクロバティックで、十二名の〈コー〉のうち七名が男性だ。そのうちの一人がロバートだった。サイモンがトイレで吐いているときに出会い、それ以来目も合わせたことのないあの男だ。けれどロバートは気づいているわけではなさそうだ。クラスが始まる前、ほかの男たちが集まってストレッチをしていても、ロバートは窓際で一人でウォームアップをしている。

「気取り屋が」ボーが訛りのあるゆっくりした口調で言う。

八月の終わり。寒冷前線がサンセット地区の霧をカストロ通りまで運んできて、サイモンは白いTシャツの上にスウェットシャツを着て、黒いタイツを穿いていた。右の足首を回し、骨が音をたてると顔をしかめた。「あいつどうしちゃったんだ?」

「あいつはゲイなのか、って意味か?」トミーが拳で両太腿を叩きながら訊く。

「そいつは賞金百万ドルもののクイズだ」ボーが喉を鳴らすような声で言う。「正解が知りたいところだな」

ロバートが目立つのはいつも一人でいるからだけではない。みんなよりずっと高く跳躍するし、ロバートのターンにかなうのはボーくらいのものだからだ（ボーの八回転をロバートが上まわったとき、ボーは「ムカつく野郎だ」とつぶやいた）――それにもちろん、彼が黒人だからでもある。ロバートは白人ばかりのカストロ通りにはめずらしい黒人というだけでなく、黒人のバレエ・ダンサーという、さらにまれな存在なのだ。

サイモンはクラスのあとに残って、ガリの最新作《人間の誕生》のリハーサルに参加するロバートを観察した。五人の男が産道を造る――膝を折って触れ合わせ、背中を曲げ、頭の上に掲げた腕をたがいに組み合わせる。ロバートが「人間」役だ。助産師役のボーに導かれ、産道をくぐり抜ける。作品の最後で、ロバートは産道の正面から姿を現し、暗褐色のTバック一枚で、小刻みに震えるようなソロを踊る。

〈コー〉はサンフランシスコ湾に面して建ち並ぶ軍の建物を改装したフォート・メイソンにある、黒い箱型の劇場で公演をおこなうことになっている。劇場でのリハーサルが始まると、サイモンはアシスタントとして参加し、ガリのためにメモを取ったり、舞台に目印のテープを貼ったりした。ある午後ふらりと劇場の外に出ると、ロバートが栈橋で煙草を吸っていた。彼は背後にサイモンの気配を感じて振り返ると、いやそうな表情もせずうなずいてみせた。招かれたわけではないのに、サイモンはいつのまにか栈橋のへりまで歩いていって腰を下ろしていた。

「吸うか？」ロバートが煙草のパックを差し出しながら訊く。

「ああ」サイモンは驚く。ロバートは健康マニアだともっぱらの噂だったから。「どうも」

頭上でカモメが旋回しながら鳴いている。汽水のにおいが鼻をつく。サイモンは咳払いをしてから言う。「舞台のきみはすばらしかったよ」

ロバートは首を振る。「あの連続トゥールにはえらく手こずってるよ」

「ジュテ・アントゥールナンのこと？」サイモンは訊く。かろうじてこの専門用語を覚えていたのでほっとした。「ぼくには最高の出来に見えたけどな」

ロバートはほほえむ。「ずいぶん大目に見てくれるんだな」

「そうじゃない。ほんとうだよ」

すぐにそう言ったことを後悔した。まぬけなファンが媚びてるみたいだ。

「そうか」ロバートの目がきらりと光る。「もっとうまくやるにはどうしたらいいかな?」

サイモンは必死で答を絞り出そうとした——おべっかみたいなことを言ってしまいそうだ——けれど、サイモンの目から見ればロバートのダンスは非の打ち所がなかった。「きみはもっと打ち解けたらいいいんじゃないかな」そう答えてみる。

ロバートを眉をひそめる。「打ち解けてないって思ってるんだな」

「ううん、そういうわけじゃないけど。ウォーミングアップも一人でやるだろ。ぼくにひと言だって話しかけてくれたことはないし。でもまあ」サイモンは付け加える。「ぼくのほうからも話しかけなかったけど」

「おあいこだ」ロバートが言う。二人は心の通い合った仲間のように黙って坐っていた。木製の支柱が水のなかから木の幹のようにそびえたっている。ときどきそのうちの一本にカモメがとまり、誇らしげな鳴き声をあげると、盛大に羽ばたきの音をさせながら飛びたっていく。サイモンがそんな光景を眺めていると、ふとロバートが振り返り、頭をかしげ、そしてサイモンのくちびるにキスをした。

サイモンはあぜんとして、じっと身をこわばらせた。まるで少しでも動いたらロバートがカモメのように飛び去っていってしまうみたいに。ロバートのくちびるはうっとりするほどふくよかだ。汗と煙草、そしてかすかに塩の味。サイモンは目を閉じた。もし桟橋が下になかったら、恍惚となったまま水のなかに沈んでいってしまうだろう。ロバートが顔を離すと、サイモンはもういちど彼を捜し当てようとするみたいに身を乗り出し、その拍子にバランスを失った。ロバートはサイモンの肩に手を置いて支え、笑った。

「知らなかった……」サイモンが首を振る。「きみ……ぼくのことが好きだなんて」

男が好きと言うところだった。ロバートは肩をすくめたが、ふざけているふうではない。考えこむように視線を遠くに泳がせるが、虚空を眺めているわけではなく、どこか湾のなかほどを見つめている。やがて視線がサイモンに戻ってきた。

「それはこっちもだ」

5

その日の夕方、サイモンは電車に乗って家に向かった。ロバートのくちびるのことを思うとむらむらと興奮がわきあがってきて、とにかくアパートのドアを入り、この手で自分のものを握り、あのキスの驚くほどの威力を思い出しながら自分を慰めることしか考えられなくなった。ブロックのなかほどまで行かないうちに、アパートの外にパトカーが停まっていることに気づいた。

警官が一人、ボンネットにもたれかかっている。手脚がひょろ長い赤っぽい髪の男で、サイモンよりかろうじて年上のように見える。「サイモン・ゴールドか?」

「ああ」サイモンは歩みを緩める。

警官はパトカーの後部座席のドアを開け、わざとらしくお辞儀をして言う。「お先にどうぞ」

「は？　なんでだよ？」

「話は署に着いてからだ」

サイモンはもっと問いただしたかったが、相手に新たな情報を与えてしまうかもしれないと思ってこらえた――もしサイモンが未成年なのに〈パープ〉で働いていることを知らないのだとしたら、自分から白状することになってしまう――それに、話すどころかろくに息もできなかった。拳くらいの大きさの固いものが喉に詰まっているようだった。後部座席は硬く黒いプラスチック製だった。

前に乗りこんだ赤毛の警官はうしろを振り向き、サイモンを睨みつけると、防音用バリアを閉めた。

ミッション通りの警察署の正面に着くと、サイモンは警官のあとについて署のなかに入り、部屋や制服の男がひしめきあう迷路を歩いていった。やがて狭い取調室に通された。プラスチック製のテーブルと二脚の椅子がある。

「坐れ」警官が言う。

テーブルの上に使い古された電話機があった。警官はシャツのポケットからくしゃくしゃになった紙切れを取り出すと、片手で電話機のボタンを押した。そして受話器をこちらに差し出したが、サイモンはただ不安そうに電話機を眺めていた。

「何やってんだよ、おまえバカか？」

「くたばれ」サイモンがぼそっと言う。

「なんだと？」

警官がサイモンの両肩をどついた。椅子がうしろに滑り、サイモンはあわててバランスをとった。テーブルのほうに体を戻すと、受話器に手を伸ばした。左の肩が痛む。

「もしもし？」

「サイモン」

ほかに誰がいるっていうんだ？　サイモンは自分の愚かさを悔やんだ。たちまち警官なんて消えていなくなった気がした。肩の痛みもだ。

「母さん」サイモンは言う。

最悪だ。母は父の葬儀のときのように泣いている。まるで胃のなかから何かを吐き出すみたいに、しゃがれた太い嗚咽をもらしている。

「どうしてなの？」母が言う。「どうしてこんな真似ができるの？」

サイモンは顔を歪める。「悪いと思ってる」

「悪いと思ってる。なら、帰ってくるってことね」

母の声には棘があった。そういう話し方を聞くのは初めてではないけれど、それが自分に向けられたことは一度もなかった。サイモンの最初の記憶は、二歳のときに母の膝に坐り、母に両手で巻き毛を撫でられている思い出だ。まるで天使ね――母はサイモンをあやしながら言った――智天使みたいよ。そう、ぼくは家族を捨ててきた。すべてを捨ててきた。でも何より、母さんを捨てたんだ。

それでもやっぱり。

「ごめんよ。ごめん――母さんのもとを離れて。でも帰れない――帰るつもりもない……」声が小さくなっていき、ふたたび言葉をふりしぼる。「母さんだって自分の道は自分で選んだろ。ぼくも自分で選びたいんだよ」

「誰も道を選んでなんていない。選んだ覚えなんてないわよ」ガーティはかすれた声で笑う。「いい、こういうことなの。あんたが選択すれば、それが選択肢を作るの。あんたの選択が選択肢を生むの。大学に行って――それより何よりまず高校を終えて――そうすれば成功する可能性だって高くなる。あんたがいまやってることじゃ、将来どうなるかわかったもんじゃない。あんたにだってわかってないはずよ」

「でも、それが問題なんだ。将来なんてわからなくていい。知らないほうがいいんだ」

「時間はあげたから」母が言う。「自分に言い聞かせたのよ、じっと待ってるんだ、って。待ってれば、あんたは正気に返るはずだって。でも返らなかった」

「ずっと正気だよ。これがぼくの正気なんだ」

「家業のことをちらっとでも考えたことはある？」

サイモンの体が熱くなる。「母さんが気にしてるのはそれなの？」

「屋号が」母が言葉を詰まらせる。「変わっちゃったのよ。〈ゴールド〉が〈ミラヴェッツ〉になったの。アーサーのものになったのよ」

サイモンの胸に恥ずかしさがこみあげてきた。だけどアーサーは、いつだって父に進歩的な考えをもつよう勧めていた。父が得意としているスタイルは――梳毛糸のギャバジンのスラックスや大きな折り襟に幅広のズボンのスーツ――サイモンが生まれたころには時代遅れになっていた。それを思うといくぶんほっとした。アーサーが継いでくれれば、店は続いていくはずだ。

「アーサーならぴったりじゃないか」とサイモン。「彼なら店を廃れさせないでやっていくよ」

「ぴったりかどうかなんてどうでもいいの。この家のことを心配してるんだよ。自分のために尽くしてくれた人たちにしてやることがあるってもんでしょう」

「でも自分のためにしなきゃいけないこともある」

これまで母にそんな口のきき方をしたことはなかった。でもどうしても説得しなければ。サイモンは母がアカデミーにいる自分を見にやってくることを想像してみた。ぼくが跳躍したり回転したりするのを見て、母さんはきっと折りたたみ椅子から拍手を送ってくれるだろう。

「あらそう。自分のためにしなきゃいけないことがごまんとあるんだろうね。クララから聞いたけど、ダンサーをやってるんだってね」

母の軽蔑するような大声が受話器からもれ、警官が笑いはじめた。「そうだよ」サイモンは警官を睨みながら言う。「だったらなんだよ?」

「どういうことなんだかね。ダンスなんか一度だってしたことなかったじゃないの」

どう言ったらいいんだろう? それはサイモン自身にとっても謎だった。これまでなんとも思っていなかったこと、苦痛と、疲労と、しばしば恥ずかしさの種でしかなかったものが、まったく新しいものへの入口になるなんて。爪先で立つと脚が何センチか伸びた。跳躍するとつかのま宙に浮くことができた。まるで羽が生えたように。

「でも」とサイモン。「いまはダンスをやってるんだ」

母はふうっとかすれた溜息をもらすと、黙りこんだ。そのとぎれ目に——いつもはそこでさらなる議論をふっかけたり、脅し文句すら突きつけたりしてくるのに——サイモンは自分は自由なんだと悟る。もし家出がカリフォルニア州で違法だったら、とっくに手錠をかけられているはずだ。

「あんたが決断したっていうんなら」と母が言う。「もう戻ってきてほしくない」

「え——何をしてほしくない?」

「もうここに」母は言葉をはっきりと発音する。「戻ってきてほしくない。決断したんだろ——あたしたちを捨てるって。そんならその通りに生きることね。そこにいなさい」

「よしてよ、母さん」サイモンがつぶやき、受話器をきつく耳に押し当てる。「そんな芝居がかったこと言わないでくれよ」

「あたしは現実的ですよ、サイモン」母はそこで大きく息を吸う。やがてサイモンの耳にカチャッという音が響き、通話が切れた。

サイモンは片手に受話器を持ったまま、ぼうぜんとした。これがぼくの望んだことなのか？ 母さんはぼくを見限った。ぼくがとどまりたいと願った世界にぼくを解き放った。なのに、胸を突き刺すような恐怖を覚える。レンズのフィルターが取り外され、足下の安全網が引き剝がされ、恐ろしいほどの孤立にめまいを覚えた。

警官がサイモンを取調室の外に促した。外階段の上までくるとサイモンのTシャツの襟もとをつかんで力いっぱい引き上げたので、サイモンはかろうじて足の親指でバランスをとった。

警官が言う。「おまえら家出少年を見てるとむかむかするんだよ、わかるか？」

サイモンはあえいだ。爪先をコンクリートの床につけようともがいた。警官の目はウィスキー色で、睫毛はまばら、頰はそばかすにおおわれている。おでこの生え際に、たくさんのにきび痕がある。

「おれが子どものころ」と警官が言う。「おまえみたいな連中が毎日のようにわんさかこの街にやってくるようになった。そのうちお呼びじゃねえってわかんだろうと思ってたが、まだのさばっていやがる。脂みたいにこびりついてこの街の秩序をおかしなことにしやがって。おまえらみたいなのが生きてたってなんの役にも立たねえ。寄生虫みたいに棲(す)みついてこの街を食いつぶしてるだけなんだよ。おれはサンセット地区で生まれた。おれの両親もそのまた両親もそうだ。最初にアイルランドからやってきた先祖代々この街の住人だったんだ。なかには食えなくて死んじまったもんもいるがな。おれに言わせれば」警官がぐっと顔を寄せてきて、サイモンの視界でその口がピンク色の丸になる。「おまえらがどうなろうが自業自得だ」

サイモンはどうにか相手の手をふりほどき、咳きこんだ。突然、視界の隅にあざやかな赤い色が現れ、それがクララの姿になっていった。クララが階段の下に立っている。袖のふくらんだ黒いミニドレスに、チェリーレッドのドクターマーチンを履き、髪をマントのようにうしろになびかせている。まるで復讐に燃え燦然（さんぜん）と輝くスーパーヒーローのように。母さんにそっくりだ。

「どうしてここに？」サイモンが肩で息をしながら訊く。

「ベニーがパトカーを見たって教えてくれて。ここがいちばん近い警察署だから」クララは花崗岩（かこうがん）のステップを駆け上がり、警官の前で立ち止まった。「あんた、あたしの弟に何してんのよ？」

警官は目をしばたたかせ、体をこわばらせた。彼とクララのあいだを何かが駆けめぐった。サイモンにはなんとなく感じとれるだけで、はっきりとはわからない何か――火花か、熱か、金属みたいな酸性の怒り。クララがサイモンの肩を抱くと、若い警官はひるんだ。ひどくきまじめ（ストレート）で、この進歩的な街にはすごく場違いに見えて、サイモンは彼に同情すら覚えそうになった。

「あんた、名前は？」クララが目を細めて警官の青いシャツについた小さなピンバッジを見る。

「エディだ」と警官が言う。「エディ・オドノヒュー」

クララが肩にまわした腕の力づよさに、できたばかりの傷が癒されていく。クララの庇護の下にある安心感に包まれると同時に母のことを思い出し、サイモンは喉を詰まらせた。エディはクララをじっと見つめたままだ。頬はうっすらと紅潮し、わずかに緩んでいく。まるで幻でも見ている人間のようだ。

「覚えとくから」クララはそう言うとサイモンを連れて警察署の階段を降り、二人はミッション通りの熱気のなかを歩き出した。気温は三十度、歩道のフルーツスタンドはエデンの園のように果実があふれていて、二人を引きとめようとする者は誰もいなかった。

6

「何にする？」サイモンが訊く。

小さな食品棚をひっかきまわしていたが、それは本来はクローゼットで、内部の棚の上に保存食をしまっていた。箱入りのシリアル、スープの缶詰、酒類。「ウォッカ・トニック、それとジャック・アンド・コークもできるな……」

十月。爽やかな銀白色の季節になり、アカデミーの玄関前の階段にはカボチャが置かれた。誰かが偽物の骸骨に男性用のダンス・ベルトを巻いて、受付のそばに立てかけて飾った。サイモンとロバートはアカデミーにいるときにいちゃつくようになっていたが――男性用トイレや、クラスが始まる前の誰もいない更衣室でキスをした――ロバートがサイモンのアパートを訪ねてくるのはこれが初めてだった。

ロバートはターコイズ色の肘掛け椅子に背をもたせかけた。「酒はやらない」

「そうなの？」サイモンはクローゼットから頭を突き出し、片手で戸をつかんだままにやっと笑ってみせる。「ここらへんで葉っぱ(ドープ)が手に入るらしいんだ、そっちの酔いが好きなら」

「ヤクもやらない。その手のことはいっさいだ」

「悪癖はないんだ？」

「ない」

「男をのぞいて」とサイモン。

リビングの窓の正面で木の枝が揺れ、陽射しをさえぎり、ロバートの顔がランプのようにふっと消える。「それは悪癖じゃない」

ロバートは椅子から立ち上がり、サイモンの脇をすり抜けてシンクに向かうと、蛇口をひねって自分のグラスに水道水を注いだ。

「よく言うよ、隠したがってんのはきみのほうだろ」

ロバートはあいかわらず一人でクラス前のウォームアップをしていた。一度、ボーがロバートとサイモンが一緒にトイレから出てくるのを見て、両手の小指をくわえて口笛を吹いたことがあった。だがボーにあとでそのことを聞かれたとき、サイモンは知らんぷりを決めこんだ。ロバートが誰にも明かしたくないと思っていることをなんとなく感じとっていたし、ロバートとともにいる瞬間はあまりに甘美で――彼の低くくぐもった笑い声、サイモンの顔を撫でる手のひら――手放す気にはなれなかったから。

ロバートがシンクに寄りかかっている。「ただ話したくないだけで、隠してることにはならない」

「何が違う？」サイモンは人差し指をロバートのズボンのベルト通しに引っかける。自分がこんなことを堂々とする日がくるとは夢にも思っていなかった。けれど、サンフランシスコは麻薬(ドラッグ)だった。まだ五カ月しか経っていないのに、もう十歳くらい年を取った気がする。

「スタジオにいるときは」とロバートが言う。「仕事をしているのとおなじだ。隠してるのは敬意を払っているからだ――仕事場と、きみに」

サイモンはロバートを引き寄せ、二人の腰をぴったりと密着させる。そしてロバートの耳に口をつけた。「不敬を働いてくれよ」

ロバートが笑う。「そんなこと望んでないだろ」

「望んでる」サイモンはロバートのジーンズのウェストを緩め、手をつっこむ。相手のペニスを握ると、手を上下に動かす。二人はまだセックスをしていない。

ロバートがあとずさりする。「なあ、そんな真似はよせ」

「そんな真似って？」

「安っぽいこと」

「楽しいことだよ」サイモンは言い返す。「硬くなってるじゃないか」

「だから？」

「だから？」サイモンはくりかえす。だから、すべてを――ほんとうはそう言いたかった。だから、お願いだ。でも口をついた言葉は違った。「だから、動物みたいにファックしてくれ」

前に《クロニクル》の記者に言われた台詞だった。ロバートの頰がまた緩みかけたが、やがて口もとが歪んだ。

「ここでこうしてること、二人で」ロバートが言う。「それのどこがいけないっていうんだ。何ひとつ悪いことなんてないはずだ」

サイモンの首が熱くなる。「うん、わかってるよ」

ロバートはターコイズ色の肘掛け椅子の背からジャケットをつかんで羽織った。「ほんとにわかってるのか？　ときどきどうなんだろうって思うよ」

「ねえ」サイモンがあわてて言う。「ぼくは恥じてなんかないよ、そういうことが言いたいんなら」
ロバートはドアのところで立ち止まった。「よかった」そう言うとドアを開けて外に出て、階段の下に消えていった。

ハーヴェイ・ミルクが銃殺されたとき、サイモンは〈パープ〉の楽屋でスタッフ・ミーティングが始まるのを待っていた。月曜の午前十一時半、ダンサーたちはオフの時間に集められたことに腹を立てていて、ベニーが遅刻していることにさらに腹を立てていた。待っているあいだ、みんなはテレビを観ていた。レディはベンチに横になって冷やしたティーバッグを両目にのせていた。サイモンはアカデミーの男性クラスを欠席しなければいけなかった。いやな空気が漂っていた。およそ一週間前、ガイアナでジム・ジョーンズが彼の主宰する〈人民寺院〉の千人近くの信者を死に追いやったばかりだった。

市議会議長のダイアン・ファインスタインの顔がテレビの画面いっぱいに映り、震える声が聞こえた――「みなさんにお知らせをしなければなりません。マスコーニ市長と市政委員のハーヴェイ・ミルク市議が銃で撃たれ、死亡しました」――リッチーが大声をあげ、サイモンは思わず椅子から飛び上がった。コリンとランスはショックで言葉を失い、エイドリアンとレディは大粒の涙を流し、やがてベニーがやってきた――切羽詰まったようすで、蒼白になっている。市庁舎のまわりは数ブロックにわたって交通が麻痺していたという――目がピンク色に腫れている。その日〈パープ〉は店を閉じ、レディの黒いスカーフを入口に下げた。夜にはみんなでカストロ通りでおこなわれた行進に加わった。

十一月も終わりに近づいていたが、通りは人びとの体温で暖かかった。あまりに多くの人が集まっていたので、サイモンは〈クリフズ〉にキャンドルを買いにいくのに裏通りをまわらなければいけなかった。店員は二本分の値段で十二本のキャンドルをくれ、風よけの紙コップもくれた。数時間のうちに、五万人の人びとが行進に加わった。市庁舎に向かう行進の列は、ただ一台のドラムの音に導かれ、泣く者は静かに涙を流した。サイモンの頰も濡れていた。彼らはハーヴェイを失い、しかしハーヴェイ以上のものを失ってしまった。まるで父を亡くした子どものように嘆き悲しむ人びとを見て、サイモンは両親のことを、二人が自分のもとを去ってしまったことを思った。〈サンフランシスコ・ゲイ・メンズ・コーラス〉がメンデルスゾーンの賛美歌を歌いはじめると——「主よ、御身は我らの隠れ家なり」——サイモンは頭(こうべ)を垂れた。

ぼくの主は、隠れ家は誰なんだろう? サイモンは神を信じているわけではなかったが、一方で、神が自分を信じているとも思えなかった。レビ記によれば、サイモンは忌まわしき者だ。そんなに気に食わない人間を手ずから創り出すなんて、いったいどんな神様なんだ? サイモンは二通りの説明しか思いつかなかった。神なんてものは存在しないか、あるいは、サイモンは神のしくじり、失敗作なのか。どちらの説が自分にとってより恐ろしいのか、ずっとわからなかった。

頰の涙を拭ったときには、〈パープ〉のダンサーたちは人波のうねりに運び去られていた。サイモンが人ごみに目を凝らすと、ふと見覚えのある顔が目に入った——穏やかな黒い瞳、片方の耳たぶできらめく銀色の光が、白いキャンドルの灯りの上で揺れている。ロバートだ。

十月にサイモンのアパートで過ごして以来、二人はほとんど口をきいていなかった。けれど今、二人は人波をかきわけてたがいに手を伸ばし、その海のなかほどで手を取り合った。

ロバートのアパートは、ランドール・パーク近くの曲がりくねった勾配のある通りにあった。ドアの鍵を開けたときにはすでに、二人はおたがいに相手のシャツをひっぱり、ベルトのバックルをまさぐっていた。窓際にあるダブルベッドで、サイモンはロバートをファックし、ロバートはサイモンをファックした。しかしやがて、それはセックスとは違うもののように思えてきた。最初の熱狂が引いていくと、ロバートは優しく、いたわり深く、サイモンに愛情を注いだ——誰に対する感情だろう？　ぼくにだろうか？　それともハーヴェイ？——その感情の密度にサイモンはいつになくはにかみを覚えた。ロバートはサイモンのペニスを口に含んで吸った。サイモンの内なる昂りが爆発しかけたとき、ロバートは上を見上げ、二人の目が合った。その瞬間のはっとするほどの熱っぽさに、思わずサイモンは体を前にかがめてロバートの頭を抱き、絶頂に達した。

ことが終わると、ロバートはベッドサイドのランプをつけた。ロバートの部屋は想像していたような質素なものではなく、〈コー〉の初めての世界ツアーの先々でロバートが見つけたいろいろなものが飾ってあった。ロシアで見つけた絵付けされたボウルや、日本で見つけた二連の折り鶴。ベッドの向かいに置かれた木製の本棚には、本がぎっしり詰まっている——『スーラ』『フットボール・マン』——狭く細長いキッチンには、いろいろな種類の鍋がかけられている。寝室の入口をガードするように、キャッチの瞬間のフットボール・プレーヤーの等身大の切り抜きパネルが置かれている。

二人は枕に背をもたせかけ、煙草を吸った。

「一度だけ会ったことがある」とロバートが言う。

「誰に？　ミルク？」

ロバートがうなずく。「二度目の選挙に落選したときだ——七五年かな？　あのカメラ・ショップの通り沿いのバーで見かけたんだ。男たちに胴上げされて、笑ってた。そのとき思った。わたしたちが必要としてるのはこういう人間なんだって。へこたれたままでいない人間。わたしのような陰気な年寄りじゃなくて」

「ハーヴェイはきみより年上だったよ」サイモンはほほえみを浮かべかけ、過去形を使ってしまったことに気づいて、口を閉ざす。

「ああ、そうだ。ぜんぜんそんな感じじゃなかったが」ロバートが肩をすくめる。「いいか、わたしはパレードにも行かないいし、クラブにも行かない。バスハウスには死んでも行かない」

「どうして？」

ロバートはサイモンのほうをちらっと見る。「このへんにわたしみたいなやつがどれだけいる？」

「黒人だっているじゃないか」サイモンの顔が紅潮する。「おおぜいじゃないと思うけど」

「ああ。おおぜいじゃない」とロバート。「バレエをやってるやつを探してみろ」そう言って煙草の火を消す。「きみをしょっぴいた警官。きみがわたしみたいだったら、そいつがどんな扱いをしたか考えてみろ」

「もっとひどかったろうな」とサイモン。「わかってる」

ロバートのことが好きだからこそ、二人の明らかな違いに向き合うのは気が進まなかった。サイモンは二人のセクシャリティが二人を平等にしてくれることを望んでいた。二人が共通して受ける差別にだけ心を注いでいたかった。でもサイモンはセクシャリティを隠すことができる。ロバートは黒人であることを隠すことはできないし、カストロ通りの連中はほとんどが白人だった。

ロバートは新しい煙草に火をつける。「きみはどうしてバスハウスに行かないんだ?」

「誰が行かないって言ったのさ?」サイモンが言う。でもロバートは鼻を鳴らし、そしてサイモンは笑い出す。「正直に言えって? ちょっと怖いんだ。そういうのを受け入れられるのか自信がない」

快楽が過ぎる、なんてことがありうるのだろうか? バスハウスのことを考えると頭に浮かぶのは、大食漢の謝肉祭(カーニヴァル)、永遠にとどまることができると錯覚するほど、はてしなく広がる地下世界だ。ロバートに打ち明けたことは嘘ではなかった——たしかにその世界を受け入れることができるのか心配だった——でも同時に、受け入れてしまうかもしれないことも怖かった。自分の欲のたがが外れ、どこまでも肥大していくのが怖かった。

「話には聞くけど」ロバートが鼻に皺を寄せる。「けがらわしい」

サイモンは身を起こして片肘をついた。「じゃあ、どうしてサンフランシスコに来たの?」

ロバートは眉を上げる。「サンフランシスコに来たのはほかに選択肢がなかったからだ。生まれ育ったのはロサンジェルス。サウスセントラル地区の——ワッツって界隈だ。知ってるか?」

サイモンがうなずく。「暴動が起こった街だよね」

一九六五年、三歳のとき、母は年長の二人が学校に行っているあいだ、クララとサイモンを映画に連れていった。映画のほうは忘れてしまったけれど、その直前に流れたニュース映画は今でも覚えていた。ユニヴァーサル・シティ・スタジオの陽気なテーマ音楽が流れ、エド・ハーリヒーのリズミカルなおなじみの声が聞こえてきた。どちらもつぎに現れるモノクロの映像にはひどく不似合いだった。どんよりした街角には煙が充満し、建物は炎に包まれていた。エド・ハーリヒーがレンガを投げつける黒人のごろつきどもの描写を始めると――狙撃手が消防士たちを屋根から狙い撃ち、略奪者が酒やベビー用品を店から盗み出す――不吉な雰囲気の音楽に切り替わったが、映し出されるのは、防弾チョッキと拳銃を装備した警官が無人の街を練り歩いている姿だけだ。とうとう二人の黒人が現れるが、エド・ハーリヒーが言っていたようなごろつきには見えない。手錠をかけられ白人警官に両脇を固められ、黒人たちはストイックな無抵抗を貫いて歩いていた。

「そうだ」ロバートが煙草を小さな青い灰皿に押しつける。「成績はまずまずだった――おふくろが教師だったんだ――でも何より恵まれていたのは身体能力だった。本領を発揮したのはフットボール。高校一年でセーフティーとして代表チームに入った。おふくろは奨学金をもらって大学に進めるだろうと期待していた」ミシシッピからスカウトが来たとき、自分でもそう思いはじめた」

これまでの男たちはサイモンにこんなふうに話してくれなかった。実際、彼らといるときはサイモンも話なんてしなかった。モンも話なんてしなかった。ましてや家族のことなんてひと言だって話さなかった。だけど、それがカストロ通りの男たちの習わしだった――琥珀に閉じこめられたようにその刹那にとどまり、うしろを振り返ろうとはしない。

「それで、奨学金をもらったの?」

ロバートは言葉を止めた。サイモンのことを見きわめようとするみたいに。

「おなじチームの男ととても親しくなった」ロバートが口を開く。「ダンテだ。わたしはディフェンスで、ダンテはワイドレシーバーだった。ダンテには何か違うところがあると感じとっていた。彼のほうも、こっちに何か違うところがあると感じとっていた。わたしが二年生になるまで何も起こらなかった。オフシーズンの最後の練習日までは。ダンテはその夏でチームを離れることになっていた。アラバマ大学の奨学生になることが決まってたんだ。だから、会うのはそれが最後だと思ってた。わたしたちはチームの連中がロッカールームから出ていくのを待った。時間をかけて私服に着替えた。しばらくして、それを脱いだ」

ロバートは煙を吸いこみ、ふうっと吐き出した。外ではまだ行進が続いている。キャンドル一本に、人間が一人。灯りの群れはまるで地上の星々のように、白くまたたく。

「誓って、誰かが入ってくる音なんて聞かなかった。でも誰かが入ってきたんだろうな。つぎの日、わたしはチームを追い出されて、ダンテは奨学金を取り消された。ロッカールームの荷物すら片付けさせてもらえなかった。最後に見たとき、ダンテはバス停に突っ立っていた。帽子を深くかぶって。顎をがくがく震わせて。それから、殺してやりたい相手を見るような目つきでこっちを見た」

「そんな」サイモンがベッドの上で体の向きを変える。「いったい何が？」

「チームの連中がダンテをリンチしたんだ。わたしもやつらにリンチを受けたけれど、そこまでひどいことにはならなかった。こっちのほうが体格がよくて、力が強かったから。なんたってディフェンスだ――防御が仕事だったからな。でもダンテは違った。やつらはダンテの顔をめちゃくちゃにぶちのめして、バットで背骨を折った。それからフィールドに運んで、フェンスにくくりつけた。呼吸はできるようにしといたなんて証言したが、いったいどんなあほがそんなたわごとを信じる？」

サイモンは首を振る。恐怖で吐き気がこみあげてくる。

「判事だ。判事がそれを鵜吞(うの)みにしたんだ」とロバート。「そのままあそこにいたら頭がどうかなっちまうと思った。だからサンフランシスコに来たんだ。そしてダンスのレッスンを受けはじめた。同性愛者（クィア）だからって追い出されるようなことのない世界だから。バレエほどゲイに似合うものはないだろ。リン・スワン（七〇年代半ばから活躍したアメフトの有名選手）がダンスのレッスンを受けてたってのも納得だ。とにかくきつい。鍛えられる」

ロバートは身をかがめてサイモンの胸に頭をのせ、サイモンは彼を抱いた。ロバートを守るために、慰めるために、ぼくに何ができるのだろうか——手を握ってやればいいのか、言葉をかけてやればいいのか、それとも、剃りたての頭を撫でてやればいいのだろうか。新たに与えられた責任は、セックスとは似ても似つかないものだった。もっと緊張を強いられるし、成熟している必要があるし、それに失敗する可能性もずっと大きい。

四月のある日、ガリから電話がかかってきて、すぐに劇場に来るように言われた。サイモンはダンス・バッグを抱えてタクシーに飛び乗った。ステージ・ドアの外でガリが待ち受けていた。

「リハーサルでエドゥアルドが転んだんだ」とガリ。「ソ・ドゥ・バスクで足首をひねった。不慮の事故だ——かわいそうに。捻挫で済むといいが。それでも、今月いっぱいはステージに立てないだろう」そう言うとサイモンにうなずいてみせる。「振り付けは頭に入ってるな」

それは質問ではなかった。《人間の誕生》への出演オファーだ。サイモンの心臓がきゅっと締めつけられる。「その——ええ、頭に入ってます。でも……」

でも、ぼくでは力不足です。サイモンはそう言おうとしていた。

「ラインの最後に並べ」ガリが言う。「ほかに選択肢はない」

サイモンはガリのあとについて長い廊下を進み、楽屋に入った。エドゥアルドは木箱の上に片足をのせ、足首に氷の入った袋をあてていた。目が充血しているが、サイモンに向かって笑ってみせた。

「少なくとも」とエドゥアルドが言う。「衣装合わせの必要はないから」

《人間の誕生》で男性ダンサーが身につけるのはダンス・ベルトだけ。尻さえもむき出しだ。その点では〈パープ〉での仕事はいい訓練になった。サイモンはほとんど気後れを覚えず、動作に集中することができた。照明がまぶしすぎて客席が見えないから、誰もいないのだと思いこむことができた。そこにいるのはサイモンと、フォージ、トミー、ボーだけ。彼らが造った産道をロバートがくぐっていくあいだ、みんなで精いっぱい彼のサポートを務めた。一つになって頭を垂れ、自分の手が痛くなるまで仲間の手を握りしめた。公演のあと、ステージ・メイクをしたままタクシーに乗ってポルク通りのレストラン〈QT〉に向かった。サイモンの胸に快感が押し寄せてきて、思わずみんなの前でロバートを引き寄せ、キスをした。ほかの男性ダンサーたちが歓声をあげ、ロバートは照れくさそうに笑みを浮かべてされるがままになっていたので、サイモンはもう一度キスをした。

その年の秋、サイモンは〈コー〉版の「くるみ割り人形」、《いけない男（ノーティ・ナット）》で役をもらった。《クロニクル》に記事が載ったおかげでチケットの売り上げが倍増し、ガリはお祝いにアッパー・ヘイトにある自宅でパーティーを開いた。いたるところに茶色の革張りの家具が置かれ、暖炉の上の金色のボウルに入ったクローブ漬けのオレンジの匂いが、部屋じゅうに漂っていた。アカデミーのピアニストがガリのスタインウェイでチャイコフスキーを弾いていた。ドアの真上にはヤドリギが吊るされ、ときどきちぐはぐな二人連れが野次にあおられてキスをすると、和やかなパーティーに歓声が響いた。サイモンはロバートと一緒に到着した。ロバートは海老茶色のボタンダウンに黒いドレス・パンツを穿いて、いつもの銀の輪っかのピアスの代わりに、小さな一粒ダイヤをつけていた。オードブルのテーブルのそばで寄付者たちとの交流を終えると、ロバートはサイモンを廊下にひっぱっていき、庭に通じるガラス扉を抜けた。

二人はデッキに腰を下ろした。十二月だというのに、庭は緑豊かだった。カネノナルキやナスタチウムやカリフォルニア・ポピーなど、霧のなかでもよく育つ植物が生い茂っている。サイモンはふと、いずれこんなふうに暮らせたらいいのに、と思った。キャリアに、家に、パートナー。ずっとそういうものは自分とは無縁だと思っていた——自分には何かしら不運な、まとも(ストレート)ではないことが待ち受けているのだと。そんなふうに感じるのは、ゲイであることだけが原因ではなかった。あの女の予言も原因の一つだった。忘れてしまいたいのに、ずっと引きずってきたもの。サイモンは自分にそんなものを与えた女を憎んだ。あの女を信じつづける自分を憎んだ。予言が鉄の球だとしたら、サイモンの信念は鉄球についた鎖。それはサイモンの頭のなかで、急げ、と言う。もっと早く、と言う。走れ、と言う。

ロバートが口を開く。「部屋が決まったんだ」

先週、ロバートはユリーカ通りのアパートに申し込みをしていた。規制家賃(レント・コントロールド)のアパートで、キッチンと裏庭がついていた。サイモンは内見についていって、食器洗浄機や洗濯機や出窓を見て目を丸くした。

「ルームメイトを探すの？」サイモンが訊く。

ナスタチウムが浮かれたように赤と黄色の手を振っている。ロバートは両腕を支えにして体をうしろにそらし、にやにや笑う。「一緒に住むか？」

考えただけでうっとりする。サイモンの頭皮がちりちりする。「スタジオに近いしね。中古車を買って、公演の日には一緒に劇場まで車で行ける。ガソリン代も浮くし」

ロバートはまるでサイモンがストレートだと告白でもしたように顔をのぞきこんでくる。「ガソリン代の節約のために一緒に暮らしたいっていうのか」

「違うよ！——そうじゃない。ガソリン代は関係ない。ガソリン代なんかどうでもいいよ」

ロバートは首を振る。笑みを浮かべたまま、サイモンを見る。「認められないんだな」

「認めるって、何を？」

「わたしのことをどう思ってるか」

「もちろん認められるよ」

「そうか。じゃ、どう思ってる？」

「好きだよ」サイモンは答える。でも、いくぶん早口すぎた。

ロバートは頭をのけぞらせて笑う。「この嘘つきめ」

7

三人はアパートで荷ほどきをした。サイモンとロバート、そしてクララ。クララはサイモンが引っ越すことをいやがらなかった。コリングウッドのアパートを独占できて安心しているようだった。暖かな十二月が終わると、気温は急に五度まで下がった。これがニューヨークだったらなんでもないのに、サイモンはカリフォルニアに来てからやわになっていた。スウェットスーツの下にレッグウォーマーをつけて、アパートからレンタカーショップ〈Uホール〉のあいだを走った。クララが帰ると、サイモンとロバートは食器洗浄機に体を押しつけながらキスをした。ロバートはサイモンの腰をしっかりと押さえ、サイモンはロバートの尻と、ペニスと、堂々とした顔に手を這わせた。

一九八〇年の年明け、新たな十年の幕開けでもあった。サンフランシスコにいるサイモンには、世界的な不況もソ連のアフガニスタン侵攻も関係なかった。ロバートと貯金をしてテレビを買い、二人で夕方のニュースを観ながら不安を覚えはしたけれど、カストロ通りは核シェルターのような場所だった。そこにいるかぎり、サイモンは無力感とも危機感とも無縁でいられた。〈コー〉でもランクが上がっていき、春を迎えるころには、代役から正式なカンパニーのメンバーに昇格していた。

クララは歯科医院の仕事に戻っていて、平日の昼間は受付係として働き、夜はユニオン・スクエアにあるレストランのウェイトレスとして働いた。週末はショウの台本を書いて過ごし、月々の収入のわずかな残金を貯金した。毎週日曜、サイモンはクララと十八番街のインド料理店で落ち合って夕食をともにした。ある日、クララは輪ゴムで二重に縛ったマニラ紙の書類入れを持ってきた。なかにはコピーがたくさん詰まっていた。粒子の粗い白黒写真、古い新聞記事、むかしのプログラムや広告。クララはテーブルの端から端までを使って、すべてを並べてみせた。

「これが」とクララ。「おばあちゃんよ」

サイモンはテーブルに身を乗り出した。ガーティの母親の顔はクララのベッドの上に留めてある写真で知っていた。ある写真で、その女性は背の高い黒髪の男と一緒に、ギャロップしている馬の上に立っていた。がっしりした体にショートパンツを穿き、胸の下でウェスタンシャツを結んでお腹を見せている。一方、何かのプログラムの表紙に写っている彼女は、華奢なウェストにほっそりした脚をしている。片手でスカートの裾をつまみあげ、もう片方の手で六人の男が繋がれた綱を引いている。男たちの下に宣伝文が躍っている。〈バーレスクの女王！　クララ・クライン嬢の筋肉がゼリー菓子のごとく一陣の風に揺れ震えるのをご覧あれ！——洗礼者ヨハネを動転させたダンス！〉

サイモンはふんと鼻を鳴らす。「これが母さんの母さん？」

「そ。それとこっちが」クララが馬に乗った男を指さす。「母さんの父さん」

「まさか」その男はハンサムとは言えなかった——口髭のような毛深い眉に、ガーティとおなじ大きな鼻——けれど、不機嫌そうな顔にはある種のカリスマが宿っていた。ダニエルに似ている。

「どうやってわかったの？」

「ずっと調べてたんだ。出生証明書は見つけられなかったけど、おばあちゃんが一九一三年にウルトニア号って船でエリス島にやってきたことは突き止めた。ハンガリーから来たの。きっと孤児だったんだと思う。ヘルガ叔母さんが着いたのは、しばらくあと。おばあちゃんは少女舞踏団の一員としてやってきて、寄宿舎で生活してた。〈デ・ハーシュ・ホーム・フォー・ワーキング・ガールズ〉っていうところ」

クララは何種類かの写真がコピーしてある紙を取り上げた。大きな石造りの建物、褐色の髪の女の子がずらりと坐っている食堂、そして険しい顔をした女性の肖像写真——デ・ハーシュ男爵夫人、と下に文字が添えてある——ハイネックのブラウスを着て手袋をはめ、四角い帽子をかぶっていて、すべてが黒ずくめだ。

「つまりね、たしかなことは——おばあちゃんはユダヤ人で、家族はいなかった。住むところがなかったら、路頭に迷ってたかもしれない。でもこの寄宿舎はすっごく堅苦しいところだった。女の子たちに縫い物の仕方を教え、若いうちに結婚するよう指導してたの。おばあちゃんはそれが肌に合わなかった。いつかの時点で寄宿舎を出て、こんなことを始めた」クララはバーレスク・ショウのプログラムを指す。「ヴォードヴィルから出発した。ダンスホールや見世物小屋や遊園地でショウをおこなった——ニッケル・ダンプなんかでもね、その時代、映画館はそう呼ばれてたんだけど。そのうち、この人と出会った」

クララはプログラムの下に隠してあった紙を注意深く取り上げ、サイモンに渡した。結婚証明書だ。

「クララ・クラインとオットー・ゴースキー」とクララが言う。「彼は〈バーナム・アンド・ベイリー・サーカス〉のワイルド・ウェスト・ショウのライダーで、ワールド・チャンピオンだった。で、あたしの推理はこう——おばあちゃんはショウをしてるうちにオットーに出会って、恋に落ちて、サーカスに加わることになった」

クララは財布から折りたたんだ紙を取り出した。それも写真だったが、今度はクララ・シニアがロープを口にくわえて宙にぶら下がり、それだけを頼りに、サーカスのテントのてっぺんからふもとまで滑りおりていた。写真の下にはこう書いてある——「クララ・クラインと〈生への飛翔〉」！

「どうしてぼくにこんなもの見せるの？」とサイモン。

クララの頬が紅潮する。「コンビネーション・ショウをしようと思ってるんだ——基本的にはマジック。そこに命がけの演目を一つ加えるの。じつはね、〈生への飛翔〉を練習してるんだ」

サイモンは野菜のコルマーを嚙む口を止める。「そんなのどうかしてる。このクララがどうやってやってたか知らないだろ。何かトリックがあるんだよ」

クララは首を振る。「トリックなんてない——ほんものなんだって。オットー、つまりおばあちゃんの夫ね。彼は一九三六年に乗馬中の事故で亡くなった。そのあと、おばあちゃんは母さんを連れてニューヨークに戻った。一九四一年に、おばあちゃんはタイムズ・スクエアで〈生への飛翔〉のパフォーマンスをやったの。エジソン・ホテルからパレス劇場の屋上まで、タイムズ・スクエアをよこぎっていくはずだった。でも途中で落下した。それで死んだの」

「ひどいな。どうしてぼくら何も知らなかったんだろう？」

「母さんが話そうとしなかったから。その当時はかなり大きなニュースだったみたいなんだけど、母さんはずっとおばあちゃんのことを恥じていたんだと思う。ふつうの人ではないから」クララは馬上の写真に目をやってうなずく。クララ・シニアが馬の上に立って、デニムのシャツをまくりあげて筋肉のついたお腹をあらわにしている。「それに、もうずいぶんむかしのことだし——おばあちゃんが亡くなったとき、母さんはまだ六歳だった。そのあと、ヘルガ叔母さんと一緒に暮らすようになったの」

ガーティが母親の妹の手で育てられたことはサイモンも知っていた。ヘルガ叔母さんは鷲鼻の老女で、ほとんどハンガリー語しか話せず、一生独身だった。ユダヤの祝日にはクリントン通り七十二番地を訪れ、色つきの銀紙に包まれた固いキャンディーをお土産に持ってきてくれた。でも叔母さんは長く尖った爪をして、何十年も開けていない箱のなかみたいな臭いがしたので、サイモンはいつも怯えていた。

クララが写真のコピーを書類入れにしまいこむのを見ながら、サイモンが言う。「クララ、こんなこと無理だよ。正気の沙汰じゃない」

「あたしは死んだりしないから、サイモン」

「なんでそんなことがわかるんだよ？」

「わかるから」クララはバッグの口を開けて書類入れをしまいこみ、ジッパーをしっかり閉じた。

「死ぬなんてお断りよ」

「そうだな」とサイモン。「不死身の人間なんてごろごろいるだろうしね」

クララは答えない。何かのアイデアに夢中になると、クララはこうなる。母さんは「骨をくわえた犬みたいに頑固」と言っていたけれど、それはちょっと違う。そういうときのクララはむしろ、何も寄せつけない、手の届かない存在になる。どこかべつの世界に行ってしまったみたいに。

「ねえ」サイモンはクララの腕を軽く叩く。「なんてタイトルにするつもり？　きみのショウ？」

　クララは猫みたいな笑みを浮かべる。小さく尖った犬歯をのぞかせ、瞳に輝きを揺らめかせて。

「〈不滅の人（イモータリスト）〉よ」

　ロバートがサイモンの顔を両手で包んだ。サイモンはまた悪夢にうなされて目を覚ました。

「何をそんなに怖がってる？」ロバートが訊く。

　サイモンは首を振る。日曜の午後四時、その日二人は一日じゅうベッドで過ごし、半時間だけキッチンに立って、ポーチド・エッグとチェリー・ジャムを塗ったパンを用意した。

すごくいい気分なんだ、サイモンはそう言いたかった。こんなにいい気分、いつまでも続くわけがないんだ。つぎの夏がくれば、サイモンは二十年生きたことになる——猫や鳥なら長い寿命だろうけど、人間にしては短い。誰にもヘスター通りの女のことを話したことはなかった。女に告げられた予言のことも。それはいま、ぐんぐんスピードを増してこちらに迫ってきているような気がした。八月、サイモンは市営バス〈38ギアリー〉に乗ってゴールデンゲート・パークの端まで行き、海に張り出したランズエンドの、勾配のある小径（トレイル）を歩いた。サイモンはヒノキや野草を眺め、スートロ浴場の遺跡を眺めた。一世紀前には人びとが集った浴場も、もはやコンクリートが崩れ落ちている。それでも、かつては享楽の園だったはずだろう？　エデンの楽園でさえ——エデンの楽園だからこそ——永遠には続かないのだ。

　冬になるとサイモンは〈コー〉の春の演目《神話》のためのリハーサルに参加しはじめた。オープニングで、トミーとエドゥアルドがそれぞれナルキッソスとその影を演じ、鏡映しのダンスを踊る。つぎは「シシフォスの神話」で、女性ダンサーたちが何度も再生される歌のように、一連の動きを周期的にくりかえす。最終部の「イカロスの神話」では、サイモンは初めて主役級の役を演じる。彼がイカロスで、ロバートが太陽だ。

初日の夜、サイモンはロバートのまわりを飛びまわった。飛翔しながらどんどん太陽に近づいていった。ちょうどダイダロスがイカロスのために作ったような、蠟と羽根でできた大きな翼をつけて。十キロ近くあるものを背中にしょって踊っているので、いっそう強くめまいを覚えるが、だからこそロバートがそれを取り外してくれるときはほっとした。しかしそれは翼が溶け、サイモン、つまりイカロスが死ぬことを意味しているのだった。

音楽が——アディンセルの〈ワルシャワ協奏曲〉——最後の盛り上がりにさしかかると、サイモンの魂は解き放たれ、宙に浮き上がる。サイモンは家族への恋しさを募らせる。今この瞬間のぼくを見てくれてたらいいのに、胸のなかでそう願う。その思いを胸にしたままロバートにしがみつき、ロバートはサイモンをステージの中央に運んでくれる。ロバートを囲む照明はあまりに明るく、ほかには何も見えなくなる。客席の観客も、舞台袖に詰めて二人を見守るカンパニーのダンサーたちも。

「愛してる」サイモンがささやく。

「わかってる」ロバートが答える。

音楽が大音量で響き、二人のささやきは誰にも聞こえない。ロバートはサイモンを地面に横たえる。サイモンはガリの手本どおりに体を動かす。両脚を丸め、両腕をロバートのほうに伸ばす。ロバートは翼でサイモンをおおい隠し、ステージを去っていく。

　二人はこうして二年過ごした。サイモンがコーヒーを淹れ、ロバートがベッドを整える。いずれ変わるとしても、何もかもが新しかった。ロバートの擦り切れたスウェットパンツ、快感に悶える声。週に一度の爪切り――シンクにちらばる完璧な、透明の半月。所有しているという感覚、それはなじみのない、くらくらするような感覚だった。ぼくの男。ぼくだけの。振り返ってみると、それはあまりに短い期間に思えた。一瞬一瞬が映写機にかけたスライドのようにサイモンの頭によみがえった。カウンターでワカモレを作るロバート。窓辺でストレッチをするロバート。庭に出て植木鉢からローズマリーやタイムを摘み取るロバート。夜になっても街灯が煌々と明るく、二人の庭は暗闇のなかでもよく見えた。

8

「動きに」とガリが言う。「かならず。もたせること。全体性を」

一九八一年十二月。男性クラスでフェッテ（片足で軸足を打つようにして回転する技）の練習をしているときだった。片足の親指の腹で立って胴体をスピンさせ、反対の脚を斜め前の空中に伸ばす。サイモンは二回転んだ。ガリがやってきて横に立つと――片方の手のひらをサイモンのお腹にあて、もう片方を背中にあてる――ほかのダンサーたちがそれを見守った。

「右脚を上げて。体幹をしっかり引き締めたまま。連携を保ったまま」両足が床についているときは難なく連携を保っておけるのに、片脚を上げると腰がそって、胸が出てしまう。ガリは不服そうに手を叩いた。「いいか？　問題はそこだ。脚を上げたときにエゴが先立つんだ。基礎からやり直し」

ガリは手本を見せに大股で中央に向かった。サイモンは腕を組んだ。

「すべては」とガリが言う。「すべては繋がっている。見ろ」ガリは足を4番ポジションに構えてプリエした。「ここで準備する。ここが重要なところだ。胸と腰が連絡しているのがわかる。膝と爪先が連絡しているのがわかる。体の構造に連携があって、全体性がある。わかるか？　だから脚を上げても」――ガリは脚をうしろに上げ、回転する――「調和は乱れない。簡単なことだ」

イギリスの神童、トミーがサイモンと目を合わせる。簡単だって？　トミーが口の動きだけでそう話しかけると、サイモンはにやっと笑う。トミーはジャンプの名手だが回転は得意技ではないし、サイモンと同情しあうのが好きなのだ。

ガリはまだ回転している。「コントロールから」とガリは言う。「自由が生まれる。制約から、柔軟性が生まれる。幹から」——片手を体幹にあて、空いた手で掲げた脚を指してみせる——「枝が生まれる」

ガリは膝を深く折り曲げて着地し、それから手のひらを上げてみせた。わかるだろ？　とでもいうように。

わかるけれど、やるのはまたべつの問題だ。クラスが終わるとトミーが肩に腕をまわしてきて、更衣室に向かいながらうめくような声をあげた。ロバートがちらりと二人のほうを見た。雨が窓ガラスに叩きつけていたが、部屋は汗で蒸し暑く、だいたいの男は上半身裸になっていた。サイモンがトミーとボーとランチに出ても、ロバートは一緒に来ようとしなかった。

三人は十七番街の〈オーファン・アンディーズ〉まで歩いた。ぼくは何も間違ったことはしていない、とサイモンは自分に言い聞かせた。アカデミーの男はたいていなれなれしいんだ。ロバートが加わろうとしなくても、それはぼくの責任じゃない。サイモンはロバートを愛していた——たしかに。ロバートは知的で、成熟していて、驚きを与えてくれる。フットボールとおなじくらいクラシック音楽が好きで、まだ三十歳そこそこなのに、サイモンと一緒に〈パープ〉に行くよりベッドで読書をするほうが好きだった。「ロバートって品があるよね」初めて対面したとき、クララは言った。サイモンは誇らしさで胸がいっぱいになった。だけど、それは問題の一つでもあった。サイモンは淫らなことが好きだった。叩かれたり、色目を使われたり、口でいかせてもらったりするのが好きだった。そして堕落を求めてしまう傾向もあった——あるいは少なくとも、父さんと母さんなら堕落と呼んだだろうこと——サイモンは最近になってそれに気づきはじめていた。

ランチのあと、三人は〈スター・ファーマシー〉に立ち寄って煙草の巻紙を買った。サイモンが勘定を済ませているあいだ、二人は店の外で待っていた。外に出ると、二人が薬屋のウィンドウをじっと見つめていた。

「大変だぞ、おい」トミーが言う。「これ、見たか?」

指さしたのは、ウィンドウに貼りつけてある自家製のチラシだった。〈ゲイの癌〉と書かれている。その真下に若い男が写った三枚のポラロイド写真がある。一枚目で男はシャツをめくりあげ、火傷(やけど)のように盛り上がって波打っている紫色の斑点を見せている。二枚目では口を大きく開けていて、口のなかにもやはり斑点が見える。

「黙れよ、トミー」トミーは病気を気にしすぎるきらいがある——いつも誰も聞いたことのない筋肉が痛いと訴えている——でもボーの口調はふだんよりきつかった。

三人は〈トード・ホール・バー〉のひさしの下で身を寄せ合って煙草を吸った。サイモンは甘く湿った煙を吸いこんだ。それで気持ちが落ち着くはずだったが、そうはならなかった。心臓がばくばくしていた。結局一日じゅう、あの写真が頭にこびりついて離れなかった——プラムのように黒みがかった、ぞっとするような斑点——誰かがチラシの下のほうに赤ペンで走り書きした言葉も忘れられなかった——〈みんな、気をつけろ。何かやばいことが起こっている〉。

リッチーがある朝目覚めると、左の白目に赤い点があるのに気づいた。サイモンがシフトを代わってやり、リッチーは病院に行った。毎年恒例のイヴェント、クリスマス・イヴの〈ジングル・ベル・コック〉の夜までに治しておこうと思ったのだ。〈パープ〉の客のほとんどは、休暇に家族のもとに帰ることはない。だからダンサーたちは体を赤と緑に塗って、Gストリング（臀部がむき出しになる紐状の下着）のウェストにベルをぶら下げて踊る。医者はリッチーに抗生物質を処方して帰らせた。「『結膜炎でしょう』だってよ」翌日リッチーはエイドリアンの尻に紫のスプレーを吹きかけながら言った。「検査技師のお嬢ちゃんが、たぶん十九かそこらだろうな、こう言うんだ。『糞便に触れたりしませんでしたか?』だから言ってやった」――手を胸にあててみせる――「『んまあ、アタシ、そんなもん触ったりしないわよ』って」みんなはどっと笑ったが、サイモンはのちにそんなリッチーのことを思い出すことになる。リッチーのばか笑い、白いものが交じりはじめた軍隊ふうの丸刈り。十二月の二十日を迎えるころには、リッチーは帰らぬ人となっていたから。

　そのショックは言葉では言い表せなかった。斑点はドロレス・パークの花売りの体に現れ、そしてボーの美しい足に現れた。かつて八回連続スピンをきめていたボーがいま、発作を起こしてエドゥアルドの車でサンフランシスコ総合病院に運ばれていく。それがサイモンが最初に覚えている「86号棟」だった。もっとも、そのときはまだそんな名前で呼ばれていなかったけれど。食事を運ぶカートが軋む音、デスクで電話応対をする看護師たち、彼らの驚くほどの冷静さ。（いいえ、どのように感染するのかはわかっていません。今、恋人と一緒ですか? 彼はあなたが病院に来ることを知っていますか?）そして男たち。二十代や三十代の男たちが、まるで幻覚でも見ているみたいに、ベッドや車椅子で目を大きく見開いている。「稀少癌を発症、同性愛の男性四十一人」と、

《クロニクル》が見出しを打った。でも、どうしてそれに罹るのかは誰にもわからなかった。それでも、ランスの腋の下にできた腫れものがふくらみはじめると、彼は〈パープ〉のシフトを終えたあと、バックパックに《クロニクル》の記事を入れてタクシーに飛び乗り、病院に向かった。十日後には、腫れものはオレンジほどの大きさになった。

ロバートは部屋のなかをぐるぐる歩きまわる。「外に出ないで家にいるべきだ」と彼は言う。二週間分の食料はある。二人とも何日も眠れていなかった。

でも隔離されることを考えると、サイモンはパニックを覚えた。ぼくはもうすでに世界から切り離されている。隠れたりしたくない。これが終わりだなんて信じたくない。ぼくはまだ死んでないんだ。それでも、サイモンはわかっていた。わかっていたし、あるいは少なくとも恐れていた――恐怖と直感の境界線は細く、それらはいともたやすくおたがいになりすます――あの女が正しいということを。六月二十一日、夏至の日に、自分もこの世を去るのだということを。

ロバートはサイモンが〈パープ〉で働くのをいやがっている。「安全じゃないだろ」とロバートが言う。

「安全なものなんて何もないよ」とサイモンが言う。メイク道具の入ったバッグを取り上げてドアのほうに歩いていく。「金を稼がなきゃ」

「ばかばかしい。〈コー〉から給料を貰ってるだろ」ロバートが追いかけてきてサイモンの腕をつかむ。「認めろよ、サイモン。きみはあそこで得るものが好きなんだ。それがないとだめなんだ」

「よせって、ロブ」サイモンは無理に笑ってみせる。「うっとうしいことするなよ」

「わたしが？　うっとうしいのか？」

ロバートの目に燃えるような光が射し、サイモンはそれを見てひるみ、同時に興奮する。手を伸ばしてロバートの股間をつかむ。

ロバートはさっとうしろに身をかわす。「そんなふうに弄ぶな。触らないでくれ」

「一緒に来いよ」サイモンはろれつがまわっていない。飲んでいたのだ。〈パープ〉で働くのとおなじくらい、ロバートが嫌っていることだ。「どうしてどこにも行かないんだ?」

「どこにも属せないからだよ、サイモン。きみら白人の男たちにも溶けこめない。黒人の男たちにも溶けこめない。バレエでもフットボールでもはみだし者。故郷にも、ここにも居場所がない」ロバートは子どもに言い聞かせるようにゆっくりと話す。「だから家にいて縮こまっているしかないんだ。ダンスを踊っているとき以外はな。それだって——ステージに上がるたび、客席のなかにはわたしみたいな人間がわたしが踊るようなダンスをしているのを初めて見るって人もいるんだろうって考える。なかにはそれを気に食わないって人もいるんだろうって思う。怖いんだよ、サイモン。毎日。その気持ちがわかっただろ。きみも怖がってるんだから」

「いったいなんの話だよ」サイモンがかすれた声で言う。

「なんの話かわかってるはずだ。初めてわたしのような気持ちを味わったんだろう——どこにも安全な場所なんかないって。それが気に入らないんだろ」

サイモンは頭のなかにどくどく脈打つ鼓動を感じた。ロバートが吐いた真実が杭のように胸に突き刺さり、サイモンはまるで板に張りつけられ、羽をじたばたさせている昆虫だった。

「妬いてるんだ」サイモンは小声で言う。「それだけのことだろ。きみはもっと立ち向かうべきだったんだ、ロブ、でもそうしなかった。だから妬いてる——嫉妬してるんだ——ぼくが立ち向かってることに」

　ロバートはその場を離れなかったが、ふいに顔を横にそむけた。ふたたびサイモンのほうを向いたときには、目がうっすらと充血していた。

「きみもみんなとおなじだな」とロバートが言う。「女々しいホモや芸術家気取りの連中や熊みたいながさつなデブ野郎どもと一緒だ。自分たちの権利や自由を主張してパレードに歓声を送ってるけど、おまえらがほんとに欲しいのは、フォルサム通りにたむろしてるレザーマン（革製品を好んで身につけるハードゲイ）とセックスしたりバスハウスじゅうにクソをまきちらしたりする権利なんだ。おまえらはほかの白人男——ストレートの白人男とおなじくらい気兼ねなくふるまう権利が欲しいんだ。でもおまえはふつうの白人男じゃない。だからここは危険なんだ。おまえにそのことを忘れさせてしまうからな」

　屈辱で全身が熱くなる。くたばれ（ファック・ユー）、サイモンは心のなかで叫んだ。ファック・ユー、ファック・ユー、ファック・ユー。けれど、ロバートの言葉にサイモンは何も言い返せず、彼は怒りと恥ずかしさを噛みしめた——どうしてこの二つの感情はいつも一緒にやってくるんだろう？　サイモンは背を向けてドアを出ると、カストロ通りの黒い霞のなかへ、照明と男たちのもとへ、いつでも自分を待っていてくれるように思える場所へと向かった。


〈パープ〉の新入りダンサーたちはひどいものだった——まだ十六歳だし、ドラッグでハイになっていてダンスすらできない——客もまばらで、店の隅でいちゃついている二人組もいれば、お立ち台のそばでもっとあからさまに体をこすりつけあっている二人組もいた。シフトが終わるころには、エイドリアンは怯えきっていた。「こんなとこにいられないっての」ぶつぶつ言いながらタオルで体を拭った。サイモンもついていった。エイドリアンの車に乗ってカストロ通りを物色したが、〈アルフィー〉のオーナーは具合が悪いし、〈QT〉の店内は〈パープ〉とおなじくらい気が滅入った。エイドリアンは車の向きを変え、ダウンタウンを目指した。

〈コーンホールズ〉も〈リバティ・バス〉も閉まっていた。個室でビデオが観られる〈フォルサム・ガルチ・ブックス〉——快楽専門、と看板に謳（うた）ってある——に立ち寄ったが、ビデオ・ブースは満杯で、アーケードのほうには誰もいなかった。ブライアント通りの〈ブート・キャンプ・バス〉は空っぽ。それで二人は〈アニマルズ〉に行くことにした。レザーマンたちの溜まり場で、エイドリアンもサイモンも革製品は身につけていないけれど、ありがたいことに少なくとも客は集まっている。二人はロッカーに服を脱ぎ捨てると、エイドリアンが先に立って暗い迷路のような部屋を通っていった。チャップス（革製の乗馬用ズボンカバー）や犬の首輪を身につけた男たちが物陰でたがいに馬乗りになっている。エイドリアンは胸にハーネスを締めた少年と片隅に消えていったが、サイモンは誰かに触れる気にはなれなかった。入口の近くで待っていると、一時間ほどしてエイドリアンが戻ってきた。瞳孔が開き、くちびるがてらてら赤くなっていた。

エイドリアンがサイモンを家まで送ってくれた。サイモンはほっと息をついた。へまをせずに済んだ。取り返しのつかないことをしないで済んだ、今のところはまだ。サイモンとロバートのアパートから一ブロック離れたところで車を停めると、二人は何秒か見つめあい、やがてサイモンがエイドリアンのほうに手を伸ばした。こうして、それは始まってしまった。

クララは舞台の上で、天井から注ぐブルーの照明のなかに立っていた。ミュージシャン用にあつらえられた手狭なステージだ。観客は店内の丸いテーブルについたり、バーのスツールに腰かけたりしている。でもそのうちどれだけの客がクララのショウ目当てで来たのか、どれだけの客がたんなる店の常連なのか、サイモンにはわからなかった。クララは男物のタキシードを着て、自前のピンストライプのズボンにドクターマーチンを履いている。手品(トリック)は巧妙だけれど、大がかりなマジックではない。粋で気がきいているし、脚本は隅々までぬかりなく考えつくされている感じがする。まるで論文の口頭試問に臨んでいる大学院生みたいに。サイモンはマティーニのグラスのなかでストローをまわしながら、あとでクララになんて言えばいいんだろう、と考えた。一年以上も計画を練りつづけた結果がこれだ。スカーフを使った手品。ショウをやらせてくれることを承諾してくれた唯一の店、フィルモアのジャズ・クラブで。客はすでに肌寒い春の夜の通りに出ていきはじめている。

客が数えるほどしかいなくなったとき、クララはすぐそばの譜面台にくくりつけてあったロープをほどき、小さな茶色のマウスピースを歯のあいだにくわえた。ロープは天井の配管からぶら下がっているケーブルに繋がれていて、クララが自分で取り付けておいた滑車で操作できるようになっている。ショウの最中はバーのマネージャーがそれを握り、クララの指示に従って操作することになっている。

「そんなこと、そいつに任せて大丈夫なのか？」先週、クララに手順を説明されたとき、サイモンは訊いた。「ぼくがやろうか？」

「ビジネスと楽しみを混同したくないから」

「ぼくは楽しみ？」

「うーん、そうじゃないけど」とクララ。「あんたは家族だし」

そのクララがいま、二階の窓の高さまで昇っていく。短い幕間のあいだに着替えを済ませたのだろう、ヌードカラーの生地に金色のスパンコールをちりばめた袖なしのドレスを身にまとっている。フリンジ状のスカートが太腿のなかほどで揺れる。クララは幽霊みたいに宙を旋回すると、やがて両腕と両脚をぎゅっと胴体に引き寄せる。と、彼女の輪郭がぼやけ、ただ赤と金色、髪ときらめき、渦巻く光だけが見える。スピードが落ちると、それはふたたびサイモンの姉の姿になる——髪の生え際に汗の滴が光り、顎がかくがくと震えはじめている。片足をステージのほうに伸ばし、床に届く高さに降りてくると、両膝を曲げて着地する。手のひらにマウスピースを吐き出し、そしてお辞儀をしてみせる。

氷がカランと鳴る音、椅子が軋む音が響き、やがて拍手がわきおこった。クララがやったこと、それはマジックではなかった。仕掛けなどないのだ——力と、人間ばなれした軽やかさの奇妙な組み合わせにすぎない。それが空中浮揚を思わせるのか、首吊りを思わせるのか、サイモンにはわからなかった。

つぎの出し物のセッティングがおこなわれているあいだ、サイモンは楽屋に足を運び、クララの姿を見つけた。クララがマネージャーと話しているあいだ、外で待った。マネージャーはスウェットスーツを着た五十がらみの体格のいい男で、クララと握手しながら片手を彼女の背中にまわし、ウェストのくびれに置いた。クララは身を固くした。マネージャーが楽屋を出ていくと、クララはドアのほうをちらっと見てから、男の革ジャンが脱ぎ捨ててある椅子のほうに歩いていった。片方のポケットから財布がはみ出している。クララはそこから札束を抜き取り、自分のドレス下に押しこんだ。

「まじかよ？」サイモンが楽屋に入りながら言う。

クララがはっと振り向く。うしろめたそうな顔はすぐ、開き直ったような毅然とした表情に変わる。「あいつはクソ野郎だもん。それにギャラなんていくらも払ってもらえなかったし」

「で？」

「だからなんだってのよ？」クララはタキシードの上着を羽織る。「百ドル入ってた。そのうち五十ドル頂戴しただけだよ」

「それはそれは高潔だな」

「本気なの、サイモン？」クララは背筋をこわばらせたまま、道具をイリヤの黒い箱にしまいこむ。

「あたしの初舞台なのに、何年もかけて準備してきたショウの初日なのに、そんな言葉しかかけられないの？　あんたが高潔さについて何か言える立場なわけ？」

「どういう意味だよ？」

「噂は広まっちゃうってこと」クララは箱を閉じると、盾を構えるように両腕でしっかりと胸の前に抱える。「あたしの同僚がエイドリアンのいとこなの。先週、その子に言われたんだ。『うちのいとこがあんたの弟と付き合ってるみたいよ』って」

サイモンが青ざめる。「ふん、そんなのでたらめだ」

「嘘つかないで」クララがにじりよってきて、髪がサイモンの胸をかすめる。「ロバートはあんたが出会ったなかで最高の相手なんだよ。それを捨てようってんなら、好きにすればいい。でも少なくとも、ちゃんと別れればなしをするくらいのわきまえはもちなさいよ」

「指図するな」サイモンは言い返すが、最悪なのはクララが真実の半分も知らないということだ。早朝のゴールデンゲート・パークをあさっては、見ず知らずの相手とスピードウェイ・メドーや四十一番街やＪＦＫドライヴの公衆トイレでファックしていること。カストロ劇場のスクリーンで《小さな孤児アニー》が歌っているあいだ、後列の座席で手で慰めあっていること。オーシャン・ビーチの〝荒れ地〟と呼ばれる溜まり場で、おおぜいの男たちが愛撫しあっていること。

そして、あのひどい夜のこと――五月のテンダーロイン。きらきら光る銀色のドレスに厚底のヒールを履いたドラァグ・クイーンに、ハイド通りのホテルのシングル・ルームに連れていかれた。誰かのヒモらしき男に襟をつかまれ財布を取られそうになったが、サイモンは相手の股間に蹴りを入れてあわてて二階に駆け上がった。二人で部屋に入り、ベッドサイドのランプをつけると、サイモンは相手がレディだということに気づいた。レディはここ数週間、〈パープ〉に姿を見せていなかったので、みんなは最悪の事態を、彼女が「ゲイの癌」に侵された可能性を想定していた。だからレディの顔を見た瞬間、サイモンはほっと胸を撫でおろした。けれど、レディは相手がサイモンだということに気づかなかった。ドレスのポケットからウォッカのミニチュアボトルを取り出した。中身は空っぽで、アルミホイルのフィルターがかぶせられていた。レディはボトルのなかにコカインを詰め、吸いこんだ。

六月一日、サイモンはシャワーの下に立っていた。昨日の夜の《神話》の公演で、何日かぶりにロバートに触れた。言い争いをしないで一緒にいるのはひさしぶりだった。サイモンはシャワーの下でロバートのことを思いながらマスターベーションをしようとしたが、絶頂に達することができたのは、レディが手製のパイプにかがみこんでいる姿を思い出したときだった。

シャンプーのボトルを取り上げ、浴室のラックめがけて力まかせに投げつけた。ラックは跳ね上がってシャワーヘッドにぶつかり、シャワーヘッドはフックから外れて荒々しく振れ動き、蛇口をひねっていまいましいそいつの息の根を止めるまで天井を濡らしつづけた。サイモンはひんやりした陶器のバスタブに背中を押しつけたまま坐りこみ、嗚咽をもらした。黒っぽい斑点が、まだ腹からこちらを見上げている。でも身をかがめてみると、昨日よりもほくろっぽく見える。そうだ、こいつはほくろなんだ。サイモンは立ち上がってラックをまっすぐに直し、バスマットの上に乗った。陽射しがバスルームを霞ませた。ロバートに話しかけられるまで、彼が戸口に立っていることに気づかなかった。

「それはなんだ?」サイモンの腹を見つめている。

サイモンはタオルをつかむ。「なんでもない」

「なんでもないわけないだろ」ロバートは片手をサイモンの肩に置いてタオルを剝ぎとる。「嘘だろ」

二人はしばらく一緒にそれを見つめた。やがてサイモンがうなだれた。

「ロブ」と小声で言う。「ごめんよ。こんなことしてしまって、ほんとにごめん」そして取り乱したまま続ける。「今夜は公演だ。劇場に行かないと」

「だめだ、ベイビー」ロバートが言う。「わたしたちが行かなきゃいけないのはそこじゃないよ」

数分後、ロバートはタクシーを呼んだ。

9

サンフランシスコ総合病院のサイモンのいる病棟には、十二床のベッドがあった。なかに通じるスウィング・ドアにはラミネート加工された注意書きが掲示されていた——**マスク、ガウン、手袋着用のこと。針刺し防止用容器使用のこと。妊婦の入室不可**——そして小さめの文字で、「花の持ち込み禁止」と添えられている。

クララとロバートはサイモンの病室に泊まりこみ、椅子で眠った。隣のベッドとは薄っぺらい白いカーテンで仕切られていた。サイモンは同室の患者を見たくなかった。もとシェフだった男は、体から骨という骨が浮き出て、食べ物はいっさい口にできなかった。何日かするとまたベッドが空き、カーテンがそよ風に揺れた。

ロバートが言う。「家族に連絡したほうがいい」

サイモンは首を振る。「ぼくがこんなふうに成り果てたことを知らせるわけにはいかない」

「あんたは果ててなんてない」とクララが言う。膝の上にはパンフレットが置いてあり——〈友が癌になったら、排除ではなく愛情を〉——目は潤んでいる。「あたしたちと、ここにいるじゃない」

「ああ」サイモンが言う。喉が締めつけられているみたいだ。首の腺が腫れているのだ。ある晩、ロバートとクララがテイクアウトの食事を買いに出ていくと、サイモンはベッドの端に体を移動させて電話に手を伸ばした。ダニエルの番号すら知らないことに気づいて恥ずかしくなったが、クララがあれこれ持ち物を椅子の上に積み重ねていて、そのなかに赤い縦長のアドレス帳があった。呼び出し音が五回鳴ったあと、ダニエルが出た。

「ダン」サイモンが言う。声がざらざらとかすれ、左足がひきつる。それでも、感謝の念が胸にこみあげてくる。

長い沈黙のあと、ダニエルが口を開く。「どちらさん？」

「ぼくだよ、ダニエル」咳払いをして続ける。「サイモンだ」

「サイモン」

ふたたび訪れた沈黙は長く、サイモンは自分が埋めなければそれは終わらないのだと知る。

「ぼく、病気なんだ」

「病気なのか」一瞬だけ間があく。「それは気の毒に」

ダニエルの声はこわばっている。まるで他人に話しかけているようだ。最後に話をしてからどれくらいたっただろう？　サイモンはダニエルの顔を思い浮かべようとした。二十四歳のダニエル。

「どうしてる？」サイモンは訊ねた——なんでもいい、何か兄を電話口に留めておけることを。

「医学部（メディカル・スクール）に行ってる。いま講義から戻ったところだ」

サイモンは想像した。ドアがひゅうっと音をたてて開閉し、若者たちがバックパックを背負って歩いている光景。思い描いただけで深い安心を覚えて、眠りに落ちていけそうな気さえした。神経痛と痙攣のせいで、ほとんど毎晩眠れていなかった。

「サイモン？」ダニエルがいくらか声を和らげて訊く。「何かできることあるか？」

「ううん」とサイモン。「何もないよ」ダニエルはほっとしただろうか。受話器を置きながら、サイモンは思った。


六月十三日。サイモンの並びの病室の男が二人、夜中に死んだ。新しい同室者は眼鏡をかけたモン族の男の子で、母親に会いたいと言いつづけていた――まだ十七歳にもなっていないはずだ。

「女に会ったんだ」サイモンはいつものようにベッドの脇に腰かけているロバートに話しかける。

「その女に、ぼくが死ぬ日を告げられたんだ」

「女？」ロバートは体を近づける。「どんな女だ、ベイビー？　看護師か？」

サイモンの意識は朦朧としている。神経痛を抑えるために、モルヒネを投与されていた。「ううん、看護師じゃない――女だ。ニューヨークにやってきたんだ。ぼくが子どものころ」

「サイ」クララが顔を上げる。椅子に腰かけてサイモンのためにヨーグルトをかきまわしていたところだ。「お願い、やめて」

ロバートはサイモンの目を見つめつづける。「その女がきみに言った――何を？　何を覚えてる？」

何を覚えているだろう？　狭い戸口。留め具がはずれかけてぶらぶらしている真鍮製の部屋番号。アパートの室内は乱雑で汚れていたことを覚えている。あれには驚いた。なんとなく、仏陀のまわりに漂うような、静謐な雰囲気のところを想像していたから。トランプのカードも覚えている。女はそのなかから四枚を選べと言った。自分が選んだカードも覚えている――四枚ともスペードで、どれも黒だった――そして女が告げた日付の、ぞっとするような衝撃。あわてて非常階段を駆け下りたこと、つかんだ手すりのひんやりと湿った感触。女が金を要求しなかったことも覚えている。「ぼくはずっと知ってた」サイモンは言う。「自分が早死にするって、ずっとわかってた。だからあんなことをしたんだ」

「どんなことをしたっていうんだ」

サイモンは指を一本上げる。「母さんを捨てたこと」とロバート。

二本目の指を上げるが、そこで思考の流れを見失ってしまう。言葉を発することが、まるで必死に海のなかから水面に顔を出そうとすることみたいに思える。どんどん海の底に向かって沈んでいくような気がする。そこに何があるのかわかっているのに、陸にいるみんなにはどうしてもそれを説明できないでいるような気がする。

「シーッ」ロバートが優しく撫でるようにサイモンの額から髪をのける。「もうどうでもいいんだ。何も問題なんてない」

「だめなんだ。きみはわかってない」サイモンは犬かきをするようにもがき、息をあえがせる。「大事なことなんだ、どうしてもいま話さなきゃいけないんだ。「何もどうでもよくなんてない」

ロバートが席を外してトイレに行くと、クララがサイモンのベッドにやってきた。目の下の皮膚が腫れぼったい。

クララが言う。「あたし、あんたくらい愛せる人に出会うことなんてあるのかな?」

ベッドに入り、サイモンの隣に身を横たえる。サイモンは瘦せこけてしまっているから、二人の体は病院のツインサイズのベッドにすっぽりと収まる。

「よせよ」サイモンは答える。あの日の夜明けの屋上、二人がすべての始まりの地点に立っていたあの瞬間に、クララが言った台詞。「もっとずっとずっと愛せる人が見つかるって」

「無理だよ」クララが息を詰まらせる。「見つかりっこない」そう言うと枕に頭をのせ、サイモンのほうを向く。彼女の髪がサイモンの鎖骨の上に落ちる。「あの女に、なんて言われたの？」

今さらそれがどうだっていうんだろう？「日曜だって」サイモンは答える。

「サイ、そんな」喉を締めつけられたような嗚咽がもれる。鎖に繋がれた犬の声のようだ。クララはその声が自分のものだと気づくと、手のひらで口を押さえる。「どうか――お願いだから……」

「いいんだ。あの女がぼくにくれたものを見てよ」

「こんなことになっちゃったじゃない！」クララはサイモンの腕の紫斑や浮き出た肋骨に目をやる。豊かだった金色の髪さえ薄くなりかけてしまった。介護士に風呂に入れてもらったあとには、排水口にもつれた巻き毛が詰まった。

「そうじゃない」とサイモン。「これだよ」彼は窓を指さしてみせる。「あの女がいなかったら、ぼくがサンフランシスコに来ることはなかった。ロバートに出会うことはなかった。ダンスを学ぶこともなかった。きっとまだあの家にいて、人生が始まるのをじっと待っていたんじゃないかな」

サイモンは病気に腹を立てていた。病気に激しい怒りを覚えていた。長いあいだ、あの女のことも憎んでいた。いったいどうして幼い子どもにあんな恐ろしい予言を告げたんだ？でも、あの女への気持ちは変わっていた。今のサイモンには、あの女が第二の母親のように、あるいは神のように思えた――あの女はぼくに扉のありかを教え、そして言ってくれたんだ。さあ、行きなさい、と。

クララはぼうぜんとしているようだ。サイモンは二人でサンフランシスコに来てからクララが浮かべた表情を思い出した。苛立ちと甘やかしがまじった、不可解な表情。どうしてそれが癪に障ったのか、サイモンはやっとわかった。クララがあの女を思い出させたからだ。カウントダウンをしながら、自分を見守っている女。胸の奥で姉への愛情の蕾がいっきに咲きこぼれた。屋上でのクララを思い出す——端のほうに立ったまま言った。**あんたが自分の人生をスタートさせちゃいけないちゃんとした理由が一つでもあるなら言ってみてよ。**

「日曜って聞いても驚かないのか」とサイモン。「最初から知ってたんだね」

「あんたの日付」クララが小さな声で言う。「若くして死ぬ、そう言ってたよね。あたし、あんたが望むものすべて、手に入れさせてやりたかった」

サイモンはクララの手を握りしめる。ふっくらした手のひらは、健康そうなピンク色をしている。

「でも、ぼくは手に入れたんだ」

ときおりクララは、サイモンとロバートを二人きりにしてやった。二人は疲れて何もできないときは一緒にビデオを観た。サンフランシスコ公立図書館から借りてきた、偉大な男性ダンサーたち、ヌレエフ、バリシニコフ、ニジンスキーのビデオだ。〈シャンティ・プロジェクト〉のボランティアの一人がコミュニティ・ルームからテレビをキャスター付きの台にのせて運んできてくれて、ロバートはサイモンのベッドに一緒に横たわった。

サイモンはロバートを見つめる——きみに出会えて、ぼくはなんて幸運なんだろう。そしてロバートの将来に不安を募らせる。

「もしロバートがこれに罹ったら」サイモンはクララに言う。「治験を受けさせて。約束してくれ、クララ——かならずそうさせるって約束して」

新しい試験薬がアフリカで効果を発揮しつつあるらしいという噂が病棟に流れていた。

「わかった、サイ」クララはそっと答える。「約束する。やってみるから」

どうして、ロバートと過ごしてきた何年かのあいだ、愛を伝えることにあんなにも苦労してきたのだろう？　日が長くなるにつれ、サイモンは何度もくりかえし言った——愛してる、愛してるよ。その呼びかけと応答は、食べ物や呼吸のように、身体にとってなくてはならないものだった。ロバートの答を聞いたときにやっと、サイモンの脈は穏やかになり、瞼が閉じ、そしてようやく眠りにつくことができた。

第2部

プロテウス

1982年—1991年

クララ

10

クララは黒いスカーフを一本の赤いバラに、エースのカードをクイーンに変えることができた。一セント銅貨から十セント白銅貨を生み出し、十セント白銅貨から二十五セント硬貨を生み出し、何もない空中から一ドル紙幣を生み出すことができた。〈ハーマン・パス〉も〈サーストン・スロー〉も〈ライジング・カード・イリュージョン〉も〈バック・パーム〉もあっさりやってのけた。カナダ人の名マジシャン、ダイ・ヴァーノンからイリヤが受け継ぎ、イリヤがクララに仕込んだ伝統的なカップ・アンド・ボールのトリックもお手のものだった。その目にもとまらぬ速さの目くるめく視覚のイリュージョンは、ボールやサイコロがいっぱい詰まった銀のカップから、最後にまるごと一個のレモンを取り出してみせるというものだ。

クララにできないこと——何度失敗してもどうしても諦められないこと——それは、弟を取り戻すことだった。

現場に着いてまず最初にやる仕事は、〈生への飛翔〉のスペースを準備することだ。天井の高いナイトクラブを探すのは簡単ではなかったから、レストラン・シアターやコンサート・ホール、そしてときどき単発契約でバークリーの小さなサーカスでもショウをおこなった。それでも、クララはナイトクラブでショウをするほうが好きだった。あのスモーキーな空気、哀愁に満ちた雰囲気。一人でも仕事ができるし、大人の溜まり場だから、クララがショウを見せたい相手の前で演じることができる。たいていの大人はマジックなんて信じないというけれど、クララはそうじゃないとわかっていた。だって、信じていないのなら、どうして恋に落ちたり、子どもを作ったり、家を買ったりできるのだろう？　永遠に続くものなんてないという証拠を目の前にしながら、どうしてそういうことに夢中になれるのだろう？　トリックは見る者の考えをあらためさせるためのものじゃない。彼らにそれを認めさせるためのものなのだ。

道具はダッフルバッグにぱんぱんに詰めこんで運んだ。吊り下げ用の紐に上昇用ロープ、レンチにクランプ、スイベル式のマウスピースに頑丈な紐。イリヤにはどんな舞台もそれぞれに違うのだと教わった。だからクララは天井の高さ、ステージの幅、支持梁の様式と強度を見積もった。失敗と成功は紙一重——タイミングが完璧でなければ、惨事に終わる——だから、上昇用ロープを支持梁から梯子にくくりつけながら、紐を三重に巻きつけて梯子を固定し、安全ブレーキをロープのもう片方の先に取りつけながら、クララの脈は震える。ステージに上がり、床から一八七センチの高さを計る。自分の身長が一六五センチ。そこに爪先立ちになったときの十七センチを足す。そして地面からの隙間が五センチ。

二年前から〈急降下〉を見せ場に取り入れはじめた。アシスタントはマウスピースをくわえたクララが天井に達するまでロープを引く。ショウを始めたころのようにそこからゆっくり漂いながら降りてくるのではなく、ロープが放たれると同時に突然落下するのだ。観客は決まって事故だと思いこみ、はっと息をのみ、ときには悲鳴をあげる。やがてクララは唐突に停止する。顎が全体重を吸収した衝撃に打たれるのにも、首に鞭打ちのようなしびれが走るのにも、目や鼻や耳に刺すような痛みを覚えるのにも、もう慣れてしまった。ロープがあと数センチ下げられて足が床に着くまで、見えるのは熱く白い照明だけ。頭を持ち上げてマウスピースを手のひらに吐き出してみせたとき、初めて観客の姿が目に入る。彼らの顔は驚きのあまり力が抜けている。

「みなさん、愛してます(アイ・ラヴ・ユー・オール)」小声でつぶやきながら、クララはお辞儀をする――この言葉は偉大なマジシャン、ハワード・サーストンからいただいたものだ。サーストンはいつもショウの前、導入の音楽が盛り上がるなか、カーテンの裏に立って、これをくりかえしていた。「みんな愛してる、みんな愛してる、みんな愛してる」

11

一九八八年二月、いつになく冷えこんだ晩、クララは〈コミッティ〉のステージに立っていた。ブロードウェイ通りにあるキャバレー・シアターで、いつもは同名のコメディ集団が出演していた。その月曜、彼らはクララに劇場を貸してくれた。そこでショウをするために、クララは実入りより高い金を払っていた。テーブルのひとつひとつに、〈不滅の人〉と書かれた名刺を置いた。けれど客はまばらで、ストリップ・クラブ〈コンドル〉か、のぞき見ショウ〈ラスティ・レディ〉の帰りか行きに立ち寄った男たちばかりだった。クララはカップ・アンド・ボールを小気味よく成功させていったが、〈急降下〉以外に興味をもつ客は一人もいなかった。その大技でさえ、新鮮味が薄れかけていた。「マジックはもういいよ、かわいこちゃん」誰かが叫ぶ。「おっぱい見せてくれ！」演目が終わってバーレスク・ショウの一団がセッティングにかかりはじめると、クララはいつもショウの晩に着ている長めの黒いダスターコートを羽織り、バーに歩いていった。化粧室に向かう途中で野次を飛ばした男のポケットから革の財布を抜き取り、帰りに空っぽの財布を元に戻した。

「なあ」

クララはぎくりとした。そばかすだらけの顔とウィスキー色の瞳と制服とバッジを目にするかもしれないと思いながら急いで振り返ったが、そこにいたのはTシャツとだぶだぶのジーンズにワークブーツを履いた背の高い男で、降伏するように両手を挙げていた。

「驚かすつもりはなかったんだ」男は言う。クララは相手の褐色の肌と、肩まであるつやつやした黒髪をじっと見つめた。どちらもたしかに見たことがある。

「あなた、見覚えがある」

「ラジだよ」

「ラジ」そして、クララははっと気づいた。「ラジ！　嘘みたい――テディのルームメイトだ。ていうか、バクシーシ・カルサのね」クララはバクシーシ・カルサの長髪と鉄のブレスレットを思い出しながらつけくわえた。

ラジが笑う。「あの小僧、いけすかなかったな。いったいどこの白人男がターバンなんか巻くっていうんだよ？」

「ヘイト通りをうろついてるような連中ならありうるかも」

「もうそんな連中はすっかり姿を消したよ。シリコン・ヴァレーで働いてるか、弁護士にでもなってるさ。髪なんてうんと短くして」

クララが笑う。ラジの頭の回転の速さと、考え深そうな目つきに好感をもった。客は劇場の外に向かいはじめた。正面のドアが開き、空の星々とストリップ・クラブのひさしのネオンが輝く夜の闇が見えた。いつもはショウが終わると30ストックトン線に乗って、一人で住んでいるチャイナタウンのアパートに戻る。

「今は何してるの？」

「何してるかって？」ラジのくちびるは薄いけれど表情は豊かで、いたずらっぽく端っこがカールする。「たった今は、何もしていない。予定なしだ」

「十年たったなんてね。信じられる？　十年だよ！　あなたはあたしがサンフランシスコに来て最初に出会った人たちの一人なんだ」

二人は〈シティ・ライツ・ブックス〉の路地の向かいにあるイタリアン・カフェ〈ヴェスヴィオ〉に坐っていた。クララはかつてファリンゲッティやギンズバーグが足繁く通っていたというこの店がお気に入りだったが、今は騒がしいオーストラリア人の観光客ばかりが目立つ。

「それで、きみはまだここにいる」とラジが言う。

「で、あなたもまだここにいる」クララはここに来てすぐサイモンと一緒に転がりこんだアパートにいたラジの姿をぼんやりと覚えていた。カウチに腰かけて『百年の孤独』を読んだり、手脚のひょろ長いブロンドのスージーと一緒にキッチンでパンケーキを焼いたりしていた。球場の近くで花売りをしていた女の子だ。「スージーはどうなった？」

「キリスト教系スピリチュアリストのやつと逃げた。七九年から会ってないな。きみは弟とやってきたんだよね？　彼はどうしてる？」

クララはグラスの細いステムをぎゅっとつかみ、マティーニを指でかきまわしていたが、顔を上げて答える。「死んだの」

ラジがむせた。「死んだ？　ああもう、クララ。ごめんよ。いったいなんで？」

「エイズで」少なくとも原因ができたことはありがたい。サイモンが死んで三カ月過ぎるまで、その病気は存在もしなかったのだ。「二十歳だった」

「くそっ」ラジはもういちど首を振る。「ろくでもないよ、あのエイズってのは。去年、友だちが一人それで亡くなったんだ」

「あなたは何してるの？」クララが訊ねる。なんでもいいからとにかく話題を変えたかった。

「整備士だ。おもに車の修理をやってるんだけど、でも建設現場でも働いてる。親父は外科医にしたがってた。それは見込み違いだっていつも言い聞かせてたんだけど、それでもここに送りこまれた。親父はダラヴィにとどまったままだった――ボンベイのスラム街だ。一マイル四方に五十万人が住んでて、河にはクソが浮いてる、みたいな街。でもそこが故郷なんだ」

「つらかったでしょうね、お父さんと別れなきゃいけなかったなんて」クララはラジの顔を見つめる。眉は濃いけれど、目鼻立ちは繊細だ――高い頬骨はほっそりした頬へ、そして尖った顎先へ続いている。「いくつだったの？」

「十歳だ。親父のいとこのアミットに連れられてきた。一族のなかで抜群に頭のいい男でね――奨学金をもらって六〇年代に学生ビザでカリフォルニアの医科大学に入学したんだ。親父はおれにもアミットみたいになってほしがってた。でも科学なんて学校じゃてんでダメだった。人間を治すのに興味はなかったけど、物を直すのは得意だった。つまり親父はおれのことを半分は理解してたってことだ。半分だけじゃどうしようもないけどさ」ラジは気弱そうな笑い方をする。言葉にはかすかに訛りがあるけれど、注意深く聞いていなければ気づかない程度だ。「それできみは？　これはどれくらいやってるの？」

「えっと」とクララ。「六年、かな？」

始めたころには、この仕事にもひりひりするような感動があった。でも今は、ただクララを疲れさせた。自分ひとりで装備を取り付けては外し、ダスターコートを羽織って高速鉄道（BART）に乗ってバークリーに帰る。街角に鳴り響くのは、どこかの部屋のラジカセが大音量で流すヒップホップ。帰宅は午前一時、イースト・ベイからの戻りなら三時。バスタブに浸かっているうちに、アパートの一階にある中国系のパン屋の機械が威勢よくうなりはじめる。夜は剝がれたスパンコールをドレスに縫い直して過ごす。ミシンはがらくた同然だけれど、お金がないから買い換えることもできない——カウチのクッションのあいだに挟まったスパンコール、階段に落ちたスパンコール、シャワーの排水口に詰まったスパンコール。

一年前、〈急降下〉の最中にひどい怪我を負った。《クロニクル》に載せた募集で雇ったアシスタントの女の子が、安全ブレーキを確認しないままロープを離して、ロープが支持梁の上を一メートル分するすると滑ってしまったのだ。クララは床に叩きつけられた。意識がはっきりしてくると、四つん這いになっていて、頭蓋骨がパンチを食らったようにずきずき痛み、両脚が黒い風船のように腫れあがっていた。保険に入っていなかったから、父が遺してくれたお金を治療費にほぼ使い果たしてしまった。六週間、苛立ちながらブーツを履いて過ごした。この一年で一緒に仕事をしたのはサーカス出身の十九歳の少年だけ。でも彼も三月には〈バーナム〉に入団するために去ってしまう。

「やってて楽しいんだね」ラジがにっこり笑う。

「うんまあ」クララが笑みを浮かべる。「楽しかった。今も楽しいよ。でも疲れた。一人でやるのはきついから。出演交渉だって簡単じゃないし。あたしを出演させてくれる会場はかぎられてるし、そこだって何度でもやらせてくれるわけじゃない——おなじ場所で何年もショウをして、噂が広まって、大げさな宣伝が先走りして、そのうち飽きられて、それでもまだそこに出て、ロープをくわえてぶらさがってる」

「あの場面、よかったな。ロープのトリック。種明かしは？」

「からくりなんてないよ」クララは肩をすくめる。「顎に力を入れて持ちこたえてるだけ」

「すごいな」ラジは眉を上げる。「緊張しない？」

「前よりはしなくなった。それにステージの直前だけ。予知するんだ。舞台裏にいると感じるの……あがっちゃってるのかもしれない。でもそれだけじゃなくて、興奮するのよ──自分はこれからみんなが見たこともないようなものを見せるんだって。それを見て、みんなの世界の見方が変わるかもしれない、たとえ一時間だけでも」クララは眉間に皺を寄せる。「スカーフの手品とかカップ・アンド・ボールの前は緊張なんてしないけど。そういうのはお手のものなんだけど、〈急降下〉よりそっちのほうに興味をもってくれる客なんていないし」

「じゃあどうして演目を変えないんだ？　地味なのを削って、派手な路線でいくとか？」

「いろいろ煩わしいのよ。装置が必要になるし、ちゃんと専業の助手だって雇わないと。大がかりな設備の使い方も覚えなきゃいけない。それに、あたしがやりたい演目って、本でしか読んだことがないんだよ？　ふう、まずはどういう仕掛けなのか解明しないと。マジシャンって人種はね、すっごく口が堅いの」

「じゃ、仮になんでもできるとする。何がやりたい？」

「なんでも？　うーん」クララは顔をほころばせる。「まずは、デコルタの〈消える鳥籠〉かな。オウムの入った鳥籠を宙にかざしてみせて──ジャジャーン！──一瞬で消してみせるの。袖のなかに潜りこませてるんだろうけど、どういう仕組みなのかがわかんないんだよね」

「きっと籠が折りたたみ式になってたんだよ。柵の棒に——繋ぎ目がなかった？　まんなかが端っこより太くなってなかった？」

「さあね」とクララは言う。でも頬は紅潮し早口になっている。「それとね、〈プロテウスのキャビネット〉。直立した小さなクローゼットにキャスター付きの長い脚がついてて、観客は床下の隠し扉から出入りはできないってことがわかるの。助手がキャビネットを回転させて、扉を開けて、それから閉めてみせたとき、なかからノックが聞こえる。扉を開けてみると、なんとそこに人がいるってわけ」

「鏡を使ってるんだな」とラジ。「見ている人は表面そのものは見ない。表面に映っているものを見るんだ」

「もちろん。そこまではわかってる。でも問題は角度。幾何学的に完璧でなくちゃいけないし、そこがこのパフォーマンスのトリックなんだ——つまり数学ね」すでにグラスの中身を飲み干していたのに、そのことを忘れてしまった。「だけどあたしが何よりやりたいパフォーマンス、これまでいちばんのお気に入りは、〈第二の視覚〉だな。チャールズ・モリットってマジシャンが考案したの。観客が彼に何か物を渡して——たとえば金時計とかシガレット・ケースなんか——目隠しした助手が、それが何かを当ててみせる。モリット以降のマジシャンもおなじことをやってきた、ぺらぺら口上を述べながら——ほら、『おーや、これはちょっとおもしろい代物ですね、ちょっとお借りしますよ』とかね。明らかにその口上が何かの暗号になってるの。でもモリットは『はい、ありがとうございます』って、いつもただそれだけ。結局そのトリックの秘密は死ぬまで明かさなかった」

「きっと目隠しが透けてたんだ」

「助手はずっと壁のほうを向いてるもん」

「じゃ、観客がサクラだったんだ」

クララは首を振る。「まさか。だとしたらこのパフォーマンスはそこまで有名にはならなかったよ――みんなその謎を解き明かそうとして一世紀以上たってるんだから」

ラジが笑う。「ちっくしょう」

「言ったでしょ。あたしもう何年も考えつづけてるんだってば」

「そんじゃ」とラジが言う。「二人でもっと真剣に考えてみないとな」

12

むかしゴールド家が年に一度の家族旅行でニュージャージー州ラヴァレットに行ったとき、父サウルは夜明けに家族を叩き起こした。最後にベッドから出てきた母ガーティがうなるような声をあげているあいだ、父は子どもたちを連れて青と黄色の鎧戸のついたビーチハウスを出て、小径を下って浜辺に向かった。みんな裸足だった。靴を履く暇もなかったのだ。水際まで行ったとき、クラはどうしてそんなに急かされたのかわかった。

「ケチャップみたい」サイモンは言ったけれど、それは水平線のところでスイカのようにあざやかな赤紫色に変わっていた。

「いや」と父が言った。「ナイル川のようだ」そう心から信じているように海を見つめているので、クララは相づちを打ちそうになった。

何年かたったとき、学校で「赤潮」という現象のことを習った。藻が大量繁殖して、沿岸の海水が変色し有毒になるというものだ。知識を得たことで、クララはなぜだか白けた気持ちになった。真っ赤な海を不思議がる理由もなくなってしまったし、その謎に驚き胸を躍らせることもなくなった。何かを習得はしたけれど、ほかの何か——変化の魔法——を奪われてしまったのだ。

誰かの耳のなかからコインを取り出してみせたり、ボールをレモンに変身させてみせたりするとき、クララは観客がうまく騙されてくれることではなく、観客が何かべつの種類の気づきを得てくれることを、可能性が広がっていくような感覚を味わってくれることを願った。肝心なのは現実を否定することではなく、現実をおおっているものをめくって、その奇妙さや矛盾を明らかにしてみせることだ。最高のマジック、クララの目指すマジックは、現実から何かを差し引くものではない。現実に何かを加えるものなのだ。

紀元前八世紀、ホメロスはプロテウスについて書いた。海神であり、アザラシの世話人であり、いかなるものにも変幻してみせる存在。未来を予言することができたが、予言を強いられるのを避けるために姿を変え、捕らえられたときにだけ答えた。三千年後、発明家のジョン・ヘンリー・ペッパーがロンドンの王立科学技術学院で〈プロテウス、あるいは我々は此処(ここ)に在り、だが此処に在らず〉と題したイリュージョンを発表した。その一世紀後、クララとラジはフィッシャーマンズ・ワーフの建築廃材置き場で捨てられた木材をあさっていた。こんな遅い時間ともなると、そこは廃墟のようだった――アシカさえも鼻先だけ水面に出して眠りについている――二人で九枚の板をラジのトラックの荷台に積みこんだ。ラジは四人の男とシェアしているサンセット地区の家の地下室で、幅一メートル、高さ二メートルのキャビネットを組み立てた。クララはジョン・ヘンリー・ペッパーのキャビネットとおなじように、なかを白と金色の壁紙でおおった。ラジが壁紙が貼られた内部に蝶番で二枚の鏡を取り付け、それらを平らにするとまるでキャビネットの壁のように見えた。縁をつないだ状態で二枚の鏡をキャビネットの中央に向かって開くと、クララの体をすっぽり隠しているV字型の空間は見えなくなる。鏡は後方の壁ではなく、今度は両脇の壁を映し出すのだ。

のは、誰にも見えないもうひとりのクララだ。

「すばらしいわ」クララが息をもらす。

イリュージョンは完璧だった。クララはみんなが見ている前で姿を消す。現実のただなかにいるのは、誰にも見えないもうひとりのクララだ。

ラジの過去はマジックとは程遠いものだった。母親は彼が三歳のときにジフテリアで亡くなり、父親は屑拾いをしていた。ゴミの山をかきわけてガラスや金属やプラスチックを探し、廃物業者に売って生計を立てていた。売り物にもならないゴミを家に持ち帰ってラジに与え、ラジはそのゴミから小さくて繊細なロボットを生み出しては一部屋だけのアパートの床に並べた。

「親父は結核に罹ってたんだ」ラジが言う。「だからおれをここに送りこんだ。自分がじき死ぬことを知っていて、おれが天涯孤独になってしまうとわかってたから。おれを送り出すなら、もたもたしてる暇はなかった」

二人はクララのベッドに一緒に横たわり、おたがいの鼻が触れそうなほど寄り添っていた。「どうやったの?」

ラジが言いよどむ。「ある筋に金を払った。偽の書類を作ってくれるやつに。おれがアミットの弟だって偽装するためにさ。ここに送りこむにはそれしかなかった。そのために親父は有り金も持ち物もぜんぶ手放した」ラジの顔にそれまで見せたことのないような傷つきやすそうな表情が浮かぶ。あるいは、不安の表情が。「今はもう合法の身分だ。きみがそれを心配してるんなら」

「そんなこと心配してない」クララは手をラジの手に絡ませ、握りしめる。「お父さんがここに来たことは?」

ラジが首を振る。「それから二年して死んだ。でもおれには具合が悪いってことを知らせなかったから、死ぬ前にもういちど会うことはできなかった。もしおれが帰ってきたら、自分のもとを離れようとしなくなるんじゃないかって心配したんだと思う。ひとりっ子だったから」

クララはラジの父と自分の父のことを思い浮かべた。想像のなか、どこにいるにせよ、二人は友だちだ——幽霊の公園みたいなところで一緒にチェスをしたり、天国にある煙たいバーで有神論について議論している。キリスト教徒の天国を信じるべきではないとわかってはいたけれど、でもクララは信じた。ユダヤ教の死後の世界——シェオール、忘却の地——は、あまりに絶望的だったから。

「父さんたち、あたしたちのことどう思うかな?」クララは訊ねる。「ユダヤ教徒とヒンドゥー教徒だよ?」

「かろうじてヒンドゥー教徒、だ」ラジがクララの鼻を指先でつまむ。「それと、かろうじてユダヤ教徒」

ラジは自分の神話を新たに作り出した。彼は伝説の苦行僧の息子の息子。祖父はハワード・サーストンに、種から一瞬でマンゴーの木を育てる方法や、何本もの尖った釘の上に坐る方法や、ロープを空中に投げてそれを登っていく方法などなど、インドの偉大なマジックのトリックを伝授した人物だ。ラジはこうした作りばなしをマネージャーやブッキング・エージェントに話して聞かせ、二人のショウのプログラムのなかにも印刷し、そのたびに少しだけ罪の意識のまじった満足感を覚えた。それは苦行僧の想像上の孫が本来自分に所有権のあるものを取り返しているような感覚なのか、それとも東洋のトリックをわがものにしてこっそり西洋に持ち去るペテン師ハワード・サーストンのような感覚に近いのか、ラジにはわからなかった。

「理解できないな」とラジが言う。「〈不滅の人〉のこと」

二人はクララの部屋のカウチに坐っていた。四月のある日の朝四時、霧雨が降っていた。でも一階のパン屋から熱気がたちのぼってくるから、つっかい棒をして窓を開け放していた。

「何がわからないの？」クララはルーズなTシャツを着てラジのボクサーパンツを穿き、裸足の足を彼の太腿にのせている。「あたしは不死身の人間ってことよ」

「ずいぶん大きなこと言うじゃないか」ラジがクララのふくらはぎをつねる。「意味してることはわかるよ。ただ、きみがそれに夢中になってる理由がわからないんだ」

「あたしが何に夢中になってるって？」

「変身だよ」ラジが片肘を立てて身を起こす。「スカーフは花になる。ボールはレモンになる。ハンガリーの踊り子は――」ラジが眉をひくひくさせてみせる。クララは祖母のことを彼に打ち明けていた。「アメリカのスターになる」

ラジには大きな計画があった。新しい衣装。新しい名刺。もっと大きな会場。〈東インドの針の魔法〉も独学で習得した。マジシャンがばらばらの針と糸を飲みこんで、観客に口のなかを調べさせたあと、針が等間隔に通った糸を吐き出してみせるというものだ。レストラン・シアター〈テアトロ・ジンザーニ〉への出演まで取り付けてきた。その店のオーナーが修理工場の客だったのだ。

クララは二人で一緒にビジネスに乗り出そうとはっきり約束を交わしたかどうか思い出せなかった。そもそも、いつからこれをビジネスと考えはじめたのかも思い出せなかった。けれど、思い出せないことはたくさんあった。それでも、ラジのことは愛していた。彼のほとばしるようなエネルギーや、物に命を吹きこんでみせる才能を愛していた。彼がいつも目の前から振り払っているまっすぐな黒髪も、ラジャニカント・シャパルという名前も愛していた。ラジは〈消える鳥籠〉のために機械仕掛けのカナリアを組み立てた。なかが空洞の石膏にほんものの羽根を貼りつけて作った鳥で、棒を使って頭や羽を動かす仕組みになっている。クララはそのカナリアがラジの手のなかでほんとうに生きているみたいに動くのを見るのが大好きだった。

クララの最大のトリックは〈生への飛翔〉ではなく、観客のポケベルやストーンウォッシュのジーンズを無視してみせる力だ。パフォーマンスをするとき、クララは人びとがイリュージョンに目を丸くしていた時代、降霊術師が死者に語りかけていた時代、死者に何か語りたいことがあると信じられていた時代に、時計を巻き戻してみせる。ニューヨーク州ロチェスター出身のウィリアムとアイラのダヴェンポート兄弟は、大きな木製のキャビネットのなかの厚板の座席にロープでくくりつけられたまま、霊を呼び出してみせた。彼らはヴィクトリア朝時代のもっとも有名な霊媒師だったが、もともとはある姉妹から着想を得ていた。ダヴェンポート兄弟が最初のパフォーマンスをおこなう七年前の一八四八年、ケイトとマーガレットのフォックス姉妹はハイズビルの自宅の母屋の寝室でラップ現象のような音を聞いた。まもなくフォックス家は幽霊屋敷と呼ばれるようになり、姉妹は全国を巡業するようになった。最初の公演地のロチェスターで、姉妹を診察した医師らが、姉妹は膝の関節で音を出していると主張した。だがより大規模なチームが調査にあたっても、ラップ音が超常現象ではないという証拠も、姉妹たちが意思疎通に使っていた仕組み——間合いを暗号がわりにする――も突き止められなかった。

五月のある日、ラジがシャワーを浴びていると、クララがバスルームに飛びこんできた。「時間よ！」

ラジは曇ったシャワーブースのドアを少しだけ開けた。「なんだって？」

「〈第二の視覚〉。モリットが使ったトリックがわかったの――時間なんだよ。時間を使えばいいの」そしてクララは笑いはじめた。なんて単純明快なんだろう。

「読心術のトリックか？」ラジは犬みたいに頭をぶるぶる振り、水しぶきが壁に飛び散る。「どうやるんだ？」

「同時にカウントするの」クララが考えながら説明する。「モリットは観客が秘密の暗号に耳をそばだてていることを知ってた。言葉を使った暗号にね。どうやったらそれをかいくぐれるか？　沈黙を使った暗号を編み出せばいい――言葉と言葉のあいだの沈黙の長さを暗号にするの」

「沈黙は何に対応する？　文字？　単語を伝えるのにどれだけ時間がかかるかわかってるのか？」

「違う。文字じゃない。でもたぶんリストみたいなものがあったんだと思う、よくある物のリスト――ほら、財布とかハンドバッグとか、あとはそうだな、帽子とか――たとえばモリットが『ありがとうございます』って十二秒後に言ったとき、助手はモリットの手にあるのは帽子だってわかるようになってるわけ。そしてどんな種類の帽子か、それについてはまたべつのリストがある――素材とかね――一秒なら革製、二秒ならウール、三秒ならニット帽……やれるよ、ラジ。あたしたちやれる」

ラジは頭がどうかしてしまった人間を見るような目つきでクララを見た。もちろん、どうかしている。でも、それでクララが思いとどまったことはない。何年かあと、二人がその演目を何百回も披露するようになってもーークララがルビーを妊娠しているときも、ルビーが生まれたあとでさえもーークララは〈第二の視覚〉をやっているときほどラジを近くに感じたことはなかった。二人で一緒に失敗と紙一重のところでバランスをとる。ラジが物を持ち、クララは神経を張りつめ、必死でラジの合図を聞き取り、二人で作ったリストにものすごい速さで頭をめぐらせる。リーボックのスニーカー。パック入りのライフセーバー。クララがずばり当ててみせると、客席からはっと息をのむ音が聞こえる。ショウのあと、緊張をときほぐすのに一杯か三杯かの酒が必要になるのも、眠りにつけるくらい頭が朦朧としてくるまで何時間もかかるのも当然だった。

〈テアトロ・ジンザーニ〉のオープニング公演を二日後に控えた夜、ラジは修理工場での仕事を終えるとクララのアパートに戻ってきた。〈消える鳥籠〉のために徹夜で作業しなければいけない。

「ワイヤーは買ったか？」ラジがコートを椅子に放りながら言う。

「どうかな」クララは息を止める。きのうのうちにマーケット通りのアート用品店で太い黄銅ワイヤーを手に入れておくことになっていた。ラジが鳥籠の仕上げに使うのだ。「忘れちゃったかも」

ラジがやってくる。「どういうことだよ、忘れたって？　店には行ったのか、行かなかったのか、どっちなんだ？」

クララはときどき意識がとぎれてブラックアウトすることをラジに打ち明けていなかった。ここ数カ月は一度も起こらなかったのに、きのうはラジが残業だったから、一人でいるときに頭のなかにあふれてくる考えから気を逸らすことができなかったーー父の不在、母の失望。サイモンがいま会いにきてくれたらどんなにいいだろう。フィルモアの青く照らされたステージじゃなくて、ほんものの レストラン・シアターで、ほんものの道具とほんもののパートナーと一緒にショウをする自分に会いにきてくれたら。だからクララはアパートを出てカーニー通りのバーに入り、思考が止まるまで飲んだ。

「だから、ほんとに忘れたんだって」クララは苛立ちをあらわに言う。だって、ラジが苛立っているから——彼は何事も水に流すということができない。「でもここにワイヤーがないってことは、買ってないみたいだね。明日行ってくる」

クララは寝室に歩いていって、窓のまわりの紐状の照明を調節するふりをした。ラジがついてきて、クララの腕をつかんだ。

「嘘をつくなよ、クララ。買ってないならそう言えって。おれたちはショウを控えてるんだ。きみよりおれのほうがよっぽど真剣だって気がすることがあるよ」

ラジは二人の名刺を作った——〈不滅の人／共演＝ラジ・シャパル〉——クララの新しい衣装も彼が用意した。アウトレットのスーツ屋でタキシードの上着を買ってきて、縫製屋に金を払ってクララの体ぴったりに仕立て直した。〈生への飛翔〉のためにはアイススケート用衣装のカタログから金色のラメ付きのドレスを選んで取り寄せた。クララは反対した——安っぽいし、ヴォードヴィルっぽく見えないと思ったから——でもラジは照明の下で映えるからと譲らなかった。

「あたしは何よりもこのショウを大事にしてる」クララは小声で言う。「それにあなたに嘘なんかつかない。そんなの侮辱だよ」

「わかったよ」ラジは目を細める。「それじゃあ明日な」

13

一九八二年六月、サイモンが亡くなって数日後に、クララは彼の埋葬のためクリントン通り七十二番地に戻った。サンフランシスコからの深夜出発早朝着のフライトのあと、アパートの建物の外に立ちすくんで、体を震わせていた。どうして家族と何年も顔を合わせないような人間になってしまったんだろう？　長い階段を昇りながら、自分は病気なのかもしれないと思った。でもヴァーヤがドアを開け、こちらに手を伸ばしてきたとき——「クララ」声を絞り出すようにそう言って、痩せた体でクララのふっくらした体を包みこんだとき——離れていた時間は重要ではなくなった、今はまだ。二人は姉妹だ。何よりもそれが大切なのだ。

ダニエルは二十四歳。医学部に通っているシカゴ大学のジムでトレーニングをするようになっていた。スウェットシャツを頭から脱ぐと、青白くて筋肉質の胸板があらわになった。両胸に黒い毛がふわふわしているのを見て、クララは顔を赤らめた。顎にはぽつぽつとにきびが吹き出ていたが、十代のころの生真面目そうな顔は、きりっとした眉と顎、大きなローマ鼻が目立つ顔立ちに変わっていた。祖父のオットー似だ。

ガーティはユダヤ式の儀式で埋葬をすると言って聞かなかった。クララが子どものころ、父はヨセフスがローマ人たちにやったように、威厳をもって粘り強くユダヤの戒律について説明した。ユダヤ教は迷信ではない、と父は言った。戒律を遵守しながら生きる方法なのだと。ユダヤ人であることは、モーゼがシナイから持ち帰った戒律を守って生きることだと。でもクララはルールなんてどうでもよかった。ヘブライ学校で聞く物語は大好きだった。苦難の女預言者ミリアムはイスラエルの民が四十年間砂漠をさまよったとき、岩から水をあふれさせた！　ダニエルはライオンの巣穴に入っても無傷でいられた！　彼らの物語を聞くとなんだってできるという気にさせられる——なのにどうしてシナゴーグの地下に毎週六時間も坐ってタルムードを勉強しなきゃいけないっていうんだろう？

それに、ユダヤ教は〝男の子のクラブ〟だ。クララが十歳のとき、二万人の女性がタイプライターや赤ん坊のもとを離れ、五番街で男女平等のためのストライキに参加した。ガーティはスポンジを握ったままテレビの映像に見入り、目をスプーンみたいに輝かせていた。でもサウルが帰宅すると、古いゼニス社のテレビを消してしまった。クララのバト・ミツヴァー（十二歳から十三歳までの少女をユダヤ人社会の成員として正式に受け入れる儀式）はダニエルやサイモンのときのように安息日に一人だけのためにおこなわれるのではなく、十人の女の子の分がまとめて、安息日より重要でない金曜の夜の礼拝のときに執りおこなわれた。しかもそのうちの誰もトーラーやハフターラーの朗唱をさせてもらえなかった。その年、ユダヤ人の戒律と倫理の委員会は女性も礼拝定足数（ミニヤン）に加えるという決定を下したが、女性もラビになれるかどうかという問題については、さらなる研究が必要だと主張した。

クララが残った家族とともに立ち、母がヘブライ語で朗唱する〈慈しみに満ちた神（ケル・マーレ・ラハミン）〉を聞いていると、何かが変わった。錠前がぽんと外れ、空気が流れこんできて、子どものころから聞いてきた言葉に対して悲しみの——あるいは安心の？——大きな潮が押し寄せてきたのだ。ひとつひとつの言葉の意味は覚えていないけれど、それらが死者、サイモンとサウルを、生者であるクララとヴァーヤ、ガーティ、ダニエルと結びつけるものだということは知っている。祈りの言葉のなかでは、誰もいなくなっていない。祈りの言葉のなかに、ゴールド家が集っていた。

三カ月後、クララはユダヤの大祭日の週にふたたびニューヨークを訪れた。誰かと一緒にいると火傷をサンドペーパーでこすられるような苦痛を覚えたけれど、それでも飛行機代のためにお金をかき集めた。サイモンを愛していた人びとともにいれば、苦しみもいくらかましだった。最初のうち、きょうだいはおたがいに優しく接していた。だが週の半ばになると、優しさは埃のように拭い去られた。ダニエルは乱暴なほどのいきおいでリンゴを切っていた。

「あいつのことをなにも知らなかったような気さえするんだ」とダニエルは言った。

クララは蜂蜜をすくっていたスプーンを取り落とした。「なんでよ？　あの子がゲイだったから？　そんなふうにあの子のこと考えてるわけ――そこらへんにいるただのホモだったって？」

言葉がもつれるようにクララの口から出た。ヴァーヤが咎めるような目つきを向けてきた。クララは透明な蒸留酒を水のボトルに入れ、バスルームのシンクの下のボディソープや古いシャンプーが詰めこまれたバスケットのなかに隠していた。

「声を小さくして」ヴァーヤが言った。母はベッドに入っていた。儀式に立ち会うとき以外はずっとそこで過ごしていた。

「違うさ」とダニエルがクララに言った。「あいつがぼくらを切り捨てたからだよ。何ひとつ教えてくれやしなかった。何度電話をかけたかわかってるのか、クララ？　何回メッセージを吹きこんで、話をしてくれって頼みこんだり、どうして出てったのか教えてくれって訊ねたりしたか？　それにおまえだって一緒になってあいつの秘密を守って、ぼくらに電話すらしなかったじゃないか」声が割れている。「あいつが病気になったときでさえ電話もよこさなかったろ？」

「そんなことする権利はあたしになかったもの」クララは言ったが、つねに罪悪感に苛まれていたので弱々しい声しか出せなかった。父が死んだことよりも、弟が出ていったことがきょうだいを引き裂く爆弾になったのだ。ヴァーヤとダニエルは憤りのために離れていき、母は悲しみのために離れていった。だがもしクララがサイモンに家を出るようけしかけなければ、彼はまだ生きていたのだろうか？　予言を信じていたのはクララだった。サイモンの軌道を操り、それが傾き、左に曲がるよう促したのはクララだった。それに、病院で聞いたサイモンの言葉を何度思い出してみても――サイモンはこの手を握りしめ、感謝してくれた――それでもやっぱり、もし二人でボストンかシカゴかフィラデルフィアに行っていれば、もし自分が予言なんて信じこんでサイモンを巻き添えにしたりしなければ、結果は違ったかもしれないと思わずにはいられなかった。

「あたしはあの子に忠実でいたかったの」クララはつぶやいた。

「へえ？　それでぼくたちへの忠実さはどこにいったんだ？」ダニエルはヴァーヤのほうを見た。「ヴィは人生をまるごと取り押さえられたんだぜ。彼女がここにいたいと思ってるとでも？　二十五歳過ぎても母さんと暮らしてるんだぞ？」

「そうね、そう思うこともある。ヴァーヤは安全なところにとどまっているのが好きなんだって思うことも。ときどき」クララはヴァーヤのほうを見ながら言った。「そういうふうにしてるほうがあなたは居心地がいいんじゃないかって」

「ふざけないで」とヴァーヤが言った。「この四年間がどんなものだったか何も知らないくせに。あんたは責任ってものが、義務ってものがどんなものかまったくわかってない。一生知ることはないんでしょうね」

ダニエルが大きくなったとすれば、ヴァーヤは小さく縮んでしまったように見えた。製薬会社で事務員として働き、母と暮らすために大学院はあとまわしにしていた。ある晩、クララはヴァーヤが母のベッドの腰のあたりに突っ伏しているのを見た。母は腕を伸ばし、震えるヴァーヤの体を抱いていた。クララは恥ずかしくなってその場を離れた。母に触れてもらい、親密さを共有する特権、それがヴァーヤの手に入れたものだった。

悔い改めの十日間を、ガーティは霧のようにたちこめる悲しみのなかで過ごした。サウルが死んだときガーティは言った、もうごめんです。もう二度と愛の結果に堪えることはできない——だからサイモンには、向こうから告げられる前にこちらからさよならを言った。**もう戻ってきてほしくない。**

サイモンは戻らなかった。そして今、あの子は永遠に帰らぬ人となった。

「ローシュ・ハシャナ（ユダヤ暦の新年）には天国で三冊の書が開かれます」大祭日の最初の夜、ラビ・ハイムは言った。「一冊は邪悪な者のため、もう一冊は高潔な者のため、そして三冊目はそのはざまにある者のため。邪悪な者の名は死者の書に刻まれ、高潔な者の名は生者の書に刻まれます。しかしはざまにある者の運命はヨム・キプール（ユダヤ新年の十日目にあたる贖罪日）まで保留されます——そして正直に言いますと」ラビは聴衆に笑いかけながらつけくわえた。「われわれの多くがはざまにある者です」

ガーティは笑えなかった。自分は邪悪な者だ。たとえどんな祈りを唱えたとしてもどうにもならないだろう。それでも試みなければならない、二人きりで話したとき、ラビ・ハイムはそう言った。眼鏡の奥のラビの目は思いやりに満ち、顎鬚（あごひげ）はゆらゆらと穏やかに揺れていた。ガーティはラビの家族のことを思った——口数の少ない従順な妻、健康な三人の息子——そして一瞬、ラビを憎んだ。

また一つ罪を犯してしまった。

ラビ・ハイムは片手をガーティの肩に置いた。「罪のない人間はいないのだよ、ガーティ。しかし神は何人たりとも拒んだりはしない」

では、神はどこにいるというのだろう？　サウルの死後、ガーティは恋人にすがりつくようにシナゴーグとその約束に立ちもどった——ヘブライ語教室にさえ通った。だがハドソン川をあふれさせるほどの涙を流しても、許しも変化も感じなかった。神は、太陽のように遠いままだった。

ヨム・キプールの日、ガーティはギリシャを訪れる夢をみた。歯医者の待合室にある雑誌で写真を見たことがあるくらいで、行ったこともない土地だ。夢のなかで、ガーティは崖の上に立ち、陶磁の壺を二つ抱えていた。それぞれに一人分の灰が納められている。夫と、息子の。崖の上から見える青い尖塔を戴いた教会や白い家々が、申し出を取り消すように山に消えていった。海水に向けて壺を傾けたとき、空恐ろしい自由を感じた——くらくらするほど束縛のない孤独に、自分も水に引きこまれていきそうになった。

目を覚ますと、自分がサイモンとサウルをユダヤの慣習に従って埋葬しなかったことに吐き気を覚えた。夢のなかで感じたような、光のない悲しみに引きずりこまれていくのとおなじくらいひどい気分だった。

ナイトガウンが汗で重くなっていた。ピンクのバスローブを羽織ると、ベッドの足元の木の床に跪いた。

「ああ、サイモン。許してちょうだい」ガーティは小声で言った。膝が震えた。窓の外ではちょうど太陽が昇りはじめていて、ガーティはそれを見て泣いた。この先何度太陽が昇ろうとも、ガーティの輝く太陽サイモンは、二度とそれを見ることはない。「許してちょうだい、サイモン。あたしのせいだよ、あたしが間違ってた、わかってる。許してちょうだい、坊や」

安堵は訪れない。けっして訪れることはないだろう。だが太陽の光は寝室の窓から射しこみ、ガーティの背中を温めた。リヴィングトン通りでタクシーがクラクションを響かせ、雑貨店がガタガタと活気づく。

ガーティはふらふらした足取りでリビングに歩いていった。そこで子どもたちが――彼女はいつもきょうだいのことを「子どもたち」と呼んだ――眠っている。クララは隣のヴァーヤに体を押しつけてカウチで丸くなっていた。サウルが愛用していた椅子の肘掛けから、ダニエルの長い脚が垂れ下がっていた。ガーティは寝室に戻るとベッドを直し、サウルの枕をふわふわになるまで叩いた。黒っぽいウールのシフトドレスに着替え、ベージュのストッキングを穿き、仕事用にしている黒いヒールに足を入れた。顔におしろいをはたき、温めたカーラーを髪に巻いた。ふたたび寝室を出ていくと、ヴァーヤがコーヒーを淹れていた。

ヴァーヤははっとして顔を上げた。「母さん」

「今日は火曜だよ」とガーティは言った。しばらく話していなかったので、声がかすれていた。

「仕事に行かないと」

オフィス——キーボードを叩く音、セントラル空調の音。一九八二年、ガーティはすでに自分用のコンピューターを持っていた。不思議な妖力をもつ灰色の箱は、ガーティの命令に忠実に従った。「わかった」ヴァーヤは息をのんだ。「いいわ。職場まで送ってく」

それから四カ月後の一九八三年一月、クララはヘイト通りのクラブの客席にエディ・オドノヒューの姿を見た。〈生への飛翔〉でクララが高く吊り上げられると、こちらを見上げている男の顔がどんどん小さくなっていき、胸のバッジにスポットライトが反射してきらりと光った。少したってその男がサイモンを痛めつけた警官だと気づくと、クララの体がかっと熱くなった。着地の際によろめき、おざなりなお辞儀をすませるとそそくさとステージをあとにした。これまでたびたび男たちの尻ポケットに手を滑りこませては、二十ドル札を一枚か二枚、場合によってはもう何枚か失敬してきたことを思い出した。あいつにつけられてたんだろうか？　もしかして、警察署の階段で罵られたことへの復讐のため？

まさか。そんなわけない。すりをやるときは万全の注意を払っていたし、周囲にもよく目を光らせていた。一カ月後、その目がまたエディの姿をとらえた。ノースビーチでのショウだった。その夜のエディは制服姿ではなく、白いクルーネックにドッカーズのジーンズという姿だった。クララはカップ・アンド・ボールを披露している最中、腕組みをしてくちびるに笑みを浮かべているエディの存在を無視するために、全神経を台本に集中させなければいけなかった。そのおなじ姿を、つぎはヴァレンシア通りのナイトクラブでふたたび見ることになった。クララは鉄のリングをあやうく取り落としそうになった。ショウが終わると、クララはエディのもとにずかずかと歩いていった。

彼はバーの革張りの丸いスツールに腰かけていた。

「何が問題なわけ？」

「問題？」警官は目をぱちぱちさせて訊きかえした。

「そう、問題よ」クララが隣のスツールに腰を下ろすと、ぎいっと耳障りな音がした。「ショウに来るのは今夜が三回目よね。何か問題があるわけでしょう？」

　エディは顔を曇らせた。「きみの弟さんの写真を新聞で見たんだ」

「ふざけんな（ファック・ユー）」口にしてみると、アルコールがウイルスを殺すみたいにすかっとした。だからクララはもういちど言った。「ファック・ユー。あんたなんかあたしの弟のことなんにも知らないくせに」

　エディはひるんだ。ミッション通りの警察署の外で見たときより老けて見えた。目の下には皺ができているし、顎のまわりにオレンジ色がかった髭が生えている。赤みがかったブロンドの髪はまるで寝起きのように乱れている。

「弟さんは若かった。なのにおれは乱暴なことをして」エディがクララの目をのぞきこんだ。「謝りたくて」

　クララは身を固くした。こんなことは予想していなかった。だけど、この男を許すことはできない。クララはダスターコートとダッフルバッグをひっつかむと、マネージャーに気づかれないようにできるだけ急いでバーを出た。その店のマネージャーは女癖の悪い男で、いつだって隙あらばクララを寝酒に誘ってきた。外は驚くほど寒く、〈ヴァレンシア・ツール＆ダイ〉の扉からハードコア・パンクがもれ聞こえてきた。目が熱くなった。エディが生きていてサイモンが生きていないなんて理解できない。それでもあいつは——生きていて、新たな決意を目に宿してクララのあとを走って追いかけてくる。

「クララ」エディが呼んだ。「言っておきたいことがあるんだ」

「お悔やみを、でしょ。それはどうも。それでちゃらってことね」

「そうじゃない。違う話だ。きみのショウについてだよ」とエディ。「きみのショウがおれを変えたんだ」

「あんたを変えたのか」クララは鼻で笑いながら言った。「それはよかったね。あたしのドレスがお気に召した？　スピンしてるときのお尻の感じがたまらない？」

エディは顔をしかめた。「そんな下品なこと」

「正直な感想だよ。ショウにくる男どもの目当てが何か、あたしが知らないとでも思ってる？　あんたたちがあたしのショウから何を得てるか気づいてないとでも思ってるの？」

「ああ。きみが気づいてるとは思えない」エディは傷ついていたが、それでも頑として目をそらそうとしないので、クララは驚いた。

「いいわ。あんたは何を得たわけ？」

エディが口を開きかけたとき、〈ヴァレンシア・ツール＆ダイ〉の扉からパンクスが何人か出てきて、ひと気のない店先で煙草を吸いはじめた。頭はスキンヘッドか、けばけばしい色に染められていて、ベルトからチェーンをぶら下げている。彼らにくらべるとエディは痛々しいほど平凡で、決まり悪そうにそわそわしていた。何年か前なら、相手が誰であろうと同情を覚えたかもしれない。でも、同情心なんてとっくに枯れ果てていた。クララはくるりと向きを変え、二十番街に向かって歩き出した。

「子どものころ」エディがクララの背中に向かって話しかけた。「漫画に夢中だったんだ。『フラッシュ』とか『アトム』とか。とにかくなんでも。空を見上げればグリーンランタンが見えた。火事を見ると、ジョニー・ブレイズのしわざだって思った。自分の腕時計はジミー・オルセンのものだって信じてた。いや、自分はジミー・オルセンだって思いこんでた。『幻覚だ』って親父は言った。『そういうのを幻覚っていうんだ』って。でもそうじゃなかった。それは夢だったんだ」

クララは腕を組んで上着の襟もとをかきあわせたが、足を止めた。エディが追いついてきて前に立ちはだかると、クララは彼と正面から向き合った。

「もちろん、親父にそうは言わなかった」とエディ。「なんたって相手は筋金入りの保守派のアイルランド系カソリック信者にして労働組合の組織者、そのうえ、ヒバーニアン友愛団体のメンバーだ。『いいか、坊主。幻覚だ』親父は言うんだ。『その話は二度と口にするんじゃないぞ』って。『わかったよ』おれはそう答えた。そして二度と話さなかった。カソリック系の学校に行って警察官になったけど、それでもまだ、あの男たちみたいになれるんじゃないかって想像してた。ヒーローっていうのかな？ でもおれは彼らのようにはなれなかった。おれは人間、あるいはそれ以下――ただのポリ公だ。ガキやゲイやヤクでぼろぼろになったヒッピーどもが大嫌いだった。おれほど苦労したこともないくせに、おれよりいい思いをしているような連中が。たぶん、きみの弟さんのような連中が」

クララは泣いていた。クララに涙を流させるのに必要なものなどなかった。来月になれば、サイモンのベッドの隣に横たわって、あの子が最後の息を吸いこむのを見守ってから一年が経つ。

「間違ってたよ」エディが言った。「きみがどこからともなくカードを取り出してみせたり、あの鉄の輪っかを操ったりしてるのを見てて、大好きだった漫画を思い出したんだ。自分ってものを超えた存在になることができるってこと――生まれついての自分を超えた存在に。言ってみれば、一つには、きみはおれに信仰を与えてくれた。それと、おれはまだ手遅れじゃないって気づかせてくれた」

クララはしばらく口がきけなかった。とうとう、自分の知らないうちに、誰かに魔法を思い出させていた。エディに信じることを思い出させていたのだ。

「からかってるんじゃないでしょうね？」

エディはほほえんだ。子どもっぽい笑みで、そのあどけなさにクララはさらに激しく泣いた。

「なんでそんなことしなくちゃいけないんだよ？」エディは言い、ポケットに両手を突っこんだまま体を傾け、クララにキスをした。

思いがけない展開に、クララは固まった。キスなら数えきれないほどしたことがある。でも今ほどそれがどんなに親密な行為か思い知ったことはなかった。サイモンが死んだあと、ほとんど誰とも口をきいていなかった。あまりの苦痛にロバートに会うことさえできなかった。クララのなかで何かがうごめき、必死でエディのもとに羽ばたいていこうとしていた。でもエディが顔を離して笑いかけたとき、喜びと幸運の笑みを浮かべたとき、クララの渇望は嫌悪へと変わった。サイモンがどう思うだろう？

「やめて」クララは小さな声で言った。エディがクララの首のうしろに手を添え、彼女を近くに引き寄せた。クララの声が聞こえなかったのか、聞こえなかったふりをすることに決めたのか。そしてクララはもういちど彼にキスをされるがままになった。その瞬間だけ、違う種類の人間になったふりをすることもできる。必死で岩棚にしがみついているつらさを忘れさせてくれるからではなく、相手の男が好きだからキスをしている誰かになったふりを。

「やめて」クララはもういちど言い、エディがそれでも離してくれないので、胸板を押した。エディは低い声をもらし、うしろによろめいた。A26のバスが排気ガスをまきちらしてヴァレンシア通りを走ってきて、クララはそのあとを追いはじめた。ガスの靄が晴れたころには、エディは街灯の下で口を半開きにしたままひとりぼっちで立っていて、クララは姿を消していた。

　その年の秋のユダヤ暦の大祭日、クララは三度目のニューヨークへの里帰りをした。クーゲル用にクララとヴァーヤはリンゴを切り、ガーティはヌードルを調理していた。そのあいだダニエルは、シカゴでの大学生活の話をしていた。ヴァーヤは二十七歳になり、とうとう自分でアパートを借りて住むようになった。ニューヨーク大学の大学院に入学し、そこで分子生物学を研究していた。研究テーマは遺伝子発現。ある客員教授の助手を務めながら、突然変異した遺伝子を成長の速い生命体――バクテリアや酵母、ミミズやハエ――から取り除き、それで病気に罹る可能性が変化するかどうかを調査していた。いずれは人間でおなじことをしたいと考えているということだった。

　夜になるとクララは猫のゾーヤと二段ベッドに登った。老猫になった彼女は女王然として、どこに行くにも自分で歩きたがらなかった。猫はクララのお腹の上に乗り、反対側のベッドにはヴァーヤが寝ていた。クララはヴァーヤに研究の話をしてくれと頼んだ。聞いていると、希望がわいてきた。遺伝子発現についての新たな発見と、瞳の色、特定の病気の素因、さらには寿命にも影響する無限の変数。こんなにもきょうだいを身近に感じたのは何年かぶりだった。みんなが、母でさえも、明るくなったような気がした。ガーティが一家はヨム・キプールの前に〝カパロット〟をやるべきだと言い張った。マハゾール（祝祭日用のユダヤ教祈禱書）を朗唱している最中に生きたニワトリを頭の上でふりまわすという儀式だ。「人の子らよ、闇と死の影のなかにある者は、惨めさと鉄の鎖に捕らわれている」ガーティが暗唱したとき、クララはおかしくて思わず口のなかのハローセト（刻んだ木の実やリンゴをワインや香辛料に漬けこんだもの）を吹き出し、ダニエルのシャツを汚してしまった。

「こんなに気の滅入る言葉って聞いたことないんだけど」クララは言った。

「哀れなニワトリはどうするんだよ？」ダニエルがクララの噛みかけのリンゴを二本指で弾き飛ばしながら言った。ガーティは怒っていたが、やがて気を取り直すと、自分でもぷっと鼻を鳴らして笑った――奇跡みたい、とクララは思った。もう何年も母さんの笑顔なんて見ていなかった。

それでも、クララは自分にとってサイモンを失ったことが何を意味するのか誰にも説明できなかった。クララはサイモンだけではなく、自分自身も失ったのだ。サイモンにとってのクララという自分を。そして時間も失った。サイモンだけが証人だった人生の多くの時間。八歳でコインのトリックをマスターして、くすくす笑っているあの子の耳の裏から二十五セント硬貨を取り出してみせたとき。夜中に非常階段からアパートを抜け出しては、ヴィレッジにある暑くて人がひしめきあうナイトクラブに行った夜――クララはサイモンが男たちを見つめている姿を眺め、そしてサイモンはクララがそんな自分の姿を見ることを許した。サンフランシスコに行こうと言ったときの、サイモンの目の輝き。まるでそれまでもらったこともないような贈り物を差し出されでもしたみたいだった。最後の日々でさえ、エイドリアンのことで言い争いをしたときでさえ、あの子はクララにとって可愛い小さな弟、この世の誰より大好きな人間だった。自分のもとからどんどん遠く離れていきかけていても。

クリントン通り七十二番地でむかしのベッドに横たわり、クララは目を閉じてサイモンの存在が感じとれるのを待っていた。百三十五年前、フォックス姉妹はハイズビルの寝室でラップ現象の音を聞いた。一九八三年九月の風の強い曇りの日の午後、サイモンはクララのためにノックを響かせた。床板が軋む音よりも、ドアがたてる鳴き声のような音よりもはっきりしていた。建物が拳の骨を鳴らすみたいに、七十二番地の奥底から聞こえてくるような、低く、よく通る音だった。

クララははっと目を開いた。耳まで鼓動が響いてくる。「サイモン?」思いきって呼びかけてみる。

息を止めて待つ。何も起こらない。

クララは首を振った。想像に夢中になりすぎていたのかもしれない。

一九八六年の六月二十一日、サイモンの四回目の命日まで、ノックの音のことはほとんど忘れていた。去年まで命日はバーをはしごして過ごしていた。ウォッカをストレートで注文し、その日がなんの日か忘れてしまうまで飲んだ。でも今年は意を決してコーヒーを淹れ、ドクターマーチンの紐をしっかり結び、カストロ通りまで歩いていった。驚きだった。大半のゲイ・クラブはバスハウスとともに閉店していたのに、〈パープ〉はまだ営業していた。塗装を新しくしたようにさえ見えた。クララはサイモンかロバートに教えたかった。ロバートは〈パープ〉を嫌っていたけれど、それでもこの店が残っていると知ったらきっとよろこぶだろう。

ロバート。彼とはダウンタウンでよく会っていた。一九八五年、レーガン大統領がまだエイズを認めていなかったころ、抗議のために二人の男が国連プラザの建物に自分たちの体を鎖でくくりつけた。日ごとに支援のボランティアたちの数は増していき、クララとロバートは彼らに食べ物や《ベイ・エリア・リポーター》を差し入れにいった。ロバートの具合がさほど悪くないときは、二人で外で寝た。クララはサイモンの担当だった看護師にロバートをスラミン（アフリカ睡眠病などに用いられる薬剤。当初、エイズ治療に効果があると思われていた）の臨床試験の被験者に加えてくれるよう頼みこみ、最後の枠に入れてもらうことができた。だが薬を飲むと体調が悪くなり、ロバートはバレエを踊ることができなくなった。一週間もたたないうちに彼は薬を飲むのをやめてしまった。クララはロバートが一人で住んでいるユリーカ通りのアパートのドアを叩いた。「サイモンのためなんだよ！」クララは叫んだ。「今やめちゃだめ！」八月になるころ、二人は口をきかなくなっていた。十月になるころには、すべての被験者が死んでいた。

　新聞でそのことを知ると、クララはまるで全身が炎に包まれ、床まで溶解させてしまうような感覚に襲われた。ロバートに電話をかけてみたが、繋がらなかった。アカデミーに行ってみると、フォージがロバートは地元のロサンジェルスに引っ越したと教えてくれた。前ぶれもなく、荷物をまとめて出ていった、と。それが七カ月前のことだそうだ。それっきり、ロバートを探し出すことはできなかった。

　地面にオレンジ色のナスタチウムが咲いているのを見つけると、クララはそれを〈パープ〉のドアの取っ手に引っかけた。その夜、サイモンの大好物だったガーティのミートローフを作り、裸になって風呂に浸かった。お湯に沈むと、髪がメドゥーサのように広がった。どこかから声が響いてくる。階段を昇り降りするくぐもった足音も聞こえる。そして――鋭いノックの音。すぐニューヨークで聞いたあの音だと気づいた。

いきおいよく水面に顔を出して、床をびしょ濡れにした。

「もしほんものなら」クララは言った。「ほんとうにあんたなら、もう一度やって」

二回目のノックが響いた。バットが球を打つような音だ。

「ああどうしよう」クララは震えはじめ、涙がお湯にぽたぽたと落ちた。「サイモンだ」

14

一九八八年六月。ラジが〈テアトロ・ジンザーニ〉のステージに上がっているあいだ、クララは楽屋でメイクをしていた。これまでいちばん豪華な楽屋で、金色の洗面台やステージを生中継で映し出すテレビがあった。

「生とはただ死を超えることではありません」ラジの声がテレビの両脇のスピーカーから聞こえてくる。「生とは自分を超えることであり、変身しつづけることでもあるのです。変身するかぎり、そう、死ぬことはないのです。クラーク・ケントとカメレオンの共通点はなんでしょう？ 破滅の危機に瀕したとき、彼らは変身します。彼らはどこに行ったのか？ 誰にも見えないところに。カメレオンは枝になります。クラーク・ケントはスーパーマンになります」

画面のなかの小さなラジが両腕を広げている。クララは真っ赤なリップペンシルでくちびるに線を引いた。

三カ月後、クララは飛行機でニューヨークに行った。大祭日に里帰りをするのが慣例になっていた。幸せで頭がぼうっとしていた。〈第二の視覚〉は成功したし、折りたたまれた鳥籠は上着の袖の表面に静脈のように浮き上がって見えてしまったけれど——仕立屋に袖を広げてもらわなければいけない——観客は気づかなかった。〈テアトロ・ジンザーニ〉はさらに十日間の出演を依頼してきた。

できることならラジを家族に会わせたかった。でも二人分のニューヨーク行きの飛行機代を捻出することはできなかった。でもラジは、そのうちおれたちはどこにでも行けるくらいの現金を手に入れるさ、と言った。ローシュ・ハシャナにクララはヴァーヤを二段ベッドの部屋にひっぱっていった。体がヘリウムガスで満たされているみたいな気分で、靴を脱いだら天井までふわふわ浮いていきそうだった。

クララが言う。「あたしたち、結婚するかもしれないんだ」

「三月に付き合いはじめたばかりじゃない」とヴァーヤ。「まだ半年よ」

「でも、二月だって」とクララ。「だから七カ月」

「でも、ダニエルなんてまだミラにプロポーズもしてないのに」

ミラはダニエルのガールフレンドだ。知り合ったのは一年前で、そのときミラは美術史の学位を取得するために勉強していた。すでにヴァーヤにも母にも紹介済みだ。ダニエルは就職先が決まり次第、すぐ結婚を申し込むつもりでいた。父が母に贈ったルビーの指輪を渡して。

クララは手を伸ばし、ヴァーヤの長い髪を彼女の耳のうしろにかけながら言う。「妬いてるんでしょ」

クララはヴァーヤを咎めるふうでもなく、ただようすをうかがっている——クララの優しい声に、ヴァーヤは苦笑した。

「まさか」ヴァーヤは言う。「うれしいってば」

きっとヴァーヤは、クララはいつものように一人で大さわぎしているだけで、どうせ一カ月か二カ月もすれば飽きてしまう、そう思っているのだろう。すでに二人が準備を終えていることを知らないから。クララはドレスを、ラジはスーツを用意して、ニューヨークから帰ったらすぐに市役所に行くことになっていることも、それに赤ちゃんのことも知らないから。

予想外ではあったが、まったくの驚きではなかった。クララは注意しないとどうなるかちゃんと知っていたが、それは彼女が注意深いという意味ではなかった。それに、そこには昂りがあった。こうすれば、ああなる、そんな因果律の一歩手前で、愛する男と踊っているような感覚。赤ん坊ができるのは、何もない空中から花を取り出してみせたり、一枚のスカーフを二枚にしてみせたりするのと何が違うのだろう?

クララは酒をやめた。妊娠後期になると、いつになく頭がすっきりしてきた——けれど、それが問題だった。じっとして考えごとに集中するスペースがあり余るほどにできてしまった。クララは赤ちゃんのことを想像して気をそらそうとした。お腹を蹴られたときは、小さな男の子の足を思い浮かべた。赤ん坊にはかならずサイモンと名付ける、ラジにはそう話していた。臨月になると、足がむくんで靴が履けなくなり、三十分以上続けて眠れなくなった。そんなときサイモンの顔を思い出すと、赤ちゃんに苛立つこともなくなった。五月の嵐の夜、医師がクララのお腹から赤ん坊をひっぱりだしたとたん、ラジが叫んだ。「女の子だ!」きっとラジは勘違いをしてるんだ、とクララは思った。

「そんなわけない」クララは痛みで朦朧としていた。体のなかで爆弾が破裂したみたいな気分だ。中身のない骨組みだけになって、今にも崩れ落ちていきそう。

「いや、クララ」ラジが言う。「ほんとに女の子だよ」

赤ちゃんは体をくるまれ、クララのもとに運ばれてきた。血色がよくて、びっくりしたような元気そうな顔をしている。目はオリーヴの種みたいに真っ黒だ。

「あんなに確信してたのにな」ラジは笑っていた。


二人は娘にルビーと名付けた。クララはクリントン通り七十二番地のアパートの上階に住んでいたヴァーヤの友だちの名前を覚えていた。ルビーナ。ヒンディー語の名前。きっとラジの母親が生きていたらよろこんだだろう。ラジはクララのアパートに越してきて、ルビーを甘い声であやし、さびついたヒンディー語で子守唄をうたって聞かせた——おねむり(ソジャ)、いい子よ(ババ)、おねむり(ソジャ)、バター(マカン)にパン(ロティ)にお砂糖(チーニー)。

六月に家族が訪ねてきた。クララはみんなをカストロ通りに案内した。騒がしいドラァグ・クイーンの一団とすれちがうと、母はハンドバッグをしっかりと抱きかかえた。アカデミーの〈コー〉の公演にも連れていった。クララはダニエルの隣に坐って緊張していた——男のバレエを見て彼がどう反応するか予想がつかなかったから。けれど、ダンサーたちがステージでお辞儀をすると、ダニエルは誰よりも大きな拍手を送った。その晩、母のお手製のミートローフが焼けるのを待っているあいだ、ダニエルはクララにミラのことを話した。出会ったのは大学の食堂。それ以来、ハイドパークの安酒場や深夜営業のダイナーで夜遅くまで過ごし、ゴルバチョフについて、チャレンジャー号爆発事故について、《E.T.》の是非について話し合った。

「彼女、あなたを試してるんだよ」クララが言う。ルビーは温かい頬をクララの胸に押しつけて眠っている。ひさしぶりに、クララはこの世のすべては平穏無事だという気分になる。「いいことじゃん」

以前のダニエルなら、何か言い返してきたかもしれない——ぼくを試してるだって？　ぼくが試されなきゃいけないような男だって思ってるのかよ？——でも、今のダニエルはこくりとうなずくだけだ。

「そうなんだよな」そう言うとえらく満足そうな溜息をもらし、クララは聞いているのが恥ずかしくなってきた。

母は赤ん坊に夢中だった。何度もルビーを抱いてはラズベリーくらいの大きさの鼻を見つめ、ちっちゃな指を甘嚙みしていた。二人にどこか似ているところはないだろうか。クララは探し、見つけた。耳だ！　小さく繊細で、貝みたいにカールした耳。だが母はラジに初めて会ったとき、言葉もなく魚みたいに口をぱくぱくさせていた。クララは母がラジの褐色の肌と作業用ブーツと粗野な物腰をじろじろ眺めているのを見ると、バスルームにひっぱっていった。

「母さん」クララは声をひそめて言った。「偏見をもつのはやめて」

「偏見？」母は赤面しながら言った。「子どもをユダヤ教徒に育ててほしいと願うのがそんなに行き過ぎたことなのかしらね」

「ええ」とクララ。「そうだよ」

ヴァーヤはあれこれアドバイスしてばかりだった。「温めたミルクをあげてみた？」ルビーが泣くと訊いた。「ベビーカーで散歩するのはどう？　赤ちゃん用の揺りかごベッドはあるの？　夜泣きはする？　おしゃぶり（ビンキー）はどこ？」

クララは頭がくらくらした。「ビンキーって何?」

「ビンキーって何よ?」母も訊いた。

「冗談でしょ」ヴァーヤは言った。「ビンキーも用意してあげてないわけ?」

「それにこのアパート」母が続けた。「育児向けじゃあないね。この子がよちよち歩きはじめたら、テーブルに頭をぶつけて大怪我するかもしれないし、階段から転げ落ちちゃうかもしれないよ」

「この子は大丈夫ですよ」ラジが答えた。「必要なものはぜんぶもってる」

ラジはルビーをヴァーヤの腕から受け取ろうとしたが、ヴァーヤはなかなか渡そうとしなかった。

「その子を返せって!」ダニエルはからかうようにヴァーヤの脇腹をつついてせっついた。ヴァーヤは反撃に出て、しかも大声でわめきはじめたので、クララはもう少しでみんなにもう出てってくれと言いそうになった。でも翌日、実際に帰ってしまう段になると——母はタクシーの助手席に収まり、ヴァーヤとダニエルは後部座席の窓越しに手を振っていた——みんなが恋しくてたまらなくなった。三人がいるうちは、サイモンと父の不在をさほど意識しないでいられた。父は赤ちゃんが大好きだった。サイモンが産まれたときに病院を訪ねていったことを今でも覚えている。あの子は逆子で生まれてきて、へその緒がネックレスみたいに首に巻きついていた。父はICUの前から動かなかった。青ざめたうしろ向きの坊や、自分にとって最後の赤ん坊を護衛するみたいに。家では何時間でも小さなサイモンを抱いていた。サイモンが眠りながら体をひきつらせたり、不機嫌そうにくちびるをすぼめたりしても、なぜだかうれしそうにくすくす笑った。

子どものころ、きょうだいたちは父はどんな質問にも答えられると信じていた。でもクララとサイモンは大きくなるにつれ、父の答が気に入らなくなっていった。決まりきった仕事をし、トーラーを熱心に読み、どんなときもギャバジンのズボンにトレンチコートに帽子という恰好をしている父を軽蔑するようになった。今になって、クララは父の気持ちがずっとよくわかった。父は移民の子だったから、つねに与えられた人生を失うのを恐れながら生きていたのかもしれない。それに親であることの孤独も理解できる。それは記憶の孤立――クララは自分の親が知りえない未来と、自分の子どもが知りえない過去を結びつける存在なのだ。いつかルビーは訊ねてくるだろう。夢中になってせがんでくるこの子に、クララは何を答えるのだろう？　ルビーには、母親の過去は物語のように聞こえるだろう。そこでは、サウルとサイモンはただの母親の幽霊にすぎない。

十月になると、クララとラジがショウから離れて数カ月がたった。妊娠中には〈生への飛翔〉はできなかったし、出産後はルビーに夜中に起こされるので頭に靄がかかったようになり、〈第二の視覚〉の読心術のトリックで正確にカウントすることができなくなった。やがて生活費をまかなえなくなった。ささやかな貯金は、おむつやおもちゃ、それに一時間ごとに大きくなっていくようなルビーの服に消えていった。ラジはテンダーロインからノースビーチまで歩いていってナイトクラブや劇場に売り込みをかけたが、たいてい断られた。〈テアトロ・ジンザーニ〉の支配人も、この秋は四日間の公演しか割り当ててくれなかった。

「街を出ないと」夕食の席でラジが言う。「巡業するんだ。サンフランシスコはもうだめだよ。今ここにいる連中、あいつらはロボットだ。コンピューターだ。くそったれ」そう言いながら、見えないコンピューターに向かってパンチを放つ。

「ねえちょっと」クララが人差し指を立てる。「今の聞こえた？」

これまでも何度かラジにサイモンのノックが聞こえるかたしかめたことがある。でもそのたび彼は何も聞こえないと答えた。今のは聞こえないはずがない。銃声みたいに響いた。ルビーだって驚いて声をあげたほどだ。五カ月になったルビーは、ラジ譲りのつややかな黒髪と、クララ譲りの猫みたいな笑顔の持ち主だ。

ラジがフォークを置く。「何も聞こえないよ」

ルビーにノックの音が聞こえたことが、クララはうれしかった。赤ん坊を抱き上げて弾ませ、生えてきたばかりの尖った歯にキスをした。

「ルビー」クララが歌う。「ルビーは知ってる」

「集中しろ、クララ。引っ越しの話をしてるんだ。金を稼がないと。ショウに新しい命を吹きこまないと」ラジがクララの顔の前でぱんぱんと手を叩き合わせる。「この街は終わりだ。死んだんだよ。さっさと抜け出さないと。どこかよそで金脈を見つけるんだ」

「たぶん、あたしたち急に手を広げすぎたんだよ」クララが言う。ルビーが泣いている。ラジが手を叩いた音が怖かったのだ。「スローダウンしたほうがいいのかも」

「スローダウン？　それだけは絶対しちゃいけないだろ」ラジは部屋を歩きまわりはじめる。「動き出さないと。動きつづけないといけないんだ。どこであろうと一カ所に長くとどまりすぎたら、いずれ燃え尽きちまう。それが秘訣なんだ、クララ。おれたちはけっして止まっちゃいけない」

ラジの顔はジャック・オ・ランタンみたいに光を放っていた。ラジは壮大な計画を持っている。クララだってそうだ。彼のそういうところを愛しているのだ。クララはイリヤの黒い箱のことを思った。巡業用に作られたものだ、イリヤはそう言っていた。もしかしたら、クララも旅回りをするようにできているのかもしれない。

「どこに行くつもり？」クララが訊ねる。

「ヴェガスだ」とラジ。

クララは笑う。「ありえない」

「どうしてだ？」

「けばけばしい」クララは指を折って数えはじめる。「大げさだし、やりすぎ。安っぽい。そのくせ、ばかみたいに高い。それに、女性の主演級パフォーマーが一人もいない」

ラスヴェガスといえば思い出すのは、クララが初めて参加したマジック大会だった。東海岸のヴェガスといわれるアトランティックシティで開かれた派手なイヴェントで、会場のトイレは男性用のほうが女性用より長い列ができていた。

「きわめつけは」とクララはつけくわえる。「偽物ってこと。ヴェガスにはほんとうのものが何ひとつない」

ラジは眉を上げる。「きみはマジシャンだろ」

「そうだよ。あたしはヴェガスじゃなければどこでもショウをやるマジシャンなの」

「ヴェガスじゃなければどこでも、か。新しいショウのタイトルになりそうだな」

「いいじゃない」ルビーがぐずりはじめ、クララは決まり悪そうにTシャツをたくしあげた。前はよく素っ裸でアパートのなかをうろつきまわっていたが、いざ自分の体が実用的なものになると、恥じらいを覚えるようになっていた。「あたしはノマドみたいに生きたいんだ」

「わかった」とラジ。「じゃあノマドみたいに生きよう。いろんな街で二、三カ月ずつ過ごして、世界を見てまわろう」

ルビーは気が散ったのか、口を離した。クララがTシャツを下ろすと、ラジがルビーの両腋の下に手を入れて抱き上げた。「サンフランシスコは思い出ばっかりだからな、ルビービーン」ラジは言う。「いつまでもしがみついてたら、幽霊に取り憑かれちゃうんだ」

ラジがこっちをちらりと見たような気がしたけれど、気のせいだろうか？　彼の目が鉛筆の先のような点に見える。でもたぶん思い過ごしだ。もういちど顔をうかがったときには、ラジはルビーのほうを向いて、やわらかい褐色の肌に口をつけてぶるぶる音をたててみせていた。

クララは食器を片付けようと立ち上がった。「どこに泊まるの？」

「ちょっと心当たりのつてがあるんだ」ラジが言った。


その晩、ラジとルビーはすぐに眠りについたが、クララは寝つけなかった。ベッドを抜け出すと、ルビーの揺りかごを通りすぎてクローゼットに歩いていった。そこにイリヤの黒い箱がしまってある。なかにはカード、銀製のリング、ボール、それにシルクのスカーフが入っている。もうあまり使うことはなくなっていた。派手な演目が多くなって、手先の早業が肝のマジックをやることが減ってしまったから。クララはキッチンの丸テーブルの上に二枚のスカーフを持ってきた。窓のまわりにはラジの古いトウガラシ型の豆電球が留めてあったが、気づかれたくなかったので、スイッチは入れなかった。腰を下ろす前に、クララは冷蔵庫の裏からウォッカの瓶を取り出し、酒をグラスに注いだ。

むかしもこんなふうに遅くに練習したものだ。十代のころ、クララはサイモンが規則正しい寝息をたて、ヴァーヤがもごもごと寝言をいい、ダニエルがいびきをかきはじめるのを待って、それからベッドの下にしまっていた道具を取り出し、寝室を抜け出してリビングルームに行った。いつにない静寂と、まるでアパートの建物全体が自分のものになったような感覚が好きだった。そのときも明かりはつけず、クリントン通りの街灯の明かりが射しこむ窓のそばの床に陣取った。何カ月か、その練習時間はクララだけの秘密だった。でも冬のある日、リビングに入っていくと、父に先を越されていた。

しばらく父はクララに気づかなかった。お気に入りの肘掛け椅子に坐って――ボタン締めになっている緑色のベルベット地の椅子――本を読んでいた。暖炉に新しく火をおこしたようで、太い薪(まき)が赤々と光っていた。

クララはまわれ右をしそうになったが、思いとどまった。父さんが夜中の一時にここにいてもいいんなら、あたしだってそうしてもいいはずじゃない？　廊下の暗闇から足を踏み出し、敷居をまたいでリビングに入ると、やっと父が気づいた。

「眠れなかったの？」クララは訊いた。

「いいや」父はそう言って、本を持ち上げてみせた。もちろん、勉強していたのだ。どうしてうんざりしないでいられるのか、クララにはわからなかった。そのころには、父はあらゆる方法でタルムードを読みつくしていた。始めから終わりまで読み、終わりから始めまで読み、無作為に選んだかに見える短い断片を読み、あるいは何週間もかけて長いまとまりを読む。ときには何日もある一ページをじっと見つめていることもあった。

「どの部分を読んでるの？」クララは訊ねた――いつもは避けている質問だった。生贄となったエフタの娘についてや、ネブカドネザル王の黄金の偶像を崇拝するのを拒んだおかげで、炉に投げこまれても生き延びたバビロンの民について、講釈を聞かされたくなかったから。

父はためらった。父はすでに、家族がトーラーに向き合ってくれることを諦めかけていた。母でさえ、父がトーラーの一節を読み聞かせると居心地悪そうにそわそわした。

「ラビ・エリエゼルと竈（かまど）の話だ」父は言った。「ラビは不浄な竈が浄化できると信じていた唯一の賢人だった」

「あー。あれか、いい話よね」クララはまぬけな返事をした。どんな話だったかぜんぜん思い出せなかったから。父は話を続けるかと思ったら、クララの目をじっと見て、驚いたように、あるいは娘の反応をよろこぶようにほほえみを浮かべた。クララは片手にカードを持って、部屋の奥に入っていった。クララが窓辺に坐りこむと、父はタルムードに戻った。やがて薪が崩れ落ち、二人ともあくびをするまで、クララは父と一緒にいた。それぞれの寝室に戻ったとき、クララは数カ月ぶりにぐっすりと眠れた。

母はクララがマジックをやるのを認めていなかった。きっとそのうち飽きるはず、母はそう信じていた。きっとヴァーヤのように大学に進んで学位を取るはず。自分はついに取れずじまいだった学位を。だが父は違った。だからこそ、クララは父が死んでまだ数週間だというのに家を出ることができた。自分を責めないでそんなことをすることができたのだ。だって、よりによって父さんが死んでしまったのだ。しんと静まり返った部屋で、何度も一緒に長い夜を過ごしてきた父さん。亡くなる当日の明け方、父はミシュナ（ユダヤ教の口伝律法）から顔を上げ、クララが青いスカーフを赤いスカーフに変身させるのを見ていた。

「こりゃ驚いたな」クララが手のなかで絹地を滑らせていると、父はそう言って、イリヤみたいにいたずらっぽく笑った。「もう一度やってみてくれるか？」クララはくりかえしやってみせ、そのうち父は偉大な書物を脚の上に伏せ、じっとクララのことを見つめた。いつも子どもたちを見ているような捉えどころのない視線ではなく、ほんとうに惹きつけられ、驚いているような目つき、赤ん坊のころのサイモンを見るような目つきで。だから、きっと父ならわかってくれたはず。クララの家を出るという決意を理解してくれたんじゃないだろうか？　少なくとも、ユダヤ教はクララに走りつづけることを教えてくれた。たとえ誰かが自分を捕らえようとしていても、走りつづけることを。みずからの手で機会を作り、岩を水に、水を血に変えてみせることを。そうしたことは可能なのだということを、クララに教えてくれた。

時計が朝の四時をまわるころには、酔いで頭がぼうっとし、何時間も練習していたせいで手の筋肉が痛くなってきた。クララはスカーフをイリヤの黒い箱にしまいかけたが、思い直してそれを左手の拳のなかにたくしこみ、そこに右手の親指の先を押しこんだ。手を開くと、スカーフは消えてなくなっている。サンフランシスコを離れるということは、どういうことだろう。旅まわりの暮らしにくつろぎを見いだせるのだろうか。そんなことを考えていると、父のある思い出ばなしが頭をよぎった。時は一九四八年、場所はヘスター通りのアパートのキッチン。男と少年がテーブルに向かい合って坐り、フィルコ社の真空管ラジオに頭を押しつけている。少年はサウル・ゴールド。男は少年の父親レヴだ。

イギリスの委任統治期間終了の報せを聞くと、レヴは口を両手でおおった。瞼を閉じた目から涙がこぼれ、顎髭にしたたり落ちていった。

「初めて、われわれユダヤの民はみずからの手で運命を握ることになるんだ」レヴはそう言いながら、サウルの細い顎をつかんだ。「それがどういうことかわかるか？　いつでも帰れる場所ができたんだ。イスラエルがわたしたちの永遠の祖国（ホーム）になるんだ」

一九四八年、サウルは十三歳。父親が泣くのを見るのは初めてだった。サウルはふと、自分が家（ホーム）だと思っていたものは――改築されたばかりのレンガ造りの建物、ガーテルのパン屋の上にあるツーベッドルームのアパート――父にとっては他人の舞台の小道具のようなもの、いつ解体され舞台袖に下げられるかわからないものにすぎなかったのだと悟った。家（ホーム）はハラハー（ユダヤ教の口伝律法）のリズムに、日々の祈りに、週に一度の安息日に、毎年の祝祭日にあった。彼らの家は、空間ではなく、時間のなかにあったのだ。

クララはイリヤの箱をクローゼットのなかに戻すと、ベッドにもぐりこんだ。片肘をついて身を起こし、手を伸ばして窓のブラインドの羽根のあいだを少し開けると、爪のような三日月が見えた。ずっと家は物理的な目的地だと思ってきたけれど、たぶんラジとルビーがいればそれが家なんだ。家はお月様みたいに、どこでも自分が行くところについてくるものなのかもしれない。

15

二人はラジの同僚からトレーラーハウスを買った。クララは気が滅入るようなものを想像していたけれど、ラジはキッチン・ブースにある木製のテーブルの表面を新しく仕上げ直した。調理台に貼られたオレンジ色のプラスチックのコーティングを剝がし、大理石模様の薄板を貼り直した。ラジは〈ヒット・ザ・ロード・ジャック〉を口ずさんだ。ベッドの脇には本棚を据えつけ、車が走っているときに本が落ちないよう、アルミ製の棒を手すりのように取り付けていた。日中はベッドを折りたたんでカウチにした。そうすると床にスペースができて、ルビーの遊び場になった。クララは赤いベルベットでカーテンを縫い、揺りかごを後部のウィンドウのそばに置いて、ルビーに走り過ぎる世界が見えるようにした。舞台道具は車のうしろに取り付けられたストレージに積みこんだ。

十一月の晴れた寒い朝、一家は北に向かって出発した。

クララはルビーをチャイルドシートに座らせてベルトを締めた。「バイバイしような、ルビーちゃん」ラジが前から腕を伸ばしてきて、ルビーの手を持ち上げた。「みんなバイバイって」

みんな、愛してる（アイ・ラヴ・ユー・オール）——クララは心のなかで言った。道教寺院（タオイスト・テンプル）、アパートの一階のパン屋、点心の箱をピンクのビニール袋に入れて運んでいる老女をじっと見つめながら。みんな、さよなら。

二人はサンタローザのカジノで二回、タホ湖のリゾートで四回、ショウをおこなった。観客はショウマンにしてファミリーマンのラジを見て、そして子どもサイズのシルクハットをかぶって目をくりくりさせているルビーを見て頬を緩めた。ラジはショウが終わるたびにそのシルクハットでチップを集めた。現金は鍵をかけた箱に貯めて運転席の下にしまいこんでいた。タホ湖で、ラジは出演交渉に必要だからと移動電話を買った。クララが家族に電話をかけようとすると、ぴしゃりと退けた。「ただでさえ電話代がかさむんだ」

冬になると南を目指した。ロサンジェルスは競争が激しかったが、大学街ではそこそこうまくいき、砂漠のカジノに行くとさらにうまくいった。けれど、クララはカジノが嫌いだった。支配人は決まって彼女のほうをラジの助手だと勘違いする。客はカードテーブルやスロットマシンからふらっと立ち寄っただけで、若い女がタイトなドレスを着て回転するのが見たいとか、飲みすぎて家に帰れなくなったからとか、そんな理由で見にくるだけ。ラジの〈東インドの針の魔法〉は受けたが、〈消える鳥籠〉はブーイングを浴びた。「あの女の袖んなかだよ!」まるでトリックの失敗に気分を害されでもしたみたいに、誰かが怒声をあげた。クララはサンフランシスコのこぢんまりしたショウを懐かしむようになった。薄暗いおんぼろの舞台を思い出し、感じの悪い野次馬のことは忘れ、どこにいるにしろ、彼女が売りたいものを誰も望んでくれないことも忘れた。

昼間、ラジが売り込みの面会に出かけているあいだ、クララはトレーラーのなかでルビーに読み聞かせをした。砂漠の青い山々とシャーベットみたいな空を眺めるのは好きだったけれど、空気は好きになれなかった。けだるいようで落ち着きがなく、熱を持った手を押しつけられているような感覚。クララはメイク道具入れに隠してあるウォッカのミニチュアボトルを飲んだときの、目を醒まされるような、痛烈なパンチを浴びるような、喉を引き裂かれるような感覚のほうが好きだった。

朝、ラジが出かけていくと、ダブルの分量をインスタントコーヒーに注ぐ。ときどきルビーを連れて近くのコンビニに歩いていって、コーラを買う。酒の臭いを消すのにうってつけなのだ。ラジはクララが妊娠中に酒をやめていたことを知っているが、また飲みはじめたことは知らない。でも前とは違った。記憶が飛んだり嘔吐したりするかわりに、それはもっと一定した、目につきにくいものになった。少しずつ、でも確実に、クララの現実性を奪っていくものに。ラジが帰ってくる前に、瓶の類はぜんぶ捨てた。トレーラーハウスに戻ると、歯を磨いて口に含んだ水を窓の外に吐き出した。

「これこれ」ラジは小切手を数えながら言う。「こいつが何より肝心なんだ」

「そろそろここにいたらまずいんじゃないかな」クララが言う。ラジは板が打ちつけられたバーガーキングの裏手にある駐車場に違法駐車していた。トレーラーパーク代を出ししぶったのだ。

「おれたちがここにいることは誰も知らないよ、ベイビー」ラジが言う。「おれたちは誰の目にも見えないんだ」


季節はまるでちぐはぐだった。ハヌカ（クリスマスとほぼおなじ時期におこなわれるユダヤ教の祝祭）の時期になると、ラジがスーパーに出かけた隙に移動電話を抱きかかえるようにして家に電話をかけた。ニューヨークでは雪が舞っているというのに、トレーラーハウスのなかは三十度の暑さだった。

「どうしてる？」ダニエルの声が聞こえる。クララは心から兄を恋しがっていることに気づいて驚いた。サンフランシスコを訪ねてきたとき、ダニエルがルビーと一緒に〝いないいないばあ〞をしているのを眺めながら、初めて兄を父親として思い描いてみた。

「元気だよ」クララは答える。偽りの明るさ、偽りの輝き。「変わりない」

クララにはきょうだいに内緒にしていることが二つある。一つはノックの音のこと、もう一つはサイモンの死が予言に関係しているということ。サイモンは予言された日をヴァーヤとダニエルにはけっして明かさなかった。ヘスター通りの女のことは、父の葬儀の晩に話したきり、きょうだいのあいだで二度と蒸し返されなかった。でも、予言はクララのなかで膿んでいった。ショウのあと、ラジがチップを集めているあいだにメイクを落としながら、あの女が正しいとしたら自分はあとどれだけ生きられるのだろうと計算した。

あたしは死んだりしないから、クララはサイモンに言った。**死ぬなんてお断りよ**。

そうやって強がっているのはたやすかった。あの女の最初の予言が当たるまでは。サイモンが死んだとき、クララは九歳の自分に、ヘスター通りのアパートの入口の階段に戻っていった。ほんとうのことを言えば、自分が死ぬ日なんて知りたくなかった。ただその女に会ってみたかっただけだった。

それまで女性のマジシャンなんて聞いたことがなかったから。(「どうして女のマジシャンはいないの?」イリヤに訊ねたことがある。「一つには」と彼は教えてくれた。「異端審問のせいだ。それから、宗教裁判に魔女裁判のせい。でも何より、服のせいだな。イヴニングドレスに鳩を隠せるかい?」)あのアパートの部屋に入っていったとき、女は窓にもたれて立っていた。茶色の長い髪を二つのおさげに結って垂らし、そのせいで左右対称の完璧な顔に見えた。何年かあと、クララが学校をさぼってメトロポリタン美術館のメインホールをうろついていたとき、そこでバチカン美術館から貸し出されていた双面神ヤヌスの頭を象った彫刻に出合った。それを見て、あの予言者のことを思い出した。彫刻の二つの顔は過去と現在を表すべつべつの方角を見つめていた。それなのに像がばらばらに見えることはなく、むしろ円のようなまとまりがあった。ただその彫刻のヤヌス——物事の始まりと、移り変わり、そして時間の神——が男の顔をしていることが腹立たしかった。

「うわあ」クララは女の部屋にある天宮図や暦や易経やおみくじの棒を眺めまわした。「これぜんぶ使い方知ってるの？」

　意外にも、女は首を横に振った。

「これはただの飾りもの」と女は言った。「ここに来る人たちがいるでしょう？　あの人らはなんであたしに未来がわかるか、理由を知りたがるんだ。だから小道具を使ってるというわけ」

　こちらに歩み寄ってきたとき、女の体から走行中の車のようなパワーと電流が伝わってきた。もう少しで相手をよけそうになったけれど、だめ——クララは身を固くして、床を踏みしめた。

「小道具があればみんな気が楽になる」女は言った。「でもそんなものは必要ないんだ」

「ただわかるんだね」クララは小さな声で言った。

　二人の体のあいだに、まるで二つの磁石を近づけたような磁力が走った。クララは気が遠くなりそうだった。少しでも気を緩めたら、女の腕のなかに吸いこまれていきそうだ。

「ただわかるんだよ」女は言った。顎を引いて頭を傾け、クララを斜めから見つめた。「あんたみたいに」

あんたみたいに——それは存在を証明してくれる言葉のように思えた。クララはもっと聞きたかった。さっきまで自分の死ぬ日を知りたいなんて思ってもいなかったのに、すっかり引きこまれていた。もっと女の魔法のなかにとどまっていたかった。その魔法のただなかに、まるで鏡をのぞくように自分の姿を見ていた。クララは女に運勢を訊ねた。

答を聞いたとたん、魔法は解けた。

殴られたみたいな気分だった。女に礼を言ったかどうかも、どうやって路地に出たのかも覚えていなかった。気がつくとそこにいて、頰には涙の筋が流れ、手のひらには非常階段の手すりの汚れが茶色くこびりついていた。

十三年後、サイモンは女の予言どおりの運命をたどった。クララが恐れたとおりに。でも、それが問題だった。あの女は見かけどおりのパワーをもっているのだろうか、それともクララの取った行動が予言をほんものにしてしまったのだろうか？　どちらのほうが悪いんだろう？　もしサイモンの死が避けられるものだったなら、予言がいかさまだったなら、クララに責任がある——たぶん、クララだっていかさま師なのだ。もしもマジックが現実と共存しているなら——べつべつの方角を見つめているあのヤヌスの顔のように——そこに行けるのはクララだけとはかぎらない。あの女を疑うなら、自分のことだって疑わなければいけない。そしてもし自分を疑うなら、信じているものすべてを疑わなければいけない。サイモンのノックもその一つだ。

証拠が必要だ。一九九〇年五月の暖かい晩、ラジとルビーが眠っているあいだ、クララはベッドの上で体を起こした。

時間を測ってみよう、〈第二の視覚〉のトリックのように。アルファベット一文字につき一分間。

立ち上がってキッチン・ブースに行き、そこに置いていたサイモンの腕時計を取り上げた——父がサイモンに贈ったもので、小さな金色の文字盤に革のベルトがついている。運転席に坐ると、月明かりが時計にそそぎ、細い秒針が時を刻むのがよく見えた。

「おいで、サイ」クララはささやく。

最初のノックが聞こえた瞬間、時間を測りはじめた。七分、八分——十三分たったところで、つぎのノックが聞こえた。

〝M〟

クララは手がかりを探るように時計をじっと凝視した、まるでサイモンの笑顔を見つめるように。つぎのノックは五分後に聞こえた。〝E〟だ。

ルビーがぐずぐずいいはじめた。

今はだめ、クララは思う。お願い、今は泣かないで。だがすすり泣く声が震えはじめ、やがて夜を引き裂くように大きな泣き声をあげはじめた。ラジがベッドから出たようだ。何かをささやく声が聞こえ、やがてルビーはくんくん小さな声をもらすだけになった。ラジが運転席にやってきた。

「何してるんだ？」

ルビーを胸の高い位置に抱きかかえ、二つの顔が並んで現れた。暗闇で二人の目が大きくなる。

「何も。眠れなくて」

ラジはルビーを揺らしてあやす。「なんでだ？」

「知らないよ」

訊いてみただけさ、というようにラジは空いているほうの手を上げ、暗闇のなかに引き返していった。どうやらルビーを揺りかごに戻して寝かしつけているようだ。

「ラジ」クララは前を向き、バーガーキングの釘付けされたドアを見つめる。「あたし、幸せじゃない」

「わかってる」ラジが戻ってきて助手席に坐り、脚を伸ばせるように座席をうしろに倒す。黒髪をポニーテールに結っている。最後に洗ったのは何日も前だ。疲労で涙目になっている。

「おれはこんなものを望んだことはない。もっとずっといいものを手に入れたかった。今だってそうだ。あの子のために」ラジは顎先をルビーの揺りかごに向ける。「あの子に家を与えてやりたい。隣人も与えてやりたい。子犬だって買ってやりたい、あの子が望むならな。でも犬は安くない。家を建てるのだってそうだ。必死で金を貯めようとしてるんだ、クララ。でも、稼ぎはどれくらいだと思う？　前よりかはましだけど、十分とは言えない」

「これが限界なのかも」クララがうわずった声で言う。「疲れた。あなただって疲れてるよね。あたしたち、そろそろまともな仕事に就くべきなのかも」

ラジはふんと鼻を鳴らす。「おれは高校を中退したんだ。きみだって大学に行ってない。マイクロソフト社がおれたちを雇いたがると思うか？」

「マイクロソフトじゃなくても。何かべつの仕事。それか、学校に戻ってもいい。数学はずっと得意だったから、会計学のコースに通ってもいいかも。それにあなたは――修理工として、すごい才能があったじゃない。ほれぼれするようだった」

「きみだってそうだろ！」ラジが急に声に力を込めて言う。「才能にあふれてたのはきみのほうだ。輝いてたのはきみのほうだよ。初めて見たとき、ほら、ノースビーチの小さなクラブで、ステージのきみを見ておれは思った。あの女は違う、って。夢はでかすぎたし、髪は長すぎた。何度もロープに絡まってさ。でも天井で回転するきみは、それまで見たこともないようなものを見せてくれた。二度と降りてこないんじゃないかと思ったよ。おれはまだ諦める気になれない。きみだってほんとはそうだと思う。本気で落ち着きたいのか？　書類を整理したり、他人の金を勘定したりする仕事に就きたいのか？」

ラジの言葉が胸の奥底を揺さぶった。クララはずっと自分が架け橋として生まれてきたとわかっていた——現実と幻想のあいだ、現在と過去のあいだ、現世と来世のあいだをつなぐ架け橋なのだと。ただ、どうやってそれを実現するか、方法を見つけ出さなければいけない。

「わかった」クララがゆっくりと言う。「でもこのままやっていくことはできないよ」

「そう。このままじゃいけない」ラジの目はじっと前を見つめている。「もっと大胆に考えないと」

「たとえば？」

「たとえば、ヴェガス」

「ラジ」クララは手のひらを瞼に押しつける。「言ったじゃない」

「わかってる」ラジはシートの上で坐り直し、肘掛け越しにクララのほうに身を乗り出してくる。「でもきみには観客がいなきゃだめだ。インパクトがなきゃ——世に知られなきゃだめなんだよ、クララ。ここじゃ埋もれたままだ。でもヴェガスには世界じゅうから観客が集まってくる。故郷にいちゃ得られないもんを探してな」

「お金でしょ」

「違う——エンターテイメントだ。人びとは法則を打ち破りたがってる。世界をひっくり返したがってるんだ。そしてそれはきみ自身が望んでることじゃないのか？　きみがやってるのはそういうことなんじゃないのか？」ラジはクララの手をつかむ。「いいか。おれはスターになりたいと願ったことなんてない。きみは助手になりたいと願ったことなんてない。きみはずっと自分は何か偉大なことを成し遂げる、こんなものよりずっと偉大なものをやってのける運命なんだと思ってきた、そうだろ？　そしておれはずっとそんなきみを信じてきた」

「もうそんなふうには思ってないよ。何かが消えたの。あたし、弱くなっちゃった」

「酒をやめてからずっとよくなったよ。考えごとにのめりこんだときだけ弱くなるんだ。そこにはまりこんで、出てこられなくなっちまう。しっかりとどまってないと」ラジはそう言うと、自分の顎の下で手を水平にかざしてみせる。「水面に。何が現実か、それに集中するんだよ、ルビーや、自分のキャリアに」

ルビーのことを思うとき、クララは川のまんなかにある岩にしがみついているような気持ちになった。すべてが自分を押し流そうとするなか、何か小さくて固いものにしっかりとつかまっているような気持ちに。

「ヴェガスに行って」とクララが言う。「あたしが成功できなかったら？　雇ってくれる先がなかったら？　それかあたしが……あたしがやれなかったら？　そしたらどうするの？」

「おれはそんなふうには考えない」とラジ。「きみも考えるべきじゃない」

「ラスヴェガス」ガーティが言う。「あんたヴェガスに行くの」

母が受話器を手で塞ぐ音が聞こえる。やがて叫び声が聞こえる。

「ヴァーヤ、聞こえる？　ヴェガスだって。クララがヴェガスに行くっていうのよ」

「母さん」クララが話しかける。「聞こえてるよ」

「え？」

「あたしが選んだ道だから」

「誰もそうじゃないとは言ってないでしょうが。あたしが選んだ覚えはありませんよ」

もう一つの受話器が取り上げられる音がする。

「ヴェガスに行くって？」ヴァーヤだ。「何しに行くの？　休暇？　ルビーも連れていくの？」

「もちろん連れてくよ。連れてかないわけないじゃん？　それに休暇じゃなくて――引っ越すんだよ」

クララはトレーラーハウスの窓の外に目をやった。ラジが煙草を吸いながら歩きまわっている。数秒ごとにクララがまだ通話中かどうかをたしかめている。

「どうして？」ヴァーヤがびっくりして訊く。

「あたしはマジシャンになりたいから。マジシャンになりたきゃ、あそこに行かなきゃいけないの――マジックで食べてくつもりならね。それにね、ヴィ、赤ちゃんがいるんだよ。どれだけお金がかかるか知らないでしょう。ルビーの食べ物に、おむつに、着るもの――」

「あたしは四人の子どもを育てたけど、ヴェガスには一度も行ったことはありませんよ」

「知ってるよ、母さん」クララが言う。「でもあたしは違うの」

「わかった」ヴァーヤが溜息をもらす。「それであんたが幸せなら」

ラジが車に戻ってくると、クララは受話器を受台に置いた。

「なんて言ってた？」ラジはすばやく運転席に乗りこむと、キーをまわしてエンジンをかけた。

「反対、か？」

「まあね」

「きみの家族だってことはわかってるけど」ラジは道路に車を出しながら言う。「そうじゃなかったら、きみだって好きになれないと思うよ」

ヘスペリアにあるキャンプ場に立ち寄って一泊することにした。夜中、クララはラジの声で目を覚ました。寝返りを打ってサイモンの腕時計を見た。朝の三時十五分。ラジはルビーの揺りかごの脇に坐っている。柵のあいだからルビーを見つめ、ダラヴィの街のことをささやき声で話して聞かせている。

真っ青に塗られたトタン。サトウキビ売りの女たち。壁が麻袋で作られた家。象の背中みたいな巨大な配管を通りに延ばしている家。ラジは興奮した暴徒やマングローヴの沼のことを、自分が生まれた掘っ建て小屋のことをルビーに話した。

「それが父さん(タタ)の家だ。子どものころに半分崩れかけていたけど、もう半分も今じゃ崩れてしまってるだろうな。でも想像することはできる。半分崩れかけた家がまだあるって、想像するんだ」ラジは言う。「どの階でも商売をやってた。タタの住んでた階にはガラス瓶やプラスチックや金属片がいっぱいあった。上の階では男たちが家具を作ってた。その上の階では革のブリーフケースやハンドバッグを作ってた。最上階では女たちがブルージーンズやTシャツや、おまえのようなおちびさんが着る服を縫ってた」

ルビーはくっくっと喉を鳴らしながら片手を上げて振る。月にほの青く照らされたその手をラジが握る。

「タタたちの仲間は触ってはいけない民と言われていた。バラモンの下の生まれの民よりもずっと悪い民だと。でもタタたちの民は労働者だった。商店主や農家や修理屋だ。村では寺院や聖殿への出入りを禁じられた。でもダラヴィはタタたちの寺院だった」ラジは続ける。「そしてアメリカはおれたちのものなんだよ」

クララは揺りかごのほうに顔を向けていたが、体は動かさなかった。ラジはいちどもこんな話を自分に聞かせてくれたことはない。ダラヴィやカシミール紛争のことを訊くたび、ラジは話題を変えた。

「タタはおまえを誇りに思うだろう」とラジは言う。「そしておまえもタタのことを誇りに思うだろう」

ラジが腰を上げると、クララは枕に頬を押しつけた。

「忘れないでおくれ、ルビー」ラジは毛布をルビーの顎まで引き上げた。「忘れないで」

16

ラスヴェガスに着くと、一家は〈キングズ・ロウ〉という名前のトレーラーパークに車を停めた。ヴェガスの中心地ストリップ通りから十五分、一カ月の滞在費は二百ドル。ラジは腹立たしげにその金を支払った。というのも、プールは水が抜いてあるし洗濯機は一台をのぞいてぜんぶ壊れていたから。「今だけの辛抱だよ」ラジはルビーの小さなマッシュルームみたいな鼻にキスをして言った。「すぐにこんなもん売っぱらうからな」ラジが電動ジャッキでトレーラーを水平にし、電気やガスの取り付けをしているあいだ、クララは敷地を歩きまわってみた。ピンポン台が置いてある待合室や、半分空っぽの自動販売機があった。そこにあるトレーラーは何カ月も停車しているらしく、ウッドデッキに住人が植木やアメリカ国旗を飾っていた。

ラジとクララは八二年型ポンティアック・サンバードを三カ月の長期契約でレンタルし、それに乗ってストリップ通りに行った。クララがこれまで見たこともないような光景だった。永久に枯れることのない滝、いつでも満開の熱帯の花々。リゾートホテルは金属的で角ばっていて、まるで宇宙ステーションのようだ。「セクシーな女の子を生でどうぞ」誰かが叫び、いつのまにかクララの手のひらにポストカードが握らされていた。〈シーザーズ・パレス〉の前には神々が集っている。通りの脇に女が一人、顔を伏せ、ピンク色の革の財布に頭をのせて横たわっている。ショウガールたちや偽者のエルヴィスたちの中央には動くチャッキー人形が立っていて、ナイフが取り付けられた手をこちらに向かって振っている。

最新のホテルは開きかけの本のような形で、綴じ目のところでそびえたつ二棟の細い建物が繋がっている。〈ミラージュ〉という赤い大文字が電光掲示板に輝き、スクロールしていく。〈開店十時間にしてラスヴェガス史上最大の単一ジャックポット獲得者出現！　四六〇万ドル！　ビュッフェも楽しめる！〉やがてその文句が消え、思わせぶりな間をとって、ふたたび〈ミラージュ〉の文字が現れる。ホテルの前の火山は夜ごとに噴火する。なんでも、グレイトフルデッドとインドのタブラ奏者、ザキール・フセインの音楽に合わせて火を噴くらしい。人工の熱帯雨林が造られた吹き抜けの庭があり、囲いのなかに本物のトラがいる。ずっと嫌ってきたものだらけだったが、クララはルビーのことを思った。ここにはお金がある。二人がロビーに入っていくと、そこには車のタイヤほどのガラス製の羽根がついた巨大なシャンデリアが吊るしてあった。フロントのデスクのうしろは床から天井まで一面が水槽になっていて、それが十五メートルほど続いていた。どこかから耳をつんざくような音が聞こえてきた。クララは滝か火山の音だろうかと思ったが、つぎの瞬間、ノコギリの音だと気づいた。まだこの建物は建設中なのだ。

「おい」ラジが小声で呼ぶ。フロントのデスクの真上に掲げられた大きな横断幕を指さしている。〈ジークフリード&ロイ〉の名前とともに、一頭のホワイトタイガーに両脇から顔を寄せているマジシャン・コンビの写真。〈毎日午後一時と七時開演！〉。今は一時四十五分だ。ラジとクララは標識に従って劇場に向かった。ショウはすでに始まっていたから、チケット売り場は閉まっていた。ラジは腰のところにルビーを抱きかかえたままドアをすり抜けて忍びこみ、クララの手を引いて二つの空席に腰を下ろした。

ジークフリードとロイは胸をはだけたシルクのシャツに丈の短い毛皮のジャケットを羽織り、レザーのズボンを穿いてコッドピース（男性が股間につける装飾具）をつけていた。二人で火を噴く機械仕掛けのドラゴンに乗り、その三メートルはある頭に鞭を打っていた。まわりで貝殻のビキニをつけた女たちが先端にクリスタルがついた笏を持って踊っていた。ショウの終わりに、ロイはディスコのミラーボールに坐っているホワイトタイガーの背にのった。ジークフリードと十二種類のめずらしい動物がそこに集まり、一同は天井に浮遊して観客の視界から消えていった。

錯乱したアメリカン・ドリームだった。アメリカン・ドリームが見た夢のようだ。およそ四十年前、コンビは異国の定期船の上で出会い、チーターをトランクに詰めこんで戦後のドイツを抜け出した。今や彼らのショウは二百五十人ものスタッフやクルーを抱える規模だ。

男たちがお辞儀をすると、ラジがクララの耳もとでささやいた。「入口を見つけさえすればいい。かならずどこかにつてがあるはずだ」

クララは布団の上でルビーにおっぱいを飲ませながら、サイモンの腕時計をじっと見つめていた。前とおなじ二文字が現れた――〝M〟、つぎに〝E〟だ。五分後、二つ目の〝E〟。ずいぶん長い間があき――二十分――クララはルビーにげっぷをさせているあいだに何か聞き逃したのではないかと不安になった。やがてノックが聞こえた。

〝T〟。

「ＭＥＥＴ！」

ルビーが甲高い泣き声をあげた。おっぱいはもう出ない。

「なんだって？」ラジが車の外から言う。仰向けになってトレーラーの下に潜りこんで、底部を調べていたのだ。

「なんでもない」クララは答える。ラジはいまクララが悟ったことを聞きたくないだろう。サイモンが死の淵の向こうから自分と交信しているのだとしたら、父とだってできるはずではないだろうか？

クララは授乳用ブラのホックを留めながら、ルビーをなだめた。けれど涙が出る直前みたいに、鼻の奥がつんと痛かった。ルビーは生きている、ルビーは自分を必要としている。クララはサイモンを、サウルを必要としている。でも二人は――

死んでいる？　たぶんそう。でももしかしたら、完全に死んではいないのかもしれない。

ラジの南カリフォルニアのカジノの知り合いは空振りに終わったが、タホ湖のリゾートホテルのオーナーに連絡すると、彼のいとこの義兄がヴェガスの〈ゴールデン・ナゲット〉の支配人をしていることがわかった。ラジは一張羅に身を包み、その男に会いにストリップ通りのステーキハウスに向かった。帰ってくるとラジは興奮していて、エネルギーをほとばしらせ、目は何かに取り憑かれたようにぎらぎらと光っていた。

「ベイビー」ラジは言った。「電話番号を手に入れたぞ」

17

クララは〈ミラージュ〉の劇場のように、プロセニアムアーチ（客席から舞台に額縁がついているように見える構造）がある本格的なステージでパフォーマンスをしたことは一度もなかった。支持梁は床から十メートルほどの高さにある。可動式プラットフォームが二台、ステージリフトが五基、スポットライトが二十個、そして客席は二千席。上昇用ロープはセットしたし、〈プロテウス〉に使うキャビネットはいつでもキャスターで移動できるよう舞台裏に待機させてある。〈ミラージュ〉のお偉方が三人、最前列に坐っている。

ラジがオープニングの口上を述べているあいだ、クララは舞台袖に立っていた。きらきらしたドレスの内側を、汗が滑り落ちていく。ルビーは初めて託児室に預けた。十七階にあるホテルの従業員のためのサービス施設だ。クララの胃が締めつけられる。ルビーのためだと思い、なんとか集中しようとする。手を伸ばして振って。深呼吸。ほら、笑わなきゃ。自分に言い聞かせながら、金色のハイヒールで舞台に出ていった。

光。熱。前列の幹部たちは見分けがつかなかった。みんな裾を出したドレスシャツを着ているし、顔は影になっている。〈プロテウスのキャビネット〉を披露しているあいだ、彼らはそわそわしていた。〈消える鳥籠〉のあいだに、一人が会議の連絡がどうこう言いながら席を立った。〈第二の視覚〉をやると残った二人が身を乗り出したが、〈急降下〉でクララはタイミングを誤り、ステージへの着地を遅らせるために、膝を折り曲げてしまった。目を開けると、片方の男がポケベルをいじっていた。もう片方の男が咳払いをした。

「これで終わり?」男が言う。

裏方がホールの照明をつけ、ラジが舞台袖から出てきた。セールスマンめいた笑みを浮かべているが、彼のほうから怒りが熱のように伝わってきた。ふと一瞬、このチャンスがいかに大事なものだったか——自分たちの失敗がいかに大きかったか——を思い、クララは息ができなくなった。トレーラーの冷蔵庫にはルビーの離乳食があと三瓶。自分たちはずっとファストフード続きで、クララはその満腹感と飢餓感の組み合わせが体に染みついているのを感じた。錠をかけて運転席の下にしまってある箱には、あと六十四ドル。新しい仕事にありつけなかったら、これからどうするんだろう?

クララは師であるイリヤのことを思った。マジックのトリックはそもそも男性がやるものとして考えられていると教えてくれたのは、イリヤだった。スーツの上着のポケットは鉄のカップを入れるのにちょうどいいし、手のひらが大きいほうがカードを隠しやすい。そしてイリヤはトリックに手を加える方法を教えてくれた。クララは圧縮しやすいスポンジボールを使い、なめらかな動作でカードテーブルの引き出しを活用する方法を習得した。けれど、手のひらの大きさはどうすることもできない。だから手先の早業が物をいう手品となると、頼みの綱はテクニックしかなかった。

「いちばん手品のうまい男と肩を並べられるくらいうまくなるんだ」イリヤはそう言って、クララに指先が痛くなるまで片手だけでカードを切る練習をさせた。「それから、その男を追い越すんだ」

そうして身につけたさまざまな手品は、クララの強みだった。今でもそうだ。でもクララとラジはずっとジークフリードとロイのようになろうとしてきた。そのうち、クララはむかしながらのつつましい手品、自分のホームグラウンドを忘れてしまった。自分自身を忘れてしまった。

「いいえ」クララが答える。「まだ終わりじゃありません」

いちど舞台袖に下がり、幸運のお守りとして持ってきたイリヤの黒い箱を携えて戻った。ステージをよこぎり、客席に飛びおりた。それからお偉方が坐っている最前列の前で箱をテーブルに組み立て直した。近くで見ると、男たちはまったく似ていなかった。片方は髪をすべて剃り上げた小柄な男で、銀縁の眼鏡の奥で青い瞳が警戒している。着ているのは赤いシルクのシャツだ。もう一方の男が着ているのは黒地に白のピンストライプのシャツ。こちらの男は上背のある、洋梨型の恰幅（かっぷく）のいい体で、黒髪をポニーテールに結っている。ラベンダー色の眼鏡を鼻の上にちょこんとのせ、細い金の十字架のネックレスをしている。

ラジはステージの縁まで歩いてきて、クララの真うしろに坐った。体をこわばらせ、こちらをじっと見ている。クララは箱の隠し場所からお気に入りのカード一組（デック）を取り出し、イリヤのものだったテーブルに広げた。

「三枚選んで」クララはスキンヘッドの男に言う。「表を向けてください」

男が選んだのは、クラブのエース、ダイヤのクイーン、ハートの7。クララはそれらをほかのカードのなかに戻した。そしてデックをぱんと叩いた。

クラブのエースのカードが飛び出して宙を舞い、椅子に落ちた。もう一度叩く。ダイヤのクイーンが束のまんなかに飛び出てきた。三度目に叩くと、ハートの7がクララの手のひらのなかから現れた。

「ほう！」男が言う。「おみごと」

クララは褒め言葉に反応しなかった。まだやるべき仕事がある――つぎは〈レイズ・ライズ〉だ。引き出しから油性マーカーを取り出して、ラベンダー色の眼鏡の男に手渡した。

「カードを切って」クララは言う。「好きなところで止めてください」男はカードを切り、スペードの3が一番上に現れた。「結構です。ではこのカードにサインしていただけます？」

「このマーカーで？」

「そう、マーカーで。あなたはこれでわたしがごまかしができないようにしたわけです。このデックのなかにもう一枚スペードの3があっても、あなたのカードではないとわかるでしょう。そのカードをデックのなかに戻しましょう、こうして。おや、でもへんですね。わたしがデックの一番上のカードを叩くと」クララはそのカードをめくる。「あなたのカードが出てきます。おかしいわね？　さあ、ちゃんとなかに戻しましょう、まんなかに。でも待って――もういちど叩くと、やっぱりあなたの3が一番上に出てきます」

〈レイズ・ライズ〉はクララが知るうちでもっとも難易度の高いトリックで、もう何年も練習していなかった。うまくいくはずがない――だが何かがクララを助けた。何かがクララをむかしのクララに引き戻した。

「それでは、どうやってデックのなかに戻しているか、ゆっくり見せてあげますね。今度はちょっとカードの頭のほうを出したままにしておきますから、わたしがずるをしていないかよく見ててください――見えますか？　このとおり。なのに」一番上のカードをめくる。「どうしてあなたのカードが一番上にきているんでしょう。これで三度目じゃないですか？　それに——なんだか動いてるみたい——へんだわ。今度は一番下にありそう。一番下のカードを抜いてくれます？」

男はカードを抜く。例のカードだ。男は喉を鳴らして笑う。「うまいね。よく見てなかったら、ダブルリフト（カードを一枚めくるように見せかけ二枚めくる）に気づかなかっただろうな」

男はまだポケベルをちらちら見ている。クララはこの男をターゲットにする。小指が痙攣しているが——アウトジョグ（カードを客側に突き出して目立たせておく）をするのは一年ぶりだ——手を振って震えを抑える暇はない。カードを置くと同時に二十五セント硬貨を何枚かつかみあげ、スキンヘッドの男の足もとに置いてある金属のコーヒーマグを指さす。

「お借りしても？　ありがとう、ご親切に。お気づきかどうか——調べてみたかどうか——わかりませんが、ここにはあちこちにコインがありますね」

右手でマグを持ち、左手を広げてそこに何もないことを彼らに見せた。パチンと指を鳴らすと、コインが左手の親指と人差し指のあいだに現れた。それをマグのなかに落とすと、カランと音がした。続いてスキンヘッドの男のシャツの襟もとから二枚、両耳からそれぞれ一枚ずつ、そして大柄な男のシャツのポケットから二枚、コインを取り出してみせた。

「さあ、これはあなたのマグです。わたしのじゃありません。隠しスペースはなし、秘密のコイン入れなんてありません。じゃあどうしてこんなことが、って不思議に思うでしょう。きっとどういうことなのか推論しているでしょう」クララは黒髪の男に眼鏡をよこすよう手を差し伸べた。男が眼鏡を手渡し、クララがそれをマグのなかに傾けた。するとそれぞれのレンズから一枚ずつ、コインが滑り出してきた。「それが自然な反応です。わたしたちはいつだって物事を論理的に捉えようとするものです。わたしが目の前で何度もコインを取り出した。さあ、あなたがたは考えます。きっとコインは左手に握られているに違いない。でもわたしが左手を開いてみせ、そこに何もないのを見ると、べつの推論をします。きっと右手に隠されていたんだ。便利ですものね？　マグに近いほうの手ですから。あなたがたは想像しようとしません。わたしが」――クララはマグを左手に持ち替える――「変化させていることを」――空っぽの右手を開いてみせる。「秩序を」

　クララが咳払いをすると、口のなかから二枚のコインがこぼれ落ちてきた。黒髪の男がポケベルを胸ポケットにしまう。とうとうクララに集中しはじめた。

「あなたは信心深い方ですね」クララは男の首の十字架に目配せしながら言う。「わたしの父もそうでした。自分とはまるで正反対だと思ったこともありました。父は規則(ルール)ありきの人なのに、わたしはルール違反の常習犯。父は現実的なのに、わたしは夢想家。でも気づいたんです――父はきっとわかっていたのだと思いますが――わたしたちは二人とも、おなじものを信じているんだって。それを秘密の抜け穴と呼ぶこともできるし、隠し部屋と呼ぶこともできるし、あるいは神と呼ぶこともできる。つまり、わたしたちが知らないものを置いておく場所。不可能が可能になる場所。父がキドゥーシュ（安息日や祭日の夜の祈り）を唱えたり安息日にキャンドルを灯したりしていたのは、マジックのトリックだったんです」

　ラジが咳払いをして警告する――いったいどこに向かってるんだ？　でもクララには、どこに向かっているかちゃんとわかっている。ずっとわかっていた。

「わたしたちは現実について何かを知っています。わたしの父も、わたしも。きっとあなたも知っているでしょう。それは、現実が行き過ぎているということでしょうか？　苦痛はありあまるほどあるのに、歓びやチャンスはあまりにかぎられているということ？　いいえ」クララは言う。「現実は行き過ぎどころか十分ではない、わたしはそう思います」

　クララはコーヒーマグを床に戻し、引き出しから鉄製のカップと赤いボールを取り出した。空のカップを逆さにしてテーブルに置き、その上にボールを載せる。

「理解できないことに説明をつけるだけでは十分ではありません」ボールを取り上げてぎゅっと握りしめる。「見たり聞いたり感じたりした矛盾を解き明かすだけでは、十分ではありません」クララが手を開くと、ボールは消えている。「現実は希望や夢――信仰の支えにするには十分ではありません」カップを持ち上げると、そこにボールが現れる。「マジックは世界の見方を粉々に壊してみせるものだというマジシャンもいます。でもわたしは、マジックは世界を一つにまとめるものだと思っています。暗黒物質のようなものです。現実の接着剤であり、わたしたちが真実だと思っているものに開いた穴を埋めるパテです。マジックの力を借りて初めてわかるんです」――カップを置く――「いかに不十分なものか」――拳を握る――「現実というものが」

　手を開くが、赤いボールはない。そこにあるのは、真っ赤に熟れた苺だ。

　沈黙が、絨毯敷きの床から十五メートルの高さの天井まで、舞台裏からバルコニー席まで広がっていった。やがてラジが拍手をしはじめた。スキンヘッドの男もそれに続いた。金の十字架をつけた男だけが喝采に加わらない。しかし男は言った。「いつから始められる？」

　クララは手のひらに苺をのせじっと見つめた。湿っている。匂いもする。耳の奥で〈ミラージュ〉の外で聞いた滝の水音のような轟音がする――それとも、電動ノコギリの音だろうか？

　スキンヘッドの男がポケットから革の手帳を取り出した。「十二月か、一月――一月かな？〈ジークフリード&ロイ〉の直前にやらせるのはどうだ?」

大柄な男は何かが水のなかで動いているような声をしている。「生きたまま食われちまうぞ」

「いやつまり、前座としてさ。三十分やろう。入場するのに時間がかかるから、そのあいだに見るものがあったほうがいいだろう。彼女は見た目がいいから——きみ、美人だね——注目を集められる。座席に落ち着いたころ、ジャーン! トラにライオンに花火。いよいよ開演ってわけだ」

「新しい衣装が必要だな」もう一方の男が言う。

「ああ、衣装は全とっかえだ。制作チームを組もう。あの鳥籠はカット、キャビネットのもカット、ロープから吊り下がるやつと、読心術のトリックをもっと派手にしよう——客をステージに上げて参加させるとかな。こっちで考えるよ」誰かのポケベルが鳴る。二人の男が同時にポケットを探る。「いいか、話し合おう。初日までまだ四カ月あるから大丈夫だ」


「たまげたな、おい」エレベーターのドアが閉まるやいなや、ラジが言う。「苺なんて」そしてガラスの壁の角に体をもたせかけて笑う。「どうやって取り出してみせたんだか見当もつかないけど、しかし完璧だったよ」

「あたしにもわからないの」

ラジは笑うのをやめたが、笑顔の名残で口はまだ半分開いていた。

「ほんとに」クララが言う。「苺なんてどこにもなかった。どうして出てきたのかわからない」

一時的に記憶を失くすのが再発したのだろうか、クララは最初にそう思った。たぶんそのあいだに車でスーパーに行って、苺のパックを買って、一粒だけポケットに忍びこませておいたのかもしれない。でもそれじゃ説明がつかない。レンタカーを運転するのはラジだけだし、トレーラーパークから歩いていける距離に生鮮食品を買える店はない。

「何者になったつもりだよ?」ラジが言う。彼の顔に、何か凶暴なもの、獲物を見張る狼のような、野性めいたものが浮かんでいる。「自分で自分のトリックを信じこむマジシャンか?」

数カ月前なら、クララは傷ついていただろう。でも今は違う。クララは何かに気づいていた。ラジの目に浮かぶ表情。クララはそれを怒りだと思った。でもそうではなかった。

ラジはクララを恐れているのだ。

18

ラジは制作チームと一緒に〈生への飛翔〉や〈第二の視覚〉の装置作りに取りかかった。〈東インドの針の魔法〉の新しい小道具もデザインした。客席から見えるよう、針はもっと大きなものを、糸の代わりに赤い紐を使うことにした。〈ミラージュ〉のエンターテイメント部門の監督はクララに、ラジが彼女をノコギリでまっぷたつに切るパフォーマンスをしたらどうかと提案した――「簡単さ。痛くもないし」――でもクララは断った。監督はクララがトリックを怖がっているのだと思ったようだが、それどころかクララは、イギリスのマジシャン、P・T・セルビットが考案したミソジニー的なパフォーマンスについて、一時間みっちりレクチャーしてやることだってできた。〈少女の破壊〉、〈伸びる淑女〉、〈女体粉砕〉、これらのトリックはちょうど第一次大戦後の殺伐とした時代、女性参政権への反感が渦巻いていた時期に生み出されたのだと。

クララは鎖で拘束されてノコギリでまっぷたつにされる女になるつもりはなかった――救出されるのも、解放されるのもごめんだ。あたしは自分で自分を救い出す。自分自身がノコギリになる。けれど、あまり反抗しつづければ仕事を失うかもしれないということはわかっていた。だから、衣装係がスカートの裾を十二センチ短くし、襟ぐりを五センチ下げ、胸にパッド入りのカップをつけたときは言われるがままになった。リハーサルのあいだ、ラジは誇らしげに立っていたが、クララは縮こまっていた。オーディションで発したような輝きは、日ごとに薄れていった――それは五百ワットのスポットライトにかき消され、スモークマシンの吐き出す煙にぼやかされていった。〈ミラージュ〉はありのままの自分を求めていると思っていたが、彼らはクララに新たな側面を付け足し、実際よりも大きなものに見せかけたがっていた。彼らはクララがラスヴェガスのようになることを望んでいた。彼らにとってクララは、ホテルの外にあるピンクの火山のようなものめずらしい売り物、〈ミラージュ〉のガールマジシャンでしかなかった。

ルビーの軟骨は骨に変わり、骨は融合しつつあった。ルビーの体は地球とおなじく、七十パーセントは水分でできている。ちっちゃな犬歯と、丸い臼歯が生えた。「いく」と「いや」と「くる、あたち」が言えるようになった。これは「一緒に来て」という意味で、クララはそれを聞くと心がとろけそうになった。ルビーはトレーラーパークのなかを這っていたピンク色のトカゲを見ておおはしゃぎしたり、小石を大事そうに握りしめたりした。公演が始まって最初の大きな支払いがされたら、トレーラーを売ってアパートを借りて、保育園や小児科医を探そう。ラジはそう計画していたが、クララには時間がなかった。もしもヘスター通りの女の予言が正しければ、あと二カ月で死ぬことになる。

ラジには話していなかった。きっとさらにおかしくなったと思われるだろう。それに、そもそも彼と顔を合わせることはめったになかった。リハーサルのあいまにもラジは劇場にとどまった。三十メートル上にある格子の天井から特注のケーブル装置を取り付けたり、鉄パイプ製の支持梁に滑車を装備したりした。舞台の落とし戸やせり上げを利用して、クララが〈急降下〉のお辞儀をした瞬間に姿を消すという演出を考案した。小道具係と一緒に新しいカードテーブルを作り、彼らを手伝って店から舞台に道具を運んだ。舞台監督はラジを気に入ったが、技術者のなかには彼に腹を立てている者もいた。ある日、クララが託児室にルビーを迎えにいって戻ってきたとき、二人の舞台係とすれ違った。彼らは劇場の扉を入ってすぐのところに立って、ラジがステージにテープで目印をつけている姿を眺めていた。

「目印をつけるのはおまえの役目だったのにな」片方が言った。「気をつけないと、ガンジーに仕事を奪われちまうぞ」

クララはルビーの赤いプラスチックのベビーカーを押して〈ボンズ〉まで歩いていった。四番通路でガーバー社のベビー用スウィートポテトの瓶を八つ盗み、ハンドバッグのなかでこつんこつんと音をさせながら出口に向かった。スライド式のドアが開くと、生暖かい空気が襲ってきた。十一月の終わりの夕方だったが、空はまだデニムのように真っ青だった。街灯の真下に坐りこむと、スウィートポテトの瓶を開け、人差し指ですくってルビーに食べさせた。

二つの白い光の球がこちらに近づいてきて、だんだん大きくなり、やがてシルヴァーのオールズモビルが停車した。クララはルビーの顔に手をかざしながら目を細めた。車は動こうとしない。まるでクララが駐車場の入口でも塞いでいるみたいに、目の前で停まったままだ。運転席の男がこちらをじっと見つめている。くしゃくしゃの赤みがかったブロンドの髪、淡いウィスキー色の瞳。口が力なく開いている。エディ・オドノヒューによく似ている。例のサンフランシスコの警官だ。

クララはあわてて立ち上がり、ルビーを片腕に抱いた。そうこうするうちにスウィートポテトの瓶を落とし、瓶が割れてオレンジ色のどろどろしたものがこぼれた。でもクララは動きを止めなかった――歩きはじめ、やがて駆け出してストリップ通りの人ごみにまぎれた。空のベビーカーを片手で押しながら観光客のあいだをすり抜け、エディの舌が口のなかに入ってきたことを思い出していた。そのとき、茶色の髪を二本のおさげに結った、体格のいい女の背中にぶつかった。

クララは凍りついた。あの占い師だ。クララは女の肩をつかんだ。

女が振り返った。まだ十代の女の子だ。ナイトクラブ〈ステージ・ドア・カジノ〉のちらちらする電飾の下で、女の子の顔が赤くなったり青くなったりした。

「いったいなんなのよ？」女の子の瞳孔は広がり、顎にぐっと力がこもる。

「ごめんなさい」クララはあとずさりしながら小声で言う。「人違いしちゃって」

腰に抱いたルビーが甲高い声をあげる。クララはよろよろと歩き出し、〈シーザーズ・パレス〉と〈ヒルトン・スイート〉を通りすぎ、〈ハラーズ〉と〈カーニバル・コート〉を通りすぎる。〈ミラージュ〉のばかげた火山のピンクの噴火を見てほっとする日がくるとは思わなかった。ホテルのなかに入ったときに初めて、ルビーのベビーカーを〈ステージ・ドア・カジノ〉の前に空っぽのまま置いてきてしまったことに気づいた。

ノックの音は聞きたくなかった――元の場所に戻ってくれと願った――でもそれは日ごとに大きくなっていった。サイモンはクララに怒っている。クララが自分のことを忘れてしまったと思っている。ある日クララはドレス・リハーサルを一時間後に控え、〈ミラージュ〉の女性用化粧室に入ってルビーを造花の花瓶が置かれたカウンターに坐らせた。腕時計を取り出した。前とおなじように、〝MEET〟はすぐやってくる。十三分後、五回目のノックが聞こえる。もう一つの〝M〟だ。五分たつ。〝E〟だ。

サイモンはおなじ言葉をくりかえしているのだろうかと思いかけたとき、彼のメッセージに気づいた。〝MEET　ME〟――ぼくに会いにきて。一時間以上経ったとき、もういちどノックが聞こえた。

〝US〟

ぼくたち（アス）。サイモンと父だ。化粧室がぐらぐらと揺れる。クララは大理石のカウンターに手をついて、頭をだらりと垂らした。どれくらいそうしていたのかわからないが、やがてルビーの声が聞こえてきた。泣き声ではない。意味のない片言でもない。ルビーははっきりと言った。「ママ。ママ。マーマ」

クララのなかで、長い茎が傾いていき、そして折れた。いつもこうだ。自分を創った家族と、自分が創った家族が、クララをそれぞれ逆方向にひっぱっていく。誰かが化粧室のドアを叩いた。

「クララ？」ラジが声をあげながら、なかに入ってくる。

いつもの灰色っぽく汚れた白いTシャツに古い作業ズボンではなく、衣装を身につけていた。あつらえの燕尾服にシルクハット。ペンギンの皮のようになめらかで黒い。ルビーはカウンターの反対側の縁にいた。〈ミラージュ〉の大きな金色のシンクに這っていって、自動のソープディスペンサーで遊んでいた。口もとに青い泡をつけて大泣きしている。

「いったいどうしたんだよ、クララ？　何かあったのか？」ラジがルビーを抱き上げ、石鹸を吐き出させ、両手を使って口のなかを洗い流してやった。ペーパータオルを湿らせてそっとルビーの目と鼻を拭った。それからカウンターに両手をついて前かがみになり、ルビーの黒髪のなかに顎をうずめた。しばらくして、クララはラジが泣いていることに気づいた。

「サイモンと話してたのか」ラジが言う。「そうなんだろ?」

「ノックの音。タイミングトリックで測ってみたの。ほんものかどうかわからなかったんだけど、でも今ははっきりした。二人が綴ったんだ——」

ラジが身を乗り出してきた。キスをするのかと思ったが、クララの頰に鼻をつけたとたん、身を引いた。

「クララ」ラジがクララを見つめる。その顔には何か強烈なもの、活力に満ちたものが宿っている。クララはそれを愛だと思ったが、やがて怒りだと気づいた。「におうぞ」

「何がにおうの?」クララは訊きかえして、時間稼ぎをする。トレーラーのなかでポポフウォッカのミニボトルを二瓶あけてきた。それで気持ちが安定するはずだった。

「きみはマゾヒストか何かに違いない、このタイミングでこんなことするなんて。それとも何かあればいつでもおれが尻拭いに駆けまわると思ってるのか?」

「一杯だけだよ」意に反して声が震えてしまう。「人のことをコントロールしようとするんだね」

「それ、自分に言ってるのか?」ラジが大きく目を開く。「何年か前。もしおれがきみを見つけなかったら。きみは今ごろどこで何をしてると思ってるんだ?」

「もっといい暮らしをしてたよ」きっとまだサンフランシスコにいて、一人でショウをやっていただろう。孤独だったかもしれない、でも、ちゃんと自分をコントロールできていたはずだ。

「飲んだくれになってたさ」ラジが言う。「負け犬に」

ルビーがラジの腕のなかからこちらを見つめている。クララの頬がかっと熱くなった。

「今こうしてきみがショウを続けていられるのは」ラジが言う。「おれに出会ったからこそだ。おれに出会う前に生き残れてたのは、きみがすりをやってたから、ただそれだけだ。きみは盗みを働いてたんだ、クララ。平気な顔で。それで自分は人を楽しませてきただけだっていうのか？」

「あたしは人を楽しませてきた。今だって」クララが言う。「いい母親になろうと努力してる。成功者になりたいと思ってる。でもあなたにはあたしの気持ちなんてわからないでしょ。あたしが何を失ったか、あなたにはわからない」

「何を失ったかだって？　きみはわかってるのか――少しでも知ってるのか――おれの祖国でどんなことが起こったか？」ラジは空いているほうの手の付け根で充血した目を拭う。「きみの父親には商売があって、家族がいた。母親はまだ生きてるし、姉さんも、医者の兄さんもいる。おれの親父はゴミ拾いをしてたんだ。お袋は若くして死んじまって、おれには母の記憶すらない。アミットは八五年に飛行機事故で死んだ。あと数分でボンベイに着くってところでだ。初めて里帰りしようとしてたときだ。きみの家族は満ち足りてた。今だって満ち足りてるじゃないか」

「あなたがどんなにつらい思いをしてきたかわかってる」クララがささやく。「それを軽く考えるつもりはないよ。でもあたしの弟は死んだの。父さんは死んだの。二人とも満ち足りてなんかない」

「どうしてだ？　九十歳まで生きられなかったから？　生きてるあいだにどんな暮らしをしてたか考えてみろよ。その点、おれみたいな人間は――おれたちは歯を食いしばってなんとか生き延びてた。ほんとうにすごく運が良くなければ、並外れた才能でもなければ、どこにも行けなかった。でもきみらはいつだって飛行機にとびのってどこにでも行けるじゃないか」ラジは首を振る。「くそっ、クララ。どうしておれが自分の問題を、ほんとうの問題をきみに打ち明けないんだと思う？　きみには受け入れられないからだよ。きみは自分のことしか頭にない。ほかの誰かのことを考えることができないからだ」

「ひどいこと言うんだね」

「でもそのとおりだろ？」

　クララは言葉を発することができなかった。頭のなかがこんがらかっていた。回路がもつれ、モニターはシャットダウンしていた。ラジはルビーのおむつをチェックし、小さな靴の紐を結び直した。クララの肩からおむつの入ったバッグを取ると、化粧室のドアに向かって歩きはじめた。

「てっきりさ、クララ、きみはよくなってきてると思ってたよ。健康保険にも入って、休みが取れたらすぐに、どこかで診てもらおう。今は気をしっかり持たなきゃだめだ」ラジが言う。「もう時間がないから」


　一九九〇年十二月二十八日。あの女が正しければ、クララに残された時間はあと四日。あの女が正しければ、クララは初日の公演の夜に死ぬ。

　どこかに抜け道が、秘密の落とし戸があるはず。あたしはマジシャンなんだから。その秘密の抜け道を見つけだせばいいだけ。

　赤いボールをベッドに持っていって、毛布のなかで操ってみた。それを苺に変える方法を見つけ出したはずだ。右手に持ったボールをフレンチドロップ（親指と人差し指でつまんだ物体を観客の視界から消すトリック）で左手に移動させると、ボールは消えてなくなる。それから左手で右手をおおう。すばやくパスしてふたたび左の拳を開いてみると、そこにひんやりした、いい香りの果実が現れた。クララは苺が現れるたびにそれを食べ、緑色の茎をマットレスの下に押しこんだ。そしてトレーラーハウスを抜け出した。

どこまでも真っ暗な夜だった。それでも気温は三十度を越しているはずだ。それぞれのキャンピングカーのなかで人びとが何かしているのが聞こえてくる。シャワーを浴びたり料理をしたり、食べたり喧嘩したり。〈ガルフストリーム〉という車種のキャンピングカーのなかからは甘ったるい悲鳴がもれてくる。ティーンのカップルがしょっちゅうセックスしているのだ。いたるところに生が満ちていた。どうにか抜け出そうとしてブリキ缶のなかでカタカタ動きまわっていた。

クララはプールまで歩いていった。インゲン豆のような形をしたプールで、人工的などぎついブルーの水が光っている。プールのまわりに椅子はない――支配人が言うには、すぐ盗まれてしまうのだそうだ――だからクララは深くなっているほうのプールサイドに立った。タンクトップと半ズボンを脱ぎ、足もとに落とした。ルビーを産んでからお腹はまだ柔らかいままで、皺が寄っている。下着を脱ぎ捨てると、陰毛が花のように広がった。

クララは飛びこんだ。

水が皮膜のように体を包んだ。足は実際よりも近くにあるように見え、腕は曲がって見えた。プールは深さ二メートル以上あるのに、もっと浅く見える。でもクララは、それが目の錯覚だとわかっている。屈折、そう呼ばれるもののせいだ。光は何か新しい媒体に当たると方向を変える、でも人間の脳は光が一直線に伸びていると思うようにプログラムされている。クララが見ているものは、ほんとうにそこにあるものではないのだ。

星についてもおなじことを聞いた。星の光が地球の大気を通過する途中で何度か曲がると、またたいて見える。人間の目は光の屈折を不在として処理するから。でもほんとうは、光はずっとそこにあるのだ。

クララは水から飛び出した。大きく息を吸う。

たぶん、大切なのは死に抵抗することじゃない。重要なのは、そんなものは存在しないということなんだ。もしサイモンと父がクララに交信してきているのなら、意識は肉体の死を超えて生き延びたということ。だとすると、これまで死について聞いてきたことはすべて間違っていることになる。そしてもし死について自分が知っていることが何もかも間違いだとしたら、死は死ではなくなる。

クララは仰向けになって水に浮かんだ。もしあの女が正しいのなら、もし一九六九年にあの女がサイモンが死ぬ日を知っていたのなら、この世にはマジックが存在することになる。知ることのできないもののまんなかに、何か不思議な、ちらちら揺れるような悟りがあることになる。あたしが死ぬのか、それがいつなのかは問題じゃない。こうしてサイモンと交信しているように、きっとルビーとだって交信できる。境界を超えることができるんだ、ずっと望んできたように。

あたしは、架け橋になれる。

19

ホテルの外の掲示板（ビルボード）が変わった。〈今夜！〉それは謳っている。〈不滅の人（イモータリスト）とラジ・シャパルが登場！〉ショウは十一時にならないと始まらない――新年特別枠だ――でもすでにエントランスは観光客でごった返している。ラジはサンバードを従業員用の駐車スペースに停めた。いつもはクララが二人分のバッグを抱え、ラジがルビーを抱っこするのだが、今夜、クララは娘を手放したがらなかった。クララはルビーに母が一歳の誕生日に贈ってくれた赤いパーティードレスを着せ、厚手の白いタイツに黒いエナメルの靴を履かせていた。

二人はロビーを通りすぎた。十五メートルの水槽のなかで、魚たちが輝き、すばしこく動きまわっている。トラの住処のまわりには人だかりができているが、動物たちは眠たげで、ふかふかした下顎をコンクリートにぴったりくっつけている。ラジとクララはエレベーターに向かった。ここで別れることになっている。ラジは二人の持ち物を劇場に運び、クララはルビーを託児室に預けにいく。

ラジが振り向いてクララの頬に触れた。ラジの手は温かく、幾日も作業所で仕事をしていたせいでたこができている。「準備はいいか？」

クララの鼓動が速くなった。ラジの顔を見つめた。美しい顔――優美な曲線を描く両方の頬骨、角ばった顎。いつものように、肩まで伸びた髪をうしろで一つに結わえている。メイク係がそれをブローして、シリコンを塗ってつやつやに光らせるのだ。

「知っておいてほしい、おれはきみのことを誇りに思ってるって」ラジは言う。

目がぎらぎらしている。クララは驚いてはっと息をのんだ。

「つらくあたってきたよな。いろいろぎくしゃくしてた。でもおれはきみを愛してる。おれたちのことを愛してる。そしてきみのことを信じてる」

「でも、あなたはあたしのトリックを信じてない」

クララはほほえんだ。ラジのことが気の毒になったから。マジックを信じてない。彼が何もわかっていないことが。

「ああ」ラジがもどかしそうに言う。まるでルビーに話しているみたいに。「そんなものは存在しないんだ」

家族連れがエレベーターホールにどっと入ってきてクララとラジを囲み、あいだに割りこんできた。ラジは手を下ろした。また二人きりになると、ラジはふたたびクララの頬に手を伸ばした。でも今度は力づよく、手のひらでクララの顎を包んだ。

「いいか。きみのトリックを信じてないからといって、きみを信じていないわけじゃない。きみがやっていることはすばらしい。きみには人びとの心を動かす力がある。きみはアーティストだ、クララ。エンターテイナーだ」

「あたしはサーカスの子馬じゃない。ピエロでもない」

「そうさ」とラジ。「きみはスターだ」

ラジはバッグを床に落とすと空いた腕を伸ばした。クララの背中に腕をまわし、近くに引き寄せて抱きしめた。ルビーがクララの胸に押しつけられ、苦しげな声をもらした。家族三人。もうすでに、幽霊のような、むかしの知り合いのような気がする。クララは思い出した——もうずいぶん前のことのように感じる——ラジがクララの望むものをすべて与えてくれると思っていた日々のことを。

「上に行くから」クララが言う。

「わかった」ラジはルビーに向かって魚みたいに口をぱくぱくさせてみせ、ルビーは喉を鳴らして笑う。「バイバイって、ルビー。パパにバイバイして。パパの幸運を祈ってくれ」

託児室を切り盛りしている女が、クララのノックに応えてドアを少し開けた。うしろに広がるスイートルームには、子どもがあふれかえっていた。舞台係の子ども、出演者の子ども、受付係にコックにマネージャーに客室係の子ども。

「今夜は頭がどうかなりそうだわ」女はまるで人質に取られ、鎖に繋がれているみたいな顔をする。「いまいましい新年おめでとさん」

ガラスが割れる音が響き、きゃあきゃあ泣きわめく声が続いた。

「はいはい」女は部屋を振り返って叫ぶ。そしてまたクララのほうに向き直る。「さっさとしてもらってもいい？　はぁい、こんにちは」

女はドアのチェーンを外し、指先をくねらせながらルビーに手を伸ばした。クララはルビーをぎゅっと抱きしめた。クララのなかの冷静なものがいっせいに、ルビーを放すことに抵抗する。

「何よ、今夜は預けていかないの？　ショウがあるんじゃないの？」

「ええ」クララが言う。「ある」

クララはルビーの逆立った黒髪を撫でつけ、ふっくらしたほっぺたを包む。ただルビーにこっちを向いてほしかった。でもルビーは体をよじらせる。部屋の子どもたちに気を取られているのだ。
「さよなら、マイ・ラヴ」クララはルビーのおでこに鼻をつけ、その肌のミルクのような甘い香りと、すっぱい汗のにおいを――人間らしさのエッセンスを――胸いっぱいに吸う。そして飲みこむ。
「またね」

ふたたびエレベーターに乗りこむと、まるで待ち受けていたように、ガラスにサイモンの顔が見えた。流れ出したオイルのように、サイモンが虹色に揺れている。クララは四十五階に向かった。最上階から景色を眺めてみたかっただけだったのだが、運が味方した。廊下に踏み出すと、ちょうど客室係がペントハウスのスイートルームから出てきた。その女がエレベーターに乗るが早いか、クララはドアをめがけて駆け出した。すんでのところで閉まりかけていたドアに小指を引っかけ、なかに入った。

スイートルームはクララがこれまで見たことのあるどんなアパートよりも広かった。リビングとダイニングにクリーム色の革張りのソファとガラステーブルがある。ベッドルームにはカリフォルニア・キング・サイズのベッドとテレビがある。バスルームはトレーラーハウスほどの広さで、大きなジャグジーと大理石製の洗面台が二つ。キッチンにはスチールの冷蔵庫があり、ミニサイズではなくふつうのサイズのアルコール類が詰まっている。クララはボンベイ・サファイアとジョニーウォーカー・ブラックラベル、それとヴーヴ・クリコを取り出した。順番に少しずつそれぞれを飲んで、シャンパンでむせたあと、また順番に飲みはじめた。

景色を眺めるのを忘れていた。折り目のついた分厚いカーテンはやはりクリーム色で、閉め切られていた。壁にあるボタンを押すと、カーテンが開き、そこにネオンが輝くストリップ通りが現れた。六十年前はどんな景色だったのだろう——二万人の男たちがフーバー・ダムを建設する前、ネオンサインとギャンブルがあふれる前、ラスヴェガスがただの退屈な鉄道駅の町だったころは。

クララは電話のところに歩いていくと、ダイアルをまわした。四回目の呼び出し音のあと、母が出た。

「母さん」

「クララなの?」

「今夜、あたしのショウなの。あたしの初日。母さんの声が聞きたくなって」

「あんたの初日だって? すごいじゃないの」母は少女のように息をのむ。背後には笑いがさざめき、誰かがひと声叫んだ。「あたしたち、お祝いしてたんだよ。あのね——」

「ダニエルが婚約したの!」ヴァーヤが言う。べつの受話器を取っていたのだろう。

「婚約?」クララは一瞬とまどった。「婚約って、ミラと?」

「そうよ、ばかね」ヴァーヤが言う。「ほかに誰とするっていうのよ?」

温かいものがインクのように胸にじんわりと染みてきた。家族の新しい一員。どうしてみんなでお祝いしていたのか、よくわかる。それがみんなにとって、どんなに大きなことなのか。

「すてき」クララが言う。「すっごくすてき」

電話を切ったあと、スイートルームは冷たくうらぶれて感じられた。まるで全員引き揚げていったあとのパーティーみたいだ。だけど、もうすぐひとりぼっちじゃなくなる。

マジシャンは死ぬのがあまり得意ではない。デイヴィッド・デヴァントは手足に震えがくるようになって五十歳で引退を余儀なくされた。ハワード・サーストンはパフォーマンスのあとに床に倒れた。フーディーニは過信のために死んだ。一九二六年、観客の一人に腹を殴らせ、それで盲腸が破裂してしまったのだ。それに、おばあちゃん。クララはずっと祖母がタイムズ・スクエアで〈生への飛翔〉をやっている最中に落下して死んだのだと思っていたけれど、今はそれを疑っていた。おばあちゃんはそのとき、連れ合いのオットーを亡くしたばかりだった。歯を食いしばって世界にしがみついているのがどんな気分か、クララは知っている。それを離してしまいたくなる気持ちを知っている。

クララはハンドバッグを開け、ロープを取り出した。蛇のようにとぐろを巻いている。サンフランシスコにいるころ、初めて〈生への飛翔〉に使ったロープだ。その粗く頑丈な縒りの手触りを、唐突に引き締まる感じを、よく覚えている。クララはリビングのテーブルの上に乗り、天井の巨大な照明器具の支柱にそれを巻きつけた。

ずっとあの女の予言が正しいことを証明するものを待っていた。でもそれがトリックだった。クララが自分で証明しなければいけないのだ。クララこそが謎の答であり、円の欠けた半分だった。今、それらが一つになって動きはじめる——背と背を合わせ、頭を突き合わせて。

怖くないわけではない。託児室にいるルビーを思うと——ぷっくりした脚で部屋をよちよち歩き、よろこびに悲鳴をあげる——体じゅうの細胞という細胞が悶える。クララは動きを止めた。合図を待ってみよう。ノックを——一回だけ。

きっと聞こえるはずだと思っていたから、何も聞こえないまま二分たつと、クララははっとした。指の関節を鳴らし、思い出したように息をした。もう一分、そして五分たつ。腕は震えはじめた。あと六十秒たっても何も聞こえなかったら、これはやめにしよう。あと六十秒何もなかったら、ロープをしまってラジのもとに戻ってステージに立とう。

すると聞こえてきた。

呼吸が不規則になり、胸が上下に震える。涙がとめどなく流れる。ノックが執拗に響く。雹（ひょう）のように絶え間なく聞こえる。そうだ（イエス）、ノックはクララに言う。イエス、イエス、イエス。

「マダム？」

誰かがドアの外から呼びかけた。でもクララは動きを止めようとしなかった。〈起こさないでください〉の札をノブにかけておいたはずだ。客室係ならそれに気づくだろう。

リビングのテーブルはすべてガラス製で、角が尖っていて、とても高価そうに見えるが、驚くほど軽かった。クララはそれを壁際に押しやり、代わりにキッチンのバーカウンターからスツールを持ってきた。

「マダム？　ゴールドさん？」

ノックがさらに続く。クララは恐怖がこみあげてくるのを感じた。キッチンに行ってウィスキーをひとくち飲み、さらにジンも飲んだ。突然、めまいが襲ってきて、前かがみになって頭を垂らし、吐き気をこらえた。

「ゴールドさん？」声が一段と大きくなる。「クララ？」

ロープは垂れ下がって、待っている。クララの古い友だち。クララはスツールの上に乗って、髪をうしろに束ねる。

もういちど窓の外に目をやると、人波とネオンが見えた。もういちどルビーとラジのことを考えた。二人とはすぐに話せるだろう。

「クララ！」声が叫ぶ。

一九九一年一月一日、あの女が約束したとおりだ。クララは女の手を取り、二人はともに暗い、暗い空を落ちていく。木の葉のようにかさかさ震える二人は、無限の宇宙のなかではひどくちっぽけな存在だ。曲がってちかちかと輝き、また曲がる。二人はともに未来を照らす。たとえどんなに遠く離れた場所からでも。


ラジは正しかった。クララは星(スター)だった。

第3部

異端審問

1991年—2006年

ダニエル

20

ダニエルはミラと初めて言葉を交わす前に、彼女の姿を三度見かけていた。最初はシカゴ大学レーゲンシュタイン図書館の個別閲覧席で、小さな赤いノートに書き物をしている姿。つぎはコブ・ホールの地下にある学生経営のカフェから、コーヒーを片手に颯爽（さっそう）と出てきたところ。その足取りから電流のようなものが伝わってきて、ダニエルは彼女がまるですぐ横を通っていったみたいな気がした。ふたたびそれに気づいたのは、二週間後、彼女がスタッグ・フィールドの外周をランニングしているのを見かけたときだった。だが一九八七年五月になるまで、ミラはダニエルに近づいてこなかった。

ダニエルは学生寮のカフェテリアに坐ってプルド・ポークのサンドウィッチを食べていた。（ダニエルが豚肉を食べていると知ったら、母は心臓発作を起こしただろう。ダニエルはベーコンさえ好むようになっていて、ハイドパークのアパートの冷蔵庫に買い置きしていた。ニューヨークに帰省するたび、きっと母はその匂いを嗅ぎつけていたに違いない。）午後三時で、カフェテリアにはほとんど人がいなかった。臨床実習の当番が朝の六時から二時半までだったので、ダニエルはその時間に食事を摂っていた。正面のドアが開いたとたん、ダニエルは突風に身震いし、ドアのところに若い女性のシルエットを見た瞬間、ふたたび肌が粟立つような感覚を覚えた。女性はすばやく部屋を見渡すと、こちらに向かって歩き出した。ダニエルは気づいていないふりをしていたが、やがて彼女はダニエルの坐っている四人掛けのテーブルの前で立ち止まった。

「いいかな、ここ――?」彼女は丈夫そうな革のトートバッグを肩にかけ、片腕に何冊も本を抱えていた。

「いいよ」ダニエルはたったいま相手の存在に気づいたようなそぶりを装ってから、そそくさと動いた。潰したコーラの缶と、脱皮した蛇の皮みたいに縮んだストローの袋をどかし、サンドウィッチの残骸、豚肉の脂肪と焦げ茶色のソースで汚れた赤いプラスチックのバスケットを片付けた。「もちろん」

「ありがと」彼女はそっけない口調で言った。ダニエルの斜め前に腰を下ろすと、ノートと筆入れを取り出して勉強に取りかかった。

ダニエルは腑に落ちなかった。彼女は自分のことなんて眼中にないようだ。もちろん、このテーブルを選んだ理由はほかにあるのかもしれない。ビュッフェから離れているからとか、窓がすぐ隣にあって、シカゴではめずらしい日向があるからとか。

ダニエルはバックパックをひっかきまわして本を探しながら、視界の隅っこで彼女を観察した。小柄だけど痩せっぽっちじゃない。ふっくらした頬が下にいくにつれ細り、顎先はほっそり引き締まっている。ふさふさした品のいい眉に、栗色の瞳。睫毛は驚くほど淡い色だ。肌はオリーヴ色がかっていて、そばかすが散らばっている。まっすぐな茶色い髪が鎖骨にかかっている。

時計が三時半をまわり、四時をまわった。四時十五分までまわったとき、ダニエルは咳払いをして言った。「何を勉強してるの?」

彼女は青とシルヴァーのソニーのウォークマンを膝に置いていたらしく、ヘッドフォンをはずした。「え？」

「何を勉強してるのかなって」

「ああ」と彼女は言った。「美術史。ユダヤ美術の」

「へえ」ダニエルは眉を上げてほほえみを浮かべた。関心があるそぶりを必死でつくろったが、じつのところそのテーマにはさほどそそられなかった。

「へえ、か。お気に召さないみたいね」

「気に召さない？　そんなまさか」ダニエルは赤面した。「きみにはなんだって好きなものを勉強する資格がある」

「それはどうも」彼女は無表情で言った。

ダニエルは真っ赤になった。「ごめん。偉そうな言い方しちゃって。そんなつもりはなかったんだ。じつは、そういうぼくもユダヤ人なんだよね」親しげにつけくわえた。彼女がサンドウィッチの残骸に目をやった。「少なくとも血筋は」

「じゃ、見逃してあげる」彼女はそう言ってにっこり笑った。「ミラよ」

「ダニエルだ」握手をしたほうがいいんだろうか？　ふだんは女性の前でこんなにぎくしゃくすることはないのに。ダニエルは笑い返すだけにしておいた。

「それで」とミラ。「もう信仰は捨てたの？」

「ああ」ダニエルは認めた。

ダニエルは子どものころ、シナゴーグに安らぎを覚えていた。顎髭を伸ばして絹のショールを羽織った男たち、数々の儀式。蜂蜜漬けのリンゴ、ほろ苦いハーブ、そして祈り。ダニエルは自分だけのお祈りの言葉を作り上げ、毎晩それを正確に、一つでも間違えたら何か恐ろしいことが自分にふりかかりでもするような厳格さで唱えた。でも恐ろしいことはふりかかった。父が死に、そして弟が死んだ。サイモンが亡くなってまもなく、ダニエルはきっぱりと祈ることをやめた。信仰を捨ててもとくに呵責（かしゃく）は覚えなかった。それどころか、葛藤することもなかった。ダニエルの信仰心は自発的に、論理的に、あっさり消えた。ちょうど、むかしはベッドの下にいると思っていた子取り鬼がいなくなるように。そこが神の問題点だった。神は批判的な分析の対象にならなかった。神はそれに耐えられなかった。神はただ消えたのだ。

「無口なんだね」ミラが言った。

彼女の口ぶりを聞いて、ダニエルはなぜだか笑ってしまった。「いや、ただその――うーん、宗教の話ってのは……相手の気分を害するかもしれないし。身構えさせちゃったりとかさ」ミラが身構えていたらいけないと思って、ダニエルはつけくわえた。「宗教的な伝統におおいに価値があるってのはよくわかるよ」

ミラは興味深そうに首をかしげた。「どんな？」

「父は敬虔な信者だった。ぼくは父を尊敬してるから、父が信じていたものも尊敬する」ダニエルは言葉を止めて考えをまとめた。こんなふうに明確に表現するのは初めてだった。「ある意味、宗教っていうのは人類が到達した頂点なんじゃないかと思うんだ。神を発明しながら、人類は自分たちが置かれている苦境を考える能力を発達させてきた――そして神というものに都合のいい抜け道を備えつけた。その抜け道のおかげで、自分たちにコントロールできることはかぎられている、そう思いこむことができた。たいていの人間にとっては、ある一定レベルの制御不能なことがあるほうが気が楽ってことだ。でもぼくは、人間はコントロールできると思う。だからこそ、死ぬほど怖いんだと思うんだ。神っていうのは、人類という種が自分たちに与えた最高の贈り物なのかもしれない。正気、っていう贈り物だ」

　ミラの口の端がちょっと下がり、半円型になった。その表情はまもなく、彼女の小さくて冷たい手や左の耳たぶのほくろみたいに、ダニエルにとってなじみ深いものになる。

「わたしはナチスが略奪した美術品の行方を追跡してるの」少し間をおいてからミラは言った。「それで気づいたのは、それぞれの作品がものすごく遠くまで旅をしてきたってこと。たとえば、ヴァン・ゴッホの〈医師ガシェの肖像〉。あの絵は一八九〇年、ゴッホが自殺する一カ月ほど前にオーヴェール・シュル・オワーズで描かれた。それからゴッホの弟、弟の未亡人、二人の個人蒐集家、合わせて四人の手元を渡って、やがてフランクフルトのシュテーデル美術館に所蔵された。ナチスが美術館を占有すると、一九三七年にヘルマン・ゲーリングがあの絵を奪って、オークションにかけてドイツ人の蒐集家に売り払った。でもそこからがおもしろいの。その蒐集家はゴッホの絵をジークフリート・クラマルスキーというユダヤ人の銀行家に売った。そしてクラマルスキーは一九三八年にホロコーストを逃れてニューヨークに渡った。それってすごいと思わない？　絵はめぐりめぐって、しかもゲーリングの仲間から直接、ユダヤ人の手に戻ったんだよ？」ミラはヘッドフォンを指先でいじった。急に照れくさくなったみたいだ。「わたしたちは芸術を必要としているみたいに神を必要としてるんじゃないかって、そう思うんだ」

「鑑賞用にってこと？」

「そうじゃなくて」ミラは笑った。「何が可能なのか、わたしたちに教えてくれるから」

気休めのような考えだ。それこそダニエルがとっくのむかしに捨てたものだった。それでも、ダニエルはミラに惹かれた。その週末、二人はワインを飲みながらポール・サイモンの《グレイスランド》を聴いた。エレベーターなしのアパートの三階にあるミラの部屋の窓を開け放ち、窓枠にラジカセを置いて。ミラの手がジーンズのお尻のポケットのなかに入ってきて、そのまま体を引き寄せられたとき、ダニエルの胸には自分でもとまどうほどのよろこびがこみあげてきた。そのとき初めて、どれだけの孤独に、どれほど長いあいだ耐えていたかに気づいた。

結婚式で参列者席を見渡し、母とヴァーヤの姿しか見つけられなかったとき、ダニエルの心のなかで何かがぽきんと折れた。クララとミラを一度も会わせられなかったこと、それは生涯最大の後悔だった。ミラはどこまでも実際的だが、クララはそういうタイプではない。だけど二人とも茶目っけのあるユーモアのセンスの持ち主で、からかい半分で――ときには半ば真剣に――突っかかってくるところも似ていた。クララのそういうところをいかにあてにしてきたか、ダニエルは妻に出会って初めて思い知った。結婚式の最後にグラスを割る儀式をやりながら、ダニエルはそれまでの自分の人生、その無知と苦悩、大きな喪失と小さな喪失が、一緒に粉々に砕けていくところを思い描いた。その破片から、自分は何か新しいものを創り出すのだ、ミラとともに。涙の層の向こうできらきら輝いているミラの薄茶色の瞳をのぞきこむと、ダニエルの魂は温かい湯に浸かったようにほっと安らいだ。ミラを見つめているかぎり、安らぎが体じゅうに満ちていって、痛みを意識の外側に押しやってくれるような気がした。

その晩、新婦と裸で横たわっていると――ミラは湿った額をダニエルの胸に押しつけたまま寝息をたてていた――ダニエルは震えはじめた。彼は祈った。言葉は当たり前のもののように、するすると口をついて出た。まるで小便のように。（ひどい喩えだ――もしミラに聞かせたらぎょっとされるだろう――それでも、子どものころに覚えたその大げさな比喩がいちばんしっくりくるような気がした。）**神様、お願いです**、ダニエルは思った。**どうか、これがいつまでも続きますように。**

　それから数週間のあいだ、その祈りを思い出すたびに気恥ずかしくなったが、同時に、髪でもばっさり切ったみたいに気持ちが軽くなった。信仰が自分にこんな影響を与えるとは、考えたこともなかった。ほんとうのことをいえば、ダニエルの無神論の種は、クララとサイモンと父の死よりも前に蒔かれていた。それはヘスター通りの女とともに始まったのだ。ダニエルは自分の不信心と、知りえないものを知りたがった欲望を恥じてきた。その恥ずかしさが、いつしか拒絶になった。誰も自分にそんな力を及ぼさせない、いかなる人間であろうとも、いかなる神であろうとも――ダニエルはそう誓いを立てた。

　だが神は、自分をあの占い師のところへ駆り立てた、ぞくぞくするような引力とはまったく違うもの、あの女のでたらめなお告げとは似ても似つかないものなのかもしれない。父にとって、神は秩序と伝統、文化と歴史だった。ダニエルはまだ選択というものを信じていたが、だからといって神への信仰を拒絶しなくていいのかもしれない。ダニエルは新しい神を思い描いた。自分が間違った道を行こうとしていたらそっとつついて教えてくれるけれど、けっして力ずくでひっぱるようなことはしない存在。忠告はしてくれるけれど、押しつけはしない存在――自分を父のように導いてくれる存在。父のような存在。

それから何年かあと、夫婦となった二人がニューヨーク州キングストンで暮らしているとき、ダニエルはミラに、あのとき大学のカフェテリアで自分のテーブルに坐ったのはわざとだったのかと訊ねた。

「当たり前じゃない」ミラは言った。彼女が顔をほころばせ、キッチンの窓から射しこんだ光が、その瞳を金貨に変えた。「カフェテリアはがらがらだった。それ以外の理由でどうしてあなたのテーブルを選ぶっていうの？」

「わからないけど」ダニエルは言った。そんな質問をしたことが、あるいはミラを疑ったことが気まずかった。「誰かと話したかったとか。それか太陽を浴びたかったからとかさ。日当たりがよかったよな、たしか」

ミラはダニエルにキスをした。ダニエルは首のうしろにひんやりした細いものが押しあてられるのを感じた。ミラの結婚指輪、自分とペアの金のリングだ。

「わたしはちゃんと自分が何をしてるかわかってた」ミラは言った。

21

二〇〇六年の感謝祭の十日前、ダニエルはオールバニーの入隊業務処理局（MEPS）の司令官、バートラム大佐のオフィスに坐っていた。ＭＥＰＳに勤務して四年になるが、大佐のオフィスには数えるほどしか入ったことがない――たいていは特殊なケースについての話し合いだが、主任軍医への昇進を告げられたこともある――今日は昇給を申し渡されるのだろうか、とダニエルは期待していた。

　バートラム大佐はつやつやした広いデスクの向こうで革張りの椅子に腰かけていた。ダニエルより若く、つるりとした甲羅のようなブロンドの髪は側面が刈り上げられ、ほっそりした体は引き締まっている。貨物車に乗って審査にやってくる、血気盛んな予備役将校訓練部の卒業生よりわずかに年上にしか見えない。

「これまでよくやってくれた」大佐が言う。

「失礼ですが？」

「よくやってくれた」大佐がくりかえす。「国のためによく尽くしてくれた。しかし正直に言おう、少佐。われわれのなかには、きみは少し休んだほうがいいのではと考えている者もいる」

　ダニエルは医学部卒業後に将校に任命された。最初の十年はウェストポイントにあるケラー・アーミー・コミュニティ病院に勤務した。リスクと背中合わせで予断を許さない、まさにずっと思い描いてきた軍医の仕事そのものだったが、長時間勤務を続け、絶え間なく苦痛に向き合っているうちに消耗してしまった。ＭＥＰＳにポストがあると知ったとき、ミラに応募するように勧められた。華やかなポジションではなかったが、そのうちダニエルは安定した日々を謳歌するようになり、今では病院に戻ることなど考えられなくなっていた——ましてや派兵されるなんて想像もできない。

ルーティン・ワークを好むなんて臆病だろうかと心配になることもあった。若者が戦場に赴けるくらい健康かどうかを確認する——この仕事がはらむパラドックスは、今なお心につきまとっていた。一方で、自分は守護者のような存在だと考えてもいた。戦争に行く準備のできている者と、そうではない者をふるい分けるのがダニエルの役目だ。志願者は不安そうな期待に満ちた目でこちらを見つめてくる。死へのライセンスではなく、生きる許可証を求めているみたいに。もちろん、純然たる恐怖を顔に浮かべている者もいる。ダニエルはそういう若者たちのなかに、軍人の父親の存在や、ともかくも軍隊に入るしか選択肢を与えなかった貧困の影を見た。彼らにはかならず、ほんとうに戦争に行きたいのか、と訊ねた。彼らは決まって「はい」と答えた。

「大佐」ダニエルの心に暗い影がさす。「ダグラスについてのお話ということでしょうか？」

大佐は頭を傾ける。「ダグラスは健康だった。合格させるべきだった」

ダニエルはその若者の書類を思い出す。ダグラスの肺活量と最大呼気流量（ピークフロー）テストは平均値をずっと下回っていた。「ダグラスは喘息持ちでした」

「ダグラスはデトロイト出身だ」バートラム大佐の顔からは笑みが消えている。「デトロイトの人間はみんな喘息持ちだ。デトロイト出身者は一人も入隊させないことにすべきだと？」

「まさか」そこで初めてダニエルは事態の深刻さを悟る。入隊率が十パーセント下がったことは知っている。軍が精神適性試験の基準を下げたことも知っている——七〇年代以降、カテゴリⅣの志願者はなるべく合格させてこなかったにもかかわらずだ。一部の司令官たちが非行の前科に免除書類を書いてやっていることも聞いている——軽微な窃盗、暴行、さらには自動車による過失致死罪や殺人罪にまで。

「ダグラスの件についてだけではないと」ダニエルが言う。

「少佐」バートラム大佐が身を乗りだすと、司令官用のピンが——リースを巻かれた星が描かれている——きらりと光る。ダニエルは大佐がデスクに向かって背中を丸め、磨き粉をまぶした綿棒でせっせとそのピンを磨いている姿を思い浮かべた。「よかれと思ってやっているのだろう。われわれもそれはわかっている。だがきみの世代と今とは違う。きみは保守的で、それは公正なことだ。しかるべき資質のない者を受け入れるのをよしとしない。たしかになかにはふさわしくない者もいる、それは認めよう。こうして審査をするのには理由がある。しかし今は保守的になっている時ではないんだよ、少佐。われわれは兵士を必要としている、頭数を必要としているんだ、神と国のために。膝が悪かったりちょっと咳をしているだけの者が審査にやってくることもあるだろう。だが彼らの心持ちは健全で、それで十分なんだ——少佐、今われわれが求めているのは心だ。それも十分な数の。われわれは」大佐は書類の束をつかみあげる。「免除証が必要なんだ」

「妥当な場合には免除証を書いています」

「きみは自分が妥当な場合だと判断したときに免除証を書いている」

「それこそがわたしの職務だと思いますが」

「きみはわたしのために職務にあたっている。きみの職務のなんたるかはわたしが決める。それに、きみだって記録に〈第十五箇条〉が刻まれて、いまいましい汚点を残されるのはごめんだろう」

「なんの罪でです?」ダニエルのくちびるから血の気が失せていく。「規則にそむいたことはありません」

〈第十五箇条〉は軍人が軽微な犯罪行為をおかした場合、司法審問を経ずに指揮官が刑罰を下すことができるという軍法で、それを下されれば軍でのキャリアは絶たれたも同然だ。今後昇進の見込みはなくなるし、あるいは除隊処分になる可能性もある。いずれにしても、名誉を傷つけられる。生きながら屈辱感にまみれて過ごすことになるのだ。

　だが問題はプライドだけではない。ミラは公立大学で教えている。ダニエルが病院を辞めたとき、二人には十分な貯金があったが、それ以来、ガーティの生活費を負担してきた。さらにミラの母が癌に罹り、父が認知症と診断された。義母が亡くなったあと、義父を介護施設に入所させた。毎年の施設への支払いで貯金は目減りしていたし、今後もそれは続く。義父は六十八歳で、認知症である以外は健康そのものだから。

「不服従の罪でだ」大佐の下唇の真下で、卵の白身のかすが揺れている。大佐はサンドウィッチを包んでいたアルミホイルをつまみあげ、二つ折りにする。「軍規に従わなかった罪だ」

「そんなの嘘です」

「わたしが嘘つきだと?」大佐が静かに言う。アルミホイルを手にしたまま、小さく小さく折りたたんでいく。

　今なら撤回するチャンスがある、ダニエルはわかってはいたが、〈第十五箇条〉のことを考えるとめらめらと怒りがこみあげてきた。脅しをかけられていることに、不当な仕打ちに、はらわたが煮えくり返った。

「さもなくば、おとなしく従う――」ダニエルが言う。「つまり上官に命じられたとおりのことをするかのどちらかだというんですね」

大佐が動きを止めた。名刺ほどの大きさになったアルミホイルをポケットに入れた。そして椅子から腰を浮かし、両手のひらをデスクの上に押しつけてダニエルのほうに身を乗り出した。

「任務停止だ。二週間の」

「そのあいだ誰がわたしの仕事を？」

「きみの仕事を正確にこなせる人材はほかに三人はいるんでね。以上だ」

ダニエルは立ち上がった。もし敬礼をすれば、手が震えているのに気づかれてしまう。だから、さらに状況を悪化させてしまうとわかっていても、敬礼はしなかった。

「自分は最高に高潔な人間だとでも思っているんだろうな」ドアのほうに歩きはじめたダニエルの背中に向かって、大佐が吐き捨てる。「ほんもののアメリカの英雄(ヒーロー)だって」

駐車場に向かって歩いているあいだ耳鳴りがしていた。ダニエルはエンジンを温めながら、レオ・W・オブライエン連邦政府ビルを見つめた。一九七四年からオールバニーMEPSが入居している四角いガラス張りの建物だ。一九九七年に改装され、ダニエルは三階にある広々としたオフィスを与えられた。ダウンタウン地区は見てくれのいい場所ではないが、初めてオフィスに坐ったときは、決意と自信で胸がいっぱいになった――自分の人生は最初からこの瞬間のために築かれてきたものであり、自分は賢明で戦略的な選択を重ねてここまでたどり着いたのだという感覚。

バックで駐車場から出ると、キングストンまで五十分間の帰路についた。ミラになんて言えばいいんだろう？　ついきのうまで、男たちはダニエルに助言を求め、同意を求めてきた。ダニエル自身が神託のような存在だった。しかしもはやダニエルはほかの男たちにまぎれ、特別な存在ではなくなってしまった。まるで聖衣を脱いだ司祭のように。

「ひとでなし（バスタード）」ダニエルが彼女の腕のなかにもたれ、事情を話すと、ミラは言った。「前から気に入らなかった、あの男――バートラムだっけ？　バートランド？　とにかくひとでなし（バスタード）よ」ミラは爪先立ちになり、両手でダニエルの頬を包みこんだ。「倫理ってものがあるでしょう？　倫理はどこにいっちゃったの？」

外ではガレージの照明が、庭に接する森を照らしている。手前の木立の向こうで、一頭の鹿が枝のにおいを嗅いでいる。今年は景色が茶色に変わっていくのがとても早かった。

「この機会を有効に使うのよ」ミラが言う。「二週間かけてこの件にどう対処するか作戦を立てましょう。そのあいだにあなたは休息を取る。何かやりたいことを考えてみて」

ダニエルの心にテレビの画面に流れるエンドロールのようなリストが現れる。失格条件のリストだ――潰瘍（かいよう）、静脈瘤、瘻孔（ろうこう）、食道アカラシア、そのほかの運動障害。閉鎖症に重度の小耳症。メニエール症候群。十段階の内反足。（両）母趾の欠損――挙げきれないほどある。女性の場合はもっと制限が多い――卵巣嚢腫（のうしゅ）。不正出血。これらすべてをパスできる人間がいるのが不思議なくらいだ。それをいうなら、癌や糖尿病や心血管疾患の罹患率が上がっているのに、これだけ多くの人が七十八歳まで生きることだって不思議だ。

「ずっとやりたいと思ってたことってどんなこと？」ミラが続ける。ダニエルのために気丈にふるまおうとしているが、不安に思っているのがありありとわかる。いつだって何か心配事があると忙しく立ち回っていようとするのだ。「小屋を建て直すのもいいかも。それか、家族に連絡を取るとか」

　何年も前、ミラはいかにも彼女らしくダニエルにずばりと訊いた。どうしてきょうだいと親しくないのか、と。

「べつに親しくなくないよ」そのときダニエルは答えた。

「でも、親しくはないでしょ」とミラ。

「ときどきは親しくするさ」ダニエルは言ったが、ほんとうのところはもっと曖昧だった。きょうだいたちのことを思うと、ショーファ（シナゴーグで用いる羊の角で作った笛）の響きのように愛情があふれてくる時期もあった。よろこびと苦悩、そして永遠の絆をともなう深い愛。自分とおなじ星の素材から創り出された三人、初めの初めから知っている三人。だが彼らといると、ダニエルはほんの些細な非に対して、取り返しのつかないほど腹を立ててしまうのだった。お堅いヴァーヤに夢想家で無謀なクララ――ことによっては、そうした役割にあてはめたほうがすんなり受け入れられた。反感をあらわにし、完全に成熟した大人の領域にいる彼ら、寝起きの口臭や愚かな選択、見知らぬ藪の下にもぐりこんでいってしまった彼らの人生に正面から向き合うのは、たやすいことではなかった。

　その晩、ダニエルはまどろみのなかを漂い、また意識の淵に戻ってきた。きょうだいと波のことを考えていた。眠りに落ちていく過程は、波が岸に押し寄せるのに似ている。ある夏、ニュージャージーへ家族旅行にいったとき、父サウルが子どもたちを映画に連れていったことがあった。でもダニエルは泳ぎたかった。七歳のときだ。ダニエルと母ガーティは穴の開いたプラスチック製の椅子を浜辺に持っていき、母が小説を読んでいるあいだ、ダニエルはドン・ショランダーになったつもりで泳いだ。前年の東京オリンピックで、メダルを四つもとった水泳選手だ。潮の流れがダニエルを水平線のほうへと運び、ダニエルは母と自分のあいだの距離がぐんぐん開いていくことにうっとりしながら、流れに身を任せていた。立ち泳ぎしているのに疲れてきたころには、浜辺から五十メートル近く離れていた。

海水が鼻のなかへ、口のなかへと流れこんできた。長い脚は役に立たなかった。水を吐き出して叫び声をあげてみたが、母には届かない。と、急に風が吹いて母の日よけ帽を吹き飛ばし、砂浜に落とした。母は立ち上がって帽子を拾い上げ、そのときダニエルの頭が水に浸かっているのに気づいた。

ガーティは帽子を投げ捨ててダニエルのもとに走った。スローモーションで動いているような気がしたが、実際には、それほどすばやく動いたことはなかった。水着の上に薄いムームーを着ていたので、裾を持ち上げながら走らなければいけなかった。やがてあわてふためくあまり悲鳴をあげながらムームーを脱ぎ、地面に放り投げた。着ていたのは黒いワンピース型のスカートつきの水着で、表面がでこぼこしたたくましい太腿があらわになった。ガーティはバシャバシャ水音をたてながら浅瀬を走り、やがて大きく息を吸って波間に飛びこんだ。早く、ダニエルは塩辛い水をごぼごぼ吐き出しながら念じていた。**早く、ママ。**母のことをそう呼んだのは、よちよち歩きの子どものとき以来だった。とうとうダニエルの両腋の下に母の手が伸びてきた。彼をひっぱっていって水から引き揚げると、二人は同時に砂の上に倒れた。母は体じゅう真っ赤になっていた。濡れた髪が飛行士のヘルメットみたいに頭に張りついていた。ダニエルは母がぜいぜいいいながら呼吸をしているのを見て、急に激しい運動をしたせいで息が切れてしまったのかと思ったが、そのうち泣いているのだとわかった。

その晩の夕食の席で、ダニエルはみんなに溺れかけたことを大げさに話してみせた。だが心のなかは、あらためて実感した家族への愛着で満ちあふれていた。残りの休暇のあいだ、ダニエルはヴァーヤの寝言がやまなくても大目に見てやった。浜辺から戻ってきたとき、クララが最初にシャワーを浴びるのを許してやった。もっとも、クララがあまりにも長いことシャワーから出てこないものだから、母が途中でドアを叩いて、そんなに水が要るんなら石鹸を持って海に入ればよかったじゃないの、と怒鳴った。それから何年かたって、クララとサイモンが家を出たとき――その後、ヴァーヤまでもが離れていったとき――ダニエルは彼らがどうして自分とおなじように感じないのか不思議でならなかった。別れを悔やむ気持ち、再会をよろこぶ気持ち。ダニエルはじっと待った。だって、なんて言ってやればいい？――**あまり遠くに流れていかないで。きっと家族が恋しくなるよ。**だが年月が過ぎ、彼らがもとに戻らないとわかると、傷つき、自棄（やけ）になり、恨みがましくなった。

午前二時、ダニエルは一階に下りて書斎に入った。天井の照明はつけなかった。コンピューターのスクリーンのどぎつい明かりだけで十分だ。ブラウザにラジとルビーのウェブサイトのアドレスを入力する。ページがロードされると、赤い大きな文字が画面に現れた。

お席に坐ったまま**インドの摩訶不思議**を体験してください！　**ラジとルビー**が異世界の楽しさたっぷりの**魔法の絨毯**の上にご案内します。〈東インドの針の魔法〉、そして〈偉大なロープの謎〉―

二十世紀のアメリカでもっとも偉大なマジシャン、**ハワード・サーストン**をも惑わせたことで有名なマジック！

強調された文字がちらちら揺れながら点滅する。その下にラジとルビーの顔が現れる。二人とも眉間にビンディをつけている。ページの中央のスライドショーが何枚かの写真をくりかえし映していく。そのなかの一枚で、ラジが閉じこめられているバスケットに、ルビーが二本の長い剣を突き刺している。もう一枚では、ラジがダニエルの首ほどの太さの蛇を抱えている。

けばけばしい、ダニエルは思った。それに搾取的だ。でも、それがラスヴェガスというもの。けばけばしさこそがセールスポイントなのだ。ダニエルは過去に二回だけ行ったことがあった——一度は友人のバチェラーパーティーのため、二度目は医学学会の会議のため。二回とも、ヴェガスはこの国特有の怪物であり、何もかもが誇張された漫画ヴァージョンのアメリカのようだと思った。レストランには〈マルガリータヴィル〉や〈カボ・ワボ〉なんて名前がついていた。火山はピンク色の煙を噴いていた。〈フォーラム・ショップス〉というモールは古代ローマを模した造りになっていた。こんなところで暮らしながら、現実世界に生きている実感をもてる人間なんているのだろうか？　少なくとも、ラジとルビーはあちこち旅に出ていた。〈ミラージュ〉が本拠地だが、「ツアー&スケジュール」というリンクをクリックすると、二人は今週末にボストンの〈ミステリー・ラウンジ〉でショウをおこなう予定になっていた。二週間後からは、一カ月にわたるニューヨーク公演が始まるらしい。

感謝祭はどこで過ごすつもりなのだろうか。ラジはルビーをゴールド一家から遠ざけていて、ルビーはシルクハットのなかのウサギみたいに、二年おきに現れたり消えたりするだけだった。ダニエルが会ったことのあるルビーは、元気いっぱいの三歳児、陰気でしらけた五歳の子ども、そしてふくれっ面をした思春期前の九歳の少女だった。最後に再会したとき、ダニエルとラジはクララの十八番のパフォーマンス〈生への飛翔〉をめぐって言い争いをし、決裂した。ラジはその演目をルビーに教えこんでいて、ダニエルはそれを知って胸が悪くなったのだ。いったいどうしてクララがロープから吊り下がっている姿を娘に再現させたがるのか、理解できなかった。

「クララの記憶をずっと生かしておくんだ」ラジは怒鳴った。「おなじことがきみに言えるか?」

それ以来、二人は話をしていない。でもラジのせいではない。こちらから歩み寄る機会はいくらでもあったはずだ——あの喧嘩の前も、そのあとも。だがラジとルビーがそばにいると、ダニエルは後悔の念に胸をちくちく刺された。ルビーは小さいときはラジ似だったが、十代にさしかかると、クララのえくぼのあるふっくらした頰や、猫みたいな笑顔を受け継いでいるのがはっきりしてきた。真っ赤に染めてこそいなかったけれど、クララの地毛とおなじ茶色の巻き毛を、クララとおなじように腰まで伸ばしていた。ときどきルビーが不機嫌な顔をすると、ダニエルはデジャヴのような感覚をおぼえた。ルビーがホログラフィーのように瞬時に母親の姿に変身し、ふと気がつくと、クララが責めるような目つきでこちらを見ていた。ダニエルはクララとあまり連絡を取り合っていなかったので、クララがそれほど病んでいたことを知らなかった。それに、あの占い師のところに行こうと言い出したのはこの自分で、それがきょうだいみんなに影響を及ぼした。でもたぶん、いちばん大きな影響を受けたのはクララだった。あの女の部屋から路地裏に出てきたときのクララのようすを今でも覚えている。頰を濡らし、鼻を赤くして、目は警戒しているようで、そして奇妙にうつろだった。

ダニエルはラジの自宅の固定電話の番号しか知らなかった。だが二人は巡業に出ているようなので、ウェブサイトの「コンタクト」をクリックした。ルビーとラジのマネージャー、広報、エージェントのEメールアドレスがずらっと並んでいて、その下に「シャパル一家にメッセージを！」というボックスがある。ファン向けに用意されたもののようだ。誰かがそれをチェックしているのかあやしいものだと思ったが、ダニエルは試してみることにした。

ラジへ
ダニエル・ゴールドだ。ひさしぶりなのでメッセージを送ってみようと思って。ニューヨークに公演にくる予定らしいね。感謝祭の計画は？　よければ我が家によろこんで迎えるよ。家族なのに長くごぶさたしているのも残念だから。
では。
DG

ダニエルはメールを読み直して、なれなれしすぎるだろうかと心配になった。「ラジへ」の前に「親愛なる」を挿入してみたが、消した。（ラジは親愛なる相手ではなかったし、ダニエルもラジもうわべだけの偽善的なことは嫌いだった。二人の数少ない共通点の一つだ。）ダニエルは「感謝祭には何か計画があるの？」と書き直し、「よろこんで迎えるよ」の代わりに「ぜひ訪ねてきてくれ」と書いた。最後の一行を削除し——ぼくらはほんとうに家族なんだろうか？——でもやっぱり書くことにした。家族のようなものであることはたしかだ。ダニエルは「送信」をクリックした。

翌朝、停職中とはいえ六時半には起きるだろうと思っていたが――四十八歳になったダニエルは、規則正しいのだけが取り柄だ――携帯電話の着信音で目が覚めると、すでに日が高く昇っていた。時計に目を凝らし、頭を振ってもういちどたしかめた。十一時だ。あわててベッドサイドのテーブルの上をまさぐり、眼鏡と折りたたみ式の携帯をつかんだ。眼鏡をかけ、携帯を開く。ラジがもう連絡をよこしたのだろうか?

「……もし?」

いきなり雑音が耳に飛びこんできた。「ダニエル」電話の向こうの声が言う。「……ちらは……ディ……」

「悪いけど」ダニエルが言う。「電波の調子が悪いみたいだ。なんだって?」

「こち……ディ……いま……ストンに……電波……」

「ディ?」

「……ディ」声はしつこくくりかえす。「エディオ……ヒュ……」

「エディ・オドノヒューか?」

とぎれとぎれではあったが、その名前の何かが記憶を呼び覚ました。ダニエルは起き上がり、背中に枕をあてた。

「……え……警官……シスコで会った……いもうと……FBI……」

「驚いたな」ダニエルが言う。「覚えてるよ」

エディ・オドノヒューはクララの事件を担当したFBI捜査官だった。サンフランシスコでおこなわれた葬儀にも参列していた。葬儀のあと、ダニエルはギアリー通りのパブでたまたまエディと一緒になった。翌朝、ひどい偏頭痛で目覚めたダニエルは、どうしてエディにあんなことまで喋ってしまったのだろうと思いながら、ともかく相手が酔って覚えていないことを願った。

「……車を停めるよ」エディが言う。突然、声がはっきり聞こえるようになった。「これでよし。まったく、ここらへんは電波がぜんぜんだめだ。よく我慢できるな？」

「固定電話があるから」ダニエルが言う。「そっちのほうが確実だ」

「なあ、あまり長く話せないんだが――今ハイウェイの脇に車を停めたところで――都合はどうかな？　四時か五時、街のどこかで会えないか？　きみに話しておきたいことがいくつかある」

ダニエルは目をしばたたかせた。その電話が――その朝そのものが――ひどく非現実的なものに思えた。

「わかった」とダニエル。「〈ホフマン・ハウス〉で落ち合おう。四時半に」

電話を切ったとき初めて、寝室の入口にずんぐりした人影があることに気づいた――母だ。

「びっくりしたな、母さん」ダニエルはカヴァーを引き上げながら言う。ときどき母の前にいると、自分がまだ十二歳の子どものような気がしてしまう。「気がつかなかったよ」

「誰と話してたの？」母はキルティング地のピンクのバスローブを着ている――いったい何十年着ているのか、数えるのもいやになる――白髪まじりの豊かな髪が、ベートーヴェンみたいに逆立っている。

「誰って」ダニエルは答える。「ミラだよ」

「ミラなわけないでしょうが。あたしはそんなまぬけじゃありませんよ」

「まあね」ダニエルはベッドから出て、ニューヨーク州立大学（SUNY）ビンガムトン校のロゴの入ったスウェットシャツを着て、シープスキンのスリッパを履く。ドアのほうに歩いていって母の頬にキスをする。「母さんはまぬけじゃなくて詮索好きだ。食事は済んだの？」

「食事は済んだかだって？　もちろん済ませましたよ。もうお昼になるのよ。あんたったら十代の子みたいに寝てるんだから」

「停職になったんだ」

「知ってるよ。ミラから聞きました」

「だから、お手柔らかに願いたいな」

「なんで起こさなかったと思う？」

「さあ、なんでかな」ダニエルは階段を降りはじめる。「もうぼくが子どもじゃないから？」

「違いますよ」母はダニエルを押しのけ、先に立ってずかずかとキッチンに入っていく。「お手柔らかに扱ってるからよ。あんたにこんなに優しくしてあげるのはあたしだけですよ。ほら坐んなさい、コーヒーを淹れてほしければ」


　ガーティは三年前、二〇〇三年の秋口にキングストンに引っ越してきた。それまではずっとクリントン通りのアパートから離れるつもりはないと言い張っていた。ダニエルは月に一度母のもとを訪れていたが、その年はイラク侵攻があって仕事が忙しく、三月、四月と行くことができなかった。母は過越（すぎこし）の祭り（出エジプトを記念するユダヤ教の祭日）は友人たちと過ごすから大丈夫だと言ってきていた。

　ダニエルが五月に入ってすぐ訪れてみると、母はベッドに横たわり、バスローブ姿のままカフカの『審判』を読んでいた。窓という窓が茶色の包装紙でおおわれていた。木枠の鏡が吊るしてあったはずのドレッサーの上には、釘が一本残っているだけだった。薬類入れのキャビネットの扉も兼ねているバスルームの鏡は蝶番からもぎとられ、ありとあらゆる処方薬の瓶があらわになっていた。

「母さん」ダニエルの喉がからからになっていった。「こんなもの、いったい誰に処方されたんだよ？」

　母がバスルームに入ってきた。このあたしがどうかした？　とでもいいたげな、ふてぶてしい顔をしていた。

「医者だよ」

「どの医者だよ？　何人いるんだ？」

「そうね、なんとも言えないわ。胃腸の具合を診てもらった医者、骨を診てもらった医者。主治医に、眼科医に、歯科医に、アレルギーの医者。まあ、彼女んとこにはもう何カ月もいってないけど。それと婦人科の医者に、理学療法士。なんでもその人によればあたしは脊柱側彎症（そくわんしょう）なんだって。ずっと背中が痛いって言ってたのに、そう診断してもらったのは初めてだったよ。きっと胸骨にある小さな骨が飛び出しちゃうんだね、カーツバーグ先生が言う『激しい捻転』ってのをすると」ダニエルが言い返そうとすると、母は片手を上げてさえぎった。「あたしがこうして面倒見てもらって、気にかけてもらってることに、あんたは感謝しないと。世話を必要としてる独り居のばあさんが、ちゃあんと世話してもらってるんだから。あんたは」片手を上げたまま、母はくりかえした。

「感謝しないと」

「母さんは脊柱側彎症なんかじゃないよ」

「あんたはあたしのお医者じゃないでしょうに」

「ただの医者よりずっといいだろ。息子なんだから」

「そうだ、皮膚科にもかかってるんだわ。女医さんがあたしのほくろを診てくれててね。ほくろを〝ビューティー・マーク〟なんていう人もいるけど、美しさ（ビューティー）で身を滅ぼすってこともありますからね。マリリン・モンローはほくろのせいで死んだのかもって思わない？　口もとにあるでしょ、トレードマークのほくろが？」

「マリリン・モンローは自殺したんだよ。バルビツール酸系睡眠薬をしこたま飲んだんだ」

「そうかもね」母は陰謀論でもささやくように言った。

「どうして鏡を取っ払っちゃったんだよ？」

「あんたの弟と妹と父さんのためだよ」母は言った。ダニエルはキッチンに入った。背の高いワイングラスがカウンターに置きっぱなしになっていて、飲み口にミバエがたかっていた。「それはね、エリヤ（旧約聖書に登場する古代イスラエルの預言者）のため。触らないでよ」

ダニエルがひどい臭いのするマニシェヴィッツ（コーシャ製品専用ブランド）のワインを排水口に流すと、ハエの群れが靄のように立ち昇り、やがてどこかに消えていった。母はぷりぷり怒った。シンクの片側には出来合いのクーゲルのアルミトレイが蓋もされないで置きっ放しになっていた。麺はてかてかしてプラスチックみたいに固くなっている。キッチンもやはり、寝室とおなじく窓という窓が紙でおおわれていた。

「どうして窓を塞いでるの？」

「そこにも映るもんだから」母は言った。瞳孔が開いている。これは何か手を打たなければいけない、ダニエルは悟った。

最初のうち、母は抵抗した。だがダニエルが自分にそばにいてほしがっているのだと思うとまんざらでもなくなり、一人暮らしに終止符が打たれると思ってほっとしたようだった。八月にマンハッタンから引っ越すことになった。ヴァーヤはドレイク老化科学研究所のポストに就くためカリフォルニアに越していたが、飛行機で東海岸まで駆けつけてくれた。夕方になるころ、アパートはまるで廃墟のようになり、ダニエルはそうしてしまったことに胸が詰まった。父サウルが愛用していた緑色のベルベット地の椅子、家族全員が愛しているぼろぼろの肘掛け椅子を運び出してしまうと、残る仕事は二台の二段ベッドの始末だけになった。

「見ていられないわ」母は言った——半ば脅すような、半ば絶望したような口調で。二段ベッドは四十年前に〈シアーズ〉で買った年代ものだったが、クララとサイモンが亡くなったあとも、母はそれを処分しようとしなかった。もしダニエルとミラとヴァーヤがいちどきに訪ねてきたら、みんなの分の寝る場所が必要でしょう、と言い張った。一台だけでも解体したらどうかと提案すると、母はひどく怒り出したので、ダニエルはその話は二度と持ち出さないことにした。ミラが車に案内しようとすると、母はその前に二段ベッドと一緒に写真を撮りたいと言い出した。ハンドバッグを持って立ち、タージマハールの前の観光客のようににこやかな笑みを浮かべていたが、やがて早足に寝室から出てくると、みんなに表情を見られないように壁のほうに顔をそむけた。

ダニエルは母を送り出して玄関のドアを閉めると、寝室に戻った。しばらく部屋にヴァーヤがいることに気がつかなかった。でも洟(はな)をすする音がベッドの上の段から聞こえてきて、見上げると、右足がベッドの縁から垂れ下がっていた。ヴァーヤの両頬をつたい落ちた涙が、マットレスに二つの湿った円を作っていた。

「いたのか、ヴィ」ダニエルは手を差し伸べようとして、思い直した。ヴァーヤは触られるのが好きではない。何年もヴァーヤのそういうところに傷つけられてきた。ハグをしようとするとあとずさりするし、基本的によそよそしい。残されたきょうだいは二人だけなのに、電話をしても折り返し連絡がくるのに何週間もかかることがあった。でも、どうすることができる？　二人とも、大きく変わるには遅すぎた。

「ちょっと思い出してただけ」ヴァーヤが言い、深く息を吸った。「ここで眠ってたときのこと」

「子どものころ？」

「ううん。大人になってから」ヴァーヤはしゃくりあげながら言った。「ここに帰省したとき」

深い意味がありそうだったが、ダニエルにはそれがなんなのか見当もつかなかった。ヴァーヤといるといつもそうだ。ヴァーヤは自分とは違う景色を見ていて、ある物事は彼女にとって何かの前触れだったり、悪い予兆だったりする。ダニエルには汚れのない歩道にしか見えないものを、ヴァーヤは用心深く避けて通る。訊ねてみようかと思ったこともあった。だが、むかしは何かしら二人のあいだに通じていた経路のようなものがあったのに、いつのまにかそれは閉ざされてしまい、今もそのままだ。ヴァーヤは片手でそそくさと頰を拭い、いきおいよく梯子に脚をかけた。

だが降りることはできなかった。ベッドの上の段の木枠にネジで固定してある梯子は古くなっていて、ヴァーヤが体重をかけたとたん、木枠から外れてしまった。梯子は床に倒れ、ヴァーヤは片足を宙ぶらりんにしたまま悲鳴をあげた。そこから床に飛び降りるくらいたいしたことでもないだろうに、手すりにしがみついて、警戒するようにベッドの縁から下をのぞきこんでいた。ダニエルは両腕を伸ばしながら言った。「おいで、怖がり屋さん」

ヴァーヤはためらった。やがて吹き出しそうになるのをこらえ、こちらに手を伸ばしてきた。ダニエルは両手でヴァーヤの腋の下を支えて自分の肩をつかませ、床に下ろしてやった。

22

十五年前、〈サンフランシスコ・コロンバリウム&フューネラル・ホーム〉でクララの葬儀が執りおこなわれた。ラジはクララの遺体をクイーンズにあるゴールド家の墓所に送るつもりだったが、母はそれを禁じようとした。ダニエルが詰め寄ると、母はユダヤ人の死者の六フィート以内に自殺した者を埋葬してはいけないという戒律を持ち出した。厳格に戒律を守ることしかこの世に残された家族を守る術はないとでも思っているようだった。ダニエルは母がたじろぐほど怒り狂った。母を殴りつけていてもおかしくなかった。そんなことまでできそうな気持ちになるのは生まれて初めてだった。

ダニエルとミラはキングストンに引っ越したばかりだった。ミラはニューヨーク州立大学ニューパルツ校に美術史とユダヤ学の助教授の職を得て、ダニエルは病院の夜間勤務医のポストに就いた。ひと月もすれば仕事が始まるし、半年以内に結婚式を控えていた。それなのに、ダニエルはそれまでにないほどの無力感に苛まれた。サイモンの死だけでも十分打ちのめされたというのに、クララまで失うなんてことがありうるのか？　家族はどうやってこれに耐えればいいんだ？　葬儀のあと、ダニエルはギアリー通りにあるアイリッシュ・パブにふらふらと入り、カウンターに頭をのせて泣いた。まわりにどう見えているのか、自分が何を言っているのか、ほとんど意識しなかった——ああ、神よ、人はみな死んでいく――すると、誰かが答えた。

「そのとおりだ」隣のスツールに腰かけていた男が言った。「でも、だからといって慰めにはならない」

ダニエルは顔を上げた。自分とおなじ年頃の男で、赤みがかったブロンドの髪、頬にたっぷりとしたもみあげをたくわえている。目は茶色というより金色に近い不思議な色で、白目が充血している。頬から首の付け根まで無精髭が生えている。

男はギネスのグラスを上げた。「エディ・オドノヒューだ」

「ダニエル・ゴールドだ」

エディはうなずいた。「葬儀で見かけたよ。おれは妹さんの死亡の件を捜査してるんだ」エディは黒いズボンの尻ポケットに手を伸ばして、ＦＢＩの身分証を取り出した。〈特別捜査官〉の文字の横に、殴り書きのような署名があった。

「それは」ダニエルは言葉を絞り出した。「ありがとう」

この状況でふつう礼なんて言うだろうか？　しかしダニエルはありがたく思った。クララの死が捜査されていることを心からありがたく思った――ダニエルも疑いを抱いていたから――でも連邦捜査局が動いているとは意外だった。

「訊いてもいいかな」ダニエルは言った。「どうしてＦＢＩが捜査に？　なぜ地元の警察じゃないんだ？」

エディは身分証をポケットに戻し、ダニエルを見つめた。目は血走っているし無精髭が生えてはいるが、少年のように見える。「クララを愛していたから」

ダニエルは思わず自分の唾液でむせそうになった。「なんだって？」

「クララを愛していたんだ」エディはくりかえした。

「ぼくの——妹を？　クララはラジを裏切ってたのか？」

「いや、そうじゃない。あのころクララがやつと知り合っていたかどうかはわからない。どっちにしても、こっちの一方的な想いだった」

バーテンダーがやってきた。「何かお持ちしますか？」

「おなじものを。こちらにも。おれにつけてくれ」エディはダニエルのバーボンのグラスを見ながらうなずいた。バーボンを飲んでいたことに、ダニエルはそのとき初めて気づいた。

「どうも」ダニエルは言った。バーテンダーが去ると、エディのほうに向いた。「どうやってクララと知り合ったんだ？」

「サンフランシスコで勤務中に。きみのお袋さんが署に電話をよこしたんだ——弟さんが家出したんで、探してほしいって。かれこれ、ええと、十二年くらい前にかな。弟さんはまだ十六歳そこそこだったと思う。おれはひどい仕打ちをしちまってね。あんなことするべきじゃなかった。妹さんはおれのことを許してなかっただろうな。それでも、クララはおれを目覚めさせてくれた。署の外でクララを見たとき、髪をうしろにたなびかせて、あのブーツを履いてさ。こんなにゴージャスな女の子に会ったことはないと思った。美人だったからだけじゃない。パワーがみなぎってたんだ。それで、ずっと忘れられなかった」

エディはビールを飲み干し、口もとの泡を拭った。

「それから二年くらいたったとき、クララの顔が載ってるチラシを見つけたんだ」エディは続けた。

「で、ショウを見にいくようになった。最初はたしか、八三年の初めだったかな。テンダーロインでジャンキーどもの殺し合いがあった最悪の日だった。坐ってクララを見てると、なんだか――別世界に来たような気がした。ある晩、クララにも直接そう伝えた。きみがおれを救ってくれた、って。きみのショウがおれを変えてくれたんだ、って。勇気を奮い立たせるのに何カ月か時間がかかったよ。でもクララはおれと関わり合いになりたがらなかった」

バーテンダーが飲み物を持って戻ってきた。ダニエルはバーボンをぐいっとあおった。エディの告白にどう反応したらいいかわからなかった。あまりに立ち入った話で、なんだか決まり悪くなった。とはいえ、聞いているとやり場のない気持ちが薄れていくような気がした。エディが話しているあいだは、クララはその場に存在しつづけたから。

「正直に打ち明けると」エディは言った。「おれはあんまりいい状態じゃなかった。親父が死んだばかりだったし、酒を飲みすぎてた。このままサンフランシスコにいるわけにはいかないと思って、連邦捜査局に応募したんだ。クアンティコの研修施設を出てすぐ、ヴェガスに配属されて住宅ローン詐欺の捜査を担当した。〈ミラージュ〉のそばを通りかかって看板にクララの顔を見たときは、頭がどうかなっちまったんだと思った。つぎの日、クララが〈ボンズ〉の近くにいるのを見た。おれはオールズモビルを運転してて、クララは赤ん坊を抱いてた」

「ルビーだ」

「あの子の名前か？　可愛い子だったな、泣いてたけど。きみの妹は走って逃げた。たぶんおれを見て怖くなったんだろう。そんなつもりはなかったんだけど。クララを見て、話がしたくなっただけで。それで公演初日に行くことにした。ショウが終わるのを待って、なんの問題もないって言ってやるつもりだった。悪気はなかった。きみが心配することはなんにもない、って」

ダニエルとエディはまっすぐ正面を見つめていた。バーの恩恵だ、とダニエルは思った。横並びでおたがいの目を見ずに会話ができるのはありがたい。

「前日の晩は眠れなかった。〈ミラージュ〉には時間より早く着いた。劇場の外をうろうろしているとき、三人が入ってくるのが見えた。クララと、彼女の旦那と、赤ん坊だ」エディは言った。「クララはやつと言い争いをしてた——離れたところからでもわかった。やつが劇場に入っていくと、クララは赤ん坊を抱いてエレベーターに乗った。あそこのエレベーターはガラス張りだから、おれは隣のエレベーターに乗って、気づかれないように顔を伏せたまま、彼女がどこで降りるのか見張ってた。クララは十七階で降りて託児室に赤ん坊を預けたあと、四十五階まで昇っていった。自分でもどこに向かってるのかわかっていないような感じだった。そのとき、ペントハウスのスイートルームから客室係が出てきたんだ。客室係が立ち去ると、クララはなかに忍びこんだ」

ダニエルはバーの薄暗さと酒に感謝した。昼下がりに暗闇を提供してくれる場所があることに感謝した。生やしはじめたばかりの顎髭が、涙で塩辛くなっていた。

「金曜の夜だった」エディは続けた。「みんな出払っててね。あんなに静かなヴェガスは初めてだった。でも警官になって学んだことがあるんだ。平和なのはいいことだし、静かなのはいいことだけど、それがあまり長く続くのは、平和で静かじゃない証拠だって。おれは廊下を走ってドアをノックした。『マダム』って叫んだ、『ゴールドさん』って。でも、返事はなかった。だからフロントに行って鍵をもらってペントハウスに戻った」エディは酒をあおってグラスを空にした。「これ以上は話すべきじゃないな」

「いいんだ」ダニエルは言った。すでにクララを失ってしまった。今さら何を聞いたってたいして変わりはない。

「一瞬、自分が何を見てるのかぴんとこなかった。クララは練習してるのかなと思った。ショウでやってたみたいに、ロープを巻きつけて吊り下がってたんだ。そのまま回転してた、ゆっくりと。でもマウスピースが顎の脇に外れているのが見えた。おれは彼女の体に手をあててみた。彼女を回復させたかった。口から息を吹きこんでみようとした」

ダニエルは間違っていた。聞いても何も変わらないなんて間違いだった。「もういい」

「すまん」暗闇のなかでエディの瞳孔が大きくなり、光った。「クララはあんな目に遭うべきじゃなかった」

エルヴィスの〈ラヴ・ミー・テンダー〉がジュークボックスから流れてきた。ダニエルはグラスを握りしめた。

「それで、どうやって事件を担当することに？」

「おれは彼女の第一発見者だ。それなりに資格はある。あとは説得さ。重大な殺人事件や州境をまたいだ事件、誘拐事件――一般的にそういうのは警察ではなくＦＢＩの管轄になる。たしかに一見すると自殺だったが、直感的に引っかかるもんがあった。あの三人が州境を越えて移動してたことも知ってた。彼女が盗みに手を染めてたことも。それにシャパルに妙なもんを感じたんだ」

「ラジにか」ダニエルはぎょっとした。「彼を疑ってるのか？」

「おれは捜査官だ。すべての人間を疑うさ。きみは？」

ダニエルはためらった。「ラジのことはほとんど知らないんだ。でも彼は支配欲が強かったんじゃないかな。クララが家族と連絡を取り合うのをよく思ってなかった」ダニエルはぎゅっと目をつむった。最低だ、過去形を使わなきゃいけないなんて。

「調べてみるよ」エディが言った。「ほかに疑わしいことは？」

ほかに疑いがあればどんなにいいか。ダニエルは理由が欲しかったが、あるのは偶然だけだった。サイモンが死んだときは、ヘスター通りの女のことなど思いつきもしなかった。弟の死があまりにもショックで、ほかのことはいっさい考えられなくなった。第一、サイモンは自分の告げられた日を明かそうとしなかった。しかしクララが告げられた日付は覚えていた。あの女はクララに三十一歳で死ぬと告げた。ちょうどクララが亡くなった年齢だ。

「思いつくことが一つだけある」ダニエルは言った。「くだらないことだが。でも奇妙なんだ」

エディは両手を上げた。「決めつけたりしない」

ダニエルの頭蓋骨がずきんと痛んだ。それがアルコールのせいなのか、ミラにさえ打ち明けていないことを告白しようとしているからなのかわからなかった。ダニエルがヘスター通りの女のことを話しおえると――女の噂を聞きつけてきょうだいで訪ねていったこと、クララの死んだタイミングのこと――エディは眉をひそめた。調べてみるよ、と言ってはくれたが、ダニエルはあまり期待しなかった。捜査官をがっかりさせただろうか。エディが求めていたのは秘密や確執であって、霊能者のところに行った子ども時代の思い出ばなしなどではなかったはずだ。

半年後にクララの死が正式に自殺と判定されたとき、ダニエルは驚かなかった。それがもっともシンプルな仮説だ。そしてたいていの場合、もっともシンプルな仮説が正しい。ダニエルはそう学んできた。医学部の指導教官はシオドア・ウッドワード博士の元教え子で、よくインターンに向かって博士の言葉を引用していた。「蹄の音を聞いたら、シマウマではなく馬だと思え」

それから十五年後、サンフランシスコから十州離れた東海岸で、ダニエルはエディに再会するため〈ホフマン・ハウス〉のドアをくぐった。〈ホフマン・ハウス〉はアメリカ独立戦争の際に要塞と見張り台に使われていたが、今はバーガーとビールを出す店になっていた。その建築様式――オランダ風の石積みの外壁、白い鎧戸、低い天井、幅広の板張りの床――のほかに〈ホフマン〉の歴史を偲ばせるのは、年に一度、戦争マニアが集まってイギリス軍によるキングストン焼き討ちを再現するイヴェントだけだった。

最初のうちダニエルは再現に興じるマニアたちを興味深く見ていた。細部にまでこだわっているのには感心した。彼らは現存する文書や絵画を参考にコスチュームを手作りし、武器を白いリネンの雑嚢に入れて持ち運んでいた。でも今は、白いボンネットをかぶってペチコートをばさばさいわせている女たちや、市民劇団の俳優よろしく偽物のマスケット銃を担いで暴れまわっている男たちを見ていると、ダニエルはいやな気持ちになった。大砲を見るといまだにぎょっとした。何より、その前提が気に食わなかった。現在進行形で戦争が起こっているのに、どうして好きこのんで大むかしの戦争ドラマを再現しなければいけないんだ？　歴史好きの戦争マニアたちが、わざわざ異なる時代に生きようとしていることにダニエルは苛立った。クララのことを思い出すから。

その日、〈ホフマン〉にいたのはエディ・オドノヒューだけだった。彼は暖炉脇の木製のブース席に坐り、ビールをちびちび飲んでいた。テーブルの向かいには手つかずのバーボンのグラスが見えた。

「ウッドフォードリザーブ」エディが言う。「記憶力がいいな」

「間違えてないといいが」

ダニエルはエディの手を握る。「記憶力がいいな」

「それが稼業だからな。会えてうれしいよ」

二人はたがいをじっと見つめた。ダニエルとエディ、エディとダニエル。エディとおなじく、ダニエルも一九九一年から体重が少なくとも十キロは増えている。ダニエルとおなじく、エディももう五十歳近いか、五十を過ぎたころのはずだ。ダニエルの眉は行動的な探検家のようにあちこちに向かって伸び、あまりにすぐ伸びるものだから、ミラが電動のトリマーをハヌカのプレゼントに贈ってくれた。エディの顔は顎のあたりがたるんで丸みを帯びている。でもダニエルとおなじく、目は再会の興奮に輝いていた。ダニエルは緊張していた――クララの件で何か新たな展開があったに違いない――しかしこうしてエディと会えたことはうれしかった。まるで彼が友人のように思えた。

「仕事を休んで会いにきてくれて感謝するよ」エディが言う。ダニエルは訂正しなかった。「時間はとらせない」

ダニエルは着古したジーンズと、ミラが十年前に贈ってくれたセーターを着ていることが気になってきた。エディはワイシャツにスラックス姿で、ブースのうしろにスポーツコートが投げ置いてあった。ベンチから黒いブリーフケースを取り上げてテーブルに載せると、留め具を外した。ノートや書類入れが出てきた。どれも黒だ。エディは一枚の紙を取り出し、ダニエルのほうに向けた。

「このなかに見覚えのある顔は？」

そこには少なくとも十二枚の写真がコピーされていた。ダニエルは上着のポケットから老眼鏡を取り出した。多くは犯罪記録用のマグショットで、小さな四角形の枠のなかに、黒髪に黒い瞳の人びとがしかめっつらや睨みつけるような顔で写っている。もっとも、ティーネイジャーとおぼしき数人は笑顔で、ある若い男などはピースサインまでしている。それらの写真の下に、がっしりした白髪の女の写真が三枚並んでいる。建物の入口の防犯カメラで撮られた写真のようだ。

「いいや。この人たちは何者だ？」

「コステロ一族だ」エディが言う。「ここに女の写真があるだろ？」最初のマグショットを指さす。七十代くらいの老女が写っている。髪は一九四〇年代の映画スターのようにウェーヴしていて、重たげな瞼に冷たそうな目をしている。「これがローザ。女家長だ。こっちがローザの夫のドニー。それからローザの姉妹二人。この列はローザの子どもたち——全部で五人いる——その下が孫たち。九人。合計十八人だ。十八人でアメリカの歴史上もっとも巧妙な占い詐欺をやってるんだ」

「占い詐欺だって？」

「そうだ」エディは思わせぶりに腕を組んでうしろにのけぞる。「占いを起訴するのは難しくてね。一部の地域では禁止されているが、それらの禁則もたいした効果はない。そもそも、株式市場の動向を予測する人間だっているし、天気を予測して金をもらってる人間だっている。それに、どの新聞にも星占いが載ってるとくるからな。何より、これは文化的な問題なんだ。これらの人びとは、ロマ、ロマニと呼ばれている。流浪の民、って言えばわかるかもしれないな。モンゴルからヨーロッパ、そしてナチス支配下の国々を移動してきた民族だ。歴史的に、彼らは貧しく、社会制度の外で生きている。学校教育は受けない——生まれたときから占いを仕込まれる。とくれば、彼らを詐欺罪で起訴するとどうなるか？　弁護側がまっさきにすることは？　やつらは言論の自由の問題に仕立てようとする。差別問題にすりかえようとするんだ。じゃあわれわれはどうしたか？　どうやってコステロ一族を十四件の連邦犯罪で有罪にしたのか?」

ダニエルの喉の奥に何かすっぱいものがこみあげてきた。エディはクララの情報をもっているんじゃない。ヘスター通りの女の情報をもっているのだ。

「さあね」ダニエルが答える。「どうやったんだ?」

「ある男、仮にジムという名前の男の話をしよう」エディは声をひそめる。「このジムという男は子どもを癌で失った。女房には離婚された。ジムは極度に不安を募らせ、慢性的に筋肉に痛みを覚えるようになった。つまりジムはひどく病んだ男ってことだ。病んでるが、一般的な医療機関では相手にしてもらえない。ジムはすごく攻撃的で厄介な男だったから、ふつうの医者にかかってもうまくいかないんだ――そんな男がいるとなれば、ちょっと変わったやつが玄関先に現れるのも時間の問題だ。『あなたを助けましょう。治してあげましょう』なんて言うようなやつ。ローザ・コステロのようなやつが」

ローザ・コステロ。ダニエルは写真をじっと見つめた。一九六九年に自分が会った女ではない。くちびるはふっくらしているし、顔はハート型だ。要するに、ローザはあの占い師より美人だ。なのに、ダニエルの心のなかで印象が変化していった。ローザの顔はどことなくあの占い師の頑固そうな顎や、無表情な目に似ているような気がしてきた。

「そこから始まるんだ」エディが続ける。「この占い師、ローザ・コステロは言う。『五十ドルでキャンドルを売ってあげます。それをあなたのために灯して祈りを唱えます。そうすれば痛みに変化が起こるのがわかるでしょう』そしてジムが変化を感じないと言うと、ローザは言う。『わかりました。ではさらに試してみましょう。この葉、精霊の葉を売ってあげます。それを燃やしてべつの祈りを唱えてみましょう』そんなこんなで二年後、ジムはいろんなヒーリングの儀式をやらされ、二つの大きな犠牲を払わされ、その額は合計四万ドル近くにもなった。そこでついにローザが言うんだ。『問題はお金です。あなたのお金は呪われています。それが厄災の種です。一万ドル渡せば、わたしたちは呪いを解いてあげられるでしょう』その金は寄付という名目でやりとりされてた。コステロ一族は教会を名乗ってたんだ。〈自由の精霊教会〉、やつらはそう自称していた」

ダニエルは空腹を感じていなかったはずなのに、ウェイターがテーブルの脇に現れたとき、ひどく飢えている気がしてきた。エディはチキンウィングを、ダニエルはイカのフライを注文した。

「この手の事件ってのはだな」ウェイターが去るとエディが続ける。「検察にとっては悪夢みたいなものなんだよ。ところが一方、コステロ一族のやつらときたら。やつらは涼しい顔して鼻で笑ってるんだ。当局がやつらの資産を取り押さえてみると、車、バイク、ボート、金のアクセサリーが見つかった。沿岸内水路沿いに何軒かの屋敷まで所有してた。現金は五千万ドルあった」

「信じられない」

「まだだ」エディはそう言って片手を上げる。「いざ裁判になると、やつらの弁護人は信仰の自由を根拠に二十四ページに及ぶ棄却の請求を提出した。ほら、教会を名乗ってるって言っただろ？〈自由の精霊教会〉だなんてふざけやがって！　さらに弁護人は、これは長いロマの迫害の歴史のなかの最新の一例にすぎない、そう主張しやがる。ロマのみんながみんな詐欺師やペテン師か？まさかそんなことを言うつもりはないよ。だがわれわれはやつらのうちの九人を有罪にした。重窃盗罪、虚偽申告、郵便詐欺、電信詐欺、マネーロンダリング。出生証明書を取り寄せて全員を調べた――一人残らず洗ってやろうと思ったんだ。でも一人だけ、どうしても見つからなかった」

エディは防犯カメラに映った女の写真を指さした。女は茶色のロングコートを着て、面ファスナーで留めるタイプの灰色の靴を履いている。回転ドアの手すりに手をかけ、長い白髪は二つのおさげにして垂らしている。

「ああ、なんてことだ」ダニエルが言う。

「これがきみの言ってた女か？」

ダニエルはうなずいた。あらためて見るとよくわかる。広い額。きつく結ばれた無愛想な口もと。予言を聞いたとき、この口が死ぬ日を告げるのをじっと見ていた。くちびるも、湿ったピンク色の舌もよく覚えている。

「よく見てくれ」エディが言う。「たしかなところを聞きたいんだ」

「たしかだ」ダニエルはふうっと息を吐く。「この女は何者なんだ？」

「ローザの妹だ。事件に関与している可能性もあるし、関与していない可能性もある。たしかなのは、彼女が一族のはぐれ者だってことだ。ロマというのは集団で生活するものだ。だから、きみの会った女が一人で動いてたっていうのはめずらしいケースなんだ。が、典型的な点もある。けっして一カ所にはとどまらないってことだ。そして抜け目ない。彼女はいくつもの偽名を使って仕事をしてる。事業許可も受けてない。いくつかの地域じゃ許可なしは違法なんだが、だからこそ法の目をかいくぐることができる」

「この一族は」とダニエルが言う。「最初は金を受け取らないのか？　というのは、わたしたちは金を取られなかったから。彼女は金を要求しなかった、というか、弟は渡さなかった。ずっとおかしいと思ってたんだ」

エディが笑う。「金を受け取らないかって？　受け取れるかぎりの金を受け取るさ。たぶんこの女はきみらが子どもだから大目に見たんじゃないのか」

「だとしたら、なぜあんなひどいことを言った？　クララはまだ九歳だった。わたしは十一歳。それでも死ぬほど怖かった。唯一考えられるのは、あの女は恐怖を利用して客を釣ってたってことだ——怖がらせれば怖がらせるほど、客が戻ってくる可能性が高くなる。依存的になるから」

シカゴで研修医をしていたとき、ダニエルはそういうテクニックを使う医師をひそかに観察していた。その医師は定期的に診察を受けなければ治らないと鬱病患者に強弁したり、肥満の患者に外科手術を受けなければ死に至ると告げたりしていた。

「あるいは、何を告げるか、さして真剣に考えてなかったのかもな。つまり、彼女はすでに市場を独占してたわけだから。ロマの占いっていうのはたいてい型にはまったものなんだ。恋愛について話したり、金運や仕事運を占ったり。寿命を告げる？　ずいぶん大胆だな。やり手じゃないか。ロマはほかにも仕事をしている。男たちは舗道を敷いたり、中古車を売ったり、車体やフェンダーの組み立てをやったり——でもいっさい舗道が敷かれない世界、車さえ使われることのない世界になっても、人間が生きているかぎり存在しつづけるものは何か？　知りたいという欲求だ。人間はそのためならなんだって支払う。ロマは何百年も占いをしてきて、変わらずに金儲けに成功してきた。でもきみの占い師は一歩先んじているな。死ぬ日を告げるなんて、ほかのロマがやってないサービスを提供しているわけだから。競争相手なんていない」

ダニエルは暖炉の熱で汗をかきはじめた。セーターを脱いで、なかに着ていたポロシャツの裾をひっぱって下ろした。そういえばどこに出かけるのかミラに言っていなかった。六時にシナゴーグで落ち合うことになっているのに。でもダニエルは席を立てなかった。今は無理だ。やり方を覚えたばかりのインスタントメッセージを送ることすらできない。

「彼らについてほかに何がわかってる?」ウェイターが料理を運んでくると、ダニエルは訊ねた。

エディはどろっとした鮮やかなオレンジ色のソースにチキンウィングをつけ、さらにそれを濃厚なランチドレッシングに浸した。「コステロ一族についてか? やつらは三〇年代にイタリアからフロリダにやってきた。おそらくヒトラーから逃れてきたんだろう。ロマの一族はみなそうなんだが、やつらも身内しか信用しない。客といるとき以外は、自分たちの言語で話す。異文化に溶けこむ努力すらしない。〝ガジ〟——ロマニ以外の人間のことだ——を必要とするのは金のためだ。だがやつらはわれわれは汚染されていると考えている」エディは口もとを拭う。「占いは女の仕事だ。天から授かった才能だと思っている。だが女は〝ガジ〟と接触するから、ロマのあいだでは女も汚染された存在とされている。清潔さ、純粋さに異様に固執するやつらでね。ロマの家に行くと、これがまあ染みひとつないんだ」

「でもわたしが会った女——あの女の部屋は散らかってた。不潔と言ってもいいくらいだ」ダニエルは怪訝そうな顔をする。「一族の人間にあの女のことを訊ねてみたか?」

「もちろん訊いたさ。でも口を割ろうとしなかった。だからこうしてきみに会いにきてる」

「何が知りたいんだ?」

エディはしばらく口をつぐむ。「きみに訊きたいのは——繊細な問題だってことはわかってる。きみは話したがらないかもしれない。でもやってみてほしいんだ。さっきも言ったとおり、当局はまだこれという情報をつかめていない。たしかに、この女は無許可で営業してる。でもそのことで告発するつもりはない。われわれが注目しているのは、彼女が何人かの死に共通して関連しているという点だ。自殺に」

瞬時に体が反応した。ダニエルの食欲はまたたくまに失せた。吐いてしまいそうだ。

「直接的な因果関係はわかっていない」エディが言う。「彼女に二年、十年、あるいは二十年前に会った人たちだ。でもきみの妹さんも含めて五人いる。これだけいれば疑念も生まれる」エディは手を組んで身を乗り出す。「つまり、知りたいのはこういうことだ。あの占い師は何かを言ったのか――あるいはしたのか？ きみをそういう方向に促すようなことを？ あるいはクララを？」

「わたしにはとくに。わたしはあの女に教えてほしいことを伝えて、女はそれを教えてくれた。取引だ。あの女は、わたしが立ち去ったあとその情報をどうするかを気にかけていたようには思えなかったな」ダニエルの首筋に、何本もの足の生えたムカデみたいなものがすばやく這っていくような感覚が走る。ダニエルは人差し指をシャツの襟の下に入れてたしかめてみるが、何かいる気配はない。そういえば、これがただの会話なのか尋問なのか、エディは何も言っていない。「クララについては、よくわからないな。プレッシャーを感じているなんて聞いたことは一度もなかった。まあ、あいつはそもそも変わっていたから」

「変わってたって、どんなふうに？」

「クララは傷つきやすかった。ちょっと不安定なところもあった。感受性も強かったと思う。生まれ持った性格なのか――時が経つにつれそうなっていったのかはわからない」ダニエルは料理を脇に押しのける。きれいな輪切りにされたイカの胴体や内側にカールした足なんて、今は見たくなかった。「たしかに葬儀のあとはきみにあんなことを言ったけど――奇妙な偶然だと思ったからね。

あの占い師がクララの死ぬ日を当てた、なんて。でもわたしは取り乱していた。物事を冷静に考えていなかった。そう、占い師は正しかった。でもそれは、クララがその予言を信じることを選んだからなんだ。そこに謎なんてない」

ダニエルは話を中断した。ひどく落ち着かない気分だ。しばらくしてから、それがなぜなのかがわかった。

「もっとも」ダニエルはつけくわえる。「あの女がそれに関わっている、あえてそう考えるなら——もしその万が一の可能性を考えてみるのなら——じつのところ、わたしは自分を責めなければいけない。占い師の噂を聞きつけたのはわたしだから。あのアパートにきょうだいを引きずっていったのはこのわたしだから」

「ダニエル。きみの責任なわけがないだろう」手をノートの上に伸ばしかけたまま、エディは同情するように眉を下げる。「それはさっきのジムの話でいえば、ローザに会った彼が悪いって言ってるようなもんだ。きみがしているのは、犠牲者を責めるようなことなんだ。きみだって苦しんできたはずだ。そんな小さいころに占い師に会うなんて。死ぬ日を聞かされるなんて」

ダニエルは自分に告げられた日付を覚えていた——十一月二十四日、今年の——だがそれを信用してはいなかった。これまで若くして死ぬ人をたくさん見てきたけれど、多くは不運にも過酷な診断を受けた病人だった。サイモンのようにエイズに罹ったり、治療の施しようのない癌に罹ったりした患者だ。つい二週間前、ダニエルは年に一度の健康診断を受けた。受診するまで胸がざわざわしていたが、あとになって迷信にとらわれていた自分を恥じた。いくぶん体重が増加し、コレステロール値がボーダーラインぎりぎりであることをのぞけば、申し分のない健康体だった。

「ああ」ダニエルが答える。「わたしはまだほんの子どもだった。いやな思い出だよ。でもとっくのむかしに気にもならなくなったけどね」

「でもクララにはそうできなかったのだとしたら？」エディが人差し指で宙をついて強調する。「詐欺師連中のやり口だ。やつらはいちばん脆そうな人間を標的にするんだ。ほら――さっき感受性が強いって言っただろう？　遺伝子のようなものだと考えてみてくれ。占い師は引き金になる環境要因だ。もしかしたらその女はクララにそういう性質があると見抜いたのかもしれない。そこを狙ったのかもしれない」

「かもしれない」ダニエルは同調しながらも苛立ちを覚える。エディはおそらくダニエルが医師だから遺伝子なんて喩えを使ってわからせようとしたのだろう。でもそれは似非科学のように聞こえたし、見下されているような感じがした。エディに遺伝子発現の何がわかる？　ましてやクララの表現型について何がわかるっていうんだ？　エディは自分の得意分野に専念したほうがいい。自分だったら捜査官に尋問の仕方を教えてやったりはしない。

「弟さんはどうだった？」エディはちらっとノートに目を落とす。「八二年に亡くなったんだよな？　占い師はそれを予言してたのか？」

エディの仕草に、ダニエルはさらに苛立ちを募らせた。書類にちょっと目を走らせ、日付を確認しなければいけないようなそぶりを装いはしたが、ほんの一瞬のことだったので、実際は確認の必要なんてないということがありありとわかった。エディはおそらくサイモンの死んだ年を覚えている。ほかにもサイモンについていろいろ知っている。ダニエルが知らないようなことまで。

「わからない。サイモンはあの女になんて言われたか、わたしたちにけっして明かさなかった。でも弟は、やりたいと思ったことはかならずやった。サイモンは八〇年代のサンフランシスコで暮らしてたゲイで、エイズに感染した。疑いの余地なんてこれっぽっちもないと思うけどな」

「わかった」エディは手首をテーブルにつけたまま手のひらをこちらに向けてみせる。なだめようとしているのだ。ダニエルの声に棘があるのに気づいたのだろう。「教えてくれて感謝するよ。ほかにも何か思い出したら」テーブルの向こうから名刺を差し出す。「これがわたしの番号だ」

エディは立ち上がり、書類入れを閉じた。書類をテーブルの上でとんとん叩いて整えた。それからブリーフケースのなかにしまい、コートをつかんで肩にかけた。

「そういえば、きみのことを調べたよ」エディが言う。「今もわが軍のために働いてくれているんだね」

「ああ」ダニエルは答えるが、喉が詰まって先が続けられない。

「いいぞ」エディは出口に向かいながら、人のいいリトルリーグのコーチみたいにダニエルの背中をぽんと叩く。「がんばってくれ」


ダニエルは早足で車に向かい、震えながら発車させた。神経が昂って疲れきっていた。あの女の話を詳しく思い出したり、女の家族の犯した罪の数々を聞かされたりするのがこんなにも恐ろしいことだとは思わなかった。きょうだいの死について思いをめぐらすのはあまりにつらいことだったから、ダニエルはいつも一人でいるときしか考えないようにしていた。ミラが寝ているあいだに目を覚ましているとき。あるいは、仕事を終えて車で冬の道を家に向かっている最中、ヘッドライトが道路を照らし、背景でラジオが早口で何か言っているとき。

エディに話したことは事実だ。ダニエルはあの占い師の予言を切り捨てた。彼が信じているのは愚かな選択であり、不運だった。それでもヘスター通りの女の記憶は、大むかしに飲みこんでしまった小さな針のようだった。胃のなかに浮いていて見つけだすことはできないのに、ある動作をした拍子にちくっと痛む。

ミラに打ち明けたことはなかった。ミラはバークリー育ちで、音楽家の両親をもつ勉強熱心な子どもだった——父親はクリスチャンで、母親がユダヤ教徒で、二人は子ども向けの異宗教間音楽を作っていた。ミラは両親を愛してはいたが、〈オイ！　トゥ・ザ・ワールド〉や〈リトル・ドラマー・メンシュ〉なんてジョークめいた曲や、ニューエイジ系の施設には耐えられなかった。次第にユダヤ教に傾倒していったのは自然な成り行きだった。ミラはその知性主義、倫理、そして規律正しさに惹かれたのだ。

結婚前、ダニエルはミラに占い師の話をしたら子どもじみていると思われるだろうと考えた。彼女の心が離れていくのがいやだった。クララが死んだときに占い師の話を打ち明けたくなったが、やはり思いとどまった。そのときはミラが心配に眉をひそめるのが怖かったから——彼女の眉間が、小さくて繊細な、雁の群れのようなV字型に歪むのを見るのが怖かったから。そういうダニエルにも妹とおなじ傾向があるのではないか、妹のエキセントリックさ、筋道のなさ、おなじような危うさが兄である自分のなかにもあるのではないかと思われたくなかったから。でも自分はクララと似ても似つかない——それだけは確信できる。ミラにわざわざそんな心配をかける理由なんてどこにもないのだ。

23

ラジとルビーが感謝祭に訪ねてくることになった。金曜日にラジがメールをよこして、ダニエルの誘いに応じたのだ。休日の二日前の火曜日に到着する予定だった。ダニエルとミラは週末のあいだ準備に駆けまわった。ゲストルームのリネン類を洗濯し、ダニエルの書斎に折りたたみ式ベッドを用意した。手分けして家じゅうを掃除した。ミラはキッチンとリビングルーム、ダニエルは寝室とバスルーム、ガーティはダイニングルーム。ラインベックまで車を走らせて〈ブリージー・ヒル・オーチャード〉で果物や野菜を買い、〈グラン・クリュ〉でチーズを買った。川を渡ってキングストンに戻る前に〈ベラ・ヴィタ〉に寄って、テーブルセンターの飾り付け用に、チューリップとザクロと、アプリコット色のバラを使ったブーケを買った。ダニエルはそれを車に運んだ。十一月の曇り空の下でも、花々は輝いているように見えた。

予定より二時間早く玄関の呼び鈴が鳴った。ミラは大学に行っているし、母は昼寝をしている。ダニエルはあわてて一階に降りていった。まだビンガムトン校のロゴ入りTシャツに毛皮のモカシンという恰好だったから、さっさと着替えておけばよかったと自分を呪った。覗き穴から外をたしかめると、男と女の子の姿が見えた。女の子というのはもうあてはまらないかもしれない――父親とおなじくらい背の高いティーネイジャーだ。ダニエルは取っ手を引いてドアを開けた。小雨が降っていて、ルビーの茶色がかった黒い前髪に滴がついていた。

「ラジ」ダニエルが言う。「それにルビーナ」

すぐに、姪っ子をフルネームで呼んでしまったことを後悔した。ダニエルの知るかぎりでは、出生証明書に記入されたっきり、めったに使われることのない名前なのに。でもルビーはずいぶん変わっていた。ダニエルの記憶にある子どもではなく、初めて会う大人のような気がした。だからとっさに、初めて口にする大人らしい名前、ルビーナを使ってしまったのだ。

「こんにちは」ルビーが言う。明るい赤紫色のベロア風のスウェットの上下を着て、〈アグ〉の膝までのムートンブーツを履いている。笑うとクララにそっくりで、ダニエルは思わずたじろぎそうになった。

「やあダニエル」ラジが進み出てダニエルの手を握る。「会えてうれしいよ」

最後に会ったとき、ラジはハンサムだが野良犬みたいに生気がなく、尖った顎にこけた頬骨、高い鼻がやたら目立っていた。今の彼はこざっぱりしていて健康そうで、引き締まった上半身にフード付きのカシミアのセーターを着ている。髪はさっぱりと短く切られている。こめかみに何筋か白いものが交じっているが、顔はダニエルよりもずっと皺が少ない。片手には、藻みたいな色のまずそうな飲み物を持っていた。

「こちらこそ」とダニエルが言う。「さあ入ってくれ。母さんは昼寝中でミラは講義中だ。でも二人ともすぐ来るよ。何か飲み物でも？」

「水をもらおうかな」ラジが言い、トゥミ社のシルヴァーのスーツケースを転がしながら入ってきた。一方、ルビーの荷物はヴィトンのダッフルバッグで、それをひょいと上げて肩にかけた。赤紫色のスウェットパンツのお尻にはラインストーンで囲まれた文字が並んでいる。凝った大文字で〈JUICY（ジューシー）〉、そしていくらか小さめの文字で〈COUTURE（クチュール）〉。

「ほんとか?」ダニエルがドアを閉めながら訊く。「ガレージにいいバローロがあるんだよ」

どうしてラジにこんな見栄を張ってしまうんだろう? お粗末なTシャツとモカシンの埋め合わせのつもりか? ダニエルはすでに明日の朝食のメニューを練りはじめていた——イタリア風オムレツにしようか、チーズはフォンティーナを使って、それにエアルーム・トマトの残りも入れよう。

「いや」ラジが答える。「結構だ。でもありがとう」

「たいそうなものじゃないんだ」急にダニエル自身が無性に飲みたくなってきた。「ガレージにほったらかしにしてて、こんな機会でもないかなって思ってたんだよ」

「いや、ほんとうに」ラジが言う。「大丈夫だ。でもわたしに遠慮しないでやってくれ」

目が合ったときにダニエルは悟った。ラジは酒を飲まないのだ。ラジの手首を大きな銀色の腕時計がすべり落ちていく。

「わかった」ダニエルが言う。「じゃあ水を持ってこよう。荷物を運んでしまおうか。ゲストルームにクイーンサイズのベッド、書斎に折りたたみ式ベッドがある。もうどっちもセットしてある」

ルビーはピンク色の薄い折りたたみ式の携帯電話に何かを打っていたが——いまどきの子がみんな持っているモトローラ社の〈レーザー〉だ——パチンと閉じた。「じゃ、パパが折りたたみ式のほうで」

「違うだろ」ラジが言う。

「それと、あたしはバローロを一杯もらおうかな」

「それも違うだろう」ラジが言う。

ルビーは目を細めてにやにやしていたが、ラジが眉を上げると、にこっと笑った。

「おまぬけオヤジなパパ」ルビーはダニエルのあとについて書斎に向かいながら囃したてた。「空気が読めない残念おじさん。頭の固い足長パパさん」


翌日は水曜日で、目を覚ますと十時になっていた。ダニエルは悪態をついた。マスターバスルームからシャワーの音が聞こえてきた。ミラだ。ラジとルビーもまだ寝ているといいのだが。意外なことに、前夜はみんなかなり遅くまで起きていた。さらに意外だったのは、それがとてもうまくいったことだった——母と、妻と、義理の弟と、姪っ子と一緒にテーブルを囲み、ディナーはくつろいだ雰囲気で二時間に及んだ。まるで恒例のことのような感じで、仕上げにリビングルームでチョコレートと紅茶まで一緒に楽しんだ。ダニエルは結局バローロを開け、母さえも十一時過ぎになってあわててベッドに入ったほどだった。

ダニエルはさらに遅くまで起きていた。デスクトップ・コンピューターは書斎にあり、そこはルビーに明け渡している。ミラはもうベッドに入っていたので、ダニエルは隙を見て彼女のラップトップをテーブルの脇から拝借し、それを持ってバスルームに入った。

ルビーのヴィトンのバッグがダニエルの好奇心に火をつけた。ふだんはデザイナーズ・ブランドものを見てもそれがなんなのか気づきもしなかったが、さすがにあのブラウンとベージュのモノグラムには見覚えがあった。ラジの腕時計も、あきらかに高価なものだ。それにフード付きのカシミアセーター。いったい誰がそんなものを着るだろう？　そういうわけでダニエルは捜査してみることにした。二人の仕事が順調であることは知っていた――二〇〇三年に〈ジークフリード&ロイ〉のロイ・ホーンがホワイトタイガーに噛まれて大怪我を負ったとき、ルビーとラジがそのスターコンビの代わりに〈ミラージュ〉のメインショウとなった――だがグーグルで調べてみて、ダニエルは驚いた。二人が住んでいるのは大きな門がある真っ白な屋敷で、《ラグジュアリー・ラスヴェガス》や《アーキテクチュラル・ダイジェスト》でも紹介されていた。門には飾り文字で〝RC〟と頭文字が刻まれ、建物まで一マイルはありそうな車道が延びている。その先には連結している邸宅群や歩道があり、広さは合わせて三十エーカーもある。瞑想センター、映画館、さらには動物を生息させている敷地があり、高い入場料を払うとブラックスワンやダチョウを見学することができる。ルビーの十三歳の誕生日に、ラジはシェトランド・ポニーをプレゼントした。いくぶん大きくなりすぎたポニーは、クリスタルという名前で、ティーン向け雑誌《ボッシー》にはルビーとクリスタルのツーショットが掲載されていた。ルビーはクリスタルの首に腕を絡ませていて、彼女の黒い前髪が仔馬の金色の前髪の上にかかっていた。オンラインでPDFを見つけて記事を読んでみると、《ボッシー》はルビーのことを「ラスヴェガスでもっとも若い百万長者（ミリオネア）」と紹介していた。

　どうして知らなかったんだろう？　自分が知ろうとしなかったのだろうか？　ダニエルはルビーとラジのショウについての記事を読むのを避けていた。最後に会ったときのひどい顛末を思い出したり、二人と疎遠にしている罪悪感を覚えたりするのがいやだからというのが大きな理由だった。事情を知ってしまうと、さっきまでのもてなしを考え直さずにはいられなかった。ダニエルとミラは一九九〇年代初頭に家を買った。コーンウォール・オン・ハドソンやラインベックの不動産にはまだ手が届かなかったし、そのときはキングストンはこれから活気づく街だと信じていた。ダニエルはラジとルビーが車で街に入ってきたところを想像してみた。かつてニューヨークの州都でもあった由緒ある街並みを期待していたのに、目に入るのは、七千人の住民を雇用していたＩＢＭの工場閉鎖からいまだに立ち直れないさびれた街。通りすぎる風景は、廃墟と化したテクノロジー・センターに、荒廃したメイン・ストリート。いったい二人は書斎の折りたたみ式ベッドと高価なチーズをどう思ったんだろう？――前者は倹しい暮らしの象徴で、後者はその埋め合わせだとでも思ったただろうか？

ダニエルは月曜に職場に戻ること、そして免除証について自分の立場を固持したらどんなことになるかを考えただけでもぞっとした。何日か前に、地元の地域防御顧問、つまり告発された軍人の代理を務めてくれる軍弁護士に自分のケースを検討してくれるよう要請書を提出していた。ミラの言うとおりだ。自分の身を守るために何ができるか把握しておくに越したことはない。だがそうして要請書を出すだけでも十分に屈辱的だった。仕事を失ったら、自分は何者になるのだろう？　バスマットの上に坐りこんで、背中をトイレに押しつけて、義理の弟のサンルームについての記事を読むような男――そのイメージにぞっとしたので、ダニエルはさっさとベッドに入って眠ってしまおうと思った。

そうして朝を迎えたダニエルは、身なりをしっかり整えて一階に急いだ。ラジとルビーがキッチンのカウンターに腰かけてオレンジジュースを飲みながらオムレツを食べていた。

「ああもう」ダニエルが言う。「申し訳ないね。朝食を準備してあげるつもりだったのに」

「謝ることはない」ラジはシャワーを浴びたてのようで、また高そうなセーターを着て――今日のはセージグリーンだ――ブラックジーンズを穿いている。「時間があったから」

「いつも早起きなの」ルビーが言う。

「ルビーの学校は七時半に始まるんだ」とラジ。

「公演のある日をのぞいてね」ルビーが言う。「公演がある日は、寝る時間が遅いから」

「へえ？」ダニエルが言う。コーヒーがあればどうにかなる。いつもミラが用意しておいてくれるのだが、ポットは空っぽだ。「どうして？」

「終わりが遅いから。深夜一時までかかることもある。もっと遅くなることも」とルビー。「そういう日は、ホームスクーリングなんだ」

　ルビーはまだパジャマ姿だ。〈スポンジ・ボブ〉がプリントされたズボンに白いタンクトップを着て、その下にピンクのブラをつけている。見ているとそわそわしてしまう。子どもっぽいズボンにタンクトップ。体の線がはっきりわかるような類のものではないが、それでもダニエルが想定していなかったものまで目に入ってきた。

「へえ」とダニエルが言う。「それはなんだか複雑そうだな」

「ほらね？」ルビーがラジのほうを見る。

「複雑なことなんてない」とラジ。「学校のある日は早くて、公演のある日は遅い、それだけだ」

「母さんを見かけた？」ダニエルが訊ねる。

「うん」とルビー。「やっぱり早起きしてたよ。コーヒーを一緒に飲んだの。それから太極拳に出かけた」音をたててフォークを置く。「ところでさ、ジューサーってある？」

「ジューサー？」とダニエル。

「うん。あたしたち、冷蔵庫のなかでこれを見つけたんだけど」ルビーはグラスを持ち上げる。オレンジジュースが縁までなみなみと注がれている。「でも、手作りのジュースのほうが好きなの」

「残念だけどないな」とダニエル。「ジューサーは」

「そっか」ルビーは元気に言い、二つ折りのオムレツの端っこをつつく。「じゃ、いつもは朝食に何を食べてるの？」

ルビーは会話をしているだけだ。わかってはいたが、ダニエルはついていくのに苦労した。何より、コーヒーメーカーがうんともすんともいわない。挽いた豆をフィルターに入れたし水も注いだのに、スイッチを押しても小さな赤いランプは消えたままだ。

「じつは朝食はあまりとらないほうでね」ダニエルが言う。「たいていコーヒーをマグに作って仕事に持ってくだけで済ませる」

ぱたぱたと静かな足音が階段から聞こえてきて、ミラがキッチンに現れた。ブローしたばかりのきらきらした髪が、羽みたいに逆立っている。

「おはよう」ミラが言う。

「おはよう」ラジが応える。

「おはよ」ルビーが続き、ダニエルのほうを向く。「どうして今日は仕事に行かないの？」

「電源プラグよ、ハニー」ミラがダニエルのうしろから腕を伸ばして、彼の腰に手をあて、壁のコンセントにプラグを差しこむ。すぐ赤いランプがついた。

「感謝祭の前日だぞ、ルー」ラジが言う。「誰も仕事なんかしないさ」

「あ」とルビー。「そっか」オムレツのもう片方の端をつつく。トッピングが載ったまんなかの分厚い部分をあとに残しているようだ。「お医者さんなんだよね？」

「そうだ」長い年月をかけて積み上げてきたキャリアが危機にさらされている――ラジの大邸宅やカシミアのセーターやジューサーのせいで、屈辱感はいっそう強くなる。ダニエルはルビーの質問を思い出すのにかなりの労力を費やした。「軍の入隊業務処理局に勤めてる。兵士が戦場に行けるくらい健康かどうかを確認する仕事だ」

ラジが笑う。「ま、それが矛盾した表現じゃなければな。その仕事を気に入ってるのか？」

「ああ、とてもね」とダニエル。「軍で働きはじめてかれこれ十五年ほどになる」

いまだにそう言うと誇らしい気持ちになる。コーヒーが少しずつポットに落ちてきた。

「そうか」ラジが膠着（こうちゃく）状態を受け入れるような返事をする。

「あなたたちはどう？」ミラが言う。「仕事は楽しい？」

ラジはほほえむ。「そりゃあもう」

ミラは両肘をカウンターについて身を乗り出す。「刺激的だな――わたしたちの世界とはまるで違うんだもの。あなたたちのショウを見る機会があったらどんなにいいだろう。この街の〈アルスター・パフォーミング・アーツ・センター〉ならいつでも出演大歓迎よ。まあ、あなたたちの基準に満たないかもしれないけど」

「ヴェガスに来るのも大歓迎だよ」とラジ。「毎週出演しているから。木曜から日曜まで」

「四夜連続なんて」とミラ。「疲れるでしょう」

「そうでもない」ラジの声は穏やかだが、笑顔はとってつけたようなものだ。「でもルビーナは――」

「パパ」とルビー。「そう呼ばないで」

「でもおまえの名前だろ」

「そうだけど、なんか」ルビーは鼻に皺を寄せる。「神様から与えられた名前だけど、でもあたしの名前じゃないって気がするから」

「しまった」ダニエルがほほえむ。「きのうきみのことをそう呼んじゃったな」

「あ、大丈夫」ルビーが言う。「だってほら、あなたは他人だから」

その場がしんとなり、やがてルビーの笑みが消える。

「ああ、どうしよう」とルビー。「ごめんなさい。そんなつもりじゃなかったの——あなたは他人じゃないよね」

そう言うと、すがるような目つきでラジのほうを見る。ダニエルはその仕草に胸を打たれた。ティーネイジャーが親の脚に絡まりついて隠れようとしているみたいだ。

「いいんだよ、スウィートハート」ラジはルビーの髪をくしゃくしゃにする。「みんなわかってるから」


五人でダニエルの車に乗りこんだ。みんなはガーティに助手席を譲ろうとしたが、ガーティがそれを拒んで後部座席でルビーの隣に坐りたがると、しぶしぶ承諾した。海事博物館と史跡のある地区に車を走らせ、少しだけモホンクの保護区をハイキングした。ダニエルはルビーを追いかけて野原を駆けまわり、はねあがった泥が二人の上着に縞を作った。肺に入ってくる空気はすがすがしいほど冷たく、ダニエルはよろこんでそれを吸いこんだ。雪がちらつきはじめたとき、ダニエルはルビーが不平を言うだろうかと思ったが、彼女はうれしそうに手を叩いた。「ナルニア国みたい！」ルビーが叫び、みんなが車に引き返しながら笑った。

ほかにもルビーに驚かされることはあった。たとえば夕食の席でガーティがあれこれ持病の話をしはじめたとき——母のお気に入りではあるが、ダニエルとミラはうんざりしている話題で、それが始まったときには二人であわてて目を見合わせた。

「足にできた魚の目が一年も治らなくてね」ガーティが言う。「それはほんの序の口よ。そのあと、感染症に罹ったのが原因で、リンパ節炎とかいうものになったの。両脚のリンパ節が腫れ上がって、ゴルフボールくらいの大きさに膿が溜まっちゃって。脚の毛が生えてこなくなったのよ——一本もね。そのうちそれが股間にまで広がって」

「母さん」ダニエルが声をひそめて制止する。「食事中なんだよ」

「ごめんごめん」母は言う。「でもね、抗生物質が効かなくなっちゃったのよ。それでお医者が診察したら、手術して膿をぜんぶ取り出せば、それで治るかもしれないって言うじゃない。二人の先生が手術してくれてね。年取ったのと若いのと。若いほうが言ったのよ。『ゴールドさん、どんなドロドロした汚物が溜まってたか、きっと信じられないと思いますよ』って。そのあと排液チューブを繋がれて、体じゅうの血液やら分泌液やらがすっかり流れ出るまで退院させてもらえなかった」

「母さん！」とダニエル。ラジがフォークを置き、ダニエルはうろたえた。母の口にガムテープを貼ってやりたいところだ。でもルビーは興味深げに身を乗り出している。

「それっていったいなんだったの？」とルビー。「なんでそんなものができたわけ？」

「そうねえ」ガーティは言う。「食事中に話していいものかどうか。でもあんたが知りたいんなら――」

「わたしたちは知りたくないよ」ダニエルがきっぱり言う。「今はね」だが奇妙なことに、ルビーまで母と一緒になってがっかりしている。ミラがラジにツアーの日程について訊ねると、ルビーは祖母のほうに身をかがめてささやいた。「帰ったら教えて」ガーティはうれしそうに頬を紅潮させた。めったに見ることのない母のそんなようすを見て、ダニエルは思わず手を伸ばしてルビーに礼を言いたくなった。


その夜、ダニエルは歯を磨きながらエディのことを考えた。エディがサイモンについて質問したこと――占い師はサイモンの死ぬ日も的中させたのか――それが気になっていた。

あの女がサイモンにいつ死ぬと告げたのかはわからない。サイモンはただ、「若死にするってさ」と言っただけだった――クリントン通り七十二番地の屋根裏で、父が亡くなって七日目の夜、あのときはみんな混乱していたし酔っ払っていた。でも、たとえ三十五歳だって若死にと言える。五十歳でもそう言えるだろう。正確なところは曖昧だったから、ダニエルは予言をサイモンの死に結びつけなかった。サイモンが死んだのは、彼がとった行動の帰結である可能性が高いと思っていた。サイモンがゲイだったせいだと言うつもりはない――ダニエルは弟のセクシャリティにいくぶんとまどいを覚えはしたものの、それは独善的なホモフォビアのようなものではけっしてなかった――でもサイモンは不注意で、自分勝手だった。自分の快楽のことしか考えていなかった。そんなふうに暮らしていたら、遅かれ早かれ死んでしまうだろう。

だがダニエルのサイモンに対する怒りの裏には、もっと深くて暗いものがあった。ダニエルは自分自身にもおなじくらい怒りを覚えていた。自分がサイモンを知ろうとしなかったから――サイモンが生きているうちに、ほんとうの意味で弟のことを知ることができなかった。死んでも知ることができなかった。唯一の兄弟なのに、ダニエルは弟を守ってやることができなかった。サイモンがサンフランシスコに着いた晩に二人は電話で話し、ダニエルは戻ってくるよう説得した。でもサイモンに電話を切られるとダニエルは激昂して、受話器を床に叩きつけた。リノリウムにひびが入るほど激しく。そしてサイモンがいないほうが母は穏やかに暮らしていけるだろうと思った。もちろん、そんな残酷な考えは一時的なものにすぎなかったが、もっと一生懸命やってみることはできなかったのだろうか？　自分の憤りにこだわって、それが正しいと証明されるのをただ待つのではなく、つぎのグレイハウンドに飛び乗ってサンフランシスコに行くことはできなかったのだろうか？　**やつらはいちばん脆そうな人間を標的にするんだ、**エディは言っていた。**そういう性質があると見抜いたのかもしれない。**

たしかに、サイモンは脆かった。まだ七歳だったが、それだけが理由ではない。クララにも変わったところがあったように、サイモンにも奇妙なところがあった。その年齢でゲイだと自覚していたかどうかはわからないが、サイモンは捉えどころがなく、分析しようとしてもなかなかうまくいかなかった。サイモンはほかのきょうだいのように口が達者ではなかった。学校でも友だちは少なかった。走るのが好きだったが、いつも一人で走っていた。もしかしたら予言は、菌のようにサイモンの内部に植え付けられていたのかもしれない。それがサイモンを急き立てたのかもしれない――危険な人生へと。

ダニエルはシンクに水を吐き捨て、エディの仮説についてもういちど考えてみた。クララがもともともっていた脆弱さが、占い師を訪問したことで呼び覚まされ、あるいは悪化した。たしかに、心理学と生理学が結びついて引き起こされる状況があることは、完全に納得できるものでないとしても、否定はできない――たとえば、痛みを発生させるのは筋肉でも神経でもなく脳だ。あるいは、前向きにふるまっている患者のほうが病気に打ち勝ちやすい。医学生だったころ、偽薬効果についての研究のリサーチ・アシスタントを務めたことがある。研究の執筆者は、効果は患者の期待によって引き起こされるという仮説を立てていた――実際、飲んだのはただの澱粉質の錠剤なのに、それが刺激剤だと言われると、被験者の脈拍数、血圧、反応時間はすぐに上昇した。もう一つのグループの被験者に睡眠薬だと言ってプラシーボを飲ませると、彼らは平均二十分以内に眠りについた。

もちろん、プラシーボ効果のことはそれ以前から知っていたが、実際に自分の目で見るのはまた違っていた。ダニエルはその目で、思考が体内の分子を動かすのを目撃し、肉体が脳のなかにある事実を実現すべく必死になるのを目撃したのだ。この論理でいくと、エディの仮説は完璧に筋が通ることになる。つまりクララとサイモンは、人生を変える力をもった薬を飲んだのだ、それがプラシーボにすぎないとは知らずに――自分たちの心が効果を勝手に作り上げているとは気づかずに。

ダニエルの胸のうちにそびえていた柱が倒れた。悲しみと、そしてもう一つの感情があふれだしてきた。どうしようもなく繊細な、サイモンへの同情。ダニエルが何年ものあいだ封じこめていたものだ。ダニエルは大理石の洗面台の縁を両手でつかんで前かがみになり、それが引いていくのを待った。エディに電話をしなければ。

エディの名刺は書斎にある。書斎にはルビーがいてドアは閉まっていたが、明かりがもれていた。

ダニエルはノックしてみたが、返事はない。もう一度ノックしてから、心配になって少しだけドアを開けてみた。

「ルビー?」

ルビーはベッドカヴァーをかけてベッドに坐り、耳を大きなヘッドフォンでおおい、『デクスター 幼き者への挽歌』を膝に置いて読んでいた。ダニエルに気づくとびくっとした。

「んもう」ルビーは急いでヘッドフォンを外す。「びっくりした」

「ごめん」ダニエルは片手を挙げた。「ちょっと取りたいものがあって。朝に出直すよ」

「いいよ」ルビーは本を伏せた。「なんかしてたわけじゃないから」

ルビーは昼間はメイクをしているが——アイラインを引いて、くちびるに何かきらきらしたものを塗っている——こうして素顔でいるとずっと幼く見える。肌はラジより薄い褐色で、父親譲りの黒い瞳だが、ふっくらした頬はクララにそっくりだ。笑顔もクララに似ている。ダニエルはデスクに歩いていって一番上の引き出しからエディの名刺を取り出し、ポケットに滑りこませた。部屋を出ようとすると、ルビーが声をかけてきた。

「あたしのママの写真ってある?」

ダニエルは胸を締めつけられた。しばらく壁を向いたままじっとしていた。「あたしのママ」——誰かがクララのことをそう呼ぶのを初めて聞いた。

「もちろん」振り返ると、ルビーは両膝を胸につけて坐っていた。〈スポンジ・ボブ〉のパジャマのズボンとぶかぶかのスウェットシャツ。ヘアゴムをブレスレットみたいに何本も手首に絡ませている。「見てみたい?」

「何枚かはあるんだ」ルビーはあわてて言う。「うちにね。でももう何万回も見たやつだから。そうだな、うん。見てみたい」

ダニエルはリビングに行って古いアルバムを探し当てた。今ここにルビーがいるなんて、すごく奇妙な感じだ。姪っ子。ダニエルとミラは、もちろん親ではない。ミラに結婚を申しこんだとき、ステージ4の子宮内膜症なのだと打ち明けられた。「子どもを産むことができないの」とミラは言った。

「いいさ」とダニエルは答えた。「ほかにも選択肢はある。養子とか――」

だがミラは養子をとるつもりはないと言った。珍しいケースだが、十七歳の若さで診断されたので、何年もそれについて考えてきたのだという。そして人生には子どもを持つこと以外の充実感があることを発見し、親にはならないと決めたのだと。ダニエルはミラと別れられないと思った。しかし内心では苦悩した。ずっと親になることを思い描いてきた。小さな子どもが父親に抱きかかえられてレストランから出てくるのを見たとき、頭を父親の首もとにあずけて眠りこけているのを見たとき、ダニエルは自分のきょうだいのことを思い出した。でも父親になることに怯えてもいた。参考にできるのは、堅苦しくてよそよそしい父、サウルしかいない。だから自分がうまくやれるのかどうかわからなかった。自分の父よりもっといい父親になれるはずだと思っていた時期もあったが、それは間違いだったのかもしれない。もっとへたをする可能性だってあったのかもしれない。

ダニエルはアルバムを二冊抱えて書斎に戻った。ルビーはベッドの上にあぐらをかき、壁に背を押しつけて待っていた。ルビーが隣の空いたスペースをぽんぽんと叩いたので、ダニエルはベッドに上がった。あぐらをかけるほど体が柔らかくなかったので、布団の端から足を垂らしたまま一冊目のアルバムを開いた。

「開くのは何年ぶりかな」ダニエルは言う。きっとつらくなるだろうと思っていたが、一枚目の写真が目に入ったときには胸が躍った――クリントン通り七十二番地の入口の階段に、ゴールド家の四人きょうだいがそろっている。脚のひょろっとした思春期のヴァーヤ、淡い金髪のよちよち歩きのサイモン。こみあげてきたものに、ダニエルは泣きそうになった。

「これがママだね」ルビーがクララを指さす。四歳か五歳のクララが、緑色の格子柄のパーティードレスを着ている。

「そうだ」ダニエルが言う。「このドレスが大のお気に入りでね。母さんが洗濯すると泣きわめいたもんだよ。これを着るときは《くるみ割り人形》の主人公のクララになりきっていたんだ。わたしたちはユダヤ人だっていうのにさ！　よく父さんが怒ってたっけな」

ルビーがほほえむ。「意志が強かったんだね？」

「とても」

「あたしもなんだ。それが自分の長所だと思ってる」ルビーが言う。ダニエルは笑いかけたが、ルビーの顔には真剣な表情が浮かんでいる。「さもなきゃまわりにいいようにこき使われるだけだもん。女だとなおさら。とくにエンターテイメント業界じゃね。パパがそう教えてくれたんだ。でもきっとママもおなじことを言ったと思う」

ダニエルは酔いが覚める思いだった――この子はまわりにこき使われてきたのだろうか？　どんなふうに？――だがルビーはアルバムをめくり、おなじ日にきょうだいが二組に分かれて写っている写真を眺めた。

「これがヴァーヤ伯母さん、こっちがサイモン叔父さん。叔父さんはあたしが生まれる前にエイズで亡くなったんだよね」確認するようにダニエルの顔をのぞきこむ。

「そのとおり。まだすごく若かった。若すぎた」

ルビーがうなずく。「それからすぐに薬が開発されたのに――ツルバダっていう。知ってた？　HIVを治すことはできないけど、感染を予防することができるの。《ニューヨークタイムズ》で読んだんだ。その薬があったらよかったのに。サイモン叔父さんが生きてたころに」

「知ってるよ。信じられないな」

病の流行がピークにあったときには考えられもしない、奇跡といってもいいような話だった。ひどいときにはアメリカだけでも年間数万人の患者が亡くなっていた。九〇年代に入ってエイズの治療薬が導入されはじめたが、患者は一日三十六錠の薬を飲まなければいけなかった。八〇年代初期には、選択肢は皆無だった。ダニエルはまだたった二十歳のサイモンが、実態もわかっていない、名前もついていない病気で亡くなっていったことを思った。病院は少しでもサイモンの心が休まるようなことをしてくれたのだろうか？　ついさっきバスルームで感じた思いが、また胸にあふれてきた――憤りを圧倒するような、切ないほどの同情。

「見て、おばあちゃん」ルビーが指をさす。「すっごく幸せそう」

〝おばあちゃん〟――また初めて聞く呼び方だ。ルビーがゴールド家を家族だと思っていることに、ダニエルの胸が震えた。「ああ、幸せだった。きみのおじいちゃん、サウルと一緒にいるだろ。まだ二人とも二十代のころじゃないかな」

「おじいちゃんはサイモン叔父さんより前に亡くなったんでしょ？　いくつだったの？」

「四十五歳にもならないうちに」

ルビーは脚を組み直す。「おじいちゃんって、ひと言でいうと？」

「ひと言？」

「そ。これは、っていうクールな特徴。あたしが知らないようなおもしろいこと」

ダニエルはしばらく考える。ゴールド紳士婦人服仕立店のことを話してもいいが、ふと頭に思い浮かんだのは、緑の文字が書かれたラベルと白い蓋のついた瓶だった。

「ミニサイズのピクルスがあるだろ？　父さんはあれに目がなくてね。しかもすごいこだわりがあった。〈ケインズ〉やら〈ハインツ〉やら〈ヴラシック〉やらを試して、結局〈ミルウォーキー〉ってブランドのにたどり着いた。ニューヨークじゃ売ってる店があんまりなかったから、母さんがわざわざウィスコンシンから取り寄せてたんだ。一回でひと瓶ぜんぶ平らげちゃうこともあった」

「へんなのー」ルビーがくすくす笑う。「何がおかしいかわかる？　あたし、ピーナッツバターサンドにピクルスをのせて食べるのが好きなんだ」

「まさか」ダニエルはオエッというような口ぶりで言う。

「そうなんだもん！　カットしてサンドウィッチの上にのせるの。おいしいんだから――なんていうかほら、甘酸っぱい感じがしたところに、今度はピーナッツバターの甘くてカリカリした歯ごたえがきて――」

「いただけないなあ」ダニエルが言う。二人そろって笑い声をあげる。すばらしい響きだ。「それはいただけないいよ」

日付が変わるころ、ダニエルはアルバムをルビーのもとに残して、リビングのある階に戻った。キッチンにさしかかると立ち止まった。ルビーと一緒に過ごした時間に心が満たされ、その充足感がまだ尾を引いていた。このままミラと一緒にベッドに入る以外のことをするなんて、愚かだし不必要なことに思える。でも、スウェットパンツのポケットからエディの名刺を取り出したとたん、満ち足りた心はみるみる変化し、死者を憂う気持ちにも似た悲しみが胸に広がった。こういう絆をもっと築いてこられたかもしれなかったのに――何年もかけて、ルビーと、あるいは、自分の子どもと。養子縁組のことを考え直すようにミラを説得しなかったのには、べつの理由があったのかもしれない。自分はそれに値しない人間だという思いが、どこかにあったのかもしれない。父サウルはほとんど仕事で家を空けていたから、ダニエルはきょうだいのリーダーになろうと努めてきた。危険や予想外のことや混乱に立ち向かおうとしてきた。その結果がこれだ。

きみがしているのは、エディは言ってくれた。**犠牲者を責めるようなことなんだ**。だが、もう遅かった。ダニエルは実際そうしてきた。そういうふうに思いこんできた。自分の責任ではないことに罪悪感を感じ、そのことでもう何十年も自分を責めつづけてきたのだ。自分への憐憫(れんびん)が大きくなるにつれ、占い師への怒りは激しくなった。あの女が捕まればいい――サイモンとクララのためだけでなく、自分自身のためにも。

ダニエルは玄関へ向かい、音をたてないようにそっとドアを開けた。ひゅうっと空気が入る音がして、十一月の寒さが立ちふさがったが、外に足を踏み出してドアを閉めた。携帯を取り出してエディの番号を打つ。

「ダニエルか？　どうした？」

ダニエルはハドソン・ヴァレーのホテルにいる捜査官を思い浮かべた。エディは安コーヒーをかたわらに夜を徹して働いているのかもしれない。自分とおなじようにずっとあの占い師のことを考えていたのかもしれない。そのことがエディと自分の固い絆のように感じられた。

「思い出したことがあって」とダニエルが言う。外の気温は二度にも達していないだろうが、体は火照っている。「きみにサイモンのことを訊かれたとき——占い師が彼の死ぬ日を予言していたのかどうかって——知らないと答えた。でもサイモンは、あの女に若くして死ぬと告げられたと話してたんだ。それで、仮に自分がゲイだと悟ったんだとしたらの話だけど。サイモンは十六歳で、父親を亡くし、予言に心をかき乱されていた。それが自分の望むような人生を生きる唯一のチャンスだと思ったんだ。だから常識をかなぐりすて、危険を顧みなかった」

「なるほど」エディがゆっくりと言う。「サイモンはそれ以上具体的なことは言ってなかったんだな？」

「ああ、それ以上は。言っただろう、わたしたちはまだ若かったし、会話の流れにすぎなかったんだ。でもこれできみが言ってた仮説の信憑性が増すと思わないか？　あの女はサイモンのことも追いつめたんだっていう？」

「かもな」エディは言うが、なんとなくよそよそしく聞こえる。たちまちダニエルの思い浮かべるエディの姿が変わる。エディはベッドで寝返りを打ちながら、携帯を肩に挟んでいる。サイドテーブルに手を伸ばして照明を消そうとしている。ダニエルの新情報にがっかりしたのだ。「ほかには？」

ダニエルの熱気は冷め、心に重苦しいものがたれこめた。と、ある考えが頭をよぎった。もしエディがこの情報に興味をかきたてられないというなら――あるいはむしろこれで事件への情熱が消えたというなら――自力で追及するべきなのかもしれない。

「ああ。一つ質問がある」ダニエルが呼吸をするたび、白い息がパラシュートのように浮かぶ。「あの女の名前は？」

「名前を知ってなんになるっていうんだ？」

「呼び名を与えてくれる」ダニエルはとっさに答える。エディを安心させるためにおどけた口調で言う。「『あの占い師』だなんて呼ばなくて済むだろ。『あの女』なんてもっとひどい」

エディはしばらく黙っている。やがて咳払いが聞こえる。「ブルーナ・コステロだ」ついに答える。

「なんだって？」ダニエルの耳に激しい雑音が響く。まるでアドレナリンの洪水が襲ってくるような。

「ブルーナだ」とエディ。「ブルーナ・コステロ」

「ブルーナ・コステロ」ダニエルは一語一語、それぞれがなんらかの事実を指しているみたいにくりかえす。「それで、彼女は今どこに？」

「質問は一つのはずだ」エディが言う。「決着がついたら連絡するよ。すべて明らかになったら」

24

感謝祭当日、ダニエルはラジとルビーよりも早く起きた。六時四十五分、淡く霞んだピンク色の朝日がこぼれ、リスが駆けまわる音が聞こえ、枯れた芝生を食む鹿の姿が見えた。濃いコーヒーを淹れると、ミラのラップトップを持ってリビングの窓際のロッキングチェアに腰かけた。

ブルーナ・コステロの名前をグーグルで検索すると、最初に出てきたリンクはＦＢＩの「最重要指名手配犯」のページだった。〈あなたの家族、地域のコミュニティ、そして国家を守るため、指名手配中のテロリストや逃亡犯の逮捕にご協力を〉と、そこには書かれていた。〈事件によっては報奨金が支払われます〉。ブルーナ・コステロは「情報求む」のカテゴリに分類されていた。四番目の列に白黒のサムネイルがあった。防犯用カメラの写真を拡大したものとみえ、画像はぼやけている。名前をクリックすると写真が大きくなり、ダニエルは〈ホフマン・ハウス〉でエディが見せてくれた写真とおなじものだと気づいた。

〈連邦捜査局（ＦＢＩ）は、ブルーナ・コステロの被害者の発見のため、市民の協力を求めています。ブルーナ・コステロにはフロリダの占い詐欺集団と共謀して詐欺を働いた容疑がかけられています。コステロ・ファミリーのほかのメンバーは、重窃盗罪、虚偽申告、郵便詐欺、電信詐欺、マネーロンダリング等の罪で起訴されています。現在、ブルーナ・コステロは尋問を逃れた唯一の容疑者です。

　ブルーナ・コステロは一九八九年型〈ガルフストリーム・レガッタ〉というキャンピングカーで移動しています（もっと写真を見る）。これまでにフロリダ州のコーラル・スプリングスとフォート・ローダーデールに居住していたことがあり、またアメリカ大陸を広範囲にわたって移動していました。現在は、オハイオ州デイトンの郊外、ウェストミルトンを拠点にしているものとみられています。〉

　ダニエルは「もっと写真を見る」をクリックした。キャンピングカーの写真が現れる。幅のある車体、短い先端部（ノーズ）。塗装は薄汚れたクリーム色で——もともとは白だったのかもしれない——茶色の太い縞が横に一本走っている。「もっと写真を見る」の下に「偽名」というタイトルのリンクがあった。

　ドリーナ・ディミーター
　コーラ・ウィーラー
　ヌーリ・ガレガーノ
　ブルーナ・ガレッティ

　そのほか六通りほどの名前が並んでいる。ダニエルはラップトップを閉じた。エディはブルーナの居場所を知っていたはずだ。どうしてそう言わなかったんだろう？　こちらが不安定で復讐心に燃えていると考えたからに違いない。

　ほんとうにそうなのだろうか？　たしかに、停職処分になって以来初めて意欲がみなぎっているような気もする。ダニエルはブルーナの存在を感じた。それは隣の部屋から聞こえてくる歌声のように、ふわりと髪をもちあげるそよ風のように、彼を誘っているみたいだった。

ミラとラジが野菜を担当し、母は誉れ高い詰め物（スタッフィング）を作った。ダニエルとルビーは、バターとニンニクとタイムで味付けされた八キロ超の七面鳥の面倒を見た。昼過ぎにはすべての料理がローストされたり、ローストされるのを待つだけになった。ミラはキッチンでカウンターを拭き、ラジはゲストルームで仕事の電話をかけていた。母は昼寝をするため部屋にさがった。ルビーとダニエルはリビングルームに坐っていた。ダニエルはラップトップを開いてロッキングチェアに腰かけ、ルビーはカウチで数独パズルをやっていた。

ダニエルはロマ族について調べていた。もともとインドが起源で、宗教的迫害や奴隷制を逃れて故郷を離れた。西へと向かい、ヨーロッパやバルカン半島を旅し、難民として占いを稼業にしはじめ、ホロコーストで五十万人ほどが殺された。まるでユダヤ民族の歴史のようだ、とダニエルは思った。集団脱出と放浪、回復力と適応力。ロマ族の有名なことわざ「言葉はわれらの力（アマリ・チブ・ザマリ・ゾル）」だって、父が口にしていたような言葉に思える。ダニエルはズボンのポケットに入っていたドライクリーニングのレシートを取り出し、その言葉を書き留めた。もう一つのことわざ、「思考には翼がある」と一緒に。

ここ数年のダニエルは、神との繋がりを保つのに苦労していた。一年前に、ユダヤ教の神学を研究してみようと思いたった。父への追悼になるし、弟と妹の死の慰めになればと考えたのだ。だがほとんど得られるものはなかった。死や不死について、ユダヤ教はあまり多くを語っていなかった。ほかの宗教は死に関心を寄せているのに、ユダヤ教のもっぱらの関心事は生だった。トーラーが重視しているのは「この世（オラム・ハゼ）」だった。

「取りこみ中？」ルビーが訊く。

ダニエルは顔を上げた。太陽はキャッツキル山脈の真上にじっとして、山々を淡い青紫と桃色に染めていた。ルビーはカウチの肘掛けに寄りかかって丸くなっていた。

「そういうわけでもない」ダニエルはラップトップを閉じた。「きみは？」

ルビーが肩をすくめる。「そうでもない」そう言って数独パズルの本を閉じる。

「そんなパズルよく解けるね」とダニエル。「わたしにはちんぷんかんぷんだ」

「ショウのある日は休憩時間が多いから。何かほかに好きなものを見つけなきゃ、頭がどうかしちゃいそうになるんだ。あたし、問題を解決するのが好きなの」

ルビーは両脚を片側に寄せる。今日はまたべつの〈ＪＵＩＣＹ〉のズボンを穿いている。髪は鳥の巣みたいなお団子にまとめている。ダニエルはこの子が帰ってしまったらどんなに寂しいだろうと思った。

「医者向きだな」ダニエルが言う。

「だといいな」ルビーは顔を上げ、不安げな顔でこちらを見る。驚いたことに、ダニエルがどう思うかを気にしているようだ。「なりたいんだよね」

「そうなのか？　ショウはどうするんだ？」

「一生やるつもりはないもん」

ルビーが平然と言うので、ダニエルは困惑した。ラジは知っているんだろうか？　新しい助手を見つけるにしても、ルビーと一緒のようにはいかないはずだ。ダニエルは昨日の朝のラジとルビーの会話を思い出した。スケジュールの話になると、二人のあいだにぴりぴりしたものが走った。ラジは複雑なことなんてない、と言った。でもルビーナは、と言いかけた。

ルビーが片方の肩にかかった後れ毛を払いのけた。平然としてるわけじゃない。この子は苛立っているのだ。

「本気なんだって」とルビー。「あたし、大学に行きたいんだ。ほんものの人間になりたい。何か意味のあることをしたいの」

「きみのママはほんものの人間でいたがらなかった」

言葉が口をついて出た。ダニエルの声は低く、顔にはほほえみを浮かべていた。クララのことを思い出すと、なぜだかそのことがまっさきに思い浮かんでしまう。あの勇気、あの大胆さ。そのあとに起こったことではなくて。

「だから？」ルビーが頬を紅潮させている。リビングの照明が灯っているのに、瞳に鋭い光が差しているのがわかる。「だからあたしのママがどうしたっていうの？」

「ごめん」ダニエルは気分が悪くなってきた。「こんなこと言うなんて、どうかしてたよ」

ルビーは口を開け、すぐに閉じた。すでに心を閉ざしている。ルビーはティーネイジャーの女の子という、遠い場所へと引き返していってしまった。怒りの山があり、ダニエルには見えない深い穴がある場所へ。

「きみのママ。クララは特別だった」ダニエルは言う。とにかくルビーを納得させなくてはと焦っていた。「だからって、きみがクララみたいである必要はない。ただ知っててほしくて」

「知ってる」ルビーが物憂げに言う。「みんなに言い聞かされるから」

ルビーは雪のなかを散歩すると言って出かけた。ダニエルはルビーのうしろ姿を見つめた。〈アグ〉のブーツにパーカーを着て、ぬかるみを歩きながら、顔の横で黒っぽい巻き毛を揺らしている。

やがてその姿は森のなかへと消えていった。

25

「ハレルヤ、神をほめたたえよ。その聖所で神をほめたたえよ。その力の表れる大空で神をほめたたえよ。その大能の働きのゆえに神をほめたたえよ。そのすぐれておおいなることのゆえに神をほめたたえよ。ラッパの声をもって神をほめたたえよ。竪琴(プサルテリウム)と」母ガーティはここで間をおく。「琴(ハープ)とをもって神をほめたたえよ」

「プサルテリウムって何？」ルビーが訊ねる。

ルビーは散歩から帰ると元気を取り戻していた。今はテーブルの向こうでラジとガーティのあいだに坐っている。ミラとダニエルは反対側で手を取り合っている。

「さあ」母は顔をしかめて『詩篇』をじっと見つめる。

「ちょっと待って。ウィキペディアで調べてみる」ルビーはポケットから携帯を取り出し、みごとな手さばきで小さなキーを打つ。「わかった。『弓つきのプサルテリウムはプサルテリウムやツィターの一種で弓で演奏するタイプのもの。何世紀も前からある爪弾きタイプのプサルテリウムとは対照的に、二十世紀に発明されたと思われる』」ルビーは携帯を閉じる。「ふーん、なるほどね。続けて、おばあちゃん」

ガーティは『詩篇』に戻る。「鼓と踊りとをもって神をほめたたえよ。音の高いティンブレルをもって神をほめたたえよ。鳴り響くシンバルをもって神をほめたたえよ。息のあるものすべてに神をほめたたえさせよ。ハレルヤ」

「アーメン」ミラがそっと言い、ダニエルの手を握りしめる。「さあ、いただきましょう」

ダニエルはミラの手を握りかえすが、気持ちは鎮まらない。その日の午後、バグダッドのサドルシティ地区で爆発があった。五台の自動車爆発と迫撃砲弾で、シーア派の人びとを中心に二百人以上の死者が出たという。ダニエルはワインをぐいっと飲んだ。マルベックだ。すでに料理をしているあいだにミラがコルクを開けた白ワインを一、二杯飲んでいた。だが、酔いがもたらしてくれる心地よい霧はまだやってこなかった。

母はルビーとラジを見ながら訊く。「明日は何時に発つの？」

「朝早くに」ラジが言う。

「残念だけど」とルビー。

「シティで七時からショウがあるんで」ラジが言う。「昼前には到着してクルーと落ち合わないと」

「もう行っちゃうなんてね」母が言う。「もっとゆっくりしていければいいのに」

「あたしもそうしたい」とルビー。「でもさ、おばあちゃんがヴェガスに来ればいいよ。専用のスイートルームを使えるよ。それにクリスタルにも会わせる。シェトランド・ポニーなんだけど、すっごいぽっちゃりさんなんだ。たぶん一日に一エーカー分くらい草を食べてるんじゃないかな」

「あらまあ」ミラが笑う。サヤインゲンを何本かフォークで半分に切る。「あのね、個人的にお願いがあるの。言い出さないようにしてたんだけど、だってほら、きっとこの手のことっていやというほど頼まれてきたでしょうから。わたしたちの友人がよってたかってダニエルに診断してもらおうとするみたいに――でも家に二人もマジシャンがいるわけだし、やっぱり訊いてみもしないで帰しちゃうのもなって」

ラジが眉を上げる。ダイニングは静寂に包まれているようだ――キングストンの森林エリアを選んだ結果がこれだ。

ミラがフォークを置く。頬を赤らめている。「若いころにね、ストリート・マジシャンがカードマジックをしてくれたの。その人がカードの束をめくっているあいだに、それが一秒もかからないでめくるんだけど、一枚だけ選ぶように言われたの。わたしはハートの9を選んだ。そしたら彼がずばり当てたの。わたし、束がハートの9だらけなんじゃないかって疑って、もういちど選ばせてもらってたしかめたわ。いったいどうやって当てたのか、今でもさっぱりわからないのよね」

ラジとルビーが目を合わせる。

「強制（フォーシング）だよ」とルビー。「マジシャンが相手の意志を操作するの」

「でも、ほんとにただ選んだだけだったのに」とミラ。「彼はわたしに影響を与えるようなことは何も言わなかったし、何もしなかった。あれは完全にわたしの意志だった」

「そう思いこんでるだけなんだ」とラジ。「フォーシングには二種類ある。一つは心理的なもので、マジシャンは言葉を使って相手に特定の選択をさせるよう誘導する。でもたぶんそのマジシャンが使ったのは物理的なフォーシングだな――ある特定のものが、残りのものより目に付くようにするんだ。ハートの9を、ほかのカードよりもほんの一ミリ秒ほど長く止めてみせたんだろう」

「露出を増やすの」ルビーがつけくわえる。「古典的なテクニックだよ」

「すごい」ミラが背もたれに体をあずける。「だけど正直言って、なんだか――がっかりしたっていうのかな？　こんなに合理的に説明がつくものだなんて思ってなかったから」

「マジシャンというものはたいてい信じられないほど合理的だよ」ラジは七面鳥の足から肉を削ぎ取り、皿の片側にきれいに並べている。「いわばアナリストだ。イリュージョンを創り出すためには、そうあらなければいけない。人びとを騙すためにはね」

この言葉の何かに、ダニエルはかちんときた。ダニエルがずっとラジに苛立ってきた原因を思い出させた——彼の実利主義、ビジネスへの固執。ラジに出会うまで、マジックはクララの情熱であり、何ものにも代えられない愛だった。そして今、ラジは立派な門構えの屋敷に住んでいて、クララは死んでしまった。

「わたしの妹はそういう考え方はしていなかったかもな」ダニエルが言う。

ラジが小粒の玉ねぎにフォークを突き刺す。「どういう意味だ？」

「クララはマジックは人を騙すために使えることを知っていた。でも彼女は正反対のことをやろうとしていた——マジックを使って、何かもっと偉大な真実を明らかにしようとしてた。人びとの目をくらますんじゃなくて、目を覚まそうとしてたんだ」

テーブルの中央にある燭台がラジの顔の半分に影を落としていたが、それでも彼の目が鋭く光っているのがわかる。「わたしが自分のやっていることに信念をもっているのか、人びとのためになることをしていると確信しているのか、そういうことを訊いているのだとしたら——そうだな、おなじことをわたしからも訊きたいね。これはわたしのキャリアだ。きみのキャリアとおなじように、重要なものなんだ」

ダニエルは突然、口のなかの食べ物が重々しく感じられた。ラジは自分が停職処分中であることを知っているのだろうか、と恐ろしい考えが頭をよぎる。最初から知っていたのに、いたわりと憐れみから知らないふりをしていたのだろうか？

「それはどういう意味だ？」

「きみは若者を命がけの戦場に送りこむのが立派なことだと思ってるのか？」ラジが言う。「きみは何かもっと偉大な真実に突き動かされているというのか？」

ガーティとルビーがラジとダニエルの顔を交互に見る。ダニエルは咳払いをした。

「わたしは軍の必要性について、深い確信をもっている。わたしの仕事が立派かどうか、それはわたしが判断することじゃない。だが兵士たちがすることは？　もちろん、それは立派なことだ」

一見、もっともらしい答だった。だがミラはダニエルの声がうわずっているのを感じ取ったようで、皿のほうに頭を傾けた。その目にダニエルの本性を映し出してしまわないよう気を遣って顔をそむけたのだろうが、ダニエルはかえって自分が詐欺師になったような気がした。

「今もか？」

「今だからこそだ」

ダニエルは九・一一の恐怖を思い出した。子どものころ親友だったイーライは、サウスタワーで働いていた。二機目の飛行機がビルに突っこんだとき、イーライは七十八階の吹き抜けに立って、人びとを高速エレベーターへと誘導した。**よし**、とイーライは叫んだ。**みんな外に出るんだ**。その声が響くまで、なかには恐怖に凍りついて動けなくなっていた人もいた。一九九三年に起こった世界貿易センター爆破事件のときから一緒に働いていた同僚は、のちにイーライのことを「目覚めの声」と呼んだ。イーライはその後、一九九三年に救助場所として使われた屋上まで昇り、妻に電話をかけた。愛してるよ、と彼は言った。帰りは遅くなるかもしれない。午前十時、イーライはビルとともに崩れ落ちた。

「今だからこそ？」ラジが言う。「イラクのインフラがめちゃくちゃになっているときにか？　無実の人間がアブグレイブ刑務所でサディストどもに拷問を受けているときにか？　大量破壊兵器なんてどこにもないとわかったときにか？」

ラジがダニエルの目を見つめる。ヴェガスのセレブ、豪勢な身なりのマジシャン——ダニエルはラジのことを見くびっていた。

「パパ」とルビーが言う。

「豆はいかが？」ミラが大皿を持ち上げる。

「じゃあ残酷な暴君が何十万という人びとを殺し、弾圧しつづけるのを黙って見てろというのか？」ダニエルが言う。「サダムによるクルド人の大量虐殺はどうだ？　クウェート侵攻は？　バルザニ族の拉致は？　化学兵器や集団墓地を見過ごせっていうのか？」

ワインが効いてきた。頭にぼんやりと霞がかかっていたので、とりあえずフセインの悪事を正確に挙げられてほっとした。

「合衆国は政治的な連帯を選ぶときに道徳的判断を指針にしたことがない。パキスタンを越境爆撃にさらしている。フセインの残虐行為がもっとも激しかった時期には彼を支持していた。それが今、ありもしないものを探してる。イラクの大量破壊兵器プログラムは一九九一年にとっくに終わってるんだ。探したって何も出てこない——石油以外は」

ダニエルは認めたくなかったが、ラジは正しかった。アブグレイブ刑務所の写真は恐ろしかった。

フードをかぶせられ裸にされた男たちが、殴られたり電流を流されたりしていた。フセインは十二月のイード・アル＝アドハーの期間、イスラム教の祝日に絞首刑に処されるという噂も聞いた。刑は敵軍によってではなく、歪んだ信仰によって下されるのだ。

「それはわからない」

「そうか？」ラジがナプキンで口もとを拭く。「世界じゅうのどの国もイラクでの戦争に乗り気じゃないのには理由があるだろ。イスラエルをのぞいて」

ラジは思いつきのように、一瞬だけ話している相手が誰かを忘れてしまったみたいに、つけくわえた。あるいは、わかっていて言ったのだろうか？ ゴールド家の面々ははっとし、目には見えないが瞬時に固く結束した。ダニエルはシオニズムに対して彼なりの疑問をもってはいたが、それでも気がつけば歯を食いしばり、鼓動が速くなっていた。まるで母親を侮辱されでもしたように。

ミラが銀製のナイフとフォークを置く。「なんですって？」

この家に来て初めて、フードがするりと脱げ落ちるように、ラジの自信が揺らいだ。

「説明するまでもないだろう。イスラエルはアメリカの戦略的同盟国だし、バグダッド侵攻はアメリカの安全だけでなく、イスラエルの安全保障のためでもある」ラジは静かな声で言う。「わたしが言いたかったのはそれだけだよ」

「そうかしら？」ミラは肩をこわばらせ、抑えた声で言う。「正直言って、ラジ、ユダヤ人をスケープゴートにしているように聞こえたんだけど」

「でももうユダヤ人は虐げられた民じゃないだろう。この国にとってもっとも重要な有権者と言ってもいい。アラブ諸国はアメリカがイラクで戦争を起こすことに反対しているけど、アラブ系アメリカ人はユダヤ系アメリカ人にかなうほどの力を持つことはないだろう」ラジはしばらくためらう。テーブルを囲んでいる全員が自分の敵だとわかっているはずだ。だが圧力を感じたのか、それに屈しないと決めたのか、先を続ける。「それなのにユダヤ人はいまだにひどい抑圧の犠牲者のようにふるまっている。そういう考え方は他の者を虐げたいときに便利だからな」

「もうたくさん」と母が言う。

母は今夜のディナーのためにわざわざ着飾っていた。海老茶色のシフトドレスにストッキングを穿き、革のミュールを履いていた。父から贈られたガラス製のブローチが胸もとに留まっている。母の顔が悲しみに歪むのを見て、ダニエルは胸が痛んだ。彼をもっとつらくさせたのは、ルビーの表情だった。姪っ子はうつむいて、空っぽになったままの皿をじっと見つめている。キャンドルの灯りのなかでも、目に涙がにじみはじめているのがわかる。

ラジは娘のほうを見た。つかのま衝撃を受け、うろたえていた。やがて音をたてて椅子をうしろに押しやった。

「ダニエル」ラジが言う。「ちょっと歩きにいこう」

ラジはダニエルの前を歩き、手前の楓の木立を通りすぎ——数週間前に燃えるように赤く色づいた葉は、もうすっかり落ちている——空き地に向かった。そこにはガマや樺の木に囲まれた池がある。ラジの身長は一七五センチくらいだろうか。一八二センチあるダニエルよりも背が低いが、自信に満ちあふれた態度にダニエルは驚いた——堂々とした足取りで家を出て、空き地へと向かっていく。ダニエルの所有地なのに、わが家のように悠然としている。それだけで、ダニエルがかっとなって口火を切るのには十分だった。

「きみは誰を責めるべきかわかっているような口ぶりで戦争のことを話すが、柵に囲まれた屋敷に暮らしてコイン・トリックをしながらあれこれ推論するのは簡単だ。意味のあることをしてみるべきなんじゃないのか」どこかで聞いたことのある言いまわしだ。そう、ルビーだ。**大学に行きたいんだ、**あの子は言った。**ほんものの人間になりたい。何か意味のあることをしたいの。**ダニエルは頬に血が昇り、喉が激しく脈打つのを感じ、突然、ラジを決定的に傷つけてやる方法を思いついた。

「娘だってきみのことをヴェガスのショウマンにすぎないと思ってるんだ。あの子は医者になりたいんだって、わたしに打ち明けてくれたよ」

　池に月の光が反射し、ラジの顔が固く引き締まった。ダニエルはまるで自分のもののようにはっきりと、ラジの弱さに気づいた。ラジはルビーを失うことを恐れている。あの子をゴールド家から遠ざけてきたのは、一家を嫌っていたからだけではなく、脅威を感じていたからだ。べつの家族――べつの人生。

　だがラジはダニエルの目をしっかりと見据える。「そのとおりだ。わたしは医者じゃない。学位も持っていないしニューヨークで生まれ育ったわけでもない。でもわたしはすばらしい子どもを育てあげた。そして成功したキャリアを持っている」

　ダニエルは急に落ち着かない気分になった。バートラム大佐の顔が頭をよぎった。**自分は最高に高潔な人間だとでも思っているんだろうな、**大佐は言った。胸の司令官のバッジにぼんやりと薄ら笑いが映った。**ほんもののアメリカの英雄（ヒーロー）だって。**

「違うだろ」ダニエルが言う。「それは盗んだものだ。きみはクララのショウを盗んだんだ」長年言いたかったことをついに口にして、ダニエルはいきおいづいた。

ラジは声をぐっとひそめ、ゆっくりと言う。「わたしはクララのパ、ー、ト、ナ、ー、だった」だが落ち着きはらっているというよりも、必死で何かを抑えつけているのが伝わってしまう。

「ふざけるな。きみはつけあがってた。クララよりもショウのことばかり気にかけていた」

言葉を発するたび、ダニエルの胸に自信がみなぎってくる。初めはぼんやりしていた何かが、次第にはっきりしてくる。もう一つの物語――ブルーナ・コステロの物語――の残響が。

「クララはきみを信頼していた」ダニエルが言う。「きみはそれを利用したんだ」

「おい、冗談だろ？」ラジがほんのわずかに頭をうしろにのけぞらせると、白目に月の光が反射する。ダニエルはそこに独占欲と、憧れと、そして何かべつのものを読み取った――愛だ。「わたしはクララの面倒を見ていた。どれだけ彼女がめちゃくちゃになっていたか知ってるのか？ きみたちの誰か一人でも？ クララはときどき意識を失うことがあった。記憶はとぎれとぎれになっていた。わたしがいなければ、朝起きて服を着ることだってできなかっただろう。それにクララはきみの妹だ。彼女を助けるために何をした？ ルビーに一度だけ会いにきた？ ハヌカに電話でおしゃべりした？」

ダニエルの胃が締めつけられ、吐き気がこみあげてくる。「わたしたちに話してくれればよかったのに」

「きみたちのことをほとんど知らなかった。きみたちは誰一人としてわたしを歓迎しなかった。わたしを不法侵入者のように扱った。クララには、ゴ、ー、ル、ド、家にはふさわしくない人間だとでもいうように――尊い、特別な、長い試練に耐えてきたゴールド家には」

ラジの声に含まれた嘲笑に、ダニエルは一瞬言葉を失った。「わたしたちがどんな経験をしてきたか、きみにはわからないだろう」ついに言う。

「それだよ！」とラジ。目をぎらつかせながら指を突き出し、腕からは電流がほとばしっているようだ。まるで――そんなはずはないが――まさにマジックを披露しようとしているみたいだ。「それこそが問題なんだ。たしかにきみたちは悲劇を経験してきたかもしれない。誰もそれは否定しない。でもそれは今きみらが生きている人生じゃない。オーラは消えかけてる。物語は、いいかダニエル、もう古びてるんだよ。なのにきみらはそれを手放せない。なぜならそれがなければ、もう犠牲者でいられなくなるからだ。だが今の今でも、何百万という人間が虐げられながら生きているんだよ。わたしもそうした人間の一人だった。そういう人びとは過去に生きることはできない。記憶のなかに生きることはできない。そんな贅沢にはあずかれないんだ」

ダニエルは引き下がり、身を隠すように木々の暗がりのなかに足を踏み入れた。ラジはダニエルの返事を待たず、池に沿って引き返しはじめた。が、家に通じる小径の途中で足を止めた。

「もう一つ」ラジの姿は影に隠れているが、声ははっきりと聞こえてくる。「きみは自分が重要なことをしている、意味のあることをしていると言う。でも自分を騙してる。きみはほかの人間が何千マイルも離れたところできみのかわりに汚い仕事をするのをただ見てるだけだ。きみは歯車にすぎない。ただのお膳立て役だ。それに、きみは恐れている。妹がやっていたようなことは自分にはできないんじゃないかと恐れているんだ――毎晩一人でステージに立って、魂をさらけだす。喝采を浴びるのかブーイングを浴びるのかわからないままだ。クララは自殺したかもしれない。でも、きみよりずっと勇敢だったよ」

26

ラジとルビーは朝八時前に出発した。一晩じゅう雨が降っていたせいで、車道に停めてあったレンタカーは濡れていた。ラジとダニエルは無言でトランクに荷物を詰めこんだ。ルビーのスウェットスーツの黄色いベロアには水滴が絡みついている。ルビーはぎこちなくダニエルにハグをした。ラジに対してもよそよそしく接していたが、ラジは父親だ。いずれは許してもらえるだろう。ダニエルはそうはいかない。ルビーが助手席に乗りこんでドアを閉めると、ダニエルは心の底から絶望を覚えた。二人の車がバックで車道を出ていくと、ダニエルは手を振った。だがルビーはすでに首をひっこめて携帯を見ていた。ダニエルに見えるのは髪の毛の一部だけだった。

ミラは学部会議のためニューパルツに車で出かけた。ダニエルは冷蔵庫に歩いていって、きのうの残り物を取り出した。ぱりっとしていた七面鳥の皮は、縮んで湿っていた。肉汁は白く濁ったベージュ色のねっとりした液体になっていた。

皿ごと電子レンジで温めて、気分が悪くなるまでキッチンカウンターで食べた。シャパル家とゴールド家でディナーを囲んだダイニングのテーブルに坐る気にはなれなかった。もう何年も前のことのように思える。今回、ダニエルは初めてルビーとの絆を感じた——あの子ともっと親しくなれるかもしれない、あの子の母親の死に自分がどう関わったのか、それを恥じる必要はない、そう感じた。だが結局、ダニエルはルビーを失ってしまった。ルビーが十八歳になって自分で決断できるようになったらまた訪ねてくるかもしれない。でもラジはルビーをここに送り出そうとはしないだろうし、そう勧めることもないだろう。こちらからルビーに連絡を取ることもできるかもしれないが、あの子が返事をよこすかどうか、誰にわかるだろう？　感謝祭が悲惨な結末になったのは、ラジだけの責任ではない。

何年か前にラジと喧嘩別れをしたときは、仕事が慰めになった。でももう仕事に逃げこむこともできない。今は職場のことを思い出すと、首を絞めつけられているような気分になる。仕事を続ける方法はただ一つ、決定を下す責任を放棄することだ。そしてもしそうすれば――誠実さよりもポストを選び、自由意志よりも安定を選ぶなら――自分はラジの言ったとおり、ただの駒にすぎなくなる。

寝室から携帯の着信音が聞こえてきた。ダニエルは二階に上がった。スクリーンに表示された番号を見るやあわてて携帯を取り上げ、その拍子に充電コードがソケットから抜けた。

「エディか？」

「ダニエル。事件の進捗(しんちょく)を知らせようと思って。最新の情報を知りたいと言っていたよな」

「ああ？」

エディの声は重く、張りつめている。「あの女の嫌疑は晴れた。そう決定された」

ダニエルはベッドにどさりと腰を下ろす。コードを尻尾のように引きずったまま、携帯を耳に押しあてる。「そんなことできるはずがない」

「いいか、このケースは」エディが大きく息をつく。「白黒つけがたい曖昧なものなんだ。どうやってあの女が殺したと立証できる？　被害者たちに触れてもいないし、誘導したわけでもない、たいして話もしていないのに。この半年間、わたしはあの女を挙げてやろうと必死でやってきた。きみに会ったのは、捜査の打ち切り間際だった。でもわたしは何かを見落としているんじゃないか、きみだけが知っている証拠のかけらがあるんじゃないかと思った。そしてきみはできるだけのことをしてくれた。誠実に。ただそれでは十分ではなかったということだ」

「どうなれば十分なんだ？　あと五人自殺者が出ればいいっていうのか？　二十人か？」語尾で声が割れ、かすれていく。そんなふうになるのは少年のとき以来だ。「あの女は無免許だったって言ってたよな。それで逮捕できないのか？」

「ああ、無免許だった。でも彼女はほとんど金を稼いでいない。当局は時間の無駄だと判断したんだ。それに、もう年も年だ。老い先もそう長くない」

「それがなんだっていうんだ？　ひどいことをした人間、卑劣なことをした人間がいたら、鉄槌が下されるのに遅いも早いもないはずだ。正義をもたらすこと、それが重要なんじゃないのか」

「落ち着け、ダニエル」エディが言う。ダニエルの耳が熱くなる。「わたしだってきみとおなじくらいこいつを仕留めたかったさ。でも手放すしかない」

「エディ」とダニエル。「今日がわたしの日なんだ」

「きみの日？」

「あの女に告げられた日だ。あの女がわたしの死ぬ日だと予言した日」

ダニエルは切り札をきった。エディにそれを教えるつもりは毛頭なかったが、どうしてもこの捜査官に考え直してほしかった。

「おい、ダニエル」エディが溜息をもらす。「それは考えるな。自分を苦しめるだけだ。そんなことしてなんになる？」

ダニエルは黙っている。窓の外で細かい透明な雪が舞っている。雪はふわふわと宙をたゆたい、空に向かっているのか地面に向かっているのかわからない。

「自分を大事にしろ、いいな？」エディは力づよく言う。「今日できる最善のことは、自分を大事にすることだ」

「そうだな」ダニエルは硬い声で返事をする。「わかった。いろいろありがとう」

通話を終えると、ダニエルは携帯を壁に投げつけた。鈍い音がして携帯は二つに割れた。それを床から拾い上げもしないで、ダニエルは一階に降り、書斎に入った。ミラは早々とルビーのベッドから剝がしたリネン類を洗濯機に入れ、布団をカウチのなかにしまっていた。床に掃除機までかけていた——行き届いた心遣いだが、まるでルビーがそこにいた事実が消えてしまったような気にさせられた。

ダニエルはデスクに向かい、ＦＢＩの「最重要指名手配犯」のページを開いた。ブルーナ・コステロは「情報求む」のページから削除されている。検索バーに名前を入れても、「お探しのドキュメントは見つかりません」と短いテキストが現れるだけだ。

ダニエルはオフィスチェアの背もたれに体をあずけ、両手で顔をおおったまま回転した。何度も思い返してきた記憶がまたよみがえる——サイモンと最後に話したときの記憶。サイモンは病院から電話をかけてきた。もっとも、ダニエルはそうだとは知らなかったが。「ぼく、病気なんだ」サイモンは言った。ダニエルは驚いて何も言えなかった。一瞬、弟の声だと気づかなかった。大人びたようで、以前より弱々しく聞こえた。サイモンには言わなかったが、ダニエルは憤りとおなじくらい安堵を覚えていた。サイモンの声に、ダニエルは血が呼ばれるのを感じた――それはどんなに理性を働かせても彼を惹きつけた。信念と独善を捨てさせ、もっと深い信頼へと駆り立てた。

もしサイモンがほんの少しでも謝罪の言葉を発していたら、ダニエルは許しただろう。でもサイモンは口にしなかった。それどころか、ほとんど何も言わなかった。まるでさほど疎遠でもない兄弟の何気ない電話のように、ダニエルに近況を訊ねた。ダニエルにはわからなかった。何か深刻な問題が起きているのか、それともサイモンはただいつものサイモンであるだけなのか――自己中心的で、捉えどころがない。サンフランシスコに家出したのとおなじで、考えもなしになんとなく電話をよこしたのかもしれない。

「サイモン?」ダニエルは訊いた。「何かできることあるか?」

自分でも冷ややかな声だとわかっていた。そしてサイモンはすぐに電話を切った。

何かできることあるか?

自分はサイモンとクララを救えなかった。二人は過去に生きる人になってしまった。でも、未来を変えることならできるかもしれない。なんという皮肉だろう。ブルーナ・コステロが死を予言したその日に、彼女を見つけ出し、彼女が自分たちを利用していたことを白状させるのだ。そして二度とこんな真似はしないと誓わせるのだ。

ダニエルは回転を止めた。顔から手を離し、書斎の人工的な明かりのなかで目をしばたたいた。それからキーボードにおおいかぶさるようにしてＦＢＩのページにあったフレーズを思い出そうとした。クリーム色と茶色のキャンピングカーの写真、偽名のリストがあったはずだ。それからオハイオの村の名前――なんとかミルトン――大学時代に『失楽園』を読んでいたから、その言葉が印象に残っていた。イーストミルトン？　違う、ウェストミルトンだ。グーグルでそのフレーズを検索してみた。小学校と図書館のリンクが出てきて、それからウェストミルトンの地図がヒットした。境界線が赤く引かれたその土地はイタリアのようなブーツの形で、ただしヒールの部分がない。「画像」をクリックすると、店先にアメリカ国旗を掲げた店が建ち並ぶ、趣のある繁華街の写真が現れた。ある写真は脇に階段のある小さな滝を写している。その画像をクリックすると、メッセージボードが表示された。

ウェストミルトンの滝と石段、と誰かの投稿がある。手入れがされていない。ゴミが散らかっているし、石段も手すりも安全とはいえない。

身を隠すにはメインストリートよりもいい場所のようだ。ダニエルは地図に戻る。ウェストミルトンはキングストンから車で十時間。考えると鼓動が速くなった。ブルーナの正確な居場所はわからないが、この滝は有望そうだし、全体で三平方マイルあるかないかの村で、キャンピングカーを見つけ出すのはそう難しくないのではないか。

と、キッチンから甲高い音が響いてきた。最近では固定電話にかけてくる人もめったにいないので、それがなんの音かを思い出すのに一瞬手間取った。番号を知っているのは家族に電話セールスの販売員に、数少ない隣人だけ。今回は、発信者番号を確認しなくても、相手はヴァーヤだとわかっていた。

「やあ、ヴィ」ダニエルは受話器を取って言う。

「ダニエル」ヴァーヤはアムステルダムの学会に出席するため、今年の感謝祭には来られなかった。

「携帯の電源が切れてたから。どうしてるかなって、ちょっとかけてみたの」

ハイウェイからかけてきたエディの声は聞きにくかったが、四千マイル離れた海の向こうからかけているヴァーヤの声ははっきり聞こえてきて、まるですぐ隣にいるような感じがした。冷静で落ち着き払った口ぶりだったが、それがダニエルには癇に障った。

「なんでかけてきたのかわかってるよ」

「ふうん」ヴァーヤは一瞬だけ笑う。「だったら何よ」しばらく間が空くが、ダニエルはそれを埋めようとはしない。「どうしてるの?」

「あの占い師を探しにいくところだよ。あの女を捕まえて、あの女が家族にしたことを詫びさせてやるんだ」

「笑えないな」

「きのう、きみもここに来られればよかったのに」

「発表することになってて」

「感謝祭にか?」

「オランダじゃ感謝祭は祝わないの」ヴァーヤの声は張りつめていて、ダニエルの苛立ちがさらに募る。「どうだった?」

「うまくいったよ」何も教えてやるもんか。「学会のほうはどう?」

「うまくいった」

それを聞いてダニエルは猛烈に腹が立った。ヴァーヤは今日電話をかけてくるだけの気遣いはもっていても、いつもはなんにもしない。自分に会いにくる気なんてさらさらない。こっちが必死に動きまわっているのを高みから眺めるだけで、そこから降りてきてあいだに入ってくれようとはけっしてしない。

「で、どうやって覚えてたんだ？」ダニエルは受話器を耳に押しつける。「スプレッドシートに記録でもしてたのか？　それともみんなのを暗記してるのか？」

「意地悪なこと言わないで」ヴァーヤが言い、ダニエルは口ごもる。

「こっちは大丈夫だよ、ヴァーヤ」ダニエルはカウンターにもたれ、空いたほうの手で鼻筋をこする。「何も問題ない」

電話を切ってすぐに後悔した。ヴァーヤは敵ではないのに。でも、あとでゆっくり時間をかけてわだかまりを解けばいい。ダニエルはカウンターの端に置いてある籐カゴのほうに歩いていって、なかから鍵をつかみあげた。

「ダニエル」母の声だ。「何してるの？」

母がドアのところに立っていた。古いピンクのバスローブを着て、素足のまま。目のまわりの皮膚は湿り、なぜか薄紫色になっている。

「ちょっと車で出かけてくる」

「どこに？」

「オフィスにだよ。いくつか月曜までに済ませておきたい用があるから」

「安息日だよ。仕事に行くなんて」

「安息日は明日だ」

「今夜から始まるんですよ」

「じゃあ、あと六時間あるな」ダニエルが言う。

だが、それまでに帰ってくるのは無理だろう。戻るのは朝になるだろう。そしたら母とミラにすべてを打ち明けよう。どうやってブルーナを捕まえたか、彼女がどんなことを白状したか、話して聞かせるのだ。エディにも知らせよう。きっと捜査を再開することになるだろう。

「ダニエル」母が行く手をさえぎる。「あんたのことが心配なんだよ」

「心配しなくていい」

「あんた、飲みすぎてる」

「そんなことない」

「それに何かあたしに隠してるね」母が好奇と悲しみの混じった目でじっと顔をのぞきこんでくる。

「何を隠してるの、ねえ（ラヴ）？」

「何も」まったく、母といると子どもに戻ったような気にさせられる。ドアの前からどいてくれればいいのに。「考えすぎだよ」

「行くべきじゃないと思うね。だめですよ、安息日なんだから」

「安息日なんてなんの意味もない」ダニエルは乱暴に言う。「神様は気にしないさ。神様は洟も引っかけないよ」

ふと、神という概念が、ヴァーヤの電話とおなじくらい腹立たしく無意味なものに思えてきた。神はサイモンもクララも守ってくれなかった。神は正義の鉄槌を下さなかった。じゃあ自分は何を期待していたんだ？　ミラと結婚したとき、ダニエルはユダヤ教の道に戻ることを選んだ。信じるべき神を想像し、選んだ。それが問題だった。もちろん、人はつねに信じるものを選んでいる。人間関係、政治的イデオロギー、宝くじ。でも神は違う——ダニエルは今わかった。神はカスタムメイドの手袋のように個人の好みに合わせて作られてはいない。人間の欲望というものは何もないところに神性を生み出してみせるほどに強力だが、神がそういうものの産物であっていいはずがない。「ダニエル」母がくりかえす。もしこれ以上名前を呼ばれたら、叫びだしてしまいそうだ。「本気で言ってるんじゃないでしょう」

「母さんだって神なんか信じちゃいないんだ」とダニエル。「信じたいと思ってるだけなんだよ」

母は目をぱちぱちさせ、くちびるを固く結んだ。だが動こうとはしなかった。ダニエルは母の肩に片手を置き、身をかがめて頬にキスをした。ダニエルがキッチンをあとにしてもまだ、母はその場に立ちつくしていた。

家の裏手にまわって小屋に入った。なかにはミラのガーデニング用品がしまわれている。半分使いかけの種の袋、革の手袋に銀色のじょうろ。一番下の棚から緑色のホースをどかして、その裏に隠してある靴の箱を取り出す。箱のなかには小型の拳銃が保管されている。入隊したときに射撃の訓練を受けた。武器を持つのは理にかなっているような気がした。年に一度、ソーガティーズの射撃場に行くときしか使わないが、今年三月に登録証を更新してあった。銃に弾を込めると上着のポケットに入れて車に持っていった。ブルーナに白状させるには、脅しも必要になるかもしれない。

正午を過ぎたころ、ダニエルはハイウェイに入った。ブラウザの検索履歴を消し忘れたことに気づいたときには、すでにペンシルヴェニアを走っていた。

27

午後の早いうちにペンシルヴェニア州スクラントンを通りすぎた。オハイオ州コロンバスに着いたころには九時近くになっていた。肩は凝り固まり頭がずきずきしたが、安いコーヒーと期待で興奮状態だった。町並みはどんどん田舎になっていく。ヒューバー・ハイツ、ヴァンディリア、ティップ・シティ。そしてウェストミルトンが緑とベージュの小さな標識に現れた。車で町をまわるのには五分もかからない。屋根の低いアルミの外壁の家々、なだらかな丘と農地。トレーラーハウスもトレーラーパークも見当たらないが、ダニエルの決意は揺るがない。隠れようと思ったら、森のなかに入るはずだ。

時計を見る。十時三十二分。道路にはほかに車は走っていない。ネットで見つけた滝は五七一号線と四八号線の交差点の角、家具屋の裏手にある。ダニエルは車を停めて高台に歩いていった。そこからは石段しか見えない。書き込みのとおり、ぼろぼろだ。石段には濡れた葉っぱが貼りついているし、手すりは錆(さび)がかさぶたのように浮いている。

もしブルーナがすでにウェストミルトンをあとにしていたら？　でも諦めるのはまだ早い、ダニエルは自分に言い聞かせながら車に戻った。森はとぎれることなく隣町まで続いている。もしブルーナがこの町を離れていても、そう遠くへは行っていないかもしれない。

スティルウォーター川に沿って北に進みつづけ、人口二百九人の町、ラッドロー・フォールズに着いた。コヴィントン通りの野原の向こうに橋があり、四八号線の下にまたべつの滝が見えた。しかしこちらのほうが大きい。草むらの端に車を停めると、ウールのコートを羽織り、拳銃をポケットにしまった。下り坂をおり、橋の下に出た。

ラッドローの滝は二階建ての家ほどの高さがあり、ごうごうと水音をたてていた。古い石段が渓谷まで十メートルほど延びており、川沿いの小径を照らすのは月明かりだけだった。

初めは慎重に降りていたが、そのうち石段の幅と間合いにあわせて歩調を早めた。

渓谷は入りくんでいて、道をたどるのがひと苦労だった。何度もコートが枝に引っかかり、二回ほど節くれだった木の根につまずいた。どうしてこれが名案だなんて思ったんだろう？　渓谷はキャンピングカーを停めるには狭すぎるし、入口の勾配も急すぎる。ダニエルは歩きつづけながら、どこかに高台に通じる階段か小径があることを願った。だが、期待はすぐ徒労に変わった。途中、岩盤のすべすべした段差で足を滑らせ、川に転落しないよう四つん這いになって地面にしがみつくはめになった。

手のひらが苔や石の上でこすれた。ズボンの膝がびしょ濡れになってなかまで染みてきた。なぜだか胃がどくどくと脈打った。今ならまだ引き返せる。モーテルに部屋を取って、朝に家に帰って、ミラにはオフィスで眠ってしまったと言えばいい。けげんな顔をされるかもしれないが、信じてもらえるはずだ。ずっと忠実な夫だったのだから。

だがダニエルは慎重に岩から体を起こし、膝立ちになると、やがて立ち上がった。水辺から離れた、地面が乾いている場所では、ずっと足もとがしっかりした。渓谷が狭くなるにつれ、岩がより切り立っていく。どれくらい時間がたったのかわからないが、気がつくと滝の音がずいぶん小さくなっていた。歩きまわっているうちに、南側に出てしまったに違いない。

少し上に、平らな場所が見えた。ダニエルは木の幹や低い枝をつかみながら体を引き上げ、渓谷を脱出した。岩をよじのぼりながら目が暗闇に慣れてくると、空き地の一部が何かで塞がれているのがわかった。何か角ばったもの。長方形のもの。

キャンピングカーが一台、平地の片隅の鬱蒼とした木陰の下に停まっている。渓谷の上部まで登りつめたときには息が切れていたが、あと二往復でもできそうな気分になった。キャンピングカーは泥にまみれていた。屋根には雪の塊がのったままだ。窓はすべておおいがされ、車体の側面に〈Regatta（レガッタ）〉という斜体の文字が書かれていた。

驚いたことに、鍵はかかっていなかった。ダニエルはステップを昇ってなかに入った。

しばらくすると暗闇に目が慣れてきた。窓におおいがされているのではっきりとは見えないが、だいたいの配置は把握できた。ダニエルがいるのは狭いリビングエリアで、左膝にあたっているのは、悪趣味な幾何学柄の薄汚れたカウチだ。カウチの向かいにはテーブル、というかテーブルもどきがある――壁に備えつけられている折りたたみ式の天板が広げられていて、いくつも箱が積み上げられている。二脚の金属製の折りたたみ椅子がそのテーブルと前部座席のあいだに押しこまれ、その上にも箱がところ狭しと置いてある。テーブルの左手には流し台と、キャンドルや置物が並べられたカウンタースペースがある。

ダニエルはキャンピングカーの奥に向かい、粗末な狭苦しいバスルームを通りすぎ、閉じたドアの前に着いた。ドアの中央、ちょうど目線とおなじ高さに、木製の十字架が二つの画鋲で吊るしてあった。ダニエルはドアノブを回した。

ツインベッドが壁際にある。横にある木箱の上には聖書と、ラップだけが残った皿が置いてある。その真上には小さな四角い窓。ベッドは格子柄のフランネルのシーツと濃紺の掛け布団におおわれ、そのあいだから足が一本伸びていた。

ダニエルは咳払いをして言う。「起きろ」

ベッドのなかの体が動いた。頭が片側に向けられるが、長い髪に顔が隠れている。女はゆっくりと仰向けになり、片目を開き、もう一方の目も開いた。一瞬、女は無表情でこちらを見つめた。つぎの瞬間、はっと息をのみ、脚を引き寄せて坐る恰好になった。黄色の小花模様の綿のナイトガウンを着ている。

「銃を持ってる」ダニエルが言う。「服を着ろ」すでに女に嫌悪感を覚えている。女は裸足で、踵はざらざらしてひび割れている。「話をしようじゃないか」

女をリビングエリアに連れていき、カウチに坐らせた。女は厚い濃紺の掛け布団をベッドから持ってきて肩を包んだ。ダニエルは相手の姿がよく見えるように、窓の黒いおおいを剝がして月明かりを入れた。

あいかわらず恰幅がいいが、掛け布団にくるまれているから実際より大きく見えるのかもしれない。髪は白くぼさぼさで、胸のところまで垂れ下がっている。顔じゅうに走っている細い皺は、鉛筆で描いたように緻密だ。目の下の皮膚はくすんだピンク色をしている。

「あんた、知ってる」女がしゃがれた声で言う。「覚えてる。ニューヨークで、あたしに会いにきた。きょうだいを連れて、そう、三人いた。女の子が二人と、小さな男の子」

「死んだよ。その男の子と、女の子の片方が」

女は口をきゅっと閉じた。掛け布団の下で坐り直す。

「おまえの名前は知ってる」とダニエル。「ブルーナ・コステロ。おまえの家族のことも、やつらが何をしてきたかも知ってる。でもわたしはおまえについて知りたいんだ。おまえが何をしたのか、なぜそんなことをしたのか、どうしてわたしたちにあんなことをしたのか」

女の口もとがこわばる。「話すことなんてない」

ダニエルは上着の内ポケットから銃を取り出し、アルミニウム製の床めがけて二度発砲した。女は悲鳴をあげて耳をおおい、その拍子に掛け布団が片側にずり落ちた。あらわになった女の鎖骨の真下には、乾燥した接着剤のように白くつやつやした傷跡が走っていた。

「ここはあたしの家だ」女が言う。「あんたにこんなことする権利はない」

「こんなのまだ序の口だ」ダニエルは銃身を相手の鼻の高さに水平に掲げ、銃口を顔に向けた。「じゃあ、まず基本的なところから始めようか。おまえは犯罪者一族の出身だな」

「家族の話はしない」

ダニエルは銃口を真上に向け、もう一発撃った。弾は天井を貫通し、外の空気を裂くような音が聞こえた。ブルーナが悲鳴をあげた。片手で掛け布団をつかみ、両肩にかけ直す。もう片方の手を正面に突き出し、やめろ、というようにダニエルに手のひらを見せた。

「占い(ドラバリモス)——それは神から授かった力。あたしの家族はその力を悪用している。教養がなくて不誠実で、やりたい放題やって逃げてしまう。あたしはそんなことはしない。あたしが語るのは生について。神の祝福について」

「やつらが刑務所にいるのを知ってるか？　逮捕されたのを知ってるか？」

「聞いた。でもあの人たちとは話さない。あたしはあの人たちとはなんの関係もない」

「嘘を言うな。つるんでるんだろ。おまえらみたいなやつらはネズミみたいに群れてるんだ」

「違う」ブルーナが言う。「あたしは違う」

ダニエルが銃を下ろすとブルーナも手を下げた。目に涙が光っている。ほんとうのことを言っているのかもしれない、ダニエルは思う。この女にとって、家族は遠い存在なのかもしれない。自分がクララやサイモンや父のことをそう感じるように、べつの人生の一部のように感じているのかもしれない。

だがここで態度を和らげるわけにはいかない。「だから家族のもとを離れたのか？」

「それもある」

「ほかにはなんだ？」

「女だったから。あたしは誰の妻にも、母にもなりたくなかったから。女は七歳から家の掃除をして、十一歳か十二歳から働きはじめる。十四歳で結婚させられる。あたしは学校に行きたかった。看護師になりたかった。でも教育なんて受けていなかった。『シャイ・ドラバレル？』くりかえしそう訊かれるだけ――『占いはできるのか？』だから逃げ出した。自分にできることをしてどうにか生き延びた。占いをして。でもずっと胸に言い聞かせてた、自分は違うと。必要がなければ金はとらなかった。魔女の真似ごとみたいなことはしなかった。何年も付き合いのある客がいたけど、いちどだって金をせびらなかった。あたしはその奥さんに言った。『教えてください。読み方を教えてください』奥さんは笑って言った。『手相の読み方を？』あたしは答えた。『そうじゃない――新聞の読み方を』」

くちびるが震えている。「十五のときだった」ブルーナは続ける。「モーテルで暮らしていた。広告も書けなかった。契約書も読めなかった。勉強していたけれど、看護師になるためにしなくてはいけないことを考えてみた。大学に行ったり、ほかにもいろいろ。でも学校なんて七歳で辞めた。あたしには無理だとわかった。もう手遅れだとわかった。だから自分に言い聞かせた。そうだ、あたしには神から授かった才能がある――まだそれが使える。たぶん、それをどう使うかが問題なんだって」

そこまで独白すると、ブルーナの声は弱々しく消えていった。こんなことを打ち明けさせられてどんなに惨めだろう。

「続けろ」しかしダニエルは言う。

ブルーナはぜいぜい喉を鳴らしながら息を吸った。「何か善いことをしたかった。だから考えた。看護師だったら何をする？　看護師は人びとを助ける、苦しんでいる人びとを。どうして彼らは苦しんでいる？　自分たちに何がふりかかるかわからないから。じゃあそれが取り除けたら？　答がわかれば、彼らは解放される。あたしはそう考えた。いつ死ぬのかがわかっていれば、生きていけると」

「おまえのところにやってくる人びとに何を求めてるんだ？　金じゃない――じゃあ何を？」

「何も」ブルーナの眼球が突き出る。

「ふざけるなよ。おまえは支配しようとしてたんだ。わたしたちはほんの子どもだった。おまえはわたしたちを手なずけて言いなりにさせようとしてたんだ」

「あたしが呼んだわけじゃない」

「宣伝してただろ」

「してない。あんたたちがあたしを見つけただけ」

ブルーナの顔に生気が戻り、憤りの表情が浮かんだ。ダニエルは記憶をたどり、彼女の言ったとおりかどうか思い出そうとした。どうやってこの女のことを知ったのだろう？　そう、デリで二人の少年が話しているのを聞いたんだ。でもあの少年たちはどうやって彼女のことを知ったのだろう？　元をたどれば、ブルーナが出どころのはずだ。

「たとえそのとおりだとしてもだ、おまえはわたしたちを追い返すべきだった。おまえはまだ幼い子どもが聞くべきじゃないようなことを告げた」

「子どもは、みんな死のことを考えている。誰もが死について考えている！　そしてあたしのところにやってくる人びとは——ちゃんと理由があってくる。一人残らず。だからあたしは彼らが求めているものを与える。子どもは欲望に忠実だから——大胆になる。子どもは知ることを望み、それを恐れない。あんたは威勢のいい男の子だった、覚えてるよ。でも告げられたことが気に入らなかった。だったら、信じなければいい——あたしを信じなければいい！　あたしの言ったことなんか嘘だと思って生きればいい」

「そう思って生きてるさ。そうしてる」ダニエルの矛先が逸れていく。疲労と寒さのせいだ——ブルーナはこんな寒さによく耐えられるものだ——長いドライヴの疲れ、ミラが床に叩きつけた携帯を見つけているかもしれないという不安。「自分の未来はどうなんだ？　自分の死ぬ日もわかるのか？」

ブルーナは震えているようだ。やがてダニエルは彼女が首を振っているのだと気づく。「それはわからない。自分のことは占えないから」

「自分の死ぬ日はわからないか」残酷なよろこびがダニエルの胸に広がる。「そりゃあ気が変になってしまうだろうな」

ブルーナは母とおなじくらいの年頃で、母とおなじような体格だ。だが母はたくましい。どういうわけか、ブルーナは太っているのにかよわそうに見えた。

ダニエルは銃を構え狙いを定める。「今だったらどうする？」

ブルーナは息をのんだ。両手で耳をおおうと、掛け布団が床に落ち、ナイトガウンと素足があらわになった。足首で交差させた足をぴったりと合わせ、寒さをしのいでいる。

「答えろ」とダニエル。

ブルーナは喉の奥から絞り出したようなかぼそい声で言う。「今だというんなら、今なんでしょう」

「今でなくてもいいんだ」ダニエルは指先で銃をもてあそぶ。「いつだっていい。戸口に現れてやる。おまえはわたしがいつ来るかけっしてわからない。どっちがいい？　いま死ぬか、それともいつ死ぬかわからないまま生きるか？　今か今かとひやひやしながら忍び足で歩きまわって――くる日もくる日も肩越しにあたりを見まわしながら生きるんだ。まわりの人間がつぎつぎに死んでいって、生き残ったおまえはそのたびに自分が死ぬはずだったかもしれないと思い、自分を憎むようになって――」

「あんたの日だ！」ブルーナが叫ぶ。ダニエルは彼女の声色の変わりようにぎょっとする。かぼそかった声が、どすのきいた自信に満ちた声になっている。「今日があんたの日だ。だからここにいるんだ」

「わたしが知らなかったとでも思ってるのか？　たまたま来たとでも思ってるのか？」ダニエルが言う。しかしブルーナはじっとこちらを見つめる。そのいぶかしげな表情を見ているうちに、ダニエルの胸にべつの物語が浮かび上がってくる。自分は自分の意志でここに来たのではなく、サイモンやクララとまったくおなじものに駆り立てられて来たのではないか。自分の選択は最初から仕組まれていたものではないか。なぜなら、この女はこちらの理解を超えた予知能力をもっているから。あるいは、自分がそれを信じてしまうくらい弱いから。

　違う。サイモンとクララは無意識のうちに引きつけられてしまった。でも自分ははっきりと自覚したうえで行動している。それでも、二種類の解釈がだまし絵のようにちらつく――花瓶に見えるか、向き合った二つの顔に見えるか？――どちらもおなじくらいもっともらしく思え、一方の解釈への集中を緩めると、とたんにもう一方の解釈が有力に思えてくる。

　だが一つだけ、自分自身の解釈を不変のものとし、他方の解釈を過去のものに、あるいはただの憶測にする方法がある。それがふと思いついただけの考えなのか、ブルーナの写真を見たときから心のなかで温めていた考えなのかはわからない。

　ブルーナがちらりと左に視線を泳がせ、ダニエルは身を固くする。最初は滝の水音を聞いただけかと思った。しかしどうやら水音ではない雑音がまじっている。峡谷を踏みしめるようなゆっくりした足音だ。

「動くな」ダニエルが言う。

運転席に向かう。外の暗闇に目を凝らすと、狭い小径を黒い塊がこちらに向かってくるのが見えた。

「出ていきなさい」ブルーナが言う。「行くのよ」

足音が近づき、速くなる。ダニエルの鼓動も加速しはじめる。

「ダニエル？」声が言う。

ウェストミルトンの地図をコンピューターの画面に映したままだった。マウスパッドの横に名刺を置いたままだった。ミラが見つけたに違いない。エディに連絡したに違いない。

「ダニエル！」エディが叫ぶ。

ダニエルはうめき声をもらす。

「出ていきなさいと言ったでしょう」ブルーナが言う。

だがもうエディはそこまで来ていた。峡谷の縁から平地に這い上がってくる人影が見える。ダニエルの胃がひきつり、気分が悪くなった。ダニエルは備えつけの折りたたみ式テーブルを壁に向かって叩きつけ、上に載っていた箱を床に落とした。金属製の折りたたみ椅子がその上に倒れた。

「いいわ」ブルーナが言う。「もうたくさん」

だがダニエルはやめなかった。わきあがってきた恐怖に、それが止めようのない激流のようにほとばしってきたことに動揺していた。これはわたしではない、これはわたしのものではない。根本から断ち切らなくては。ダニエルは流し台の横のカウンターに歩いていき、銃身を使って神々の像を床に払い落とした。前部座席に積んである箱の中身をぶちまけた――新聞紙に缶詰、トランプにタロットカード、古い書類に写真。ブルーナは悲鳴をあげ、カウチからよろよろと腰を上げたが、ダニエルは彼女の前を通りすぎてベッドルームのドアに向かった。画鋲で吊り下げられた木製の十字架を剝ぎ取り、車内の壁に叩きつけた。

「こんなことする権利はない」ブルーナは叫び、おぼつかない足で立つ。「ここはあたしの家だよ」白目に赤い筋が走り、目の下のたるみが濡れている。「何年もここに暮らしてきて、どこに行くつもりもない。あんたにこんなことする権利はない。あたしはアメリカ国民なんだ、あんたとおなじ」

ダニエルがブルーナの手首をつかむ。まるで鳥の骨みたいだ。

「おまえは違う」ダニエルが言う。「わたしとおなじなんかじゃない」

キャンピングカーのドアが急に開き、エディが戸口に現れた。非番だったのか、革ジャンにジーンズという恰好だが、バッジを掲げて銃を構えている。

「ダニエル」エディが言う。「銃を捨てろ」

ダニエルは首を横に振った。大胆なことをしたことなどほとんどなかった。ならば、今がそのときだ――サイモンのため、セクシャリティを隠して生き、死によってしか理解されなかった弟のため。クララのため、目を開いて天井の照明からぶらさがっていた妹のため。サウルのため、日に十二時間働き、子どもたちがそんな生活を送らずに済むよう尽くした父のため。そして彼らを失ってしまった母ガーティのため。

ダニエルにとって、これは信仰の証だった。神への信仰ではなく、自分自身の力への信仰。運命を信じるのではなく、選択を信じている証。わたしは生きる。生きてやる。人生を信じて。

ダニエルはまだブルーナの華奢な手首をつかんだままだった。ブルーナのこめかみに銃口を押しつけると、彼女は縮みあがった。

「ダニエル！」エディが大声をあげる。「撃つぞ」

だがダニエルはほとんど聞いていなかった。自分に罪がないと思うと、解き放たれ、無限に広がっていくような気がした。その思いが全身に満ちあふれ、自分がヘリウムみたいに浮揚していくような気がした。ブルーナ・コステロを見下ろす。かつて、責任は自分とこの女のあいだを空気のように漂っているものと思いこんでいた。今となれば、どうしてこの女と自分が同類だなんて思っていたのかわからない。

「アカナ・ムカヴ・トゥト・レ・デヴレゼ」ブルーナが声を押し殺してつぶやく。「アカナ・ムカヴ・トゥト・レ・デヴレゼ——今、あなたを神の手に委ねます」

「いいか、ダニエル」エディが言う。「言うとおりにしないなら、きみの力にはなれない」

手が湿っている。ダニエルは撃鉄を起こす。

「アカナ・ムカヴ・トゥト・レ・デヴレゼ」ブルーナがつぶやく。「あなたを神の手に——」

第4部

生命（いのち）の場所

2006年—2010年

ヴァーヤ

28

フリーダは飢えていた。

ヴァーヤが七時三十分に飼育場に入ったときには、すでに檻の向こうから柵をつかんで立っていた。ほとんどのサルはヴァーヤが来るともうすぐ朝食がもらえるとわかっていて、声を震わせたり、キャッキャッと鳴き声をもらしたりするが、フリーダはここ何週間かおなじ調子でせわしなく咆えていた。「シーッ」ヴァーヤがなだめる。「シーッ」どのサルにもパズルのような餌箱が与えられ、野生環境にいるのと同様、食べ物を得るのに頭と労力を使うように仕向けられていた。小さな球状の餌を、黄色いプラスチックの迷路のてっぺんから底にある穴へと指で押し出すのだ。近くにいるサルは餌箱をひっかいているが、フリーダは自分の餌箱を床に置いたままだ。フリーダにとってパズルを解くのは難しくもなく、数秒もあれば餌を手に入れられるというのに。フリーダはオレンジでもくわえられそうなほどの大口を開け、ヴァーヤを見つめながら警戒の声をあげていた。

ドアのところに黒髪と片手がちらっと見え、アニー・キムが顔を出した。

「来たよ」アニーが言う。

「早いじゃない」ヴァーヤは青い手術着を着て、肘まで隠れる分厚い手袋を二重にはめている。短い髪をビニールのキャップに収め、顔はマスクとプラスチックのフェイスシールドで保護している。

それでも、尿と麝香のような分泌液の臭いは強烈だ。研究室だけでなく、自宅のマンションでも鼻につくような気がする。自分の体に臭いが染みつきはじめたのか、それとも臭いに慣れすぎてもはやどこにいても嗅いでいるような気になってしまうのか。

「五分早いだけ。ほら」とアニー。「早く始めればそれだけ早く終わるっていうでしょ。抜歯とおなじ」

何匹かのサルが餌箱のパズルを攻略しおえ、もっと餌を求めてくる。ヴァーヤは腰にかゆみを感じ、肘を使って掻く。「一週間がかりの歯の治療だなんていやだな」

「だいたいの助成金申請はもっと時間がかかるじゃない」アニーが言い、ヴァーヤが笑う。「いい？　相手の顔を見たら、お金だと思うの」

アニーはドアを片足で押さえてヴァーヤを通す。背後でドアが閉まったとたん、甲高い鳴き声は遠くのテレビの音みたいに、ほとんど聞こえなくなる。建物はコンクリート造りで、窓は数えるほどしかなく、全室に防音措置が施されていた。ヴァーヤはアニーのうしろについて通路を歩き、共有のオフィスへと向かった。

「フリーダがまだハンスト中なの」

「そう長くは続かないでしょ」

「なんだかいやだな。あの子を見ていると不安になる」

「それが伝わってるんじゃないの？」とアニー。

オフィスは長方形をしている。ヴァーヤの机は幅が狭いほうの西側の壁際に、アニーの机は幅が広い南の壁際の、ドアの左隣にある。二人の席のあいだ、ドアの真向かいに金属製の実験用シンクがある。アニーは腰かけてパソコンに向かった。ヴァーヤはマスクとフェイスシールドを取り外し、手術着と手袋を脱いで、キャップと靴カヴァーを外した。手に石鹸をつけ、耐えられるかぎりの高温水で洗いとすすぎを三回くりかえす。それから普段着に着替えた。黒いズボンに青いオックスフォードシャツ、その上に黒いカーディガンを羽織って、一番上までボタンを留める。

「いってらっしゃい」アニーはパソコンの画面をじっと見たまま、片手にマウス、もう片手に食べかけのルナ・バーを持っている。「あまり長いことマーモセットと彼だけにしないようにね。ここのサルたちはみんなあんなに可愛いんだなんて思いはじめちゃうといけないから」

ヴァーヤはこめかみをもんだ。「なぜあなたじゃだめなの？」

「ミスター・ヴァンガルダーの意向はとてもはっきりしていたから」アニーは画面に目を向けたままだが、にやにやしている。「主役は博士。博士の名前とすばらしい発見が並ぶ。あたしはお呼びじゃない」

エレベーターを降りると、マーモセットの檻の前に男の姿があった。それは研究所が唯一公開している飼育檻だった。高さは約三メートル、幅は約二・五メートル、頑丈な網で四方を囲まれ、ガラスケースのなかに設置されている。男はすぐには振り向かなかったので、ヴァーヤはその隙に背後から観察した。身長はおそらく一八〇センチ超、赤みがかったブロンドの髪は巻き毛で、ナイロン製のテクニカルパンツのようなものにウィンドブレーカーを羽織り、複雑な造りのバックパックを背負っている。研究室の見学というより、ハイキングにでも行くような恰好だ。

マーモセットは群がって金網にしがみついていた。ぜんぶで九匹。父親、母親が一匹ずつと、その子どもたち。子どものうち一匹をのぞけばすべて二卵性双生児だ。みんな成獣で、体長はおよそ十八センチ、縞模様の派手な尻尾を入れると四十センチになる。マーモセットの顔の大きさはクルミの殻くらいだが、造形は極めて細やかだ。ピンの先ほどの小さな鼻も、涙の滴の形に垂れた黒い目も、まるでもっと大きな縮尺で設計してから完璧に縮小したみたいだ。一匹のマーモセットが、四十五度傾かせた段ボール製の筒の上にしゃがんでいる。両足を外側に開き、毛におおわれた丸い太腿を見せていて、どことなく精霊（ジン）を思わせる姿だ。そのマーモセットはキーキーと高音の鳴き声を発し、ガラス越しにもそれが漏れ聞こえてきた。十年前に研究所で働きはじめたころ、ヴァーヤはマーモセットのこの鳴き声を聞いて、建物の奥の廊下かどこかで警報が鳴り響いているのだと勘違いした。

「こんな鳴き声なんです」ヴァーヤは進み出て話しかけた。「イメージとは違うけれど」

「恐怖の鳴き声？」

男が振り向くと、ヴァーヤは彼があまりに若いので面食らった。ホイッペット（グレイハウンド犬に似た競走犬）のように痩せていて、顔を見ると大きく突き出た鼻がまず目に入る。だがくちびるはふっくらしていて、笑うと思ったとおりハンサムな顔になった。前歯が少年みたいにわずかにすきっ歯で、銀縁の眼鏡の奥の瞳ははしばみ色だ。なんとなく、フリーダを思わせる。

「コンタクト・コール。マーモセットが長距離間の意思疎通や新参者への挨拶に使う声です。アカゲザルだったら、じろじろ見るのはやめておいたほうがいいでしょうね。縄張り意識が強くて、威嚇してくるから。でもマーモセットは好奇心旺盛で、もっと従順なんです」

マーモセットがほかのサルより攻撃的でないのは事実だが、こんなふうに大口を開けて金切り声をあげるのは苦痛を訴えている証拠だ。どうしてそんな嘘が口をついて出てきたのか、ヴァーヤは自分でもわからなかった。そんなつまらない嘘をついてもどうにもならないのに。男があまりに熱心にサルを見つめていたからかもしれない。そのまなざしが今、ヴァーヤに注がれている。

「ゴールド博士ですね」

「どうも、ミスター・ヴァンガルダー」ヴァーヤは自分からは手を出さなかった。握手を求めてこないといいけど、と思ったが、相手が手を伸ばしてきたのでしかたなく握り返した。すぐさま頭の片隅にメモする。右手をよく洗うこと。

「あの、ルークで結構です」

ヴァーヤはうなずく。「結核検査をクリアするまで研究所内にはお通しできないんです。だから今日は構内を案内しましょう」

「時間は無駄にしない、ってことですね」ルークが言う。

からかうような言い方を聞いて、ヴァーヤは不安になった。これがジャーナリストのやり口だ。親近感をもたせてこちらに取り入り、気がおけないと思わせたところで、ふつうなら口外しないようなことまで話させる。直近に研究室への立ち入りを許したジャーナリストはＴＶリポーターだったが、その取材映像が寄付者を激怒させ、研究所はサルたちに新たな遊戯エリアを設ける羽目になった。リポーターはよりによって、資料映像のいちばんひどい部分だけを切り取って流したのだ。アカゲザルがあたかもずっと餌を与えられていないかのように、檻を揺さぶって咆哮(ほうこう)する場面を。

ヴァーヤがルークを正面入口に連れていくと、守衛受付の向こうにがっしりした男が腰かけ、新聞に目を通していた。「クライドとはもう会ったかしら」

「もちろん。もうすっかり友達ですよ。お母さんの誕生日の話を聞いたところです」

「先月百一歳になりましてね」クライドが新聞を下ろして話しかけてくる。「だから兄弟とわたしでデーリー・シティに行っておふくろのためにパーティーを開いたんです。おふくろは家の外には出られないんで、むかし通っていた教会の聖歌隊にお金を払って歌いに来てもらいました。おふくろは今でも歌詞をぜんぶ覚えててね」

ヴァーヤはこの研究所で働いて十年になるが、クライドと日々の挨拶以外の言葉を交わしたことがない。ヴァーヤは重い鋼鉄製のドアに手を伸ばし、脇にあるキーパッドにアニーが設定した最新の暗証番号を入力する。「お母さまが百一歳ですって?」

「そうなんです」クライドが言う。「サルよりおふくろの血を調べてもらわないと」


ドレイク老化科学研究所は角ばった白い建物群からなっていて、一年じゅう緑が生い茂るバーデル山の斜面に身を寄せあうように建っている。五百エーカー近い敷地はオロンパリ州立歴史公園から三キロほど南、スカイウォーカー農場から三キロほど北にある、ほぼ手つかずの森林地帯だ。研究所は山の中腹の台地に隔絶されている。月桂樹や小さな樫の木の茂みのなかにある巨大な石灰岩の塊の上に、まるでエイリアンの野営地のように建っている。ヴァーヤの目には、その山腹が手入れされていない見苦しいもののように見えた——低木が絡みあい、枝が飛び出ていて、月桂樹は伸びすぎた顎髭みたいにだらしなく垂れ下がっている——だがルーク・ヴァンガルダーは両腕を思いきり伸ばして深呼吸した。

「すごいや」ルークが言う。「こんなところが職場だなんて。三月なのに外気温は二十一度。昼休みには州立公園も散歩できる」

ヴァーヤはサングラスに手を伸ばす。「残念ながらそれはないでしょうね。午前七時には仕事にかかるから。夕方に職場を出るまでその日はどんな天気かまったくわからないこともしょっちゅうです。あそこに建物が見えるでしょう？」ヴァーヤは指をさす。「あそこが研究施設の本棟。設計はレオ・チェン。幾何学的要素を用いることで有名な建築家です。来訪者用の駐車場に車を停めただろうから、あの建物が半円形なのがわかったでしょう。全面窓なんです。ここからは小さくしか見えないけれど、実際には床から天井まで一面がガラス張り」ヴァーヤは霊長類研究室から五十歩、本棟から四百メートルほどのところで足を止めた。「ノートは持ってないの？」

「ちゃんと聞いてるんで。ファクトチェックはあとでできますから」

「それが最善のやり方だと思うならどうぞ」

「自分のすべきことは心得てます。一週間ここに滞在する予定です」ルークは眉を上げて茶目っ気のある笑顔を見せる。「どこかに腰を下ろしましょうか」

「ええ」とヴァーヤ。「そのうち。わたしはふつうは取材を受けないんです。一部の情報は移動中に伝えなければいけないことはご理解いただけるでしょうね。研究の性質上、研究室から離れて過ごす時間を極力少なくすることが重要なので」

一七八センチ、彼女の目線はルークとほぼおなじ高さ。サングラス越しでは相手の顔の色も立体感もわかりづらかったが、それでも驚きの表情を浮かべたのはわかった。どうしてだろう？　こちらがそっけなく、事務的だから？　研究室の管理責任者がそういうタイプの男性なら、きっと驚かなかっただろう。そっけない対応への罪悪感は消え、自信に変わった。自分は霊長類研究の世界で特別な地位を築いているのだ。

ルークはバックパックをひょいと前に回して黒いテープレコーダを取り出した。「いいですか？」「どうぞ」とヴァーヤ。ルークが録音ボタンを押すと、ヴァーヤはまた歩き出した。「《クロニクル》にはどのくらい勤めてるんです？」

仲直りのしるし。狭い舗道から研究施設本棟を囲む幅の広い舗道へと移動するあいだ、ちょっとしたおしゃべりでさっきの気まずい雰囲気を和ませる。霊長類研究室に続く小径はただの踏みならされた地面のようなもので、舗装もされていない。「ひと目につかないところに追いやりたいんでしょうね」アニーは言っていた。「野蛮なやつらは」ヴァーヤはそれを聞いて笑った。アニーの言っているのがサルのことか、自分たち二人のことかはわからなかったけれど。

「専属じゃなく」ルークが答える。「フリーランスのジャーナリストなんです。これが《クロニクル》に書く初めての記事です。シカゴを拠点に仕事をしてて。いつもは《トリビューン》に書いています。取材申し込み資料をご覧になってないですか？」

ヴァーヤは首を横に振る。「そういうことはキム博士が担当してるから」

アニーは研究者であって広報担当職員ではないが、その手の仕事を難なくやってのける。ヴァーヤはアニーのメディア通ぶりをつねづねありがたいと思っていたので、今週の取材を受けようという彼女の提案に同意した。《サンフランシスコ・クロニクル》に掲載される予定だという。霊長類研究室は、二十年を要する研究の十年目に入っていた。今年は競争率の高い基金に二回目の助成金申請をする予定だ。表向きには、世間の知名度は研究助成決定には関係ない。だが実際のところは、ドレイク研究所を支える数々の財団法人は、自分たちが何か重要なことに出資していると思いたがる。つまり、世間が興奮し、そのうえ――とくに霊長類研究の場合には――世間の賛同が得られるようなことに。

「これまで新聞の編集に携わったことは？」

「大学で。大学新聞の編集長でした」

ヴァーヤは思わず吹き出しそうになった。アニーはたしかによくわかっているようだ。ルーク・ヴァンガルダーはとんだひよっこだ。

「それは刺激的だったでしょう。いろいろなところに行けるし、いろんな話題があるし」内心ではそんなことをちっとも刺激的だと思っていないが、ヴァーヤは言った。「大学での専攻は？」

「生物学です」

「わたしも。どこで？」

「セント・オラフ大学。ミネアポリス郊外の小さなリベラル・アーツ・カレッジです。ぼくはウィスコンシンの農業が盛んな町の出身で。家に近かったので」

ヴァーヤの服装は、自然光に当たることがなく、いつもひんやりしている研究室には向いていても、屋外には不向きだった。日光を浴びて汗をかきはじめていたので、本棟の敷地にたどり着いたときにはほっとした。そこは草が刈り込まれ、新しい木が植えられていた。ヴァーヤはルークを連れて環状の車道を進み、回転ドアを通った。

「すごいな」なかに入るとルークが言った。

ドレイク研究所のロビーは広大で、天井は二階分の高さがあり、子ども用プールほどもある石灰石の植木鉢が並んでいる。輸入ものの白大理石が、高校のカフェテリアくらいの広さの床に敷きつめられている。見学グループが西側の壁を取りかこみ、液晶画面で資料映像や双方向型の展示を見学していた。もう一つのグループはエレベーターのほうに誘導されていた。エレベーターがまたすばらしく、ガラスとクロームでできたモダンなキューブ型で、サン・パブロ湾を見下ろせる。とはいえ、エレベーターを使う職員といえば、関節リウマチで車椅子移動を余儀なくされている七十二歳の研究者だけだ。彼は「Cエレガンス」と呼ばれる線虫、カエノラブディティス・エレガンス（実験動物として多用される土壌線虫の一種）を研究している。あとはみんな病気や怪我でもないかぎり、階段を使っていた。八階で働く職員でさえもだ。

「こちらへ」とヴァーヤ。「吹き抜けの広間（アトリウム）で話しましょう」

ルークはきょろきょろしながらあとについてくる。ルーブル美術館をお手本にしたアトリウムはガラス張りの三角錐で、太平洋とタマルパイス山に面している。カフェも兼ねていて、いくつかの丸テーブルとジュースを売るカウンターがあり、そこにはすでに十人の見学者が並んでいた。ヴァーヤは入口から一番遠いテーブルを選んで腰かけ、椅子の肘掛けの片方にハンドバッグを吊るした。

「いつもはこれほど混んでいないんだけど」とヴァーヤ。「月曜日の午前中だけ一般公開をしているから」

ヴァーヤはわずかに体を前に傾けて、背もたれに腰しか触れないようにした。つねに警戒していれば恐れを打ち消すことができる。安心の代償として居心地の悪さを支払っているようなものだった。子どものころ、どんな感じがするのか知りたくて、二段ベッドの上の段に寝転がったまま汚れた足をつっかい棒のように天井につけたことがあった。天井には黒い踵の跡が残った。その夜は眠っているあいだに小さい埃の粒が自分の顔に落ちてこないか心配で、一睡もせずにじっと見張っていた。埃が落ちてくるのが見えなかったということは、落ちてこなかったのだ。でも、もし眠ってしまっていたら——見張りつづけていなかったら——どうなっていたかはわからない。

「ここは世間の関心をおおいに集めているんですね」ルークも椅子に腰を下ろす。交通指導員のようなあざやかなオレンジ色のウィンドブレーカーを脱ぎ、椅子の背にかける。「何人くらいの人が働いているんですか？」

「研究室は二十二あります。それぞれ研究分野の指導者一人が管理していて、それ以外に少なくとも三人、場合によっては十人が働いています。専属研究員、教授、研究助手、実験施設や動物を管理する技師、博士研究員(ポスドク)や、修士課程の学生、それに特別研究員(フェロー)。ダナム研究室のような大規模な研究室には補助事務員も。ダナム博士はアルツハイマー病患者の神経細胞信号を研究しているんです。もちろん、ほかに施設管理や清掃スタッフも。合計で？　百七十人くらいかしら。大部分が科学者です」

「その全員が老化防止の研究を？」

「〝長寿〟という言い方のほうが好ましいですね」ヴァーヤはまぶしそうに目を細める。影になっている場所を選んだのに、陽が傾いて二人のテーブルに反射した。「老化防止というと、ＳＦ的なこと、人体冷凍保存や、人間の脳をコンピューターにコピーすることを連想するでしょう。でも、わたしたちの究極の目標は、ただ寿命を延ばすことではない。健康寿命を延ばすこと——老年期の生活の質を上げることなんです。たとえば、バタチャリア博士はパーキンソン病の新薬を開発中。カブリージョ博士は加齢が癌進行の唯一最大の危険因子だと証明しようとしている。それから、チャン博士は高齢のネズミの心臓疾患の治療を成功させました」

「あなたがたを非難する人も一部にはいるかと――ヒトの寿命はすでに十分長いと考えている人びとや、必然的に食糧不足、人口過剰、病気が加速すると警戒する人びと。もちろん、長寿化による経済的コストや、それによって誰がいちばん利益を得るのかという議論もあるでしょうし」

この手の質問には準備ができていた。批判する人はどこにでもいる。ヴァーヤはあるディナーパーティーで環境問題専門の弁護士に訊かれた。それほどまで自然に関与しては、かえって自然保護にならないのではないか？　目下、無数の生態系や動植物の種が絶滅の危機に瀕しているのだから、二酸化炭素の排出量を減らしたり、シロナガスクジラを守ったりするほうが、ヒトの寿命を十年延ばす取り組みよりも急務なのではないか？　さらに経済学者である彼の妻がつけくわえた。長寿化で社会保障や医療費が膨れ上がり、国はさらなる赤字増大に陥るだろう。それについてはどう考えるのか？

「もちろん。だからこそドレイク研究所が透明性を保持することが重要なんです。こうして毎週見学者を案内し、あなたのようなジャーナリストが研究室に入るのを許可しているのはそういうわけです。一般市民に開かれていることで誠実さが担保されるから。でも現実には、どんな決断を下すにも、どんな研究をおこなうにも、世の中にはその恩恵を受けるグループと、受けないグループが確実に存在することになる。何に貢献するかは自分で決めなくてはならない。わたしの場合は、それが人類だということです」

「利己的だと言われることもあるでしょう」

「ええ。では、その議論の論理的な帰結をたどってみましょう。癌治療の研究をやめるべきか？　ＨＩＶの治療は？　高齢者の医療へのアクセスを遮断して、彼らの人生に何が起ころうと運命に任せるべきか？　あなたの指摘は理論上は有効で効率的だけれど、心臓病で父親を亡くしたり、アルツハイマー病で配偶者を亡くしたりした人――そういう人たちに訊いてみたらどうでしょう。きっとわたしたちの研究を支持すると思います。だから中傷している人たちも、おそらくいずれは肯定することになる」

「なるほど」ルークは身を乗り出し、両手を握り合わせてテーブルにのせる。上着の袖が片方、垂れ落ちて床に触れている。「つまり、個人的なレベルの問題だと」

「わたしたちが目指しているのは人間の苦痛を減らすことです。クジラを保護するのにくらべて、道徳上の必要性がないといえるかしら？」これがヴァーヤの切り札であり、カクテルパーティーや講演会での決め台詞だ。「あの、上着」ためらいがちにつけくわえる。

「え？」

「上着の袖が床に」

「なんだ」ルークは肩をすくめ、そのまま放置した。

29

ヴァーヤが研究室を出ると、空にはうっすらと粉をまぶしたような夕焼けが広がっていた。ゴールデンゲートブリッジを渡っている途中、橋のメインケーブルの明かりが点灯した。ランズエンドの周囲をぐるりと回ってリージョン・オブ・オナー美術館やシークリフの大邸宅の数々を通りすぎ、ギアリー通りにある来訪者用駐車場に車を停めた。それから受付で名前を書き、母ガーティのいる建物に通じる外の通路を歩いた。

ガーティは〈たすけあいの手〉に入居して二年。ダニエルの死後、何カ月かキングストンにとどまり、そのあいだにミラとヴァーヤは選択肢を話し合った。ところが二〇〇七年五月、ミラが仕事から帰ると、ガーティが裏庭に突っ伏していた。家庭菜園から戻る途中で倒れたのだ。左の頬を土に押しつけ、顎の横には涎(よだれ)が水溜まりを作っていた。右腕をフェンスの金網でひっかいたらしく、出血していた。ミラは悲鳴をあげたが、まもなくガーティは自力で立ち上がり、歩くことはできるとわかった。CTスキャンと血液検査の結果、医師は脳卒中と診断を下した。

ヴァーヤは怒りが収まらなかった。そうとしか言いようがなかった。悲しみでさえなかった——頭に血が昇ったようにひたすら怒り狂っていたために、母の声を聞いたとたんにめまいが起こったほどだった。

「どうしてよ？」ヴァーヤは訊いた。「どうしてミラに連絡しなかったの？　立てたのに。歩けたのに。なのにどうしてなかに入ってミラに、じゃなきゃわたしに連絡しなかったのよ？」

ヴァーヤは耳に携帯を押しつけた。サンフランシスコ空港でスーツケースをひっぱり、まもなくキングストンに向かう飛行機に乗るところだった。

「死んだかと思ったの」と母。

「そうじゃないってすぐにわかったはずでしょ」

沈黙が続き、ヴァーヤはそのなかに、とっくにわかっている母の本音、自分の怒りが収まらないそもそもの理由を聞き取った。**死んでいればよかった**。**死にたかった**——母はそれを口に出す必要もなかった。ヴァーヤはわかっていた。なぜかもわかっていた——もちろん、とっくにわかっていた——それでも、家族が二人だけになってしまった今、母が自分を残して逝こうとしていたことを考えると、耐えがたいほど残酷に思えた。

それから数週間のうちに、母は合併症を経験した。ふとしたことで混乱状態に陥りがちになり、左腕が麻痺し、平衡感覚が衰えた。母は六カ月間ヴァーヤのマンションに住んでいたが、何度か激しく転倒したので、ヴァーヤは二十四時間介護が必要だと確信した。二人は施設を三カ所見学して、〈たすけあいの手〉に入所することにした。母がそこに決めたのは、建物が気に入ったからだった。クリーム色と緑がかったブルーに塗られた外壁と、各部屋のバルコニーの黄色いひさしが、ゴールド一家がかつてニュージャージーで借りていたビーチハウスを思い出させたからだ。それに、図書室もあった。

ヴァーヤが部屋に入ると、母は色あせた肘掛け椅子から立ち上がり、頼りない足取りで戸口までよろよろ歩いてきた。施設の職員はつねに車椅子を使うようにと勧めていたが、母はへんてこな装置に乗るのを嫌い、何かと理由を見つけては避けていた。まるで人ごみのなかでどうにかして両親から離れようとするティーネイジャーのようだった。

母はヴァーヤの腕をつかんだ。「なんだかいつもとようすが違うね」

ヴァーヤは母のきめこまかで柔らかい頬にキスした。ヴァーヤはこれまでずっと、立派な鼻を隠すために髪を長く伸ばしてきた。でももう白髪が交じってきたので、とうとう先週、ショートカットにしたのだ。

「どうして黒い服なの？」ガーティが言う。「どうして《ロージーの赤ちゃん》みたいな髪型なの？」

「それって《ローズマリーの赤ちゃん》のこと？」ヴァーヤは眉をひそめる。「ローズマリーはブロンドでしょ」

軽くノックの音がして、看護師が母の夕食を運んできた。献立はチョップド・サラダ、黄色いゼラチンの膜におおわれた鶏の胸肉、小さなロールパンにバター。バターは金色のアルミ箔に包まれている。

母はベッドによいしょとよじ登り、電動のアームを操作して、小さなテーブルを広げた。初めのうち、母は施設を嫌っていた。ヴァーヤは「ホーム」と呼びたがったが、母は頑なに「施設」と言いつづけ、週に一度は脱走を試みていた。十八カ月前、ドン・ドーフマン自動車商会を呼びつけてボルボS40の購入をもくろみ、とうのむかしに無効になった父サウルのクレジットカードの番号をセールスマンに伝えて以来、抗鬱剤を処方されるようになり、やがて状況は改善された。今では

〈第二次世界大戦の戦闘〉や人気の〈大統領の情事(アフェア)〈情勢(アフェア)ではなく〉〉といった連続教養講座にも顔を出している。夫に先立たれた陽気な女性たちのグループと麻雀仲間になった。図書室も利用しているし、プールまで楽しんでいる。パレードの山車(だし)に乗った有名人よろしく、肘掛け椅子型の浮き輪に乗ってぷかぷか揺れながら、声を張り上げれば聞こえる範囲に人が来ると、見境なく話しかけている。

「あんたはどうして食堂に来ないのかね」看護師が出ていくと母がつぶやく。「テーブルを囲んでみんなとお付き合いできるのに。何か食べるものだってあるかもしれないよ」

そうはいっても、母の新しい友人たちと一緒にいると居心地が悪かった。老女たちは誰の息子が訪問に来る予定だとか、誰の孫娘が出産したとか、つねにゴシップに花を咲かせている。ヴァーヤには子どもがおらず結婚もしていないとわかると、彼女たちは驚き、そして憐れんだ。一方で長寿研究にはほとんど興味を示さなかった。突き詰めれば、彼女らのような人たちを助けるための研究だというのに。

「それにしても、お子さんがいないですって?」まるでヴァーヤが初めに嘘をついていたみたいに、しつこく念を押された。「人生をともにする人が誰もいないの？　なんてことでしょう」

ヴァーヤは母のベッドのそばに行き、立ったまま言う。「わたしは母さんに会いにきてるの。誰ともお付き合いなんてしたくないんです。ねえ、前にも言ったでしょ、こんな早い時間に夕食はとらないって。早くても――」

「――七時半ね。わかってるよ」

ガーティの目つきは反抗的でもあり、悲しげでもあった。母は誰よりもヴァーヤをよく知っている。ヴァーヤの一番の秘密を知っていたし、おそらくほかにもいろんなことを見抜いているはずだ。最近はヴァーヤが訪れるたびに権力争いのようなことが起こってしまう——母はヴァーヤが綿密に取り繕っている殻を破ろうと圧力をかけ、ヴァーヤは正論を振りかざしてそれを押し返す。

「いいものを持ってきたの」ヴァーヤが話をそらす。

窓際の小さな四角いテーブルに歩いていって、茶色い紙袋から差し入れの品々を取り出しはじめた。図書館のセールで見つけたエリザベス・ビショップの詩集、父が好きだった〈ミルウォーキー〉の瓶詰めピクルス、そしてライラック。ヴァーヤはそれを持って狭いバスルームに入った。ゴミ箱の上で茎を切ると、背の高いグラスいっぱいに水道水を入れて窓辺のテーブルに置いた。

「そんなふうにあちこちうろつかないでちょうだい」母が言う。

「花を持ってきたんだってば」

「ならじっとして眺めるのよ」

ヴァーヤはそのとおりにした。グラスは浅すぎた。花が一本、はみだしてうなだれている。これではあまり長持ちしないだろう。

「とってもきれい」と母が言う。「ありがとう」

味気ないプラスチックのテーブルと埃が溜まった窓。父方の祖母がかぎ針で編んだ色あせたアフガンの毛布を広げてはいるが、いかにも病院らしいベッドを見て、ヴァーヤは母がそう感じる理由がわかった。この殺風景な部屋では花が引き立ち、ネオンのように色鮮やかに見える。

ヴァーヤは窓辺にあるカードテーブルから金属製の折りたたみ椅子をひっぱってきて、ベッドの脇に据えた。ベッドのすぐそばに肘掛け椅子があったが、布地に凹凸や染みがあるし、どんな人が坐ったかわからないと思ったからだ。

母はバターのアルミ箔をめくってプラスチックナイフでなかをほじくった。「写真は持ってきてくれた？」

持ってきていた。母が忘れていますようにと毎週祈っているのだが。ヴァーヤは十年前、新しい携帯電話でフリーダの写真を撮るという間違いを犯してしまった。フリーダはジョージアの霊長類研究所から三日間の移動を終えて到着したばかりだった。生後二週間で、うっすらと赤みを帯びた洋ナシ形の皺くちゃの顔で、親指をくわえていた。その年、母はまだ一人暮らしで、寂しいだろうと思ったヴァーヤは、ついEメールで写真を送ってしまった。すぐに、まずいことをしたと気づいた。ドレイク研究所に入って一カ月、そのときはすでに守秘義務の誓約書に署名済みだった。それでも母の返事のよろこびように、ヴァーヤはすぐにもう一枚送ってしまった。それがこの、青緑色のブランケットにくるまれて哺乳瓶をくわえているフリーダの写真だった。

なぜやめなかったのだろう？　理由は二つ。写真があれば、研究のことを共通の話題にできたから。もっとも、母は完全には理解していなかったけれど。ヴァーヤは以前、酵母菌とショウジョウバエについて研究していたが、あまりにちっぽけで地味な生物なので、それがどうして人類に役立つ発見につながるのか、母にわかってもらえなかった。そして二つ目は、写真で母をよろこばせることができたから。ヴァーヤが母によろこびをもたらすことができたからだ。

「もっといいものがある」とヴァーヤが言う。「動画よ」

ガーティが期待の表情を浮かべる。まるでヴァーヤが孫の知らせでも持ってきたみたいに、関節炎でねじれて節くれだった両手をヴァーヤの携帯電話に伸ばしてくる。ヴァーヤは携帯を持つ母の手を支えながら再生ボタンを押した。動画のフリーダは檻の外の壁にかかった鏡をのぞきこみながら毛づくろいしていた。餌箱パズルや、飼育場で毎日午後に流れるクラシック音楽とおなじく、鏡は知能を高める源になる。サルは檻の隙間から指を出して鏡を動かし、自分の姿を見ることも、ほかの檻を見ることもできる。

「まあ！」ガーティは食い入るように画面を見る。「ご覧よ」

動画は二年前のものだ。ヴァーヤはここ何度かの訪問のあいだ、古い映像を使い回していた。フリーダの見た目はこのときからずいぶん変わってしまったから。ヴァーヤもこの年齢のフリーダを思い出して顔をほころばせたが、母の表情は曇っていった。発作を起こしてから三年、母はこういう状態になることが増えていた。母が完全に豹変しないうちに、ヴァーヤにはつぎにどうなるかわかっている。新たに失見当（時空間や人物識別などの感覚が混乱した状態）が表れはじめ、目がうつろになり、口もとが緩むのだ。

やがて母は携帯からヴァーヤに視線を移し、非難のまなざしを向ける。「だけど、なんだって檻なんかに閉じこめてるのよ？」

30

「老化を止める方法については、大きく分けて二つの理論があります」ヴァーヤは説明を始める。

「一つ目は、生殖器系の抑制」

「生殖器系」ルークがくりかえす。テープレコーダに加え、今日から持参した小さな黒いノートに書きこむ。


ヴァーヤはうなずく。ルークとは朝にアトリウムで落ち合った。霊長類研究室へと通じる未舗装の道を、ヴァーヤのあとにルークが続く。「トマス・カークウッドという生物学者は、わたしたち生物は子孫に遺伝子を引き継ぐためにみずからを犠牲にしていて、生殖器官を守るために生殖になんの役割も果たさない組織――たとえば脳や心臓――がダメージを被っていると提唱しました。この説は実験で証明されています。虫(ワーム)には生殖器官を生み出す二つの細胞があるのですが、レーザーでそれらを破壊するとワームの寿命が六十パーセント延びることが明らかになっています」


ヴァーヤは話を止める。やがてうしろからルークが先を促す声が聞こえてくる。「二つ目は?」

「二つ目の理論はカロリー摂取量の抑制」ヴァーヤは右手の人差し指の関節を使って、アニーがゆうべ変更した新しい暗証番号をドアの脇のキーパッドに入力する。「それが目下わたしが研究している理論です」

ライトが緑に変わり、ヴァーヤがドアを開けるとビーという音が鳴る。なかに入ってクライドに会釈をし、マーモセットにちらりと目をやると——今日は九匹ぜんぶがおなじハンモックに横たわり、金属製の小さなタグがなければ見分けがつかないほどそっくりに見えた——ヴァーヤは二階に行くためにエレベーターのボタンを肘で押した。

「それはどういう仕組みですか？」とルーク。

「わたしたちはＤＡＦ-16と呼ばれる遺伝子に関係があると考えています。この遺伝子はインスリン受容体が伝達するシグナル伝達分子の経路に関わっています」ドアが開き、青い手術着を着た飼育管理師が出てきて、入れ違いにヴァーヤとルークが入る。「たとえば、Ｃエレガンスのこの伝達経路を遮断すると、寿命を二倍以上にできる」

ルークがこちらを見る。「それって、英語で言うと？」

科学者でない人間と仕事の話をする機会はめったになかった。ヴァーヤがこの取材を受けた何よりの理由は、アニーいわく、彼らの研究を《クロニクル》の幅広い読者層に知らしめるためだった。

「例を挙げると」ヴァーヤが話しはじめると同時にエレベーターのドアが開く。「世界でもっとも平均寿命が長いのは沖縄の人びとです。大学院時代に沖縄特有の食生活を研究したのだけれど、栄養価はとても高いのに、非常に低カロリーであることがわかったんです」左に曲がって長い廊下に出る。「わたしたちは食物を食べてエネルギーを生産する。でもエネルギー生産過程では、肉体に害を及ぼす化学物質も生み出される。その化学物質が細胞にストレスを与える。そして、つぎが興味深いところ。制限された食生活、たとえば沖縄の人びとのように低カロリーの食生活を送ると、じつは生殖器系にさらに大きなストレスがかかる。でも、これこそが肉体を長持ちさせているんです。つまり、絶えず低いレベルのストレスに対処することで、長期のストレス対処法を習得していくというわけ」

「あまり愉快な話には思えないな」ルークはテクニカルパンツを穿いてジップアップのパーカーを羽織り、サングラスを上げて巻き毛のなかに埋もれさせている。

ヴァーヤはオフィスのドアに鍵を当てるとお尻で押し開ける。「快楽主義者はそう長生きしないでしょ」

「それでも、生を楽しんでいるわけですよ」ルークも続いてオフィスに入る。ヴァーヤのデスクまわりは整然としているが、アニーのほうはエネルギー補給食の包装紙や水のボトル、読みかけの学会誌の山でごちゃごちゃしている。「なんだかあなたの話を聞いていると、生きることには選択の余地があるみたいだ。生き残ることを選択できるというか」

ヴァーヤは折りたたまれた施設専用の服をルークに渡す。「これが防護用の手術着」

ルークは防護用品一式を両手で受け取るとバックパックを下ろした。彼の脚はズボンの裾が足りないくらい長くて細い。ヴァーヤはふと、そこにダニエルの脚を見、ダニエルの顔を見た。はっとしてルークから目をそらし、気分を落ち着かせた。ダニエルが死んでから何年間も、ヴァーヤは発作を起こしていなかった。四カ月前のある月曜日、コーヒーメーカーが壊れたので、〈ピーツ・コーヒー&ティー〉に行って客の長い列に並んでいた。ひどい音楽がかかっていた——感謝祭も過ぎていないというのに、ジャズ風のクリスマス・ソングのコンピレーション——それにあいまって、人の多さと密度、かすかに漂ってくるコーヒーの匂いと豆を挽く音で、息が詰まりそうになった。レジにたどり着くころには、店員の口が動くのは見えても、何を言っているかは聞こえなくなっていた。望遠鏡をのぞくように店員の口の動きに目を凝らしていると、鋭く問いかける声がした――お客さん、大丈夫ですか？――そして望遠鏡が地面に落ちて砕けた。

ヴァーヤが振り向くと、ルークはすでに手術着を身につけ、こちらを見ていた。

「ここで研究を始めてどのくらいに？」ルークの口から出てきたのが〝大丈夫ですか？〟ではなくて助かった。

「十年です」

「その前は？」

ヴァーヤはしゃがんで靴カヴァーをはめる。「調べてあるかと思ったけど」

「一九七八年に理学士を取得しヴァッサー大学を卒業、一九八三年にはニューヨーク大学の修士課程に在籍、八八年に修了。二年間研究助手として残り、そのあとコロンビア大学の特別研究員に。九三年に酵母菌に関する研究を発表。『酵母変異体の極端な寿命の延長――カロリー制限による活性化Ｓｉｒ２保有生物の加齢に伴う変異の速度減少について』――間違いがなければ、大手科学雑誌のいくつかに取り上げられ、《タイムズ》の一面も飾るほど革新的な論文だった」

ヴァーヤは驚いて立ち尽くした。今の内容はドレイク研究所のサイトに掲載されているものだが、まさかルークが暗唱できるとは思わなかった。

「ぼくの把握してる事実に誤りがないかたしかめたくて」ルークはつけくわえる。マスクで声がくぐもっているが、フェイスシールド越しに、照れくさそうな顔が見える。

「間違いありません」

「ではどうしていきなり霊長類の研究に？」ルークがオフィスのドアを押さえてヴァーヤを通し、

ヴァーヤが外から鍵をかける。

ヴァーヤは顕微鏡越しでしかはっきりと見ることができない組織に慣れていた。真空密閉容器に入れられてノースカロライナの会社から船便で輸送されてくる実験用酵母菌や、羽が小さすぎて飛ぶこともできない、研究用に繁殖させたショウジョウバエ。四十四歳のとき、ドレイク研究所のＣＥＯ――厳格な年配の女性で、こんな好機は二度と訪れないでしょう、とヴァーヤに忠告した――に霊長類のカロリー摂取制限の研究に誘われた。電話を切ると、ヴァーヤは恐怖のあまり笑ってしまった。すでに医者に診てもらうほどの厄介ごとを抱えているのに、結核やヘルペスＢの感染源になるかもしれないアカゲザルの近くで日々を過ごすだなんて考えられない。

さらに、とまどいも覚えた。霊長類はおろかマウスさえ扱ったことがなかったのだ。しかし当時の女性ＣＥＯによると、研究所はそこに目をつけたのだという。研究所は人類に低カロリーの生活様式を奨励したいのではなく、同様の効果をもつ薬を開発したがっていた――「どんな成功をもたらすか、考えてみてください」説得にあたったＣＥＯは皮肉っぽい声で言った。つまり研究所は遺伝学に精通した人間、微視レベルの研究成果を分析できる人材を必要としていた。さらにＣＥＯはその場で、日々の仕事ではほとんど動物との接触の機会はないはずだと請け合った。研究所には飼育管理師や獣医がいる。勤務時間のほとんどは電話会議や打ち合わせ、あるいはデスクで論文の精読や評価、助成金申請書作成、データ分析、公表資料の作成に費やされるだろうとのことだった。事実、そうしようと思えば動物とは一切接触しなくても済んだ。

ヴァーヤはルークを大きな鋼鉄のドアへと案内した。「わたしたちの遺伝子の約九十三パーセントはアカゲザルとおなじです。酵母菌の研究のほうが気楽でした。けれど自分が酵母菌で研究していたことは、生物学的にいえば、人類の役には立たないだろうと気がついたの――霊長類の研究にくらべたら」

ヴァーヤは言わなかったが、研究所に声をかけられた二〇〇〇年は、クララの死からほぼ十年、サイモンの死から約二十年たったタイミングだった。「検討してみてください」と当時のCEOに言われたヴァーヤは、わかりましたと答える一方で、そういうことを検討する場合にどのくらい時間をかけ、どのくらい時間をおいてから断るのが妥当かを計算していた。しかし、新たな酵母菌の研究をおこなっていたコロンビア大の研究室に戻って感じたのは満足感や誇りではなく、無力感だった。大学院時代、ヴァーヤの研究は革新的だったが、勧誘を受けたころには博士号取得者(ポスドク)なら誰でもハエや昆虫の寿命を延ばす方法くらい知っていた。これから五年で自分は何を得られるだろう? おそらく伴侶は得られない、子どもを持つことはけっしてない。でも、この仕事なら理想的だ。目覚ましい発見。自分はべつの形で世の中に貢献するのだ。

この仕事を受けたのにはほかにも理由があった。ヴァーヤはつねに、自分は愛情に突き動かされて研究をおこなっているのだと胸に言い聞かせていた。生命への愛、科学への愛、十分長く生きられなかったきょうだいたちへの深い愛ゆえに。しかし心の片隅では、真の動機は恐怖なのではないかと危惧していた。何ひとつ思い通りにできないかもしれないという恐怖。何が原因であれ、ふいに命を失うことへの恐怖。サイモンもクララもダニエルも、少なくとも現実の世界に生きていたのに、自分は研究や執筆のなか、頭のなかでしか生きてこなかったのではないかという恐怖。ドレイク研究所での仕事は最後のチャンスのように思えた。思いきってこの仕事をすれば、たとえどんな苦痛にさらされることになろうとも、この罪悪感、生き残ったことで背負うはめになった負債を、少しずつでも減らすことができるかもしれない。

「手袋ですが」ヴァーヤは飼育場(ビバリウム)のドアの外で足を止める。「二重のまま、一枚も外さないように」

ルークは両手を挙げてみせた。首からカメラをストラップで下げ、ノートとテープレコーダはオフィスに置いてきていた。ヴァーヤはゴムパッキンで密閉された第一ビバリウムのドアを開け、アニーが毎月変更している暗証番号でしか開かない二枚目のドアを開けると、ルークを連れて目がくらむような真昼の光と咆哮のなかに入った。


　ビバリウムはラテン語で「生命(いのち)の場所」という意味だ。専門用語では、動物の自然界での生息環境を模した区画を指す。アカゲザルの自然界での生息環境とは？　マカク属のアカゲザルより広く地球上に分布する霊長類は人類だけだ。陸地や水上を渡り歩く遊牧性のアカゲザルは、熱帯林やマングローブの沼地だけでなく、標高千二百メートルの山でも生きられる。プエルトリコからアフガニスタンにかけて生息し、寺院や運河の土手、鉄道の駅を住みかにする。虫や葉のほかに、揚げパンやピーナッツ、バナナ、アイスクリームなど、人から奪ったものを食べる。日々何キロも移動する。

　どの条件も研究所で再現するのはたやすくないが、ドレイク研究所は試みた。マカク属のサルは社会的動物なので、つがいで檻に入れ、どの檻も戸を開けると隣の檻に入れるように設計して、ビバリウムの幅いっぱいに並べた。知能を高める活動によってサルが確実に心理的な刺激を受けるよう工夫されていた。たとえば餌を手に入れるためのパズル、鏡、頭上のスピーカーから聞こえるジャングルの音のほかに、プラスチックボール、ｉＰａｄで再生される動画などだ（ｉＰａｄはサルがしょっちゅう画面を破壊するので、最近になって撤去された）。研究所には年に一度、連邦農務省を代表する職員が訪れ、動物福祉法を遵守しているか確認する。去年来た職員が、研究所員がときどき目新しい服装で――派手な模様の帽子や手袋などを着用して――ビバリウムに入って動物の目を楽しませるよう勧めたので、今ではそれも実行されている。

ヴァーヤの考えは揺らがなかった。もちろん、サルは屋外で過ごすのが望ましいのだろう。しかし、ビバリウムの向こうにも理想的とはいえないまでもそれなりのスペースの囲い地が用意されており、どのサルも週に二、三時間だけそこでタイヤやロープで遊んだり、ハンモックに揺られたりすることができる。そもそもここのサルたちは新薬の実験台になるわけでも、サル免疫不全ウイルスの解明に利用されるわけでもない。ヴァーヤの研究の目的は、動物を可能なかぎり長生きさせる方法なのだ。それのどこに非があるというんだろう?

ヴァーヤはルークのほうを向いて、アニーが考えておいてくれた要点を述べた。霊長類の研究がおこなわれてきたからこそ、多くのウイルスが発見され、多くのワクチンが開発され、多くの治療法の安全性が確認できた。アルツハイマー病、パーキンソン病やエイズの治療法。それに、自然のなかで生きることはピクニックとは違う。捕食者だらけで、飢える可能性もある。サディストかハリー・ハーロウ(霊長類の学習と動機づけを研究した心理学者)でもなければサルが檻に入れられているのを見ていい気持ちにはならないだろうが、少なくともドレイク研究所では行き届いた管理と保護がおこなわれている。

それでも、訪問者が誤った印象をもってしまう理由はわかっていた。檻が壁際に積み上げられ、ヴァーヤとルークには中央の狭い通路しか居場所がない。サルは赤らんだ腹を伸ばし、檻の格子に指を引っかけて、ヤモリのように四肢を広げて金網にしがみついている。ボス格のサルは大きく口を開けて黄色く長い歯をむき出しにしながら静かに睨みをきかせ、格下のサルは険しい顔で金切り声をあげた。サルたちはドレイク研究所の新任のCEOが訪れるときもおなじ反応を見せたが、その男は年に一度か二度、極力短時間しか研究室には滞在しない。

　入所したばかりの年、サルはヴァーヤにもおなじように反応した。その場から逃げ出さないようにするのに自制心を総動員しなければいけなかった。ヴァーヤは逃げなかった。前のCEOが言ったとおり、勤務時間のほとんどはデスクで費やされたが、自分を奮い立たせて一日に一度、通常は朝の給餌の管理にビバリウムを訪れることにしていた。サルに触れはしなかったが、ようすを把握しておきたかったし、研究の成果の証拠を自分の目でたしかめたかったのだ。ヴァーヤはルークにカロリー制限をしているサルたちのほうを見せてから、対照実験の比較対象となる対照群（コントロールグループ）のサル、つまり、なんの制限もなく好きなだけ食べているサルのほうに案内した。ルークはそれぞれの集団の写真を撮った。フラッシュが光るとサルの叫び声がさらに大きくなった。柵をつかんで揺さぶるサルもいたので、ヴァーヤは大声で説明しなければいけなかった——コントロールグループのサルは早期発症型の糖尿病になりやすく、彼らが病気になる可能性はカロリー制限を受けている集団のほぼ三倍だ。制限を受けている集団のほうが外見も若い。後者は最年長のサルでもふさふさと赤褐色の体毛が生えているが、コントロールグループのサルには皺や脱毛が見られ、臀部の赤い皮膚が見えていた。

　まだ研究の折り返し地点なので、寿命を判断するには時期尚早だ。それでも研究成果は上々で、この分だとヴァーヤの命題は立証できそうだ。そういったことを説明しているうちに誇りで胸がいっぱいになり、ヴァーヤはサルの叫び声も、何かをひっかく音も、独特の臭いも気にならなくなり、被験者であるサルたちに機嫌よく向き合うことができた。

ルークが去ると、ヴァーヤはフリーダを元の場所に戻した。ルークが来る前に、フリーダを隔離部屋に移すようアニーに頼んでおいたのだ。フリーダはヴァーヤのお気に入りだったが、ＰＲには悪影響だ。まっすぐで太い眉、墨で縁取ったように黒い毛にかこまれた金色の瞳。赤ん坊のころは耳が極端に大きく、指が長くてピンク色だった。ヴァーヤの着任の一週間後にカリフォルニアに到着した。その朝、アニーは新しく送られてきたサルたちを受け取ったが、吹雪のためジョージア州の研究センターで飼育されていた赤ちゃんが一匹足止めを食らっていた。アニーは帰らなければいけなかったので、ヴァーヤが残ることにした。午後九時三十分、無地の白いバンが轟音とともに丘を上がってきて、霊長類研究室の外に止まった。二十歳そこそこの無精髭の青年が車から降りてきて、受領票に署名を求めた。まるでピザの配達みたいに。男は荷物にはまったく興味がないのか、あるいはうんざりしていたのかもしれない。配達員が車から降ろした檻には毛布がかかっていたが、あまりに恐ろしげな金切り声に、ヴァーヤは思わずあとずさった。

しかしそのサルの面倒を見るのはヴァーヤの責任だった。ヴァーヤは防護服を身につけていた。配達員から檻を渡されたとたんに響いてきた鳴き声を抑えるのには何の役にも立たなかったが。配達員はほっとしたように額を拭うと小走りでバンに戻った。そして来たときよりずっと速度を上げて丘を下りていき、ヴァーヤは金切り声をもらす檻と取り残された。

檻は電子レンジほどの大きさだった。フリーダは翌日になるまでほかのサルと引き合わせないことになっていたので、ヴァーヤは檻を守衛室ほどの広さの隔離部屋に運んで下ろした。すでに両腕が痛み、恐怖で心臓がばくばくしていた。どうしてこんな仕事を引き受けてしまったのだろう？

いちばん大変な作業がまだ残っている。輸送用の檻から新しい檻に移さなければいけない。つまり、ヴァーヤはなかにいる動物に触れる必要があった。

あらためて見ると、檻はおもちゃの黄色いガラガラが描かれた赤ちゃん用毛布でおおわれていた。毛布の端をめくると、叫び声がさらに大きくなった。ヴァーヤはしゃがみこんだ。不安で胸がいっぱいになった――今やらなければ、一生できないだろう――小さな輸送用の檻を持ち上げ、開口部を実験室の檻の入口の高さに合わせた。大きく息を吸い、毛布をめくった。輸送用の檻はサルの体よりわずかに大きい程度だったが、サルは柵をつぎつぎとつかんで檻のなかをぐるぐる回りはじめた。ヴァーヤはアニーが教えてくれたとおり留め具に手を伸ばしたが、手は震えていた――サルの取り乱しぶりと怖がりようは見るに堪えなかった――ヴァーヤが気を落ち着ける前に、檻が滑って一方に傾いた。

赤ちゃんザルが大砲から出てくるみたいに飛び出した。大きな檻のなかではなく、ヴァーヤの胸に飛びこんできた。思わずヴァーヤも悲鳴をあげて、しゃがんだまま尻餅をついた。こちらを傷つけるつもりなのかと思ったが、サルの赤ん坊は、かぼそい両腕でヴァーヤの背中をつかんで胸に顔をうずめ、しがみついてきた。

どちらがより怖がっていたのだろうか？　ヴァーヤの脳裏にアメーバ症とB型肝炎が浮かんだ。毎晩夢に出てくるあらゆる病気、死ぬかもしれないという恐怖をあおるあらゆる病気、つまり、そもそもこの仕事を引き受けたくはなかったあらゆる理由が。しかし、その恐怖を抑えこんだのもまたこの生き物だった。赤ん坊ザルの体は重く、人間の赤ん坊より毛深くて、人間の赤ちゃんが物足りなく思えるほどだった。どのくらいそうしていたか見当もつかないまま、子ザルが鳴くとヴァーヤはしゃがんだまま体を揺らしてあやした。生後三週間。ヴァーヤは知っていた。その子が生後二週間で母ザルから引き離されたこと。母ザルの初めての子であること。ソンリンという名のその母ザルが、中国の広西の繁殖センターから輸送中、あまりに悲痛な鳴き声をあげるので精神安定剤を打たれたこと。

ふと顔を上げると、檻の外に立てかけた鏡に映った両者の姿が見えた。そのとき思い浮かんだのは、フリーダ・カーロの〈猿のいる自画像〉だ。ヴァーヤはカーロに似ていない。カーロほど強くも挑戦的でもない。研究室はベージュのコンクリートの壁に囲まれていて、カーロの絵のユッカと光沢のある大きな葉の背景とはあまりにかけ離れている。それでも、ヴァーヤの腕のなかにはサルがいて、その目はブラックベリーのように大きくて黒かった。おなじくらい怯え、おなじくらい孤独な二人が、一緒に鏡をのぞきこんでいた。

31

三年半前にダニエルが死んだ直後、ヴァーヤがキングストンに到着したとき、ミラは彼女をゲストルームに連れこんでドアを閉めた。

「見てもらいたいものがあるの」

ミラはベッドの縁に腰かけ、ラップトップを膝に載せた。両脚をぴんとそろえて絨毯にしっかり爪先を立て、ウェブページのキャッシュの一覧を見せた。ロマの検索結果、ＦＢＩの最重要指名手配犯サイトのブルーナ・コステロ情報のスクリーンショット。ヴァーヤはその女が誰かすぐにわかった。ふいにめまいに襲われ、目の前を銀色の紙吹雪がちらついた。ヴァーヤは床に崩れ落ちそうになった。

「これがダニエルが追っていた女。ダニエルは家の銃を倉庫から持ち出して、この人が住むウェストミルトンまで車を走らせた。それでわたしは捜査官に連絡したの、ダニエルを撃った捜査官に」ミラの声は葦の葉がうなだれるように力を失っていった。「どうして？　ヴァーヤ。なぜダニエルはそんなことを？」

ヴァーヤはミラにその女との因縁を説明した。声はかすれ、ぽつりぽつりととぎれがちだったが、よどみなくはっきりと話そうと努めた。ヴァーヤはどうしてもミラにわかってほしかった。だが話しおえてみると、ミラはかえってとまどっているようだった。

「そんな過去のこと」ミラは言った。「大むかしのことじゃない」

「ダニエルにとってはそうじゃなかった」涙が止まらず、ヴァーヤは指先で両頬を拭った。

「ほうっておくべきだったのに。過去に葬るべきだった」ミラの目は血走り、喉のところが真っ赤になっていた。「そんな、そんなのって。ほうっておけばよかったのに」

二人はガーティにどう伝えるか作戦を練った。ヴァーヤはダニエルが停職中に地元の女性の犯罪に執着するようになったと説明したかった。正義感を持て余して、何かをせずには、信じずにはいられなかったのだと。一方ミラはありのままを話したがった。

「ほんとうのことを話して何が悪いの？　ごまかしたってダニエルが戻るわけじゃない。死に様が変わるわけじゃない」

それでもヴァーヤは反対した。物語には状況を変える力があるとわかっていたから。過去も未来も、現在さえも。ヴァーヤは大学院時代から不可知論者だったが、唯一心に染みたユダヤ教の教えがそれだった——言葉の力。言葉はドアの隙間や鍵穴をすり抜ける。家族ひとりひとりにつきまとい、何世代をも苦しめる。真実はガーティのわが子に対する認識を一変させてしまうかもしれない。生きて弁明することがかなわぬ子たちへの認識を。それはきっと、ヴァーヤにさらなる苦悩をもたらすだろう。

その夜、ミラとガーティが眠っているあいだにヴァーヤはゲスト用のベッドから抜け出して書斎に入った。いたるところにダニエルの気配が漂っていた。懐かしい品々に心を慰められ、それらが持ち主を失ったことに心を苛まれた。パソコンの脇にゴールデンゲートブリッジの形のペーパーウェイトが置いてあった。これは、忙しいポスドク時代のヴァーヤがハヌカのためにキングストンに向かう途中、手土産を忘れていたことに気づいてサンフランシスコ空港で買ったものだ。ヴァーヤはダニエルがそれを美術品だと勘違いしてくれればいいと思ったが、彼は騙されなかった。「空港の安物かよ？」ダニエルは冷やかすように言ってヴァーヤを叩いた。今では金メッキが緑がかった銅色に変色していた。ダニエルがずっとこれを持っていたなんて知らなかった。

ヴァーヤはダニエルの椅子に腰かけて天井を仰いだ。ヴァーヤはダニエルには電話でああ言ったが、感謝祭のあいだアムステルダムに行ってなどいなかった。学会なんてなかった。ヴァーヤはカット野菜を解凍してオリーヴオイルでソテーして適当に盛りつけると、キッチンの食卓で一人わびしく食べた。その秋、ダニエルが告げられた予言の日への不安は深刻なものになっていた。ヴァーヤは当日に何が起きるか知るよしもなく、それを目の当たりにして耐えられるとも思わなかった——あるいは、その場にいたら責任を感じてしまうと思っていたのかもしれない。ヴァーヤはそのときも、何かが感染するのではないか、何かを媒介してしまうのではないかと不安だった。まるで自分の悪運には感染力があるみたいに。自分がダニエルのためにできる最善のことは、距離を置くことだった。

だが感謝祭の翌日の午前九時になるころには、動悸が始まっていた。大量の汗をかいていたので、冷たいシャワーを浴びても一時の気休めにしかならなかった。ヴァーヤはみずからの誓いを破ってダニエルに電話をかけた。ダニエルは占い師を見つけたとかなんとか言っていたが、ヴァーヤはそれをただの軽口だと思い、信じなかった。そのあとダニエルはこちらに罪悪感を感じさせるような、苦しげで子どもじみた口調になった——**きのう、きみもここに来られればよかったのに**——それを聞いてヴァーヤは自己嫌悪に満ちた苛立ちを覚えた。それまでにも、ダニエルからの留守電のメッセージを聞かずに消去してしまうことがあった。ダニエルのこの口調を聞きたくなかったから。怒りと、倦むことのない痛みがにじむ口調。まるで何度も失望することに悦に入っているみたいな声。ダニエルはどうして諦めなかったのだろう？　ダニエルにはミラがいたのに。ヴァーヤは自分に何も与えてくれない、いつまでも失望させられるだけだと早く気づけば、そのぶん長くヴァーヤのいない人生を幸せに生きられたし、ヴァーヤだって解放されたのに。

パソコンの隣、ペーパーウェイトが置いてあった場所で、ドライクリーニングのレシートがひらひらしていた。ダニエルの几帳面で四角ばった筆跡が裏面ににじんでいる。

ヴァーヤはレシートを裏返した。「言葉はわれらの力」。その下にもう一つのフレーズがあった。ダニエルが何度も書きなぞったのか、文字が浮き上がって見えた。「思考には翼がある」

ヴァーヤはそれが何を意味するかを知っていた。かつて大学院生だったころ、初めにかかったセラピストにその現象を説明しようとした。

「何かが清潔に見えるかという問題ではなく」ヴァーヤは説明した。「清潔だと感じるかどうかが問題なんです」

「それで、もし清潔だと感じなかったら？」セラピストは聞き返した。

ヴァーヤは言葉に詰まった。実際、はっきりしなかった。ただ、つねに悪い予感、自分の背後に影のように破滅が忍び寄っているという感じがしていた。儀式的行為によってそれを防ぎとめられる気がしていた。

「その場合、悪いことが起きます」とヴァーヤは答えた。
いつからだろう？　むかしから心配性だったが、ヘスター通りのあの女を訪ねて以来、何かが変わった。リシカのアパートに坐っていたときには相手がいかさま師だと確信していた。それなのに、家に帰ると予言が心のなかでウイルスのように作用しはじめていた。きょうだいたちにもおなじことが起こっているのがわかった。サイモンは生き急ぎ、ダニエルは怒りっぽくなり、クララは自分を解き放って疎遠になっていった。

もしかしたら、もともとそうなる運命だったのかもしれない。あの件とは関係なく、いずれはそうなっていたのかもしれない。ううん、やっぱり違う。自分にはすでに見えていたはずだ。弟や妹たちの未来の姿が。自分には、あのときもう見えていたはずだ。

十三歳と半年で、鋪道のひびを避けて歩けば、あの女がクララに告げたことが実現するのを防げると思いついた。十四歳の誕生日には、誕生日のケーキのロウソクをすべてできるだけ早く吹き消さなければ、サイモンに何かひどいことが起きると思いこんだ。三本消しそこねて、それを八歳のサイモンが吹き消した。ヴァーヤは悲鳴をあげてサイモンを責めた。わがままだと思われるのはわかっていたが、どうでもよかった。サイモンを守ろうとしたのに、サイモン自身の行動でそれが台なしになったことのほうが問題だった。

三十歳で初めて診断を下された。最近ではどの子も自分が抱えている症状を示す略語を知っているようだが、ヴァーヤが若いころは強迫観念なんてものは誰にも言えない負い目でしかなかった。強迫観念はサイモンの死後に悪化した。それでも大学院に入るまではセラピーを受ける気になるとは思っていなかった。セラピストが強迫性障害（OCD）という言葉を口にするまで、それに名前があることさえも知らなかった――手を洗う。歯を磨く。公衆トイレやコインランドリーや病院を避ける。ドアや地下鉄の座席や他人の手に触れない。これらの予防手段を毎時間、毎日、毎月、毎年、儀式のように執りおこなう。

数年後、新しいセラピストに具体的には何を恐れているのかと訊かれた。ヴァーヤは答に窮した。恐れているものがわからないからではなく、恐れていないものを思いつくのが難しかったからだ。「では、いくつか例を挙げてみてください」セラピストはそう言い、ヴァーヤはその晩リストを作ってみた。

癌、気候変動、自動車事故の被害者になること。自動車事故の加害者になること。（右折中に自転車乗りを轢き殺しているのではないかという考えに取り憑かれて、自転車に遭遇するたび何ブロックもあとをつけ、轢き殺していないことをくりかえし確認していた時期があった。）銃を持っている人。飛行機の墜落――突然の死！　絆創膏をつけた人。エイズ――実際にはありとあらゆる種類のウイルス、バクテリア、病気。誰かに感染させること。薄汚れた表面、汚れたリネン類、体の分泌物。ドラッグストアや処方箋薬局。ダニとナンキンムシとシラミ。化学物質。ホームレス。人ごみ。不確実性とリスク、すっきり終わらない物語の結末。責任と罪悪感。自分の思考さえも怖い。思考の力と、それが自分に及ぼすものが怖い。

つぎのセラピーで、ヴァーヤはリストを読み上げた。最後まで聞き終えると、セラピストは椅子の背にもたれかかった。

「なるほど」とセラピストは言った。「でも、ほんとうに恐れているものはなんですか？」

ヴァーヤはあまりに純粋な質問に笑ってしまった。言うまでもない。失うことだ。愛する人たちを失うこと。

「でも、あなたはすでにそれを乗り越えてきた」セラピストは言った。「お父さんに、ごきょうだい――あなたの年齢でそれほど多くの身近な人の死を経験したことのない人もいます。だけどあなたはしっかり立っているでしょう。いえ、坐っているけど」セラピストはほほえみながらカウチを見た。

たしかに、それでも坐っていたが、そんなに単純なことではなかった。ヴァーヤはきょうだいたちを失うたびに、確実に自分の一部も失っていった。近所の家の明かりがつぎつぎと消えていくのを眺めているように、自分自身のどこかが闇になり、さらにまたどこかが闇になっていった。ある種の大胆さ――感情的な大胆さ――が消え、そして欲望が消えていった。孤独の代償が高くつくのはわかっていたが、喪失の代償はもっと高い。

そのことをまだ理解していない時期があった。二十七歳、修士課程で学んでいたころ物理学部のクラスを受講したことがある。そのクラスではエディンバラから来た客員教授が教鞭をとっていて、彼はピーター・ヒッグスという物理学者とともに学んだことがあった。

「多くの人はヒッグス博士の言うことを信じないが」客員教授はヴァーヤに言った。「彼らは間違っている」

二人はミッドタウンのイタリア料理店に坐っていた。教授によれば、ヒッグス博士は粒子に質量を与えるヒッグス粒子というものの存在を提唱しているという。誰も見たことはないが、それは宇宙を理解する鍵であり、現代物理学の要となるものだと。ヒッグス粒子は宇宙が対称性に支配されていることを示しているが、人類のように極めてエキサイティングな進化は対称性が崩れたわずかな瞬間に生み出されたもの、つまりは逸脱なのだ、と教授は言った。

生理がこなくなってからショックを受ける友人もいたが、ヴァーヤにはすぐわかった。ある朝目覚めると、もうそれまでの自分ではなかった。三日前、ヴァーヤは構内にある教授のアパートのツインベッドで彼と寝た。両脚のあいだに顔をうずめられ、舌を動かされ、初めてオーガズムに達した。まもなく教授は冷たく疎遠になり、二度と連絡をよこすことはなくなった。そしてヴァーヤは自分の体のなかの新しい細胞を想像しながら思った――あなたはわたしを滅ぼしてしまうだろう。永遠に立ち上がれなくしてしまうだろう。あなたがいると世界があまりにあざやかに、あまりにリアルに感じられて、わたしは一瞬たりとも苦痛を忘れられなくなってしまうだろう。ヴァーヤは逸脱を恐れた、それが制御できないものだから。いつまでも対称性が安定して持続してくれることを願った。ブリーカー通りの〈プランド・ペアレントフッド〉（性・妊娠・出産に関する保健サービスを提供する非営利団体）の施設に子宮を空にする予約を入れると、逸脱が消えていくところを想像した。エレベーターの二枚のドアがぴったりと閉じ、最初から隙間など存在しなかったように消えていくところを。

人はセックスのエクスタシーや、親になるというさらに複雑なことのよろこびを口にする。でもヴァーヤにとっては、安心、つまり恐れているものが存在しないことを知る安堵が何よりのよろこびだった。しかしそれも一時的なものだ。突風のようなよろこび、笑いのように我を忘れる一瞬――わたしは何を考えていたんだろう？――そのあと、じわじわと確実性が侵食されていく。疑念が忍び寄ってくる。もう一度バックミラーをたしかめ、もう一度シャワーに入り、もう一度ドアノブを拭きたくなる。

何度もセラピーを受けてきたから、自分で自分に物語をかたっているのだということはわかっていた。儀式的行為には力があるとか、思考によって結果は変えられるし不幸を遠ざけることができるとか、そういう自分の思いこみこそが魔法のトリックであり、つまりは虚構だとしても生き延びるための拠りどころなのだとわかっていた。それでも——それでもなお信じるとしても、それはただの物語なのだろうか？　ヴァーヤが心の奥底に隠している事実、この障害を永久に克服できないと感じる理由は、それが障害だと思わないときもあるからだ。思考が何かを実現すると信じることを、ばかげた考えだとは思えないときがあるのだ。

ダニエルの死から六カ月たった二〇〇七年五月、ミラが取り乱して電話をかけてきた。

「当局がエディ・オドノヒューを無罪にしたの」内部調査の結果、不法行為の事実はみられなかったのだ。

ヴァーヤは泣かなかった。怒りが体のなかにわき起こり、胎児のようにそこに居つくのを感じた。ヴァーヤはもはや、ダニエルを死に追いやったものが弾丸だとは思わなかった。骨盤を狙ったのに太腿に命中して大腿動脈を破裂させ、十分もたたないうちに体じゅうの血を奪った一発の弾丸だとは。ダニエルの死が意味するのは、肉体の機能不全ではなかった。それは人間の精神の力というまったく異なる敵——思考には翼があるという事実を暗示していた。

32

金曜の朝に研究所に向かう途中、ヴァーヤは車を道路脇に寄せて停車させ、膝のあいだに頭を垂れた。ルークのことを考えていた。この二日間、ルークとヴァーヤは朝七時半に研究室で落ち合って、一緒にビバリウムに向かった。ルークはとても役立った――餌やりの時間に餌の計量を手伝ったり、掃除のために重たい檻を倉庫に運び入れたりするのに力を貸してくれた。それに動物たちもルークを受け入れていた。水曜には年配のオスのアカゲザル、ガスとゲームを編み出して遊んだ。全身みごとなオレンジ色の毛におおわれていて、エゴも強いサルだ。ガスは檻の正面に来ると、掻いてくれとせがむように腹をあらわにした。わざと急にうしろに跳びのいてルークを驚かせ、ルークは笑いながらガスとふざけあった。あるいはルークが掻いてくれるかぎりサーモン色の腹を出して寝そべり、愛情たっぷりにチュッチュッとくちびるを鳴らした。

ヴァーヤはルークがサルの扱いがうまく、熱心に手伝いをしてくれることに感心し、彼にそのことを伝えると、ルークは自分は農園育ちだから、肉体労働にも動物の扱いにも慣れているのだと言った。それにこれこそが《クロニクル》の編集者が求めていることなのだと。つまり、ドレイク老化科学研究所の日常を経験することで、研究者たちの姿を生身の存在としていきいきと伝え、個性ある生き物としてサルたちの姿を伝えることができるのだという。木曜にオフィスでランチを食べながら――ヴァーヤはタッパーに入ったブロッコリーとブラックビーンズ、ルークはアトリウムの売店で買ったチキンラップ――ルークはその問題についてヴァーヤに質問した。サルを個性ある存在として見ているのか、彼らが檻に閉じこめられているのを見て胸が痛まないのか。月曜にその質問をされていたら、ヴァーヤは警戒しただろう。でもそれからの二日間は危機感を抱くことも判断を下すこともなくスムーズに過ぎていたので、木曜になるころには気を許し、正直に答えることができた。

この研究所にくるまで、ヴァーヤはサルほどの大きさと肉付きのある生命体と接触したことはなかった。サルの体は肉感的で、存在感を感じずにはいられない。臭いもするし鳴き声もあげるし、毛むくじゃらだ。糖尿病にも子宮内膜症にも罹る。乳首は風船ガムみたいなピンク色でぷっくり膨れているし、顔ははっとさせられるほど感情豊かだ。サルの目をのぞきこめば、かならず彼らが考えていることを察知してしまう――あるいは、察知したような気になる。サルは作用を与えられるだけの受動的な実験台ではなく、意見を言う参加者なのだ。擬人化しすぎないよう気をつけてはいるが、最初の何年かはサルたちの表情、とくに彼らの目を見て親近感を覚えてしまうことにとまどった。サルたちが集まってきて、その計り知れぬ目でじっと見つめられると、彼らがじつはサルの着ぐるみをきて、マスクの隙間からこちらをのぞいている人間のように思えることがある。

「明らかに持ちつづけるべきではないけれどね」ヴァーヤはルークに言った。「そんな考えは」

ヴァーヤは自分のデスクに坐り、ルークはアニーのデスクに坐っていた。右の足首を左の膝に載せ、長身の若者らしく、細長い脚を持て余すように折り曲げている。相手が肯定的な反応を見せたので安心し、ヴァーヤは先を続けた。

「ある年の感謝祭に——この研究所にきて二年か三年目だったかな——軍医をしている弟の家を訪ねたの。そしていま言ったようなことを弟に話して聞かせた。そうしたら弟は、その日診察したある患者の話を聞かせてくれた。二十三歳の兵士で、切断した箇所から感染症を発症していた。彼はダニエルが皮膚に触れるたび、アフガニスタン人を口汚く罵った。ダニエルは彼が二、三年前に自分が入隊審査の健康診断を担当した若者だということを覚えていた。というのも、そのときその若者はアフガニスタンの状況や、そこに住む市民たちのことをとても心配していたから。ダニエルがもう少しで精神鑑定を命じそうになったほどね。その若者は繊細すぎるんじゃないかと心配になったの」

ダニエルもちょうどルークのような坐り方をしていた——片方の脚にもう片方を載せて、大きな目には熱がこもっていた——でも、目の下の肌は黒ずんで、豊かだった髪は薄くなっていた。そのときヴァーヤはダニエルを小さな男の子として、弟として思い出していた。ダニエルの理想主義は、より現実的な何か、ヴァーヤが自分のなかにも感じている単純な何かに変わっていた。

「弟の言いたかったのはね」ヴァーヤは言った。「敵の人間性を無視せずに、あるいはそもそも敵というものを作らずに生き延びるのは不可能だということ。思いやりというのは民間人がもつものであって、軍事行為にあたる人間のものではないというの。軍事行為をするにはどちらか一方の側を選ぶ必要がある。どちらとも見捨てるより、どちらか一方を助けるほうがましというわけ」

ヴァーヤはタッパーの蓋を閉めながら、カロリー摂取を制限されたグループにいるフリーダのことを考えた。最初のうち、フリーダは食べ物を求めて何度も何度も鳴き声をあげた。家に帰ってもその声はヴァーヤの頭のなかで鳴り響いていた。その恥知らずなほどの食欲に、ヴァーヤは罪悪感と反発を同時に覚えた。フリーダの生きることへの欲求は明白で、その目にはありありと非難の色が浮かんでいたので、ヴァーヤはそのうち彼女が荒々しくとぎれとぎれの鳴き声のかわりに、人間の言葉を話しはじめるのではないかとさえ思った。

「たしかにサルには愛着をもつようになった」ヴァーヤはつけくわえた。「こんなこと言うべきじゃないけれどね——あまり科学的とは言えないから。でももうかれこれ十年も彼らと一緒にいる。それにこの研究は彼らのためにもなると信じている。わたしは彼らを保護している、とくにカロリー摂取制限をしているサルたちのことは。この暮らしによって、彼らは長生きをするわけだから」

ルークは黙っていた。テープレコーダはしまったままだったし、アニーのデスクの上に置いてあるノートにも手を伸ばそうとしなかった。「それでも、はっきりさせておくべきね——『この研究には価値がある。この動物の命はそれが貢献する医学の進歩ほどの価値はないだけだ』と」

その晩、ヴァーヤは何時間も寝つけなかった。どうしてルークにあんなことを打ち明けたのだろう。ルークがあれを記事に書いたら自分にどんなことが起こるのだろう。あの会話を削除してくれるよう頼むこともできたが、そんなことをすれば研究そのものに、そしてその達成のために必要な考え方に疑念をもっているということを暗示してしまうだろう。そんなふうに見られるのはいやだった。金曜の朝を迎えたヴァーヤはそういうわけで、車のなかで身を固くして吐き気をこらえていた。自分を危機にさらしただけでなく、ダニエルのことも裏切ってしまった。そんな感覚に襲われていたのだ。ルークと研究室で会うことを考えるとき、ヴァーヤはダニエルの姿を見ている。そんなのどうかしている。二人の共通点といえば長身なことだけなのに、イメージは離れない。ダニエルがルークのウィンドブレーカーとバックパックを身につけて自分を待っている姿。ルークの若く期待に満ちた顔にダニエルの顔が重なる。やがてイメージは変化し、キャンピングカーのなかにいるダニエルの姿が浮かぶ。太腿に銃弾を受け、床に赤い血だまりができている。自分があんなに及び腰でなかったら、きっとダニエルはブルーナのことを話しに会いにきていたはずだ。そうすればダニエルを救えたはずだ。

吐き気が治まり、手の震えが止まってハンドルを握れるようになるころには、一時間が過ぎていた。これまで職場に遅刻したことはなかったが、アニーがルークをキッチン・エリアに案内してくれていたので、ほっと胸を撫でおろした。ルークはアニーがサルが食べ残した食料の分量を計測し、来週の分の餌を餌箱パズルに入れるのを手伝っていた。ヴァーヤはルークを避け、オフィスのドアを閉めて申請書作りに集中した。そのうち、ドアにノックが響いた。アニーがわざわざノックをするはずはないから、ルークに違いない。

「一緒に夕食に行かないかなと思って」ドアを開けるとルークが言う。両手をポケットに突っこみ、ヴァーヤが困惑ぎみの表情を浮かべると笑ってみせる。「もう六時だし」

「お腹がすいてないの、残念だけど」ヴァーヤはデスクに戻ってコンピューターの電源を切る。

「じゃあ一杯やるのは？　赤ワインには長寿遺伝子を活性化するレスベラトロールが含まれてるとか。リサーチ不足とは言わせませんよ」

ヴァーヤは深く息を吸う。「それも取材の一部？　それともオフレコ？」

「どちらでも。オフレコのつもりでしたけど」

「オフレコだとしたら」ヴァーヤは振り向いて言う。「なんの意味があるの？」

「情報交換？　人脈作りとか？」ルークはヴァーヤが冗談を言っているのかどうか測りかねている

みたいに物めずらしそうに見つめる。「噛みついたりしませんよ。少なくともあなたのサルみたいには」

ヴァーヤがオフィスの照明をオフにすると、廊下の蛍光灯の明かりだけが残り、ルークの顔が半分影になった。彼を傷つけてしまった。

「ごちそうさせてください」ルークが言う。「感謝のしるしに」

のちにヴァーヤは、どうして行きたくもないのに行くと同意してしまったのだろうと不思議に思うだろう。そして、あのとき行かなかったらどうなっていたのだろうと。罪悪感か、それとも疲れていたのか？ ヴァーヤは罪の意識を感じつづけることに疲れはてていた。それが鳴りを潜めていてくれるのは、仕事をしているときか、手を洗っているときだけ。蛇口をひねって水が熱くなり、そのうち水ではなくて炎か氷のように感じられるようになるまで洗っているときだけ。空腹でいるあいだも罪の意識は薄らぐ。ヴァーヤはだいたいいつも空腹だった――空腹でいると、空に向かって浮かんでいきそうなほど、きょうだいたちのもとに漂っていけそうなほど体が軽く感じた。ヴァーヤはちょうど空腹を感じていたが、それでも何かが彼女を動かした。何かが彼女にイエスと言わせた。


二人はグラント通りにあるワインバーに坐って赤ワインのボトルをシェアした。ここから約十キロの葡萄園で栽培され瓶詰めされたカベルネ。ヴァーヤはすぐに酔いがまわった。最後に食事をしてからずいぶん時間が経っていた。でもヴァーヤはレストランで食事はとらない。だからワインだけを飲んで、ルークの生い立ちに耳を傾けていた。ルークの家族はウィスコンシン州のドア郡でさくらんぼ農園を営んでいるそうだ。島々やミシガン湖に続く海岸線がある地域だ。ルークはカリフォルニアのマリン郡に行くと故郷を思い出すという。どちらももともとはネイティヴ・アメリカンの土地だった――ドア郡はポタワトミ族の、マリン郡はコーストミーウォック族の。ヨーロッパからやってきた人びとが土地を奪い、農業や製材業に利用しはじめるまでは。ルークは石灰岩や砂丘のこと、ツガの木が長い指のように緑色の枝葉を伸ばすこと、黄色の樺の木が晩秋の地面に息をのむような黄金のブランケットを広げることを話した。

オフシーズンの人口は三万人にも満たないのに、夏から初秋にかけてはその十倍にもふくれあがる。七月には農園はさながら修羅場と化し、さくらんぼの収穫、乾燥、缶詰め、冷凍の作業でてんてこ舞いになるという。ルークの家の農園では四種類のさくらんぼを栽培していて、子どものころは家族のそれぞれが一種類ずつ担当し、自動収穫機で摘み取りにあたっていた。父親は粒が大きくてジューシーなバラトン種。ルークは一番年下だったから、母親とペアを組んで、半透明の黄色い果肉のモンモランシー種を担当。そしてルークの兄は、もっとも貴重な、黒くて身が固いスウィートチェリーを任されていた。

ルークの話を聞きながら、ヴァーヤは気がつくとふわふわしていた。黄色や黒や赤のさくらんぼが、夢のなかのようなぼんやりした輪郭で視界に浮かんだ。ルークは携帯を取り出して自分の家族の写真をヴァーヤに見せた。初秋に撮影したものらしく、木々はマスタード色やセージ色に色づきはじめていた。ルークとおなじく両親も豊かなブロンドの髪をしているが、彼よりも色が薄かった。彼の兄――「アッシャーっていうんだ」――は十代半ばくらいとみえニキビ面だったが、弟の肩に手を置いて朗らかに笑っている。ルーク本人は六歳になるかならないかくらいだろう。両肩を兄の手にすっぽりと包まれ、しかめっつらに見えそうなほど満面に笑みを浮かべている。

「あなたは？」ルークが携帯をポケットにしまいながら言う。「ご家族はどんな方々です？」

「上の弟は医師だった、前にも話したけど。下の弟はダンサーだった。それから妹はマジシャンだった」

「へえ？　シルクハットからウサギを取り出してみせたりする？」

「ううん」二人のテーブルのまわりの照明は薄暗く、ヴァーヤの心配の種になるようなものは目につかない。「カードマジックもとても上手だったし、読心術もできた——パートナーが客席から何か、財布とか帽子とかを借りて、それを妹が言葉の合図なしで当てるの。目隠しをして壁のほうを向いたまま」

「みなさん今はどうしてるんです？」ルークが訊き、ヴァーヤはびくっとする。彼がそれに気づく。「すみません。過去形を使ってたもんだから。てっきりみんな——」

「引退したのかと思った？」ヴァーヤは首を横に振る。「いいえ。みんな亡くなった」何が自分にこんなことを打ち明けさせたのだろう。たぶん、ルークはまもなく去っていく相手だから。セラピストにしか明かさないようなことをべつの人に話すなんて、ふだんならまずありえないことで、肩の荷が下りるような感じがしたから。「下の弟はエイズで亡くなった。まだ二十歳だった。妹は——自殺したの。振り返ってみれば、双極性障害か統合失調症を患っていたのかもしれない。かといって、今となってはもうどうすることもできないけれど」ヴァーヤはワインを飲み干し、グラスに注ぎ足した。めったにアルコールは飲まないから、ワインのせいで緩慢で開放的な気分になっていた。「上の弟のダニエルはあることに巻きこまれてね。あんなことに関わるべきではなかったんだけれど。それで、撃たれてしまった」

ルークは何も言わずこちらを見つめている。ヴァーヤはふと、彼が手を伸ばして自分の手を握ってくるのではないかと、ばかげた不安に襲われた。でも彼はそうしなかった——そんなことをする理由がどこにあるっていうの？——ヴァーヤはふうっと溜息をついた。

「心からお悔やみを」ルークが言う。「あなたはそのために研究してるんですか？」ヴァーヤは答えないが、ルークは食い下がる。最初はためらいがちに、やがて積極的に。「いま手に入る薬が——そう、その当時にもあれば、弟さんの命が救えたかもしれない。それに遺伝子検査ができていたら、精神疾患のリスクを発見できていたかもしれないし、診断だって下せたかもしれない。そうすれば、クララのことだって救えたかもしれませんよね？」

「あなた、記事に何を書くつもりなの？」ヴァーヤが言う。「わたしの研究について？　それともわたしについて？」

ヴァーヤはできるだけ軽い口調で言った。心のなかにちらりと恐怖がよぎる。でもなぜだかはわからない。

「その二つを分けるのは難しいでしょう？」ルークが身を乗り出してきて、目が大きくなる。ヴァーヤの奥底で何かが揺らぎはじめる。そして気づく、何が自分を恐れさせているのかを——わたしはクララの名前を口にしなかった。

「帰らないと」ヴァーヤはもつれた舌で言い、両手をテーブルについて立ち上がろうとする。たちまち床がシーソーのように傾き、壁が揺れ、崩れ落ちるように椅子に尻をついた。

「待って」ルークが手をヴァーヤの手に重ねる。

パニックが喉もとまでこみあげてきて、爆発する。「触らないでちょうだい」ヴァーヤが言うとルークが手を引っこめる。悲しそうな表情を浮かべる。まるでこちらを憐れむような顔。ヴァーヤはもう耐えられなかった。ふたたび椅子から腰を浮かすと、今度はちゃんと立ち上がれた。

「運転しちゃだめです」ルークも席を立ちながら言う。パニックになっているのがわかる。ヴァーヤはそれを見てさらに動揺する。「お願いだから——ごめんなさい」

ヴァーヤはどうにか財布を取り出し、二十ドル札を何枚か抜いてテーブルに置いた。「大丈夫よ」

「ぼくに運転させてください」ルークは出口に向かうヴァーヤにせがむように言う。「どこに住んでるんです？」

「どこに住んでるか、ですって？」ヴァーヤが声を押し殺して言うと、ルークはうしろにさがる。バーの薄暗さのなかでも、ルークが赤面しているのがわかった。「どうかしてるんじゃないの？」

ヴァーヤはドアにたどり着き、店の外に出た。振り返ってルークがあとをつけてきていないことをたしかめると、自分の車に向かって走り出した。

33

土曜の朝に目覚めると、背中のまんなかが凝り固まって痛み、頭蓋骨はハンマーで殴られているようにずきずきした。服は汗まみれでいやな臭いがした。夜のうちに靴とセーターは脱ぎ捨てたらしいが、ブラウスはお腹に張りついていたし、靴下はぐっしょりと湿っていた。足から剝ぎ取って放ると、車の床にどさっと重たげに落ちた。ヴァーヤは後部座席で体を起こした。車窓の外では雨が降っていて、朝を迎えたグラント通りが霞んで見えた。

ヴァーヤは両目に手の付け根を押しつけた。ワインバーのことは覚えている。ルークの顔がこちらに近づいてきた。彼の声は低く、それでいて一歩も引かない強硬さがあった——**その二つを分けるのは難しいでしょう?**——この手に重ねられたルークの手は熱かった。走って車に戻り、後部座席で赤ん坊のように丸くなったことも覚えている。

ヴァーヤは飢えていた。身をよじって前部座席に移動すると、助手席をひっかきまわしてきのうの残り物を探し当てた。リンゴは茶色く変色してすかすかになっていたけれど、ともかく食べた。しなびて生温かくなったブドウも食べた。ミラーを見ないようにしていたが、ふと助手席側のサイドミラーに映った自分の姿が目に入ってしまった——髪はアインシュタインのようにぼさぼさで、口は開いたままだらしなく垂れ下がっている——ヴァーヤは目をそむけてキーを探し出した。

マンションに着くと、着ているものをすべて脱ぎ捨ててそのまま洗濯機に放りこみ、お湯が水に変わってしまうまでシャワーを長々と浴びた。バスローブを身につけると――ピンク色でばかみたいにふわふわした母からの贈り物で、自分では絶対に買わないようなものだ――鎮痛剤を体が耐えられそうな限界まで飲んだ。そしてベッドにもぐりこみ、もう一度眠った。

目覚めたのは午後も半ばになったころだった。純粋な疲労がいくらか和らいだせいでパニックがこみあげてきて、このまま自宅で過ごすのは無理だと思った。ヴァーヤは急いで着替えた。血の気のない顔は鳥のようで、白髪が束になって逆立っていた。手を濡らして撫でつけたが、なんでそんなことをする必要があるのだろうと思った。土曜日に研究室にいるのは飼育管理師だけだ。それに着いたらすぐにヘアカヴァーをかぶるのに。いつもは昼食はとらないが、今日は冷蔵庫から袋をもう一つ取り出して、運転しながら固ゆでの卵を食べた。

研究室に着くとすぐ、いくらか心が落ち着いた。手術着を身につけてビバリウムに入っていった。ヴァーヤはサルたちのようすを見たかった。彼らのそばにいるとあいかわらず緊張するが、それでもときどき、自分がいないあいだに彼らに何か異変が起きているのではないかと不安に駆られることがあった。何も変わりはない、もちろん。ジョシーは鏡を使って戸口を見、ヴァーヤの姿がそこに現れると鏡を落とした。赤ちゃんザルたちは一緒に入れられている囲いのなかで不安そうに飛び跳ねている。ガスは檻の奥に坐りこんでいる。だが最後の檻――フリーダの檻――は空っぽだ。

「フリーダ？」ヴァーヤは呼んでみる。サルが自分の名前を認識している証拠などないのに。理不尽だけれど、もういちど呼ぶ。ビバリウムを出て廊下を進み、名前を呼びながら歩いていると、やがてヨハンナという名前の飼育管理師がキッチンから出てきた。

「フリーダなら隔離部屋にいます」

「どうして？」

「毛をむしりはじめて」ヨハンナがあわてて答える。「なので、きっと隔離すれば――」

だがヨハンナに最後まで説明する暇を与えず、ヴァーヤは背を向けて歩き出していた。


研究所の二階は正方形で、西側にヴァーヤとアニーのオフィス、北側にビバリウムがある。南側にキッチンと処置室があり、東側に清掃用具室、洗濯室と並んで隔離部屋がある。隔離部屋は幅およそ一八〇センチ、高さ約二五〇センチあり、実質的にはふつうの檻よりも広い。だがそこは反抗的な動物が罰を受けるために送られてくる場所であり、装飾や娯楽の類はいっさいない。もちろん、脅威になるようなものがあるわけでも、ひどく怖いことが起こるわけでもない。ただし、興味を引くようなものもほとんどない。小さな四角い入口が一つ開いているただのステンレス製の檻で、外から錠がかかるようになっている。餌箱と水のボトルは備え付けだ。部屋の床と檻の底部のあいだに十センチほど隙間があいていて、ドリルで開けられた穴から排泄物が格納式の受け皿に落ちる仕組みになっている。

「フリーダ」ヴァーヤが呼ぶ。部屋をのぞきこむ。フリーダがこの研究所にやってきた晩、あの子がまだ生まれたばかりのときに入れた部屋だ。

フリーダは檻の奥の壁を見つめ、背中を丸めて一カ所にじっとしたまま体を揺らしている。背中には拳の大きさほどの禿げがいくつかある。自分で毛をむしったのだ。半年前、フリーダは毛づくろいをやめてしまった。ほかのサルたちはフリーダの弱さを感じ取って嫌悪し、彼女を遠ざけるようになった。フリーダが坐りこんでいる床は、まだ排水されていない、錆色の尿で湿っている。

「フリーダ」ヴァーヤは声を張り上げ、しかしなだめるような口調で呼ぶ。「やめなさい、フリーダ――お願いだから」

ヴァーヤの声を聞くと、フリーダは顔を片方に向ける。横顔に濡れた淡い紫の瞼と、半月型に開いた口が見える。と、フリーダは顔をしかめる。ゆっくりと振り向いてこちらに歩いてきたが、ヴァーヤの前で立ち止まるわけでもなく、檻のなかをぐるぐるとまわりつづける。右肢ばかり使って、左肢は引きずるようにしている。二週間前、フリーダは自分の左の太腿に思いきり嚙みついて、縫合までするはめになったのだ。

どうしてそんなことになったのだろう？　若いころのフリーダはほかのどのサルよりも潑剌としていた。社会的行動においてはなかなかの策略家といえ、戦略的な同盟を結んだり、従順なサルの餌を横取りしたりしていたが、それでいてチャーミングで、とても好奇心旺盛だった。抱かれるのが大好きだった――よく柵のあいだから手を伸ばしてヴァーヤの腰に触れた。ヴァーヤはときどきフリーダを檻から出して、腰に抱いたままビバリウムをまわった。そんなふうに親密な関係を築くことに、ヴァーヤは怯えと悦びを覚えていた。怯えるのは、フリーダが不潔かもしれないから。悦びは、つかのま防護服越しにでも、一個の動物として、ほかの動物と寄り添うことがどんなものかを感じることができるからだ。

ドアにノックが響いた。ヨハンナだろうか。それともアニーだろうか。ただ、アニーが週末に研究所にやってくることはめったにない。ヴァーヤとおなじでアニーも子どもがいなくて独身だった。

三十七歳ならまだ遅くはないが、アニーはそういうものを求めていなかった。「何も不足は感じないもの」アニーはかつてそう説明し、ヴァーヤはそれを信じた。韓国系の大家族は橋を渡ってすぐのところに住んでいた。アニーにはつねに恋人がいた。相手は男性の場合もあれば、女性の場合もある。いずれにしても、研究とおなじくらい自信をもってそうした関係に向き合っていた。ヴァーヤはアニーに対して母親めいた好意を抱いていたし、おなじく母親めいた羨望も覚えていた。アニーはヴァーヤがそうなりたかったようなタイプの女性だった——型にはまらない選択をし、それに満足を覚えるようなタイプの。

ふたたびノックが聞こえた。「ヨハンナなの?」ヴァーヤは立ち上がってドアを開けにいく。

だがドアの向こうにいたのはルークだった。髪はもつれ、皮脂で黒ずんでいる。くちびるは荒れ、顔は妙に黄色がかって見える。きのうとまったくおなじ服装だ。ルークも着替えないで眠ってしまったのだろう。ヴァーヤがその午後必死になって組み立てていた冷静さにひびが走り、やがて崩れ落ちた。

「何を」ヴァーヤが口を開く。「いったいここで何してるの?」

「クライドが入れてくれたんです」ルークが目をしばたたかせる。片手はドアノブを握ったままで、空いたほうの手は震えていた。「あなたと話をしなきゃいけない」

フリーダはまた壁のほうを向いて体を揺らしはじめた。ヴァーヤはフリーダがそんなふうにしているのが気に入らなかったし、ルークがここにいてそれを見ているのもいやだった。ルークから顔をそむけ、隔離部屋のドアを閉め錠をかけた。二秒もかからない動作なのに、途中で一度、パシャッと鈍い音が響いた。ヴァーヤがすばやくルークのほうを振り返ると、彼はカメラをバッグにしまいこんでいた。

「それを渡しなさい」ヴァーヤは怒気を含んだ声で言う。

「いやです」ルークはそう答えたが、声はかぼそく、宝物を必死で守っている少年のようだ。

「いやです？　写真を撮影する許可は与えられていないでしょう。訴えてやるから」

ジャーナリストらしくほくそ笑んでいるかと思ったのに、ルークの顔は恐怖に満ちていた。バックパックをしっかり握っている。

「あなた、ジャーナリストじゃないでしょう」ヴァーヤが言う。恐怖がどっと押し寄せてきて、ヴァーヤの心をかき乱す。マーモセットの警戒の鳴き声を思い出す。「いったい何者なの？」

ルークは答えない。戸口に立ちつくしたまま、体をぴくりとも動かさず、もし左手さえ震えていなければ、彫像のように見えたかもしれない。

「警察を呼びます」とヴァーヤ。

「待って」とルーク。「ぼくは――」

だが途中で言葉に詰まる。そのあいだに、ヴァーヤの胸にふとある考えがわき起こった――どうかなんでもありませんように、と彼女は思う。まるで赤の他人と向き合っているのではなく、腫瘍のレントゲン写真でも見ているみたいに――どうかなんでもありませんように。

「あなたはぼくにソロモンという名前をつけました」

その瞬間、真っ暗な闇へと転落する。初めのうちは混乱していた――どうして？　こんなことありえない。気づくべきだったのに――やがて衝撃が全力で襲ってきて、打ちのめされた。ヴァーヤの視界が霞んでいった。

ブリーカー通りの〈プランド・ペアレントフッド〉の前にたどり着いたとき、二十六年前のあのとき、ヴァーヤは雷に打たれたようにその場から動けなくなった。二月の初めの薄暗く凍えるような日の午後三時半。だが、ヴァーヤは灼かれているようだった。体の奥底で、なじみのないものが震えていた。〈プランド・ペアレントフッド〉が入居している三角形のビルを見つめながら、この震えをもみ消さなかったらどうなるのだろうと思った。自分が計画していたとおりに選択を下すこともできる。そうすれば、この逸脱が生じる前の人生を生きつづけることができる。対称性を保つことができる。しかしヴァーヤは、コートのボタンを外して冷たい空気を浴びた。そして建物に背を向けた。

34

ヴァーヤはあわててビバリウムから出ると、階段を一階まで駆け下りた。ロビーを走ってよこぎり、クライドにどうしたんです？　と声をかけられても無視して通りすぎて、山まで出た。ルークが職員の付き添いなしに一人で建物のなかに残っていることも気にしなかった。とにかく彼から逃れたかった。雨は止み、目を灼きそうなほどの陽射しが注いでいた。ひと目を引かない程度の早足で駐車場に向かった。ルークが追いかけてくるのが聞こえたから、なるべく早くサングラスを手に取りたかったのだ。

「ヴァーヤ」ルークは呼ぶが、ヴァーヤは立ち止まらない。「ヴァーヤ！」

叫び声になって初めて、ヴァーヤは振り返った。「大声を出さないで。ここはわたしの職場なんだから」

「ごめん」ルークは息を切らしている。

「よくもこんなこと。よくもわたしを騙したわね。しかも研究室で、わたしの研究室で」

「こうでもしなきゃ話をしてくれないと思って」ルークが妙に甲高い声で答える。泣き出すまいとこらえているのだ。

ヴァーヤはふん、と笑う。「こうなっても話す気なんてない」

「話すさ」雲が太陽にさしかかり、陽射しが銀色に和らぐと、ルークは落ち着きを取り戻す。「じゃなきゃ、この写真を売ってやる」

「どこに？」

「動物保護団体（PETA）に」

ヴァーヤはじっと相手を見つめる。打ちのめされて一瞬呼吸ができなくなるとよく言うけれど、あれは正しくない。一瞬で全身の空気が吸引されてしまうのだ。

「でもアニーが」とヴァーヤ。「アニーがあなたの身元をちゃんと確認したはず」

「ルームメイトが《クロニクル》の編集長になりすましてくれたんだ。彼女、ぼくがどれだけあなたに会いたがっているか知っていたから」

「わたしたちは非常に厳しい倫理的基準を遵守してます」無益な怒りで声がこわばる。

「かもね。でもフリーダは具合がよさそうには見えなかった」

二人は山の中腹までできた。うしろを二人のポスドクが歩いていて、テイクアウトの食べ物をフォークで食べながら本棟に向かっていた。

「脅迫してるのね」言葉が発せるようになると、ヴァーヤが言った。

「したくないさ。でもあなたのことを突き止めるのに何年もかかったんだ。仲介所はまったく力になってくれなかった。あなたが探し出されたくないって知ってたから。記録は一つも開示してもらえなかった。全財産をはたいてニューヨークまでいって、郡の裁判所で出生証明書を隅から隅まで調べた――何週間もかけて。生まれた日は知ってたけど、あなたがどこの病院で産んだかまではわからなかった。それでもやっとのことであなたを探し出したとき、とうとう見つけたとき、ぼくは――」

ルークはそこまで一気に吐き出すと、大きく息を吸った。そしてヴァーヤの顔をのぞきこんだ。バックパックを前にまわしてなかに手を突っこむと、白い布きれを取り出した。

「ハンカチ」とルーク。「泣いてるよ」

ヴァーヤは言われて初めて涙に気がついた。「ハンカチなんて持って歩いてるの？」

「兄さんのだったんだ。その前は父さんのものだった。二人はおなじイニシャルだったから」そう言いながら小さく刺繍された頭文字を見せる。やがてヴァーヤが黙っていることに気づいてつけくわえる。「きれいだよ。最後に洗濯してから一度も使ってない。洗濯するときはかならず熱いお湯を使ってるし」

聞かれてはいけないことを話し合うような声だった。ヴァーヤはルークが自分のほんとうの姿を見抜いているのだとわかった。見られたくはなかった姿。恥ずかしさで胸がいっぱいになった。

「ぼくもおなじ病気を患ってるんだ」ルークが言う。「あなたに会ってすぐわかった。ぼくの場合、不潔恐怖は関係ないけど。ぼくが恐れているのは、誰かに加害してしまうんじゃないかってこと――うっかり殺しちゃうんじゃないかって」

ヴァーヤはハンカチを受け取り、涙を拭った。顔を上げたときにふとルークの言葉を思い出し――**うっかり殺しちゃうんじゃないかって**――笑った。そのうちルークも一緒になって笑い出し、ヴァーヤはまた泣きはじめた。その言葉の意味が正確にわかっていたから。

ヴァーヤは黙ってマンションに向かって車を走らせた。ルークの車があとをついてくる。階段を昇るとうしろにルークの足音が響き、彼の体の重みを聞き取って、胃が締めつけられ喉もとが苦しくなった。部屋に誰かを入れたことはほとんどない。もしルークが来ると前もってわかっていたら、準備をしていただろう。でも今はそんな時間はない。だからヴァーヤは照明をつけ、彼が入ってくるのをただ見ていた。

狭いマンションだ。室内の装飾は、不安をできるかぎり軽減することに配慮しながら慎重にほどこされていた。家具は汚れが目につきやすく、かつ目立たないもの、という条件をどちらも満たすものを選んである。たとえばカウチは革張りで、毛羽立ちや汚れが目立たないよう黒っぽい色だが、ざらざらした柄のある生地と違って表面がすべらかなので、坐る前に何か気がかりなものが付着していないかを容易に確認することができる。おなじ理由で、ベッドシーツもチャコールグレーを選んだ。ホテルの白いシーツはまっさらなキャンバスのようで、ヴァーヤはベッドをチェックするたび神経を尖らせなければいけなかった。掃除がしやすいように壁にアートの類は一つもかけていないし、テーブルにはクロスをかけていない。カーテンは昼間でもずっと閉めっぱなしだ。

ルークの目を通して見るまで、自分の部屋がいかに陰気でいかに醜悪かを忘れていた。見た目の良し悪しで選んだわけではないので、家具は美しいとはいえない。もし見た目を基準に選んでいたら？　ヴァーヤは自分の趣味がどんなものか知らなかった。ただ、むかしミルヴァレーにある北欧家具専門店の前を通りかかり、薄いグレーのソファに目を留めたことがあった。装飾用の長方形のクッションが載っていて、クルミ材の細い脚がついていた。それを見つめて三十秒が過ぎ、一分が過ぎたところで、この布地では掃除にひどく手間がかかるし、髪の毛の一本から小さな染みまで目につかいてしまうし、何よりそれが不潔だと判断した日には、撤去するのに多大な労力がかかる、と思い至った。

「何か飲む?」ヴァーヤが訊く。「お茶でも」

じゃあお茶を、ルークはそう答えると、カウチに腰かけ、バックパックを床に下ろして待った。ヴァーヤがマグカップを二つと玄米茶を入れた陶器のポットを持って戻ると、ルークは両膝をくっつけ、その上にテープレコーダを載せていた。

「ぼくらの話を録音しても?」とルーク。「忘れないように。もう二度と会わないだろうから」

ルークは自分がしたことの代償を払わなければいけないことをわかっていて、それを受け入れたのだ。ルークはヴァーヤを探し当て、これから話をさせる。そのかわり、ヴァーヤの恨みを買ってしまった。しかし、ヴァーヤのほうも自分の行動の結果を受け入れようとしていた。彼女はあのときルークの母親になることを選んだ。だからこそ、彼に向き合おうとしていた。

「いいわ」ヴァーヤが答える。涙は乾き、研究室で感じた怒りは諦めに変わった。サルたちのことを思い出す。声を嗄(か)らして叫んでいるうち、研究のために肉体を捧げることにいつのまにか同意させられたサルたち。

「ありがとう」ルークの感謝はほんものだった。ヴァーヤはそれが胸に染みるのを感じ、目をそむけた。「ぼくはいつ、どこで産まれたの?」

「マウント・サイナイ・ベス・イスラエル病院で、一九八四年八月十一日、朝の十一時三十二分に。知らなかったの?」

「知ってた。あなたが覚えてるかたしかめたくて」

ヴァーヤはマグカップを口もとまで持っていったが、お茶は熱くて、目が潤んできた。

「もうふざけるのはやめて」ヴァーヤは言う。「わたしに正直になってほしいんでしょう。あなただって正直になってくれてもいいはず。疑わなくても大丈夫だから。わたしを騙して捕らえようとしなくてもいい。わたしは生涯忘れたりしない、この——これにまつわることは何もかもすべて——たとえ一生をかけて忘れようとしても」

「わかったよ」ルークは視線を落とす。「もうしない。悪かった」目を上げてふたたびこちらを見たとき、生意気さは消えてなくなり、ただ内気で照れくさそうな若者になっていた。「どんな日だった?」

「あなたが生まれた日? うだるように暑い日だった。わたしがいた病室の窓からスタイブサント・スクエア・パークが見渡せたんだけど、女の人たちなんて、ちょうどわたしくらいの年頃の女性がよ、ショートパンツにへそ出しのトップスという恰好だった。まるでまだ七〇年代みたいに。わたしはまさに巨体。体の前面いっぱいに汗疹ができていたし、ちょっとでもへこんでる部分には汗が溜まっちゃって。脚なんかぱんぱんにむくんでて、スリッパを履いてタクシーに乗らなきゃいけなかった」

「誰か一緒にいたの?」

「わたしの母が付き添ってた。母にだけはこのことを打ち明けてたの」

母はそばについてささやいていた。布巾と氷水の入ったバケツを運んでくれた。エアコンが止まるたび看護師を怒鳴りつけていた。母はこれまでずっと秘密を守ってくれていた。「母さん」あのとき、ヴァーヤは赤ん坊を渡してしまうと荒々しく言った。「このことは一生話せないから、一生」以来、母がその話題を持ち出すことはなかった。けれど、二人はつねにそのことを話していたずっと、どんな会話の裏にもこのことがついてまわった。それは二人が一緒に抱えていた重い秘密だった。

「父親は？」

ヴァーヤはルークが「ぼくの父親」ではなくただ「父親」と言ったことに気づき、胸を撫でおろした。あの教授のことをそんなふうに考えてほしくなかったから。

「あの人は何も知らない」ヴァーヤはお茶に息を吹きかける。「ニューヨーク大学にきていた客員教授だった。わたしはその年に大学院に入ったばかりで、秋に彼の授業を履修したの。何回か寝たあと、向こうがこんなことすべきじゃないって言い出した。わたしが妊娠に気づいたとき、一月の初めの冬休みのあいだだったんだけど、そのときはもう彼はイギリスに帰っていた。わたしの知らないうちに。何度も電話をかけた――まず大学の学部に連絡して、そこで教えてもらったエディンバラ大学の彼のオフィスの番号にかけた。最初のうちは留守電に伝言を吹きこんでいたんだけど、そのうち伝言は残さないようにした。彼に夢中になっていたわけではなかった。少なくとも、そのときはもう。でももし向こうが望むなら、あなたを育てるチャンスだけはあげようと思った。結局、それには値しない男だってことがよくわかった。それで、電話をかけるのをやめたの」

ルークの顔が引き締まり、喉に血管が浮き上がった。どうしてこの子のことがわからなかったのだろう？　ずっと想像してきたのに――いつの日か、空港や食料品店で対面するときを。見知らぬ、でも見覚えのある男に。きっと動物的な直感がわきあがってきて、一つの肉体を共有していた九カ月間、苦しみにあえぎつづけた四十八時間の記憶がかすかに知らせてくれると思っていたのに。あのとき、分娩中に骨盤が砕けたと聞いても驚かなかっただろう。ところが看護師にはいたって通常の出産で、この調子なら二人目も安心だと言われた。だがヴァーヤは二人目なんてありえないとわかっていた。だからその小さな人間、自分の生物学的な息子を抱きしめ、彼にさよならを言った。そして自分のことを想ってはくれない相手を果敢にも愛し、育てられないと知りながら赤ん坊を産み落とした自分の一部にも、別れを告げた。

ルークは靴を脱いで靴下だけになると、足をカウチに載せた。両膝を抱きかかえ、その上に顎を置いた。「ぼくはどんな赤ん坊だったの？」

「まっすぐなつやつやした黒髪でね。カワウソかパンクキッズみたいだった。瞳はブルー。でも看護師にはいずれはしばみ色になるかもしれないって言われた——そうなったみたいね」ヴァーヤはそれをずっと覚えていて、歩道や地下鉄の車中や誰かの写真の背景を眺めながら、そこに青かはしばみ色の瞳の子ども、自分のものだった子どもがいないか探したものだった。「敏感な赤ちゃんだった。刺激を受けすぎるとね、目を閉じて両手を合わせるの。母とわたしでなんだか僧侶みたいだねって言ってて。煩わしそうにして、必死に祈りに専念しようとしている僧侶みたいだって」

「黒髪に」ルークがほほえむ。「ブルーの瞳か。そりゃあなたがぼくの正体に気づかなかったわけだ」時計は六時をまわり、窓の外では霧雨が降り、空は淡い紫色に輝いていた。「あなたのお母さんもぼくを手放したがったの？」

「とんでもない。そのことで喧嘩したわ。わたしたちはたてつづけに家族を失っていたの。大学時代に父が突然亡くなった。あなたが生まれる二年前にサイモンがエイズで亡くなった。母はわたしにあなたを育ててほしがってた」

ヴァーヤはそのころ大学の近くにアパートを借りて一人暮らしをしていた。だが妊娠中はよくクリントン通り七十二番地の実家に泊まった。ときどき夜中まで母と口論になることもあったが、そんなときでも子どものころから使っていた二段ベッドの上の段で眠った。十分か、あるいは二時間たったころに母が部屋にやってきて、廊下の先にある自室のベッドに寝る代わりに、ダニエルが使っていた二段ベッドの下の段で眠った。朝になると梯子の最下段に乗っかって、ヴァーヤの顔にかかった髪を優しく払いのけ、おでこにしっかりとくちびるを押し当てた。

「じゃあどうしてそうしなかったの？」とルーク。

ヴァーヤはむかし、シカゴの学会からマディソンの学会に移動する際、回り道をして真夏のウィスコンシン州をドライヴしたことがあった。デヴィルズ湖にさしかかったときに車を停め、膝まで水に浸かった。体を冷やしたくてたまらなかったのに、水は生ぬるいし、ヒメハヤが何十匹も集まってきて、足首や足の甲をつつきはじめた。一瞬、ヴァーヤは動けなくなった。砂の上に立ちすくみ、破裂するのではないかと思うくらいの感情に圧倒された。いったいなんの感情なのだろう？何かと触れていること、共生することがもたらす、耐えがたいほどのエクスタシーだった。

「怖かったから」ヴァーヤは答える。「人間は繋がっていると、うまくいかないこともあるから」

ルークはしばらくためらってから言う。「中絶することもできた」

「そうね。予約はした。でもできなかった」

「宗教上の理由から？」

「ううん、わたしは──」だがそこで声はかすれ、消えていってしまう。ヴァーヤはマグカップを持ち上げて喉が落ち着くまでお茶を飲んだ。「埋め合わせをしようとしていたのかもしれない──自分が内向きに生きてきたことの。人生を真正面から生きてこなかったことの。だから思った──

願ったの――その分、あなたが生きてくれるんじゃないかって」

どうしてこのわたしがそんなことを成し得たのだろう？　彼らのことを思っていたから――サイモンと父のことを、クララとダニエルと母のことを思っていたから。妊娠中期にパニック障害に悩まされたときも、妊娠後期にセイウチのように巨大になったような気分で、眠っている時間よりおしっこをしている時間のほうが長いみたいだったときも。分娩中にいきむたび、ひとりひとりのことを思い出した。ほかに何も感じられないくらい、心のなかを彼らへの思いでいっぱいにした――みんなを愛していた。その愛ゆえに、鎧を脱ぎ捨て、たくましくなり、殻を打ち破った。その愛が、ヴァーヤにふだんは持ちえない力を与えた。

ただ、それを持ちつづけることはできなかった。病院から家に向かう車のなか、ヴァーヤはお腹をおおうように両腕を組み合わせ、自分の恐怖心のために子どもを手放すなんていったいどういう人間だろうと思った。答はすぐに思いついた――その子に値しない人間だ。はちきれそうなほど生に満ちていた体、ついにはちきれて命を産み落とした体は、今や空っぽになっていた。元どおりに――いつもの体に戻っていた。悲しかったが、どこかで安堵も感じていた。その安堵がひどい自己嫌悪を引き起こし、ヴァーヤは自分が正しかったことを思い知った。そんな人生には耐えられない。危険で、肉体的で、息が詰まるほど痛ましい愛に満ちた人生には。

「それから何があったの？」ルークが訊ねる。

「どういう意味？」

「もう一人子どもを産んだ？　結婚した？」

ヴァーヤは首を横に振る。

ルークは不可解そうに額に皺を寄せる。「ゲイなの?」

「いいえ、ただ何もなかっただけ——あれ以来、わたしは——」

ヴァーヤは音もたてずにしゃくりあげるように、鋭く息を吸った。ルークは彼女の言葉の意味を理解すると、はっとしたような顔になった。「その教授とおしまいになってから、誰とも付き合わなかった? なんにもなかった?」

「なんにもじゃないけど。でも、付き合い? そうね、なかった」

ヴァーヤは憐れみをかけられる覚悟をした。ところがルークはヴァーヤが何か大事なものをみずから手放しでもしたみたいに険しい顔になった。

「さみしくないの?」

「ときどきは。誰でもそうじゃない?」ヴァーヤはほほえむ。

突然、ルークが立ち上がった。トイレにでも行くのかと思ったが、彼はキッチンに入っていって流しの前に立った。カウンターに両手のひらを押しつけ、フリーダみたいに背中を丸めている。流しの正面にある窓辺には、父サウルのものだった腕時計が置いてある。クララが亡くなったあと、ダニエルはクララとラジが暮らしていたトレーラーハウスに行った。ラジはゴールド家が引き取りたがるだろうと思われる品々を集めておいてくれた。初期のころの名刺。父の形見の金の腕時計。それから古いバーレスク・ショウのプログラム。そこにはクララ・シニアが男たちを繋いだ綱を引いている写真が載っていた。たいしたものではなかったが、それでもダニエルは気遣いに感謝した。

ダニエルは空港からヴァーヤに電話をかけてきた。

「ところがトレーラーハウスのほうはさ、むさくるしいわけじゃないんだよ——ああいうのにしては、すごくこぎれいなんだ。まあ、トレーラーハウスであることに変わりはないけど」ダニエルの声は内緒ばなしでもするように小さく、ほとんどくぐもって聞こえた。「あの七〇年代製の年代物のトレーラーハウスでクララは一年以上暮らしてたっていうんだからな」――その一年の大半は、キングズ・ロウというトレーラーパークに滞在していたそうだ、とダニエルは追い打ちをかけるようにつけくわえた。ダニエルはクララのベッドの脇に、苺の茎が何本も散らばっているのを見つけた。最初は誰かの靴に入りこんだ小枝か何かだと勘違いしていた。茎にはふわふわしたカビが生えていた。ダニエルはそれを集めて待合室に捨てた。だが腕時計はヴァーヤに送ってよこした。クララのものになる前はサイモンのもので、その前は父のものだった時計。

「男物でしょ」ヴァーヤはダニエルに言った。「あなたが持ってればいいじゃない」

「いや」ダニエルはまたもごもごと言った。ヴァーヤは悟った。ダニエルは何か胸騒ぎのようなものを感じているのだ。家に持って帰りたくない何かを感じ取っているのだ。

「ルーク?」ヴァーヤはキッチンにいる彼に呼びかける。

ルークは咳払いをして、冷蔵庫の取っ手に手を伸ばした。「いいかな――?」

やめて、ヴァーヤは心のなかで叫ぶが、ルークはすでに扉を開けてなかを見ていた。

「サルの餌をここで保管してるの?」ルークはヴァーヤのほうを振り向いて言った。とまどいはすぐに消え、真相を理解していた。

冷蔵庫の扉は開けっぱなしになっている。ヴァーヤはリビングルームから、そこに食品が詰められた容器がいくつも並んでいるのを眺めた。一番上の棚はヴァーヤの朝食。ビニール詰めにしたいろいろなフルーツに、食物繊維の豊富なシリアルが大さじ二杯分。下の棚は昼食。ナッツに豆類、週末用に豆腐かマグロのスライス。夕食は冷凍庫だ。週に一度作りだめしたものを、小分けにしてホイルに包んである。冷蔵庫の脇、ルークの正面には、エクセルのスプレッドシートがテープで貼りつけてあり、各食事ごとのカロリー、ヴィタミンとミネラルの含有量が記入されている。

食餌制限を始めて一年もすると、ヴァーヤは体重を十五パーセント落とした。服はどれもぶかぶかになり、顔はグレイハウンド犬のように細くなった。ヴァーヤはこうした変化をなんとなく超然とした気分で興味深く観察した。甘いものや炭水化物や脂肪の誘惑に抗うことのできる自分を誇りに思った。

「どうしてこんなことするの?」ルークが訊く。

「どうしてだと思う?」ヴァーヤは訊きかえすが、ルークがこちらにやってくるのを見て尻込みする。「なぜ怒ってるの? どう生きるか決めるのはわたしの権利じゃない?」

「悲しいからだよ」ルークが語気を強めて言う。「あなたがこんなふうにしているのを見てめちゃくちゃ胸が痛むからだ。すべて片付けたはずだろう。夫もいないし子どももいない。なんだってできたはずだ。それなのにあなたはまるっきりあのサルみたいに生きてる。閉じ込められて栄養不足のサルみたいに。要するに、長生きするためには劣った人生を送らなきゃいけないってことなんだ。わからないのか? 問題は、あなたは自分からその取引をしたがってるってことだ。実際にその取引をしたいってことだよ。でもなんのために? 何を犠牲にして? もちろん、あなたのサルたちに選択肢はなかった」

決まりごとをこなしていくよろこびを、ルーティンなんてつまらないと思っている相手にわからせることはできない。だからヴァーヤは黙っていた。それはセックスや愛のよろこびとは違う、確実性を噛みしめるよろこびなのだ。もしヴァーヤがもっと信仰心が篤く、そしてもしクリスチャンだったら、修道女にでもなっていたかもしれない。四十年後の木曜の二時に、自分がどんな祈りを捧げどんな雑用をこなしているか知ることができるなんて、どれだけ安心するだろう。

「わたしはあの子たちをより健康にしようとしているの」ヴァーヤが言う。「あの子たちはわたしのおかげで長生きできるの」

「でもよりよい生じゃない」ルークが目の前に立ちはだかり、ヴァーヤはカウチに背中を押しつける。「あのサルたちは檻も餌箱も望んじゃいない。あいつらが望んでるのは日光、遊び、熱、手触り――危険なんだよ！　生きることより生き延びることを優先するなんてまったくくだらないよ。まるでぼくらはどちらか一方をコントロールできるみたいじゃないか。あのサルたちが檻のなかにいるのを平然と見ていられるのも無理はないな。自分がおなじ目に遭っても平気なんだから」

「じゃあわたしはどう生きるべきだっていうの？　サイモンみたいに自分のことだけ考えて生きればいいの？　クララみたいに幻想のなかで生きればいいの？」

　ヴァーヤはカウチから腰を上げ、ルークに触れないように気をつけながら立ち上がると、つかつかとキッチンに歩いていった。ふたたび冷蔵庫の扉を開け、ルークが閉めた拍子に崩れてしまったビニール詰めの食料を重ね直しはじめた。

「彼らのことを非難するのか」ルークがあとを追ってきて言う。ヴァーヤはきょうだいたちに覚えている怒り、つねに胸のなかでくすぶっている怒りの矛先をルークに向ける。もしあの子たちにももっと分別があったら、もっと注意深かったら。もっと自分というものをわきまえて、謙虚に生きていたら――もっと忍耐づよかったら！　分不相応なクライマックスを求めてばかみたいに急いだりしなければ。猛ダッシュするかわりにゆっくり歩いていれば。

きょうだいはともに芽生えた。人間になる前、彼らは卵子だった。母の卵巣に眠る数百万の原始卵胞のうちの四つだった。それなのに、それぞれの性格や致命的な欠点は驚くほどにてんでんばらばらだった——つかのまおなじエレベーターに乗り合わせた他人同士のように。

「いいえ」ヴァーヤが言う。「彼らのことを愛してる。わたしはあの研究をあの子たちに捧げている」

「それが自分勝手な考えだとは思わないわけ？」

「どういうこと？」

「〝老化を止める方法については、大きく分けて二つの理論があります〟」ルークはヴァーヤの説明をくりかえしてみせる。「〝一つ目は、生殖器系の抑制。二つ目の理論はカロリー摂取量の抑制〟」

「あなたに何も話さなきゃよかった。理解するには若すぎる。まだほんの子どもだもの」

「子どもだって？　このぼくが？」ルークが鼻で笑い、ヴァーヤはひるむ。「あなたは世界が合理的だと自分に言い聞かせようとしてる。死を食い止めるためにできることがあるんだって。きょうだいたちはxのせいで死に、自分はyのおかげで生きているのだと思いこんでいる。そしてxとyはたがいに相容れないものだと信じている。そうすれば自分のほうが賢いんだって思えるから。自分は違うんだって思えるから。でも実際、あなたはみんなとおなじくらい非合理的だよ。自分のことを科学者だといって長寿や健康寿命なんて言葉を使うけど、ほんとうは存在の何よりも基本的な前提を知っている——生あるものはかならず死ぬってことを——なのに、それを書き換えたがっているんだ」

ルークはさらに近づいてきて、ほんの数センチのところに顔が寄ってきた。ヴァーヤは彼の目を見ることができなかった。ルークはあまりに近く、あまりに多くのものを自分に求めていた――彼の息のにおいまでする。バクテリアたっぷりの粘液に、玄米茶の焙煎のにおいが混じっている。

「人生に何を求めているんだよ?」ルークは訊ね、ヴァーヤが答えないでいると、彼女の手首をつかんで力を込めた。「この先もずっとこうやって生きていきたいの? こんなふうに?」

「あなたは何を求めているのよ? わたしを救いたい? 救世主になって気分がいい? いかにも男って気になれる?」ヴァーヤはルークを叩いた。彼は手を離し、目を潤ませる。「わたしに説教しないで。そんな権利はないはずよ。あなたはそんな経験をしていないんだから」

「どうしてわかる?」

「まだ二十六歳。すばらしいさくらんぼ農園で育った。健康な両親がそろっていてお兄さんがいて、お兄さんは大切なハンカチをくれるくらいあなたのことを愛している」

ヴァーヤは冷蔵庫の扉のうしろから出て玄関に歩いていった。きっとあとで、何が起こったか冷静に考えてみることになるだろう――このときの会話をくりかえし思い起こして、取り返しのつかないところに至ってしまう前にどうにか避けられなかったのかと思い悩むことになるだろう――でも今は、とにかくルークにいなくなってほしかった。あと少しでも彼がここにとどまっていたら、何か恐ろしいことをしてしまいそうだった。

ところがルークは出ていこうとしなかった。「兄さんはあれをくれたんじゃないよ。死んだんだ」

「お悔やみを」ヴァーヤはこわばった声で言う。

「どうして死んだか知りたい? それとも自分の悲劇にしか関心がもてない?」

真実をいえば、ヴァーヤは知りたくなかった。真実をいえば、もうこれ以上誰かの痛みを受け止める余裕なんてなかった。だがルークはリビングルームとキッチンのあいだのアーチ状の通り口のまんなかに立って、すでに話しはじめていた。

「まず知っておいてほしいのは、兄さんはぼくのことをとても大事にしてくれてたってこと。父さんと母さんは兄さんのほかにもう一人子どもが欲しいと思っていたんだけど、それが実現しないんでぼくを養子にした。アッシャーが十歳のときにぼくはもらわれてきた。嫉妬したっておかしくないよね。でも兄さんは嫉妬するどころか、すごく優しくて、ぼくの面倒を見てくれた。そのときはニューヨーク州北部に住んでいた。そのうち一家でウィスコンシン州に引っ越して、広い土地を手に入れたけど、家のほうは小さくなったから、ぼくらはおなじ部屋を使わなきゃいけなくなった。アッシャーは十三歳で、ぼくはまだよちよち歩きだ。ふつう、中学生が三歳児とおなじ部屋に押しこめられて我慢できると思う？　だけどアッシャーは文句一つ言わなかった。

ぼくはへそ曲がりな子どもだった。悪ガキだった。あの人たちがどこまで自分を受け入れてくれるかたしかめたかったから――これでもまだぼくをもらったことを後悔してない？　もしこれをしたら、ぼくを送り返す？――いちど家を抜け出して、ポーチの下にもぐりこんで何時間もそこに隠れていたことがあった。あの人たちがぼくを探して走ったり叫んだりするのを聞いていたかったから。あるときはアッシャーと農園に行って、そろそろ収穫機を持って家に引き返そうかってときに隠れた。そのうちそれがぼくらのゲームになった。ぼくはありえないタイミング、うんざりするほど間の悪いときに隠れる。アッシャーはいつだって自分がやっていることを中断して、ぼくを探しにきてくれた。兄さんに見つけてもらってから一緒に仕事に取りかかった」

ヴァーヤはもうやめてというように、ルークのほうに手を差し出した。つぎに起こることを聞きたくなかった。もう耐えられなかった。すでに恐怖で全身に鳥肌が立っている。でもルークは無視して続けた。

「ある日、ぼくらは飼料を貯蔵してるサイロに向かった。当時は鶏や牛も飼ってて、四月にさしかかっていたから、穀類が固まってしまっていないかたしかめなきゃいけなかったんだ。アッシャーはサイロのなかに降りていった。ぼくのほうはサイロのてっぺんにある出入り台に立って兄さんを見守る役目だった。何かあったら助けを呼びにいけるように。兄さんは下まで降りると、こっちを見上げてほほえんだ。そして穀類の上にかがんだ。それは黄色かった。まるで砂みたいだった。『そこを離れちゃだめだぞ』って兄さんは言った。ぼくは兄さんに笑ってみせて、梯子を降りて走り出した。

そしてトラクターのあいだに隠れた。そこならかならず兄さんが探しにきてくれるから。でも兄さんは来なかった。何かがおかしいと思った。何かとんでもないことをしてしまったような気がした。でも怖かった。だからそこにじっとしていた。アッシャーは二本のピックを持ってサイロに降りてった。それで塊をほぐすんだ。ぼくが逃げたあと、兄さんはそれを使って上までよじ登ろうとした。でも足元が崩れすぎてしまった。五分もしないうちに兄さんは飼料のなかに沈んでいった。でも押し潰されて、窒息してしまうまではもっとずっと時間がかかった。遺体の肺のなかからは、トウモロコシの粒が見つかったって」

しばらくヴァーヤは黙っていた。ルークを見つめ、ルークはこちらを見つめていた。空気は電流を帯びているように、重たく感じられた。おたがいの視線の力だけで、二人のあいだにある何かを繋ぎとめているようだった。やがてヴァーヤは口ごもりながら言った。

「お願い、出てって」ドアにかけた手がじっとり湿っている。ルークが帰ったら拭きとらなくては。

「冗談だろ？　それだけなの？」ルークの声はかすれている。「信じられないよ」ルークはカウチに歩いていって靴を取り上げ、擦り切れたグレーの靴下を履いた足を突っこんだ。ヴァーヤはドアを開けた。ルークに向かって叫ばないようこらえるのが精一杯だった。彼が荒々しい足取りで脇を通りすぎて階段を降りていったとき、その背中に向かって叫ばないようこらえるのが精一杯だった。


ヴァーヤは窓から、ルークが車に歩いていって駐車スペースからいきおいよく車を発進させるのを見守った。そしてキーを取り上げて自分も急いで車に向かった。信号二つ分、ルークの車を追いかけたところで、怖気づいた。どんな言葉をかけられるっていうの？　つぎの赤信号で止まるとUターンをして、逆方向に車を走らせた。研究所に向かって。

アニーはいなかった。ヨハンナもいなかったし、ほかの飼育管理師もいなかった。守衛のクライドさえも退勤したあとだった。ヴァーヤはビバリウムに歩いていった。突然誰かが入ってきたことに驚いたサルたちが、苛立たしそうにキーキー鳴き声をあげた。ヴァーヤはフリーダの檻を見つけた。

眠っているのだろうかと思った瞬間、フリーダの目が開いているのが見えた。左の前腕を咥えたまま横向きに寝そべっていた。

フリーダは自分の太腿に噛みついたり、以前から自傷行為をくりかえしてきたが、ずっとその行為を隠してきた。だが近ごろは開き直ったように骨をひっかき、周辺の肉は血と組織が混じりあった深い傷になっていた。

「おいで」ヴァーヤが大声で呼ぶ。「こっちにおいで」そして檻の扉を開けた。フリーダは顔を上げたが動こうとしない。ヴァーヤは反対側の壁に行ってリードを取って戻ると、フリーダの首につけた。サルを檻の外にひっぱり出すときに使うものだ。ほかのサルたちが鋭い鳴き声をあげ、フリーダはふいに意識を取り戻したように振り向いて、彼らのほうを睨みつけた。両膝を抱いて坐りこみ、体を揺する。こうなったらリードを力いっぱいひっぱって、フリーダを無理やり檻の外にひきずり出すしかない。衰弱しきっているフリーダを見て、ヴァーヤは気分が悪くなった。五キロ近くあった体重は三キロほどにまで減ってしまい、直立するのもやっとといったようすだ。ヴァーヤがもう一度リードを強く引くと、フリーダの体が傾き、仰向けになって、リードが喉をきつく絞めあげた。サルたちの鳴き声がいっそう甲高くなる——フリーダが弱っていることを察知し、興奮しているのだ——ヴァーヤはむきになって手を伸ばし、フリーダの体を抱きとった。

フリーダの頭がヴァーヤの肩にしなだれかかり、手が胸にあたった。ヴァーヤははっとした。防護服を身につけていない。悪臭を放つ膿んだ傷がセーターに直接触れている。ヴァーヤが速足で歩きだすと、足取りに合わせてフリーダの額が跳ねるように鎖骨にあたった。キッチンに入る。パズル型の餌箱が壁際に積み重ねてあったが、ヴァーヤは箱に詰められていない餌、大きな容器に入ったむき出しの食料、制限のかけられていないサルたちに与えられるご馳走を探した。それぞれにリンゴ、バナナ、オレンジ、ブドウ、レーズン、ピーナッツ、ブロッコリー、皮を剝いたココナッツが入ったバケツだ。ヴァーヤはフリーダを腰に抱いたままバケツや容器を取り出して床に並べた。それからフリーダを下ろしてその前に坐らせた。

「ほら」ヴァーヤは掛け声をかける。「食べなさい！」だがフリーダはただぼんやりとご馳走を眺めているだけだ。ヴァーヤはさらに声を張り上げ、指をさしながら急き立てた。するとフリーダが左手を伸ばした。幼児のように膝を曲げて脚を広げたまま床に坐り、灰色の柔らかい足の裏を見せている。ヴァーヤは期待してフリーダがレーズンに手を伸ばすのを見ていたが、フリーダは容器のなかに手を入れる前に方向を変え、自分の腕を顔の前に持っていった。口を開け、傷を探し当てて嚙んだ。

ヴァーヤは手を伸ばしてフリーダの腕を払いのけ、嗚咽をもらした。傷口は血で固まった毛に塞がれていたが、それでも深かった。フリーダは骨まで嚙み砕いてしまったのかもしれない。

「食べて」ヴァーヤは泣きながら言う。しゃがみこむと容器に手を突っこんでレーズンをすくい、フリーダのくちびるに手をあてる。フリーダはにおいを嗅ぐ。ゆっくり、そろそろと、最初のレーズンを口に含む。ヴァーヤは今度は両手を使ってレーズンをすくいあげた。すぐに指先が食べ物と唾液まみれになったが、それでも続け、つぎにココナッツ、ピーナッツ、ブドウの容器に手を伸ばした。「ああ、よかった」ヴァーヤは言う。「よかった、わたしのベイビー」それはもう何十年も使っていない言葉、生涯一度しか使ったことのない言葉――ルークの頭が見えてきて、ヴァーヤの体が彼の生命を産み落とすために割けたときに発した言葉だ。

フリーダが手から顔をそむけると、ヴァーヤは違う種類の果物か違う形の餌をすくって彼女の気を引こうとした。フリーダはそれらを平らげたが、やがて嘔吐した。透明な粘液、胆汁、たくさんのレーズンが流れ出した。ヴァーヤは大きな声をあげた。フリーダの口もとを拭き、ところどころ禿げた頭を拭き、透けそうなほど薄いサーモン色の耳を拭いた。フリーダは汗をかいていた。吐瀉(としゃ)

物がヴァーヤのズボンの上を流れ、熱が太腿に伝わってきた。獣医を呼ばなければ。だがいざそうすることを考えると、ドクター・ミッチェルに何を訊かれ、何を説明しなければいけないかを考えると、ヴァーヤはさらに激しく泣き叫んだ。

ドクター・ミッチェルが到着するまで、フリーダを抱いていよう。この子を慰めて、少しでも具合がよくなるようにしてあげよう。ヴァーヤはサルを膝にのせた。フリーダの目はうつろで、焦点が合っていない。それでもヴァーヤの手をふりほどこうとするみたいに体をよじり、一人になりたがる。ヴァーヤはさらに力を込めてフリーダを抱きしめた。「シーッ」優しくささやきかける。「シーッ」フリーダはまだ逃げ出そうとしているが、ヴァーヤは離さない。もう終わりだ。地位を失ってしまうだろう。でもそれがなんだっていうの？　ヴァーヤは何かを抱いていたかった。何かに抱かれていたかった。そのまま抱きしめていると、やがてフリーダが顔をこちらに向けた。柔らかなくちびるをヴァーヤの顎先にあて、そして力いっぱい嚙みついた。

35

ヴァーヤは獣医に連絡しなかった。翌朝出勤したアニーが、ヴァーヤとフリーダがキッチンで眠っているのを発見して——ヴァーヤは積み重ねられた箱に背中を押しつけ、フリーダは棚の上にいた——悲鳴をあげた。

病院で、ヴァーヤはこのまま死ぬのだと思った。きっと嚙まれて何か感染症にかかってしまったに違いないと思っていたが、医師によればフリーダはB型肝炎ウイルスも結核菌も保有していないということだった。それを聞いても、隔離部屋で何かに感染してしまったはずだと疑った。自分が生きているので驚いた。パニックのさなかでは、もっとも恐れていることしか起こりえないような気がしていたからだ。その恐怖が無効だとわかると、今度はもっと具体的な不安が襲ってきた。自分はきわめて破壊的で、取り返しのつかないことをしてしまったのだという認識だ。

病院食を食べるごとに、ヴァーヤはどんどん敏感になっていった。こんなふうに完全に肉体を意識するのは、子どものとき以来だった。世界はあらゆる質感と感覚をともなって襲いかかってきた。傷を消毒されれば酸を浴びるような苦痛を覚えたし、横たわれば病院のシーツの紙のような肌触りを感じた。弱りきっていたから、シーツをよく調べることもできなかった。看護師が近づいてくるとシャンプーの匂いを嗅ぎ取り、クララがむかし使っていたのとおなじブランドに違いないと思った。ときどき、アニーがベッドのそばに持ってきた椅子に坐って眠っているのに気づいた。一度、意識がいくぶんしっかりしているとき、どうか事の経緯を母には黙っていてほしい、とアニーに頼んだ。アニーは不服そうな険しい顔になったが、うなずいてくれた。いつかは母に話すつもりだった。でも噛まれたことを話せば、ほかのこともすべて打ち明けなければいけなくなる。今はまだ、それはできそうにない。

フリーダはデイヴィスにある動物病院に搬送されていた。ヴァーヤが心配していたとおり、骨が折れてしまっていた。外科医師は肩から腕を切断した。だがフリーダが狂犬病に罹っているかどうかを検査するためには、頭を切開して脳を調べるしかない。ヴァーヤは自分にはまったく症状はないし、もしフリーダが狂犬病だとしたら数日中に死んでいるはずだと言って、それをやめてくれるよう頼みこんだ。

二週間後、ヴァーヤはアニーとレッドウッド大通りにあるカフェで落ち合った。アニーは笑顔で店に入ってきた——ぴったりした黒いズボンとストライプのTシャツにクロッグサンダルという普段着で、髪はおろしている——けれど、気まずそうなのがはっきりとわかった。ヴァーヤは野菜のラップサンドを注文した。いつもなら食べないけれど、入院したことで実験はご破算になってしまったし、一からやり直すほどの信念もわいてこなかった。

「ボブと話したの」ウェイターがテーブルを離れるとアニーが切り出す。「依願退職ってことにするって」

ボブはドレイク老化科学研究所のCEOだ。自分が二十年にわたる実験を危機にさらしたという報告を受けてボブがどんな反応をしたか、ヴァーヤは知りたくなかった。フリーダはカロリーの摂取量を制限されたグループに属していた。そのサルに餌を与えてしまったことで、フリーダのデータを無効化し、全体の分析も混乱させてしまうことになった。フリーダのデータが除外されることになれば、コントロールグループのサルの数と釣り合いが取れなくなってしまう。それだけでなく、上席研究員が神経衰弱に陥り、実験中に職員と動物を危険な目に遭わせたという噂が広まりでもすれば、研究所は広報的にも多大な災いをこうむることになる。きっとアニーは依願退職という処分にとどめるよう、必死にボブを説得してくれたに違いない。それを思うと、ヴァーヤは恥ずかしくてしかたなかった。

「そのほうが、何かと都合がいいでしょ」アニーがためらいながら言う。「この先研究者を続けていくうえで」

「からかってるの？」ヴァーヤはナプキンで洟をかむ。「このことを隠しておけるはずないじゃない」

　アニーは黙ってヴァーヤの言うことを認める。「それでも、ましな辞め方でしょう」

　アニーは怒りを抱えているのに、ヴァーヤにそれを見せようとしない。ボブと違って、ヴァーヤの事情を知っているからだ。入院中、ヴァーヤはアニーにルークの正体を打ち明けた。アニーの表情は怒りから驚きに、そして憐れみに変わっていった。

「ったくもう」アニーは言った。「あなたのことを嫌いになりたかったのに」

「今からでも遅くない」

「かもね」とアニー。「でももっと難しくなっちゃった」

　ヴァーヤはラップサンドをひとくち齧ってのみくだした。レストランの分量に慣れていないので、ヴァーヤにはそれが滑稽（こっけい）なほど巨大に思える。「フリーダはどうなるの？」

「あなたもよくわかってるでしょ」

ヴァーヤはうなずく。もしすごく運が良ければ、フリーダは霊長類の自然保護区（サンクチュアリ）に移されるだろう。そこでは実験に使われていた動物たちが、極力人間の介在がない環境で余生を過ごせる。ヴァーヤはずっとそのために働きかけていて、動物病院や、三十エーカーの野外の敷地でサルたちが自由に暮らしているケンタッキー州のサンクチュアリに毎日電話をかけていた。だがサンクチュアリの収容数にも限界はある。だから、フリーダは新たな研究施設に送られて新たな実験に使われる可能性のほうが高い。

その晩、ヴァーヤは七時に眠ってちょうど日付が変わったころに目を覚ました。ナイトガウンのままベッドから這い出して窓辺に立ち、何カ月かぶりでブラインドを開けた。月が明るく、マンションの建物群がよく見えた。道を挟んで向かいにある部屋のキッチンに明かりがついていた。なんだか煉獄にいるような、あるいは死後の世界にいるような、奇妙な感覚だった。仕事を失ってしまった。この世界への自分なりの貢献であり――返済であるはずの仕事を。最悪の事態が起こり、ぽっかりと穴が開いたような喪失感を噛みしめながら心をよぎったのは、これで恐れるものがずっと少なくなったという思いだった。

ヴァーヤはベッドサイドのテーブルから携帯電話を取り上げ、ベッドカヴァーの上に坐りこんだ。呼び出し音が鳴りつづける。留守番電話になってしまうのかと諦めかけたそのとき、相手が出た。

「もしもし？」声がいぶかしげに訊く。

「ルーク」ヴァーヤは二つの感情に圧倒された。ルークが電話に出てくれたという安心感。そして、ルークが自分にまたチャンスを与えてくれたとしても、彼に許しを乞うのに十分な時間がなかったらどうしようという不安だ。「ほんとうにごめんなさい。あなたのお兄さんに起こったことも、あなたに起こったことも、心から申し訳なく思ってる。あなたはそんな経験をする必要なんてなかったのに。そんな思いをしなくて済んだらどんなによかっただろう。わたしがそれを取り除いてあげられたらどんなにいいだろう」

電話の向こうに沈黙が流れる。ヴァーヤは浅く息をしながら、携帯を耳に押しつける。

「どうやってぼくの番号がわかったの?」ルークがとうとう口を開く。

「アニー宛てのEメールに連絡先があったから――インタヴューの申し込みのメール」ルークはまた黙りこみ、ヴァーヤは続ける。「聞いて、ルーク。自分のせいだと思いこんで生きていってはだめ。自分を許さなきゃだめよ。そうじゃなきゃ生きつづけられない――完全な形では。そうじゃなきゃあなたにふさわしい人生を送れない」

「あなたみたいになっちゃうのか」

「そう」ヴァーヤは答え、また泣き出しそうになるのを必死でこらえる。ルークに言ったことはそのまま自分自身にもあてはまるのだ。だけどヴァーヤは頑なにそう信じることを拒みつづけてきた。

「本気でこれからぼくのユダヤ人の母になるつもり? その件に関しては二十六年前に出訴期限が切れちゃったと思うけどな」

「そうね」ヴァーヤは喉から笑いをもらす。「ほんとうよね」

ヴァーヤは心のなかで訴えた。どうかルークが理解してくれますように。それが自分には分不相応な贈り物だとしても。窓の外に目をやり、明かりのついた向かいのキッチンを見つめた。

「もう寝ないと」とルーク。「電話で起こされちゃったよ」

「ごめんなさい」とヴァーヤ。縫合され、まだ包帯をされた顎を震わせる。

「明日かけ直してくれる？　仕事は五時には終わるから」

「わかった」ヴァーヤは目を閉じる。「ありがとう。どこで働いてるの？」

「〈スポーツ・ベースメント〉。アウトドア用品のアウトレット店だよ」

「そういえば、あなたに初めて会った日――ハイキングにでも行くみたいな恰好だなって思った」

「いつもそうなんだ。従業員はかなり割引してもらえるから」

こんなにもルークのことを知らないなんて。ヴァーヤは自分の息子が生物学者でもジャーナリストでもなく小売店の店員であることにふと失望を覚えたが、すぐに自分を戒めた。ルークがありのままのルークで接してくれる。ヴァーヤは彼の正直さを胸に刻みつけた――また一つ、ほんとうの彼を知ることができた。


三カ月後、ヴァーヤはサンフランシスコのヘイズ・ヴァレーのフレンチ・ベーカリーのテーブルに坐っていた。男がカフェに入ってきたとき、すぐにそれが待ち合わせの相手だとわかった。直接会うのはこれが初めてだが、ネットで彼のプロモーション用の写真を何枚か見ていた。それにもちろん、サイモンとクララの古いスナップ写真にもうつっていた。ヴァーヤが一番気に入っているのは、クララとサイモンが一緒に住んでいたコリングウッド通りのアパートで撮られた写真だった。黒人の男が床に坐って片手を窓枠にかけて、窓にもたれかかっている。もう片方の腕は、男の膝に頭をのせているサイモンの体に置かれている。

「ロバート」ヴァーヤは立ち上がって声をかける。

ロバートがこちらを振り向いた。ヴァーヤはそこに、スナップ写真のなかとおなじ、ハンサムでよく引き締まった体の男の姿を見た。背が高く、目を惹くところがあり、用心深そうな表情を浮かべている。もっとも、実際のロバートは六十歳になり、むかしより痩せていたし、髪には白いものが交じっていた。

何年もロバートの消息について考えていたけれど、真剣に彼を探してみる勇気がわいてこなかった。しかしこの夏、シカゴでコンテンポラリ・ダンス・カンパニーを経営している男性二人組の記事を見つけた。Eメールを書き送ると、ロバートが返事をくれた。ちょうど今週、スターン・グローブ公園で開かれるダンス・フェスティバルのためにサンフランシスコに行く予定なのだと。そうしてカフェで落ち合った二人は、ヴァーヤの研究や、ロバートの振り付け、彼が夫のビリーと二匹のメイン・クーン種の猫と一緒に住んでいるシカゴのサウス・サイドのアパートについておしゃべりをした。「あいつらは猫というよりイウォークだよ」ロバートは笑いながら携帯を取り出して写真を見せてくれた。ヴァーヤも一緒に笑ったが、やがて唐突に涙がこぼれてきた。

「どうした?」ロバートが訊き、携帯をポケットにしまう。

ヴァーヤは目もとを拭う。「あなたに会えてほんとにうれしくって。妹が、クララが——いつもあなたのことを話してたの。もしあの子がいたら、きっと——」〝もし〟という仮定形を使うことに、いまだに抵抗を覚える。「きっと知りたがったと思うの、あなたが——」

「生きてること?」ロバートはほほえむ。「いいんだ、はっきり言って。そんな保証はどこにもなかった。まあ、保証されている人間なんてどこにもいないが」ロバートは彫りのあるシルヴァーのブレスレットをいじる。結婚指輪がわりにビリーとおなじものを身につけているのだそうだ。「わたしはウイルス保有者だ。まさかこんな年寄りになるまで生きるとは思っていなかった。まったく、三十五歳までには死ぬと思ってたんだからな。でもカクテル療法を受けられるようになるまで、なんとか生き延びた。それにビリーは二人分のエネルギーの持ち主だ。彼は若い——わたしたちがくぐりぬけてきた経験をするには若すぎるくらいだ。サイモンが死んだとき、ビリーはまだ十歳だったんだ」

ロバートはヴァーヤの目を見た。二人がその場でサイモンの名前を口にしたのはそのときが初めてだった。

「あの子が家を出てってから、結局一度も会わずじまいだった。そのことが心に引っかかったままなの」ヴァーヤが言う。「サンフランシスコに四年間暮らしているあいだ、わたしは一度も訪ねていかなかった。すごく腹を立ててたから。それにあの子は……年を重ねて成長すると思ってたから」

言葉が宙に浮く。ヴァーヤは息を詰まらせる。クララはサイモンのそばにいたし、ダニエルは短いけれど電話で話したことがあると、葬儀のあとに話してくれた。だがヴァーヤは岩のように頑なで、氷のように冷淡だった。もしサイモンが望んでも、連絡なんてつけられないほど距離をとっていた。それに、どうしてサイモンが連絡を取りたがるはずがあるだろう? サイモンはわかっていたはずだ。ヴァーヤはクララへの怒りにもまして、サイモンに激しく怒っているということを。少なくともクララは、家を出ることをみんなにはっきり告げていた。少なくともサンフランシスコに着いたあと、家族の電話に出るだけの分別はもっていた。ヴァーヤはサイモンを見限った。サイモンがヴァーヤのことを見限ったとしても無理はない。

ロバートが手を重ねてきて、ヴァーヤはたじろがないようこらえた。ロバートの手のひらは大きくて温かかった。「誰にも知りえないことだ」

「ええ。でもあの子を許すべきだった」

「きみはまだ子どもだった。わたしたちはみんな、ほんの子どもだったんだ。いいか――サイモンが亡くなる前、わたしは警戒心が強かった。たぶん、強すぎるくらいだった。でも彼が死んだとき、愚かで見境のないことに耽った。死んでいてもおかしくないようなことをした」

「セックスが原因で死ぬかもしれない」ヴァーヤはためらいながら言う。「そう思うと怖くなかった?」

「いいや、そのときは。そんなふうには考えていなかったから。医師たちがわたしたちに禁欲を守るべきだと説いたときも、セックスか死かどちらかを選べと言われているようには感じなかった。むしろ、死か生を選べと言われているような気がした。真摯に人生を生きようと懸命になっている人間、真摯にセックスをしようと懸命になっている人間が、それを進んで諦めるわけがない」

ヴァーヤはうなずいた。カフェのドアにぶら下げられたベルがチリンと鳴り、若い家族連れが入ってきた。彼らがテーブルの脇を通りすぎるとき、ヴァーヤは体をそらさないよう必死でこらえた。今かかっている新しいセラピストは認知行動療法を取り入れていて、ヴァーヤはこうした露出の瞬間に耐えるように言い聞かせられていた。

「あなたはサイモンの何に引き寄せられたんだろうって、ずっと不思議だった」とヴァーヤ。「クララからとても成熟していて洗練された人だって聞いていたから。でもサイモンはまるで子どもだったし、思い上がっていたでしょう。誤解しないでね――弟のことは大好きだった。だけど付き合う気にはなれないタイプだと思ってた」

「ま、そんなもんさ」ロバートはにっこり笑う。「サイモンの何を愛したかって？　彼は恐れを知らなかった。サンフランシスコに行きたいと思えば行ったし、ダンサーになりたいと思えばなった。けっして恐れを感じたことがなかったわけじゃないと思うよ。でも恐怖なんて無関係なようにふるまっていた。サイモンはそれをわたしに教えてくれた。ビリーとカンパニーを立ち上げたとき、返済できないかもしれないと思うほどの融資を受けた。最初の三年は、まったく――苦労の連続だった。ところがニューヨークで公演をやったとき、《ニューヨークタイムズ》にレヴューが載ったんだ。シカゴに戻ると利益が出るようになってきた。今じゃダンサーたちを健康保険に入れてやれるほどまでになった」ロバートはクロワッサンをひとくち食べる。バターたっぷりの薄い皮がぱらぱらと革のジャケットの上にこぼれた。「引退を計画したことはない。今でもやっぱりずっと先のことを考えるのが怖いんだ。だがそれでいい。自分の仕事を愛している。それを終わりにしたくないから」

「わたしもそんなふうに考えられたらいいのに。仕事を辞めたの。こんなに拠りどころがない感じを味わうのって初めてで」

「悩むことはない」ロバートがクロワッサンを持ち上げてこちらに向け、諭すような表情を大げさに作ってみせる。「サイモンのように考えるんだ。恐いもの知らずになるんだ！」

　ヴァーヤはそうあろうと努めていた。ヴァーヤがどんなに些細な行動を「恐いもの知らず」と捉えているかを知ったら、みんなに笑われてしまうかもしれないが。椅子に腰かけるときは背もたれに背中をつけるようにした。街中を散歩するようになった。カリフォルニアに越してきた十年前、ルビーが生まれたとき以来初めてカストロ通りを訪れた。そこにサイモンの姿を思い描いてみようとした。だけど、家族で〈コングリゲーション・ティフェレス・イスラエル〉に向かっている途中で自分のそばから逃げていく小さなサイモンの姿しか頭に浮かばなかった。ヴァーヤはあらためてサンフランシスコを訪れ、もういちど弟の姿を思い描いた。そのサイモンはもう、彼女の知っている人間ではなかった。太平洋を臨むレストラン〈クリフハウス〉からマウンテン・レイク・パーク近くの陸軍病院まで歩いていると、かつてゆうに一万人が泳いでいた巨大な浴場、スートロ浴場の廃墟のそばでポーズを取っているサイモンの姿が見えた。どうしてサイモンがそんな崖を歩いているのだろう。リッチモンド地区はカストロ通りからバスで四十五分はかかる。でもそんなことはどうでもいい。サイモンは低木とライラックのまんなかにいて、海から吹く風に髪をなびかせ、あとを追うヴァーヤに道を作ってくれるように小径を進んでいった。

マンションに戻ると、ミラからEメールが届いていた。

親愛なるVへ

十二月十一日は大丈夫？　四日はイーライに用事があるってことがわかったんだけど、ジョナサンはまだみんなを冬のフロリダに引き連れていくことにこだわってるの。どうかしてる。（きっといいところなんでしょうね。ただ、マイアミで結婚式を挙げますって、みんなに伝えなきゃいけないんだと思うと気恥ずかしくって。）都合を知らせて。

愛を込めて――M

ジョナサンはニューヨーク州立大学ニューパルツ校の特別研究員で、ダニエルが亡くなる四年前に、膵臓癌で妻を亡くしていた。ミラはジョナサンにロマンティックな感情を抱いたことは一度もなかった。ダニエルが死んだあと、ジョナサンはミラに食事を差し入れてくれた――「ブリスケットだ。出来合いのだけど。いつも作るのは妻だったから」――ミラが講義の前にパニックの発作に襲われたときには付き添っていてくれた。二年後、ミラはジョナサンと恋に落ちていた。

「落ちたってほどじゃないけど。長い時間がかかったし」ミラはある日、恒例の日曜の晩のスカイプ通話でヴァーヤに言った。「諦めるしかなかったって感じかな」

ミラは皿をコーヒーテーブルに置くと、脚を折りたたんで坐った。あいかわらず小柄だが、以前より筋肉質な体つきになっていた。ダニエルの死後、ミラは自転車に乗りはじめた。ニューパルツからベア・マウンテンまでサイクリングをして、世界が疾走し、ぼんやりしてくるまで走った。

「何を諦めるの？」ヴァーヤは訊いた。

「そうね、それは自分でもずっと考えてたんだけど、わたしがしなきゃいけないのは、痛みとか信頼を手放すってことじゃないって気づいたの。わたしはダニエルを諦めなきゃいけなかった」

半年前、ジョナサンはミラにプロポーズをした。ジョナサンには十一歳になるイーライという名の息子がいて、目下ミラは母親になることを学んでいる最中だ。ヴァーヤは結婚式で花嫁付き添い人（メイド・オブ・オナー）を務める予定だった。

何を求めているんだよ？ ルークはそう訊いた。もしヴァーヤが正直に答えていたとしたら、こう言っていただろう——始まりに戻ること。そして十三歳の自分に言い聞かせたい、あの女に会いに行ってはいけないと。二十五歳の自分に言い聞かせたい、サイモンを探し出して、彼を許しなさいと。ちゃんとクララの面倒を見なさい、〈Ｊｄａｔｅ〉（ユダヤ人専門のマッチングサイト）に登録しなさい、看護師が赤ん坊をこの腕から抱きとっていく前に止めなさいと。わたしはいつか死ぬんだ、ヴァーヤは自分にそう言い聞かせたかった。わたしはいつか死ぬ、みんないつか死ぬんだと。だからちゃんと注意を払いなさい、クララの髪の匂いに、ハグをしてくるダニエルの腕に、サイモンのずんぐりした親指に——そう、あの子たちの手に、クララのすばしこい手、ダニエルのほっそりした落ち着きのない手。ヴァーヤは自分に言い聞かせたかった、自分がほんとうに求めているのは、永遠に生きることではない、心配しつづけるのをやめることなのだと。

もしあたしが変わった場合はどうなるの？　ヴァーヤはあのとき占い師に訊いた。それがわかれば不運や悲劇から救われると思ったから。**たいていの人は変われない**、女はそう答えた。

時計が七時をまわり、空にはネオンカラーがにじんだような筋が走っていた。ヴァーヤは椅子の背にもたれた。もしかしたら、科学の道を選んだのはそれが合理的だからかもしれない。科学が自分からヘスター通りの女とその予言を遠ざけてくれると思っていたのかもしれない。だが、科学への信仰は反逆でもあった。ヴァーヤは運命が不変のものとなってしまうことを恐れたが、一方で希望も抱いていた——そう、希望だ——今からでも人生が自分を驚かせてくれることがありますように。いつか、わたしがわたし自身を驚かせることがありますようにと。

ダニエルの葬儀のあとにミラが言ったことを思い出す。二人が木の下にしゃがみこむと、頭上の枝のあいだから雪が舞い降りてきた。参列者たちは駐車場へと歩きはじめていた。「クララには一度も会えなかったけど」ミラは言った。「でも今なら、彼女のことが理解できる気がする。だって、自殺は不合理なことじゃないって気がするから。このまま生きつづけていくことのほうが不合理よ。くる日もくる日も、前に進むのが当然のことみたいに」

でもミラはそれを切り抜けた。喪失を乗り越えていくことは不可能にも思え、それを成し遂げられるかもしれないという可能性に対立する。それは不条理で、まるで奇跡のようでもある。生き残るとはつねにそういうものだ。ヴァーヤは研究所の同僚たちのことを思う。試験管や顕微鏡に向かい、すでに自然界に存在しているプロセスを複製しようとしている。チチュウカイベニクラゲと呼ばれるスパンコールほどの大きさのクラゲは、危機にさらされると細胞を未成熟の状態に転換する。アメリカアカガエルは冬になると氷と化し、心臓を停止させ、血液を凍らせる。だが何カ月か過ぎて春を迎えると、元どおりに溶け、飛び跳ねはじめる。

周期ゼミは幼虫として地中で過ごし、木々の根から養分を吸い取る。死んでいると思ってしまいがちだが——たしかにある意味では、地下六十センチのところでじっと静寂に包まれているのだから、そんなようなものかもしれない——十七年後のある夜、驚くような数の幼虫が地表を突き破る。手近にある垂直な物体によじ登り、ニンフの衣のような殻をはらりと地面に落とす。まだ体は白く軟らかい。そして暗闇のなか、彼らは歌い出すのだ。

36

七月の一週目、ヴァーヤは週一回の母ガーティとの面会に向かうため車で街中を走った。母はうきうきしている。ルビーが訪ねてきているからだ。大学生が誰に言われたわけでもないのに毎年夏休みの二週間を老人ホームで過ごすなんて、ヴァーヤにはまったく理解できなかった。でもルビーは一年生のときにこの計画を提案して、以来毎年そうしてきた。母の入所している〈たすけあいの手〉はＵＣＬＡから車で八時間。ルビーはもうすぐそこの四年生になる。毎年、サングラスにじゃらじゃら重ねたブレスレットを身につけ、サンドレスに厚底のヒールを履いて、獰猛(どうもう)そうな白い〈レンジローバー〉に乗って到着する。そして母の仲間たちと麻雀をしたり、ガーティに自分が取っている文学講座の本を読み聞かせたりして過ごす。滞在最終日には食堂でマジックショウを開くことになっていて、これがいつも大盛況なものだから、職員が図書室から追加で椅子を運んでくる。入居者は子どものように夢中になる。ショウが終わるとルビーを待って長い列を作り、フーディーニの兄弟に会ったことがあるとか、女性が口にくわえたロープにぶらさがってタイムズ・スクエアをよこぎるのを見たことがあるとか、むかしばなしを語って聞かせるのだ。

「これからどうするつもりなのよ？」母がヴァーヤに訊く。「仕事に戻らないっていうんなら？」

母はピクルスの入ったボウルを膝に置き、肘掛け椅子に腰かけていた。ルビーは母のベッドに寝そべって、携帯電話で〈ブラッディ・メアリ〉というゲームをやっている。レベル5までくると、携帯をヴァーヤにパスしてくれる。セロリスティックの袋を抱えた元気なトマトを潰してやると、ヴァーヤは妙にスカッとするのだ。

「仕事に復帰しないつもりはない」とヴァーヤ。「ただドレイク研究所には戻らないってだけ」

母には、実験結果の完成度を落とすような致命的なミスを犯したのだと話してあった。近いうちに——たぶんルビーが帰ったら——フリーダのことを、何よりルークのことを話すつもりだった。今はルークとの関係はふとした拍子に壊れてしまいそうで、母に打ち明ける気にはなれなかった。今はいくらか安定してきたものの、現れたときとおなじように突然姿を消してしまうのではないかとまだ心配だった。ルークとヴァーヤは手紙や写真やポストカード、それにちょっとした贈り物を交換しあうようになっていた。五月には、ルークがガールフレンドのユウコと写っている写真を送ってくれた。ユウコは少なくとも四十センチはルークより背が低く、左右非対称にカットした髪の先をピンクに染めていた。その写真では、ユウコがルークの長い脚の片方を腕に抱えて彼を持ち上げているふりをしていて、二人とも目を細めて笑っていた。一カ月後、ルークはユウコこそが例の《クロニクル》の編集者になりすましたルームメイトだということを認めた——そのときは恋愛関係じゃなかったんだけど、とあわててつけくわえた——ヴァーヤがユウコに反感をもったらどうしようと思って、黙っていたのだという。

ヴァーヤはうれしくてたまらなかった。ルークが幸せに過ごしているから、そして自分の気持ちを思いやってくれたから。その週、自家製のフルーツジャムの看板を掲げた農家の前を通りかかったとき、ヴァーヤは道路脇に車を停め、ジャムの瓶を品定めした。午後の陽射しを浴び、瓶の中身が宝石のように輝いていた。さくらんぼのジャムを見つけると、二瓶買った。一つは自分用に、もう一つはルークに送った。十日後、ルークから返事がきた。

非凡とはいえないが、均整がとれている。手堅い出来。アーモンドのエッセンスがいい風味を出していて、さくらんぼの麝香系の香りを引き立てており、全体に甘さだけでない味わいがある。

　ヴァーヤはポストカードを眺めながらにやにや笑い、それを二回読んだ。非凡とはいえないが、均整がとれていて、手堅い、か。そこまで悪くない評価じゃない。ヴァーヤは食料品棚にいって自分用の瓶を取り出した。返事がきたら開けようと思って取っておいたのだ。

「じゃあどこで働くのよ？」ガーティが膝に目を落としながら言う。「一日じゅう坐ってるわけにはいかないでしょうに。あたしみたいに。ピクルスを食べながら」

　すぐに、ヴァーヤにきょうだいたちの声が聞こえてきた。**母さんったら、そんな心配しなくてもいいってわかってるくせに、**とクララが言う。そしてダニエルが言う、**そうだよ——ヴァーヤがぼんやり坐ってピクルスを齧ってるって？　そんなことできっこないよ。**近ごろヴァーヤはいたるところに彼らの姿を見る。日が落ちたあとにアパートの前を駆け抜けていくティーネイジャーの男の子を見かけたときは、涼しい夏の夜にクリントン通り七十二番地を疾走していたサイモンのことを思い出した。バーにいた女性の顔に、ぱっと輝くようなクララの笑顔を見たこともあった。ダニエルに相談しにいく想像をすることもあった。ダニエルはいつだってヴァーヤのすぐうしろに控えていてくれた。年齢も、野心においても、家族をサポートするときも。母の世話にしても、サイモンを連れ戻そうとすることにしても、ヴァーヤはダニエルがしっかりやってくれるとわかっていたのだ。

ヴァーヤは長いあいだこうした記憶を押し殺してきた。でも今、その記憶を感覚のうえに呼び起こしてみると、きょうだいたちは幽霊というよりも人間のように感じられ、思わぬことが起こった。心のなかに明かりが――何年も暗闇に沈んでいた近所の家々の明かりが――灯りはじめたのだ。

「教えるのが好きかもしれない」ヴァーヤは母に言う。大学院では授業料の免除と引き換えに学部生のチューターを務めていた。最初はそんなこと自分にはできないと思っていた。実際、初めての授業の前には女性用化粧室に駆けこみ、トイレにたどり着く前に洗面台で吐いてしまった。でもすぐに、教えていると元気がわいてくることに気づいた。たくさんの顔がこちらを見上げて、ヴァーヤが隠し持っているものはなんだろうと期待して待っていた。もちろん、なかにはうつむいて眠っている顔もあった。だがヴァーヤがひそかに気に入っていたのは、そうした顔たちのほうだった。目覚めさせてみせるから、とやる気がわいてくるのだ。

ルビーの滞在最後の日、ヴァーヤはマジックショウを見るために施設を訪れた。ルビーが食堂で準備をしているあいだ、母の部屋で一緒に夕食をとった。ヴァーヤはゴールド家のことを考えていた。きょうだいたちと父サウルがルビーの舞台を見たらどう思うだろう。やがて奇妙な薄暮のなかで、けっして口にすることはないだろうと思っていたことを話していた。母に向かって、ヘスター通りの女のことを打ち明けはじめたのだ。あの七月の蒸し暑さ、階段を昇っているときの不安、一人ずつ部屋に入っていったこと。父の葬儀の夜、きょうだいでそれについて話しあったことも打ち明けた。思い返してみれば、四人そろっていたのはあの晩が最後だった。

ヴァーヤが話しているあいだ、母は顔を上げなかった。ヨーグルトをじっと見つめ、どこかぼんやりしながらひとすくいずつ口に運んでいた。今日は日が悪かったのだろうか、母の意識があまり冴えていないのだろうか。ヴァーヤがそう思いながら話を終えると、母はナプキンでスプーンを拭い、トレイに置いた。ヨーグルトの容器のアルミの蓋を注意深く閉じた。

「なんでそんなくだらないことを信じたりしたのよ？」母は静かに訊く。

ヴァーヤはぽかんと口を開けた。母はヨーグルトの容器をスプーンの脇に戻すと、膝の上で手を組み、フクロウみたいに不機嫌な表情でこちらを見た。

「わたしたち、子どもだったんだもの」ヴァーヤが言う。「その女に脅かされたの。とにかくわたしが言いたいのは――」

「くだらないことだよ！」母は決めつけるように言い放つと、椅子の背にもたれる。「ロマに会いに行ったからって。ふつうはそんなこと信じるなんて愚かな真似は誰もしませんよ」

「母さんだってその手のこと信じてたじゃない。葬列が通りすぎると唾を吐いてた。父さんが死んだあと、ニワトリを使った儀式をやろうとしたでしょう。生きたニワトリを頭の上でふりまわしているあいだに朗誦するってあれ」

「それは宗教的な儀式だもの」

「葬列の唾吐きは？」

「それが何？」

「だから、それについての説明は？」

「無知のせい。あんたはどうなの？　あんたは説明できないでしょう」ヴァーヤが黙っていると、母は続ける。「せっかくあたしが何もかも与えてやったのに。教育に、機会――現代的な考え方！　それなのにどうしてあたしみたいになるの？」

ガーティはドイツ軍がハンガリーを占領したとき九歳だった。ハイドゥに住んでいたガーティの母親の両親と三人のきょうだいはアウシュヴィッツに送られた。ショア（ヘブライ語でユダヤ人大虐殺）がサウルの信仰心を揺るぎないものにしたのだとしたら、ガーティの場合はそのために信仰が薄れた。ガーティが六歳のころに、両親は亡くなっていた。神の存在は偶然よりも可能性が低く、善は悪よりも起こりにくいと感じていたに違いない――だからガーティは木を叩き、指を十字に交差させ、泉にコインを投げ、肩に米粒をふりかけた。母にとって、祈りは取引をすることだった。

母が子どもたちに何を与えてくれたか、ヴァーヤにはわかった。不確実さという自由。ふたしかな運命という自由だ。きっと父も賛成するだろう。サウルは移民の一人息子だったから、選択肢はかぎられていた。前を見ることもうしろを振り向くことも、運命に逆らうような恩知らずなことだと感じていたに違いない。自由は目を離したら消えてしまう幻影のようなものだと思っていたに違いない。でもヴァーヤときょうだいたちには選択肢があった。自己を顧みる贅沢を与えられていた。彼らは時間を測り、それを計画し、コントロールしようとしていた。だが未来を追求しながら、結局はどんどんあの占い師の予言に引き寄せられていってしまった。

「ごめんなさい」ヴァーヤが言う。目が腫れている。

「謝らないで」母は手を伸ばしてヴァーヤの腕を叩く。「変わりなさい」叩き終わっても、前腕をつかんだまま離そうとしない。一九六九年にブルーナ・コステロがやったように。でも今回は、ヴァーヤは腕をふりほどこうとはしない。二人は何も言わず坐っていたが、やがて母がそわそわしはじめた。

「それで、その女になんて言われたの？」母が訊く。「あんた、いつ死ぬって？」

「八十八歳だって」とても遠く感じられる。恥ずかしくなるほどの贅沢だ。

「じゃあ、何を心配することがあるっていうのよ？」

ヴァーヤは口もとを緩ませまいと頰の内側を嚙んだ。「そんなの信じないって言ったじゃない」

「信じませんよ」母はふんと鼻を鳴らす。「でも信じてたとしたら、文句は言わないね。信じてたとしたら、八十八歳なんて結構なことだと思うだろうね」


七時半になると、二人はマジックショウを見るために食堂に向かった。一段高くなったプラットフォームがステージの役目を果たす。両脇にそれぞれ一つずつ取り付けられたランプがスポットライトがわりだ。看護師の一人が赤いシーツをカーテンのように衣装ラックに吊るしていた。母と友人たちはこのショウのために着飾っていたし、食堂は大賑わいだった。電流を帯びているような期待、未知の物質のごとく目に見えない何かが、その場のみんなを繫いでいた。それはみんなを一つにし、ステージへ、ルビーへと向かわせていた。

カーテンが中央から分かれ、ルビーが現れる。

ルビーがそこに立つとステージは変身した。即席のカーテンはほんもののカーテンになり、ランプはほんもののスポットライトになった。クララは早口のトークを得意としていたが、ルビーは体を使ってコメディを表現し、その場の全員を巻きこんでみせるという意外な才能に恵まれていた。

そのほかにも何かがあった。母親とは違う何か——悠然とした笑みを浮かべ、声が震えるようなこともない。キャッチするつもりのボールを取り落としてしまっても、一瞬自虐的なパントマイムをしてみせてから、平然と安定した動きに戻る。この子は自信をもっているんだ、ヴァーヤは理解した。ルビーは技術にも自分自身にも、母親よりもずっと自信をもっている。

ああ、クララ——ヴァーヤは思った——あなたの娘を見せてあげたい。

母はその晩ずっと、目を離せない映画でも観ているみたいにルビーのことを見つめていた。食堂から最後の入所者が出ていったときには、十一時近くになっていた。母は大嫌いな車椅子に乗ることに同意したが、七面鳥みたいに誇らしげに胸を張っていた。老化を止めるなんて、強迫行動で悪いことが起こらないようにするのとおなじくらい無理な話だ。ヴァーヤはわかっていたが、それでも思わず叫びたくなった——行かないで、と。

ルビーは祖母の車椅子を押して部屋に戻った。しばらくすれば、またべつの奇跡に集中する日々がやってくる。傷を縫合し、背骨を叩き、出産に立ち会う日々。でも今夜は、あの部屋にいたみんなと自分をつなぐ絆が紡がれ、感情のネットワークが生まれ、ルビーはそれを手放したくなかった。ステージに立ってその感覚を嚙みしめながら、ルビーはときどきロサンジェルスのアパートのそばで見かける幼稚園の子どもたちのことを思い出していた。はぐれたりしないように、子どもたちはロープをつかんで一列になって歩いていく。今夜はまるであの光景を見てるみたいだった、ルビーはそう思った。一人、また一人とロープのほうにやってきて、つぎつぎにロープをつかんでいく。

「ずっとやっていくことだってできるのに、どうして医者になりたいんだ？」パパはいまだにそう訊いてくる。「おまえは人びとに、たくさんのよろこびをもたらすことができるのに」

だけどルビーは、マジックはたくさんある方法のうちの一つにすぎないとわかっていた。人びとがおたがいを生かすための方法はほかにもある。子どものころ、パパはママがショウの前に唱えていた言葉を教えてくれた。以来、ルビーもおなじ言葉を唱えるようになった。今夜、ルビーはカーテンのうしろに立って両手を握りしめていた。向こう側から、観客が期待をふくらませながら、ささやいたり、そわそわしたり、安っぽい印刷のプログラムをかさこそいわせたりしているのが聞こえてきた。

「みんな愛してる（アイ・ラヴ・ユー・オール）」ルビーはささやいた。「みんな愛してる、みんな愛してる、みんな愛してる」

そしてカーテンの向こう側に踏み出し、みんなに加わった。

謝辞

『不滅の子どもたち』に命を吹き込むのに力を貸してくれたたくさんの方々に、心より感謝します。

二人のすばらしい女性の信念と労力と支持がなければ、この本は実現しなかったでしょう。わたしのロックスターでありソウルシスターでもある、エージェントのマーガレット・ライリー・キング。あなたの信頼、忠誠、そして二週間に一度のセラピーはほんとうにありがたいものでした。いつだって、ものごとはあなたから始まります。そして編集者のサリー・キム、あなたの才気と情熱、誠実さは、まぶしいほど輝いています。あなたと一緒に仕事ができたことは、わたしの人生においてたいへんな名誉であり、喜びでした。

ＷＭＥとパトナム、それぞれで夢にも思わなかったようなすばらしいチームに出会えました。ＷＭＥのトレイシー・フィッシャー、エリン・コンロイ、エリカ・ニーヴン、ヘイリー・ハイドマン、チェルシー・ドレイク、そしてパトナムのアイヴァン・ヘルド、ダニエル・ディートリック、クリスティン・ボール、アレクシス・ウェルビー、アシュリー・マクレー、エミリー・オーリス、ケイティ・マッキー、さらに、ペンギン社のチームのみなさんに感謝を。テレビ界の方面で尽力してくれた、ジャッカル・グループのゲイル・バーマン、ダニ・ゴーリン、ジョー・アーリー、ローリー・コスロウにも感謝を。

リサーチの段階では、多くの作家、映像作家、科学者、そのほか専門家の方々の作品や研究を参考にさせてもらいました。非常に重要な資料となったものには、ルース・エレイン・アンダーソンの論文“A subtle craft in several worlds: Performance and participation in Romani fortune-telling”、デイヴィッド・ワイズマン監督のドキュメンタリーWe Were Here、ジム・ステインメイヤー著の『ゾウを消せ　天才マジシャンたちの黄金時代』、そして、画期的なサーカス・パフォーマーのタイニー・クラインの生涯などがあります。タイニー・クラインは〈生への飛翔〉の生みの親で、この物語の「クララ・シニア」のモデルでもあります（ジャネット・M・デイヴィス編 *Circus Queen and Tinker Bell: The Memoir of Tiny Kline* より）。スコット・グレゴリー中尉は、ダニエルの軍でのキャリアに関してすばらしいアドバイザーとなってくれました。エリカ・フルリー、デボラ・ロビンズ、ボブ・インガソルは、霊長類との経験を共有してくれました。作中の「ドレイク老化科学研究所」はカリフォルニア州ノヴァトにあるバック老化科学研究所に着想を得たものですが、建物の特徴と全般的な目的以外は、完全に架空のものです。最後に、長寿の研究に携わっている多くの科学者のみなさんのご助力がなければ、ヴァーヤの部を書くことはできなかったでしょう。ヴァーヤの研究に奥行きが生まれたのは、彼らの研究のおかげであり、彼らが寛大にもわたしと話をしてくれたおかげです。リッキー・コールマン博士、ステファノ・ピレイノ博士、ダニエル・マルチネス博士、そしてウィスコンシン国立霊長類研究センターのスタッフに感謝します。作中のヴァーヤの研究はこのような背景から生まれたものですが、「ドレイク研究所」とおなじく、あくまで創造の産物であり、既存の特定の研究への批評の意図はありません。

初期の原稿の読者になってくれ、わたしを支援してくれた家族と友人たちに、永遠の愛と感謝を。

誰よりも熱烈で忠実なわたしのサポーターである両親へ。あなたがたの子どもとして生まれたことは、わたしにとって恩恵であり、幸運でした。愛する祖母であり、わたしを導く光でもあるリー・クルッグは、この小説の一番目の読者となってくれました。すばらしい友人たち——アレクサンドラ・ゴールドスティーンの並外れた編集の才能と長きにわたる献身に、レベッカ・ダナムとの知的な交流に、ブリタニー・キャヴァレロの情熱的な連帯感に、ピヤリー・バタチャリアの思慮深く希望あふれる心に、そしてアレクザンドラ・デメットのシスターフッドと、アンドリュー・ケイのブラザーフッドに感謝します。マージ・ウォーレンとボブ・ベンジャミンは移民と二十世紀半ばのニューヨークの生活についての知識を与えてくれました。ジュディ・ミッチェルはずっとわたしの精神的指導者、そしてよき友でいてくれました。

わたしのきょうだい、ジョーダンとゲイブリエルへ——この本はあなたたちに捧げるものでもあります。

そしてネイサンへ——まいったな、どんな言葉で感謝を伝えたらいいんだろう？　作家のパートナーでいることは、気楽なものではありません。気が遠くなるような会話に付き合ったり、編集作業を手伝ったり、感情面のサポートをしたりすることにどれだけ心を砕かなければいけないものかをわたしが知らなければ、あなたはそれを苦もなくやってのけていると思い込んでいたでしょうね。あなたは揺らがぬ心、回転の速い頭脳、広い視野の持ち主で、いつも鳥みたいにそわそわしているこのわたしのことさえも安定させてくれます。永遠に、ありがとう。

訳者あとがき

生あるものはいつかかならず死という終焉を迎える。死はいつ訪れるかわからない。数十年後、数年後かもしれないし、あるいは数日後、数時間後かもしれない。どんな境遇にあろうとも、わたしたちは等しくこの動かしがたい命題を背負って生きている。誰しもが「ふたしかな運命」を生きていると言ってもいい。しかし、もしも幼い頃に自分の死ぬ日を告げられたら、人はどう生きるのだろうか？　本書は四人のきょうだいがそんな「予言」を授かるところから始まるファミリー・サーガだ。

物語が幕を開けるのは一九六九年。ヴェトナム戦争が泥沼化し、若者たちのあいだに反戦ムードが広がっていたその時期、ウッドストック・フェスティヴァルに集った四十万人が声を揃えて反戦歌をうたい、全米各地で抗議集会が開かれた。地上の混乱をよそに、宇宙ではアポロ11号が人類初の月面着陸を成し遂げた。変化に満ちた世界の熱気に誘われるように、マンハッタンのロウアー・イースト・サイドに住む幼いきょうだいは、敬虔なユダヤ教徒である両親の目をぬすんで、ヘスター通りに滞在中だという霊能者に会いにいく。しっかり者のヴァーヤが十三歳、きょうだいのリーダー的存在であるダニエルが十一歳、好奇心旺盛なクララが九歳、とらえどころのない末っ子のサイモンが七歳の夏のことだ。きょうだいは予言に動揺し、告げられた日付をたがいに明かそうとしない。九年後、父が突然亡くなったときに初めて、それぞれの死ぬ日を打ち明けあう。物語はそれから約半世紀にわたるきょうだいの人生を、サイモン、クララ、ダニエル、ヴァーヤを主人公に、四部構成で描き出す。

サイモンとクララは十代のうちに家を出て、西海岸へと向かいサンフランシスコにたどりつく。サイモンはそこで初めて自分のセクシャリティをオープンにし、バレエに打ち込みながら生を謳歌する。クララはそんな弟を見守りながら、マジシャンになる夢をひたむきに追う。自由の街はしかし、甘い夢を見せつづけてはくれない。治療法もない未知の病気が蔓延し、地上の楽園にみえたゲイ・コミュニティを恐怖に陥れる。さらに、インターネット・テクノロジーが産声をあげると街は様変わりして、クララは居場所を失う。一方、東海岸にとどまったダニエルは医学の道を、ヴァーヤは科学の道を志す。二人は出奔した妹と弟への心配といらだちを募らせ、若い彼らにふりかかった運命を嘆くときも、その無謀な選択を非難する気持ちが消えない。しかし、やはりダニエルとヴァーヤも何かしらのかたちで幼い頃の予言に突き動かされている。

著者は各パートでくりかえし問いかける。予言を真実に変えるのは運命なのか、選択なのか？予言が選択を導くのか、選択が予言を真実にするのか？　刊行後のインタヴューではこう語っている。「この物語はじつはわたし自身の神経症体験から生まれたものです。わたしはつねに不確実性と闘ってきました。不確実性はもちろん、人生の核心です。わたしはそれに対処するために知識を求めてきました。でも同時に、知ることは諸刃の剣であることも心得ていました。だからこの物語を書くにあたって、運命や宿命といったものに立ち向かう手段としての知識がどんな力をもつのか、それは人を解放するのか、制限するのかを考えてみたいと思ったのです」——そして物語の終盤では、ヴァーヤが悟る。父母は子どもたちに「不確実さという自由」を与えてくれていたのだと。欧州での迫害を逃れアメリカに渡ってきたユダヤ系移民の子である父母は、自分たちが持ちえなかったたくさんの選択肢と、選択の自由を子どもたちに与えてくれた。知りえない未来があることは、しばしば不安の種になる。だが「ふたしかな運命」は人間を束縛するものではなく、人間が自由であるために不可欠な条件だ。人はそのふたしかさのなかで己を見つめる時間を得、道を拓くための選択肢を得る。コロナ禍のもと、さまざまな場面で不確実性との闘いを余儀なくされているいまだからこそ、生のよろこびをたぐりよせることの大切さが、この物語からひしひしと伝わってくるような気がする。

もうひとつの読みどころは、物語の横糸になっている時代背景だ。八〇年代初期、同性愛者の権利運動の要所となったサンフランシスコ。九〇年代初期、好景気を映し出すように過剰なまでの華やかさが売りにされたラスヴェガスのエンターテイメント業界。二〇〇〇年代初頭、九・一一の同時多発テロとイラク侵攻によって、緊迫感と閉塞感が蔓延した社会。そして、科学が病や死のみならず、人間の生のあり方の追究においてめざましく発展した現在。著者はそうした時代や都市をあざやかに描き出し、きょうだいの年代記をアメリカ社会の歴史に重ねあわせて、魅力的な物語世界を織り上げている。

なお、作品中にはある人物がロマの人びとについてステレオタイプな描写をする場面があるが、そもそも彼らを異質な存在として排除してきたのは誰なのか、どこにも所属することができない生を強いてきたのは誰なのか、わたしたちは立ち止まって考える必要がある。他者から押しつけられた道をたどらざるをえなかった人びとの運命、その迫害の歴史を知り、彼らの声を聴こうとすることで、作品の理解がいっそう深まるものと考える。

著者のクロエ・ベンジャミンは、サンフランシスコで生まれ、ヴァッサー大学を卒業後、ウィスコンシン大学でＭＦＡ（芸術修士号）を取得、二〇一四年にデビュー作 *The Anatomy of Dreams* を発表した。二作目となる本作刊行時の二〇一八年一月には二十九歳という、ユダヤ系の若い作家だ。『不滅の子どもたち』（*The Immortalists*）は刊行後すぐにニューヨークタイムズ紙のベストセラーリストにランクインし、世界三十三カ国での翻訳が決定、早々にドラマ化が決まった。複数のメディアでその年のベストブックに選ばれ、書評サイト〈グッドリーズ〉の読者投票では最終ラウンドに残るなど、総じて、読者にとても愛された作品と言える。おそらく少なからぬ読者が、本書を読み終えたあとに誰かと話し合いたい気持ちになったのではないだろうか。「死ぬ日がわかっていたら、どう生きるか？」と。

最後に、本書を手にするきっかけを作ってくださった故・小林祥郎さん、そして、訳者とともに作品に向き合ってくださった集英社クリエイティブの村岡郁子さんに、心よりお礼申し上げます。

二〇二一年二月　　鈴木潤

クロエ・ベンジャミン
Chloe Benjamin

サンフランシスコ生まれ。ヴァッサー大学を卒業後、ウィスコンシン大学で小説専攻のMFA（芸術修士号）を取得。2014年発表のデビュー長篇 ***The Anatomy of Dreams*** はエドナ・ファーバー小説賞を受賞、センター・フォー・フィクション新人賞候補作となる。2018年に発表された長篇2作目となる本作は、刊行後直ちにニューヨークタイムズ紙ベストセラー入りを果たし、全米で50万部を超える売り上げを記録。ワシントンポスト紙の「注目の一冊」他、いくつものメディアで年間ベストブックに選ばれた。現在、夫とともにウィスコンシン州マディソンに在住。

鈴木 潤
Jun Suzuki

翻訳家。フリーランスで翻訳書の企画編集に携わる。訳書にショーン・ステュアート『モッキンバードの娘たち』（東京創元社）、クリステン・ルーペニアン『キャット・パーソン』（集英社）、シオドラ・ゴス『メアリ・ジキルとマッド・サイエンティストの娘たち』（共訳・早川書房）。神戸市外国語大学英米学科卒。

装画
原 裕菜

装丁
田中久子

不滅の子どもたち

2021年4月30日　第1刷発行

著　者　クロエ・ベンジャミン
訳　者　鈴木 潤
編　集　株式会社　集英社クリエイティブ
〒101-0051　東京都千代田区神田神保町2-23-1
電話　03-3239-3811
発行者　徳永 真
発行所　株式会社　集英社
〒101-8050　東京都千代田区一ツ橋2-5-10
電話　03-3230-6100（編集部）
03-3230-6080（読者係）
03-3230-6393（販売部）書店専用
印刷所　凸版印刷株式会社
製本所　加藤製本株式会社

ISBN978-4-08-773512-3 C0097